I0681735

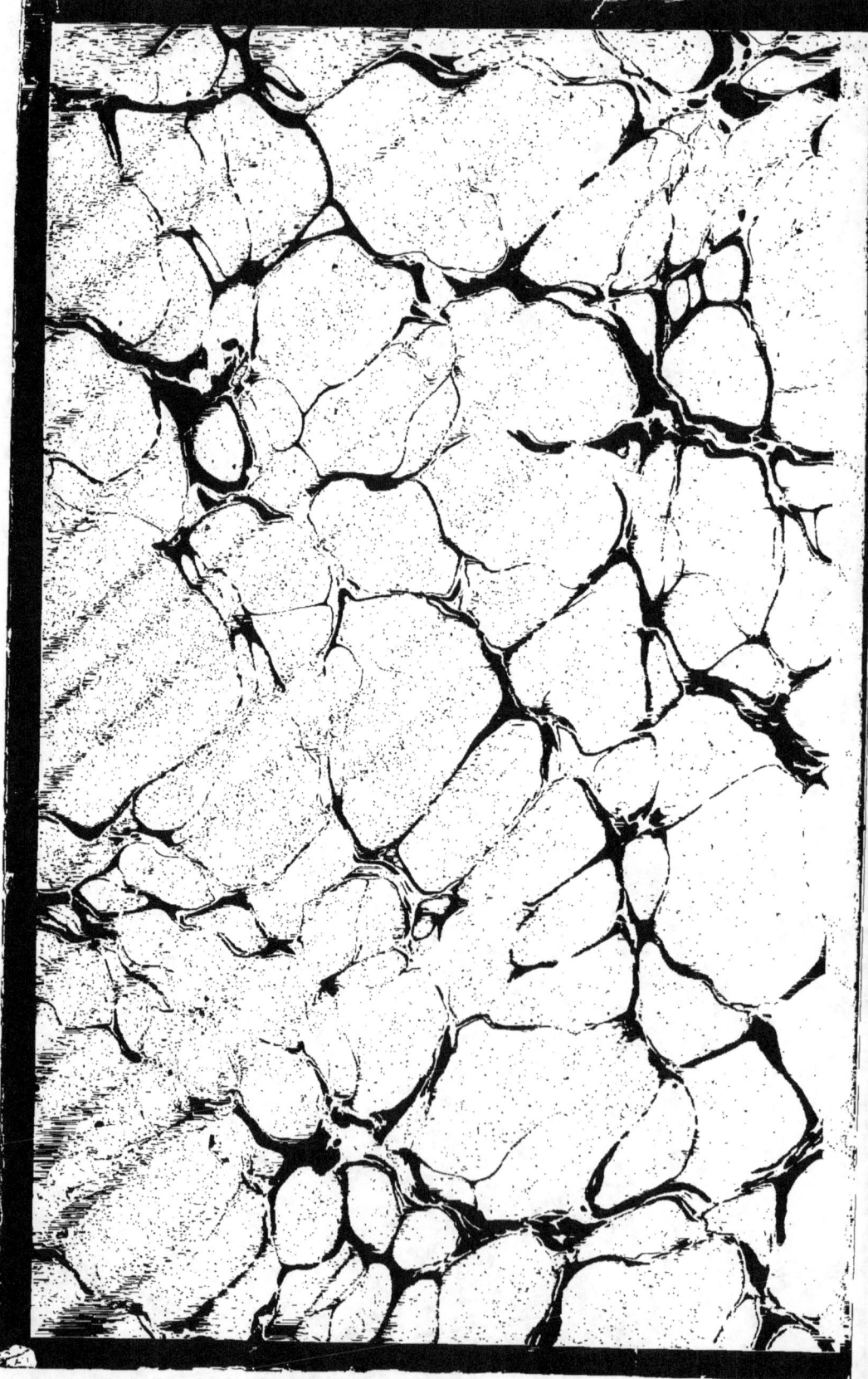

MAXIME DU CAMP

DE L'ACADÉMIE FRANÇAISE

PARIS BIENFAISANT

PARIS

LIBRAIRIE HACHETTE ET Cie

79, BOULEVARD SAINT-GERMAIN, 79

—

1888

PARIS BIENFAISANT

AVANT-PROPOS

Un vieux proverbe a dit : Qui a bu boira ; j'en reconnais la justesse aujourd'hui. Je m'étais promis de ne plus m'occuper des œuvres de la charité privée, croyant avoir dit tout ce que j'avais à en dire. Serment d'ivrogne, auquel je vais manquer sans scrupule. Certaines questions sont inépuisables : on peut en parler pendant de longs jours, sans parvenir à formuler la solution définitive ; il est presque imprudent d'y toucher, car elles vous sollicitent, vous rappellent, vous saisissent ; on a beau les vouloir repousser, elles vous étreignent, car elles possèdent un charme auquel on ne peut s'arracher. Elles sont toutes-puissantes, elles effacent bien des tristesses ; volontiers l'on s'y réfugie pour échapper au découragement ; elles consolent de certains spectacles et gardent l'espérance vivace au fond du cœur.

Lorsque les nuages de la vieillesse ont envahi l'horizon de notre existence, lorsque, dans le recueil-

1

P

lement de la solitude, on revit par le souvenir les
jours écoulés, on s'aperçoit que, semblable au voyageur assis au milieu des ruines, on n'est plus entouré
que de débris. La famille a disparu, emportée vers
les destinées futures, les amis sont morts, les amours
sont éteintes, les vanités ne pèsent plus rien dans
la main, les gouvernements sous lesquels on a vécu
se sont écroulés les uns après les autres avec une
sorte de régularité fatidique. L'avenir est sans promesse et le passé n'a plus que des lamentations.
Tout ce qui a fait l'attrait de la vie s'est étiolé; une
seule chose reste inébranlable, grandissant à mesure
qu'on la contemple de plus près, belle, vigoureuse,
digne d'émulation : c'est la bonté.

Dans un précédent volume[1], j'ai essayé de raconter les actes de la bonté guidée par la foi catholique.
Le sujet était limité, je ne le pouvais dépasser sans
sortir d'un cadre déterminé; il a suffi cependant
pour mettre en lumière des actions bienfaisantes
dont l'ampleur et la continuité sont admirables; mais
en dehors de ces œuvres il en est d'autres qui éma-
nent de conceptions philosophiques et de communions religieuses dont le catholicisme repousse les
dogmes. Elles ne sont point à dédaigner et les ser-

1. *La Charité privée à Paris*, 1 vol., Hachette.

vices qu'elles rendent auront du poids dans la balance de l'éternelle justice.

Ce sont quelques-unes de ces œuvres que je me propose d'étudier, ne serait-ce que pour démontrer qu'en notre pays, parfois si calomnié, il n'est pas une secte, pas une théorie spéculative, pas un groupe si exclusif qu'il paraisse, qui ne soit animé par l'amour du bien, ne cherche à en faire et ne contribue de la sorte à la grandeur nationale. On dirait qu'alors toute dissension cesse, toute rancune s'apaise, toute division s'efface, et que, sans arrière-pensée ni intérêt personnel, chacun s'empresse au dévouement et à la charité.

La France est femme, il y a longtemps qu'on l'a dit pour la première fois; la tête est légère, mais le cœur est riche, ouvert aux aspirations supérieures et avide de sacrifices. Cette bonté, que j'admire entre toutes les vertus, je la retrouve en elle, active, ingénieuse, sachant que bien souvent on en abuse et qu'on la trompe, mais n'en continuant pas moins la route qu'elle s'est tracée, sans souci des déboires qu'on ne lui épargne pas, ni des déceptions dont sa moisson est faite. C'est là, en effet, le grand principe de la bienfaisance : si, parmi les grains qu'elle sème, un seul germe sur une terre fertile, le labeur n'aura pas été vain. Cette bonté, je la retrouve à tous les degrés des conditions sociales, aussi bien dans l'hôtel armorié que dans la mansarde, au château comme dans la chaumière. J'ai été très frappé de cela, lorsque, par fonction, j'ai dû étudier les dossiers relatifs aux actes de vertu proposés aux récompenses que l'Académie française a mission de décerner [1].

Partout, de chaque coin de la France, s'élève l'hymne de la vertu, hymne très doux que modulent des milliers de voix, que rien n'interrompt, et qui monte incessamment sous le ciel comme une protestation contre les dénigrements systématiques, comme une affirmation de vitalité. *Gesta Dei per Francos*, disait-on jadis. Si la vertu est l'œuvre même de Dieu, la France est toujours son meilleur ouvrier.

A chacun et à chaque jour suffit sa tâche. Que d'autres racontent les débauches de Paris, sa sottise, sa légèreté et ses incohérences : c'est leur droit et je n'y contredis pas ; je les préviens seulement, — et ils peuvent en croire un vieux voyageur, — que les scandales qu'ils mettront au jour, afin d'émoustiller la curiosité des lecteurs, se reproduisent quotidien-

---

1. Prix Montyon, Marie Lanne, Souriau, Gémond, anonyme, Honoré de Sussy (duchesse d'Otrante), Camille Favre.

nement sur les bords de la Tamise, du Tibre, de la Sprée et de la Néva. Le mal a le don d'ubiquité, il ne se mire pas seulement dans les eaux de la Seine. Si la part que j'ai choisie n'est pas exclusive à Paris, elle y est du moins plus imposante qu'ailleurs, et elle prouve que toutes les croyances, toutes les conditions y rivalisent pour l'action du bien.

Janvier 1888.

PARIS BIENFAISANT

CHAPITRE PREMIER

LES LIBÉRÉES DE SAINT-LAZARE

I

LA PRISON.

Maladrerie. — Impuissance de la préfecture de police. — Les divisions. —
Prisons à construire. — Ce que devrait être la correction paternelle. —
Le méfait féminin. — L'influence de l'homme. — Sa lâcheté. — La fai-
blesse de la femme. — La détention. — Système vicieux. — Le régime
Auburnien. — Garde-malades morales. — Les honnêtes femmes et les
femmes dissolues.

La prison de Saint-Lazare, qui, dans le système
pénitentiaire de Paris, est exclusivement réservée
aux femmes, est une maladrerie. Les anciens bâtiments où saint Vincent de Paul a fondé l'ordre des
Lazaristes et des Filles de la Charité, qui a porté si
loin et si haut le renom de la France, seraient excellents pour abriter une communauté religieuse, mais
n'offrent aucune des qualités requises pour une

maison de détention; il y a longtemps que ces
vieilles masures, aménagées vaille que vaille, pour
une destination à laquelle elles n'étaient point préparées, auraient dû être jetées par terre. La préfecture de police, qui la gouverne, n'y peut rien; elle
n'est que pouvoir exécutif, elle n'ordonnance point
son budget, elle accepte celui qu'on lui impose,
quand elle n'est point obligée de faire annuler, par
l'autorité supérieure, les délibérations maussades
qui le lui refusent. Mieux que personne, elle connaît les inconvénients de cette prison détestable; il
faut sa vigilance et le dévouement de son personnel
spécial pour y remédier à peu près.

Sous le même toit, entre les mêmes murailles,
dans le même air contaminé, sont enfermées les prévenues, — les détenues, — les filles publiques en
punition administrative, — les filles mineures gardées à la correction paternelle en vertu d'un jugement ou d'une ordonnance du président du tribunal
de première instance, — quelques vieilles femmes
reçues en hospitalité. Ce n'est pas tout. L'infirmerie
est un Lazaret : on y conserve, en quarantaine et jusqu'à guérison, certaines espèces de femmes atteintes
de maladies contagieuses. Elle est toujours pleine;
mais on peut la décupler et la remplir, jamais elle
ne se refermera sur toutes celles qui devraient y être
et qu'une campagne odieuse, criminellement menée

contre le service des mœurs, veut rendre à la liberté,
comme si l'on avait rêvé d'en faire des agents d'in-
salubrité, d'épidémie et de corruption.

Toutes ces malheureuses vivent dans des divisions
séparées, que des grilles isolent les unes des autres.
Il suffit d'avoir étudié les prisons pour savoir que le
système cellulaire le plus étroit n'empêche pas les
détenus de communiquer entre eux. On peut juger
d'après cela ce qui se passe à Saint-Lazare : un vent
de dépravation souffle à travers les clôtures, flétrit
les âmes, dessèche les cœurs et brise souvent de
pauvres créatures qui n'avaient été que courbées par
les ouragans de la vie. J'ai visité jadis cette prison,
je l'ai étudiée en tous ses détails, avec le directeur,
avec la supérieure des sœurs de Marie-Joseph, avec
les médecins ; j'en suis sorti écœuré et, — pourquoi
ne pas l'avouer ? — avec une pitié sans pareille pour
les misérables, pour les infortunées qu'on semble
prendre à tâche de repousser dans le vice, lors même
qu'elles voudraient lui échapper.

Les efforts que, depuis plus de trente ans, la préfecture de police a faits pour obtenir qu'une nouvelle prison destinée aux femmes, moralement, hygiéniquement aménagée, fût mise à sa disposition,
ont échoué. Mauvais vouloir de l'autorité supérieure,
difficultés d'argent qui sont les pires de toutes en
matière d'amélioration administrative, indifférence

pour les détenues : contre quoi s'est-on heurté, je n'en
sais rien ; mais la vieille léproserie subsiste et l'on
est encore, l'on est toujours réduit à en tirer parti
comme l'on peut. Cet état de choses est détestable et
il ne serait qu'humain de le faire cesser au plus tôt.

Le conseil municipal, maître en cette question,
car les cordons de la bourse sont entre ses mains, se
porte volontiers champion des faibles, des petits, des
souffrants et même des révoltés ; il devrait bien faire
acte de bon vouloir en faveur des femmes coupables,
égarées, perdues, et bâtir pour elles des maisons de
détention où elles ne seraient plus exposées à un
contact périlleux pour elles-mêmes, périlleux pour la
sécurité publique et qui n'est, en somme, qu'une
école de démoralisation. Si la loi a le droit de punir,
elle a le devoir d'amender, et elle peut, sans s'a-
moindrir, tendre à restituer à la collectivité des forces individuelles qui ne soient plus nuisibles. Or à
Saint-Lazare, dans la promiscuité même de tous les
vices, il est difficile, pour ne dire impossible, d'agir
d'une façon efficace sur l'esprit des détenues.

Chacune des divisions de la maison de détention
pour femmes devrait être représentée par une prison
particulière ; les hommes sont privilégiés : Mazas
contient les prévenus ; la Santé, Sainte-Pélagie ren-
ferment les condamnés ; à Saint-Lazare, ces deux catégories si différentes de prisonnières sont pêle-mêle,

ou peu s'en faut. Il faudrait donc une maison de
prévention pour les femmes qui attendent le jugement, une maison de répression pour les jugées,
une maison pour les femmes soumises à l'action administrative, une infirmerie spéciale que l'on pourrait installer dans un pavillon ajouté à l'hôpital de
Lourcine, et enfin une maison exclusivement consacrée aux jeunes filles enfermées par voie de correction
paternelle. Ce sont celles-ci, dont le péché le plus
souvent n'est fait que d'excès de jeunesse et d'inex-
périence, qui réclament avant et par-dessus toutes
les autres la sollicitude administrative et l'attention
des âmes dévouées. Bien souvent pour ces malheureuses enfants, la chute n'a été qu'accidentelle, et le
père qui les fait enclore en cellule se débarrasse simplement d'une surveillance dont ses libertés d'allure
ne s'accommodent pas.

Si jamais notre vœu se réalise, si un accès de phi
lanthropie, qui ne serait que trop justifié, émeut le
cœur de ceux auxquels incombe le soin du budget
municipal, si une maison est enfin consacrée à l'isolement et au salut de pauvres fillettes que l'on doit
rendre aux bonnes mœurs, à la maternité, aux devoirs de la famille, que cette maison soit construite
hors de Paris, loin de la ville tumultueuse où les sollicitations du vice parlent plus haut que les exemples
de la vertu. L'hygiène morale ne suffit pas à purifier

les êtres flétris dès les premières années ; sans revenir à Florian ou à Gesner, sans croire à l'innocence
champêtre, on peut estimer que le milieu n'est pas
sans influence sur l'esprit, et que les grands bois, les
prairies, la vaste étendue des champs, donnent
d'autres enseignements que de vieilles murailles sa-
turées d'impureté. C'est en pleine campagne qu'il
faut les envoyer, et les astreindre non pas au travail
agricole, auquel elles sont impropres, mais aux besognes féminines, à la couture, à la broderie, à l'apprentissage de métiers sérieux où elles trouveront le
gagne-pain de l'avenir, sans discipline trop rêche,
sans cette morale banale qui ne tient pas compte des
aptitudes particulières et qui, par cela même qu'elle
s'adresse à tout le monde, ne parvient à convaincre
personne. Que le travail soit assidu, qu'il soit surveillé, qu'il soit exigeant, mais qu'il soit coupé par
des récréations dont la jeunesse a besoin sous peine
de s'étioler ; qu'il soit récompensé par des jeux violents qui fatiguent, qui apaisent et font oublier. Ici il
ne s'agit point de punir, il ne s'agit que d'améliorer.
Or, pour une jeune fille de quatorze à vingt et un
ans, le séjour à Saint-Lazare est une punition, et la
plus dure de toutes.

Lorsque nous étudions aujourd'hui le système des
prisons et des hôpitaux du siècle dernier, nous recu-
lons d'horreur. L'historien qui, dans cent ans, re-

muant les vieux papiers et consultant les documents
officiels, voudra reconstituer Sainte-Pélagie, Saint-
Lazare, le Dépôt de mendicité de Saint-Denis et la
Salpêtrière, ne comprendra pas que de tels établissements décrépits, insalubres à tous les points de vue,
aient pu subsister de nos jours, et il en conclura que
Paris, — la Ville Lumière ! — avait des parties dont
l'obscurité morale est désespérante. La lenteur et la
difficulté des communications font comprendre que
jadis on ait installé à Paris même des établissements
hospitaliers ou pénitentiaires dont la vraie place était
aux champs ; il n'en va plus de même à l'heure qu'il
est, et les chemins de fer sont, à cet égard, un auxiliaire qu'il serait facile d'utiliser. Chacun y trouverait son compte : les vieillards reçus en hospitalité,
les enfants soumis à la correction paternelle, et l'administration elle-même, qui serait débarrassée de
bien des soucis qu'elle doit aux maisons défectueuses
qu'on la condamne à utiliser.

Les femmes dont je vais avoir à parler n'appartiennent pas indistinctement à toutes les catégories
que garde Saint-Lazare ; je ne dois et ne veux m'occuper que de celles que réclame la justice, qu'elle juge,
qu'elle condamne ou qu'elle acquitte. Et encore,
parmi celles-ci, les criminelles échappent à mon
étude, car, lorsqu'elles ont comparu en cour d'assises et qu'elles ont été frappées d'une peine dépas-

sant un an et un jour d'emprisonnement, elles sont conduites dans les maisons centrales, où il leur sera interdit de parler et où leur nom ne sera plus qu'un numéro d'ordre. Si après leur condamnation elles demeurent encore quelque temps à Saint-Lazare, c'est parce qu'à ses diverses attributions la vieille geôle joint encore celle d'être dépôt des condamnées. Les femmes sur lesquelles s'étend l'œuvre à la fois protectrice et réparatrice que je compte étudier dans ses origines et dans son action, sont ou ont été pour la plupart justiciables de la police correctionnelle. C'est le menu fretin du méfait féminin de Paris, très souvent condamné cependant, car le magistrat, devant lequel le délit défile avec ses mille variétés et ses constantes récidives, est moins sujet à l'émotion que le jury.

Il peut se rencontrer, par suite d'un de ces incidents imprévus que la vie à outrance de Paris multiplie, qu'une femme bien élevée, riche et d'éducation sérieuse soit emportée par la passion et commette un de ces actes auxquels ni la police ni la justice ne peuvent rester indifférentes ; mais ces cas sont rares, et le plus souvent les sentiments violents, les mauvais instincts sont dominés par la timidité native ou par l'empire de la retenue acquise. Le diable n'y perd rien, mais du moins le scandale public est évité.

Dans les couches sociales inférieures il n'en est

plus ainsi : les défaillances sont nombreuses, peu
combattues, excusées sinon encouragées par l'exemple, suscitées bien souvent par la misère, et, —
j'ose le dire, — presque justifiées par l'abandon,
par la brutalité, par la lâcheté de l'homme, qui
se soucie peu de la femme et la réduit parfois
aux nécessités les plus aiguës. Ce que les faux ménages ont fourni de clients aux chambres correction-
nelles dépasse toute mesure et prouve que l'absence
de moralité a des conséquences d'autant plus graves
qu'elle sévit dans les classes infimes de notre société.
Si sur les hauteurs elle est ordinairement dissimulée et sans résultats sérieux, elle devient redoutable
par les suites qu'elle entraîne aussitôt qu'elle tombe
dans les bas fonds.

Soumise à des misères périodiques, la femme est
moins responsable que l'homme ; elle mérite plus
d'indulgence de la part des magistrats et plus de soins
de la part des personnes bienfaisantes qui cherchent
à réhabiliter les défaillances et à rendre les forces
aux âmes affaiblies. Dans ce monde si nombreux à
Paris, toujours renouvelé par les envois de la province, la femme est maintenue en état de servage :
bête de somme, bête à plaisir, bête de travail ;
l'homme la prend, la quitte, la reprend, la renvoie
au gré de sa fantaisie ; il l'astreint au labeur, se fait
nourrir par elle, la démoralise pour s'amuser, lui

enseigne l'art de boire, l'associe à ses débauches tant
qu'elle est jeune et la rejette à la borne dès que la
vieillesse, — si hâtive aux existences déréglées, —
l'a touchée de son doigt. Lorsque de malheureux
petits êtres sont issus de ces unions illégitimes et
tourmentées, c'est la mère qui en porte le fardeau ;
l'homme a bien autre chose à faire, en vérité, que de
s'occuper de la marmaille. Elle dit comme Martine :
« J'ai quatre pauvres petits enfants sur les bras ; »
on lui répond comme Sganarelle : « Mets-les par
terre. » Elle se lamente, elle pleure, elle dit : « J'aime
mieux mourir ! » On lui crie : « Eh bien ! crève donc !
ce sera un bon débarras ! » On la pousse à la porte,
à coups de pied, ainsi qu'un chien galeux.

Un magistrat a dit : « En toute affaire criminelle,
cherchez la femme. » On peut retourner la proposition : « Lorsqu'une femme est coupable, cherchez
l'homme. » Quand il n'a pas été l'instigateur immédiat, ce qui arrive fréquemment, il a été l'instigateur moral ; c'est lui qui lentement, par l'action
continue du mauvais exemple, a désagrégé ce qui
restait de bon, de révolté contre le mal dans la
créature qu'il a momentanément liée à sa vie et dont
il a fait, sans trop de peine, je le reconnais, un
instrument façonné selon ses vices. Elle a tout sup-
porté par faiblesse, par tendresse peut-être, à coup
sûr par habitude, par affection pour ses enfants ;

lorsqu'elle a regimbé devant l'injustice, elle a été vaincue par la violence et terrassée. Si un compagnon de « son homme » a été témoin de la correction, il aura dit : « Elle en a assez comme cela, ne la tue pas! » et c'est peut-être ce qui l'aura sauvée. Mauvais monde que celui-là, où l'ivrognerie a peu d'intermittences, où le méfait ne paraît pas répréhensible, où l'effort est permanent pour échapper à toute responsabilité, où le sentiment du devoir, le respect de soi-même, la conscience, la vertu sont remplacés par la crainte du gendarme, lequel est l'ennemi public, puisqu'il représente la loi.

Dans de tels milieux, qui s'étendent comme une nappe d'eau croupie sous les substructions sociales de Paris, la femme, si elle n'est pas née vicieuse, le devient rapidement; elle se perd, elle est perdue. Ne faites point appel à sa dignité, elle n'en a pas; ne lui parlez point de morale, elle ne sait ce que c'est; n'évoquez pas sa volonté, elle n'en a plus. Maltraitée, chassée, sans feu ni lieu, sans argent, sans moyen d'en gagner, où ira-t-elle? A la bonne maison de la rue Saint-Jacques, dont la *Société philanthropique* a fait un asile de nuit pour les femmes[1]; oui, certes, si toutefois elle la connaît. Elle y pourra rester pendant trois jours, heureuse et

1. Voir dans *la Charité privée à Paris*, ch. ix : *le Dortoir des femmes et la Société philanthropique.*

2

presque réconfortée, en arrivant le soir, de pouvoir se chauffer au poêle et de manger la soupe auprès de ses compagnes de misère affamées comme elle. Et après? que deviendra-t-elle? où dormira-t-elle? où ramassera-t-elle le pain quotidien qu'elle n'a pas demandé à un Dieu auquel elle ne croit guère et auquel elle ne pense pas? C'est là l'heure redoutable d'où va dépendre toute une destinée.

Si le hasard, la grande divinité des malheureux, ne lui fait rencontrer sur sa route la main bienfaisante qui éloigne de l'abîme, elle y tombera. Qu'a-t-elle fait? Je ne sais; elle a volé, elle a fraudé, elle a commis un de ces mille délits sur lesquels, sous peine d'abdication, la police est contrainte d'ouvrir les yeux. Elle a passé la nuit au poste, dans cette immonde chambre que le jargon des malfaiteurs appelle le *violon*. Au matin, elle est montée en voiture cellulaire, elle a été conduite au Dépôt et écrouée après avoir reçu un pain qui pour elle sera un objet de nécessité première, presque un objet de luxe. — Je disais à une détenue : « Vous ennuyez-vous beaucoup? » Elle me répondit : « Je ne peux pas dire que je m'amuse, mais c'est quelque chose de manger tous les jours. » — Le soir de son entrée au Dépôt, au plus tard le lendemain, elle sera transportée à Saint-Lazare, où la préfecture de police la garde à la disposition de la justice. Elle est placée à

la première section, c'est-à-dire à la *détention;* c'est
là qu'elle attendra son jugement, c'est là qu'elle
reviendra après sa condamnation.

Le système pénitentiaire de la détention est rudimentaire, et par conséquent défectueux. Les détenues
travaillent en commun dans des ateliers, silencieuses et sous la surveillance des sœurs de l'ordre
de Marie-Joseph. Là, par de bonnes paroles, à l'aide
de certaines lectures, on peut, à la rigueur, apporter
de l'apaisement à ces âmes farouches et faire entrer
quelques rayons de lumière dans ces cerveaux ob-
scurcis. La journée est relativement bien employée;
n'acquerrait-on, près des longues tables devant lesquelles on est assise, qu'un peu l'habitude du travail, ce serait déjà un bienfait; sans compter que
l'on y gagne quelques sous, qui, accumulés, forment
ce que l'on nomme « la masse » et serviront à pourvoir aux premiers besoins, à la fin de l'emprisonnement : à moins que « l'homme » n'attende la libérée
à sa sortie de la geôle et ne les lui enlève par droit
de préhension : *quia nominor leno.*

Lorsque la nuit est venue et que l'heure du coucher a sonné, les détenues sont conduites dans leur
chambre; non, pas dans leur chambre, mais dans
leur chambrée, ce qui n'est point la même chose et
ce qui est vicieux au premier chef. Les chambrées
contiennent deux, quatre, six, huit lits et, par con-

séquent, échappent à tout contrôle, car celui que
l'on peut exercer par le judas dont les portes sont
munies est illusoire. Dès lors, le bénéfice de la
journée, si bénéfice il y a, est perdu : c'est la toile
de Pénélope de la dépravation ; chaque nuit détruit
la besogne de chaque jour. Le dortoir en commun,
éclairé au gaz, avec les lits nombreux et où peut
dormir une surveillante, est préférable à ce groupe-
ment de perversités réunies loin des yeux, mises en
contact, chuchotant d'étranges récits, se vantant de
leurs actes coupables, et que l'on dirait rassemblées
pour des œuvres néfastes. Cela seul démontre que
Saint-Lazare est impropre au service qu'on lui impose et qu'il n'est que temps de démolir, de remplacer cette maison pestiférée.

La prison réservée aux femmes, — à quelque
catégorie de détenues qu'elles appartiennent, qu'elles
soient prévenues, qu'elles soient condamnées par la
justice, qu'elles soient punies par l'administration,
qu'elles soient enfermées par voie de correction
paternelle, — doit être disposée pour le système
Auburnien : travail en commun dans les ateliers pendant le jour, isolement en cellule à un seul lit pendant la nuit ; sinon la prison est la pire des écoles,
et c'est ce qui se produit actuellement à Saint-Lazare,
où les prisonnières, détenues et jugées, sont perpé-
tuellement gardées en haleine par le vice qui rôde

autour d'elles et les pénètre comme la plus contagieuse des épidémies. Si l'on veut bien reconnaître
que le penchant au délit et l'instinct du crime sont
un mal moral, on conviendra qu'il serait peut-être
sage de traiter ce mal comme on traite le choléra ou
la peste et de lui bâtir des lazarets.

L'énergie sédative de l'isolement est parfois considérable sur l'être humain qui a failli, n'en déplaise
aux philanthropes à courte vue pour lesquels le bien-
être du malfaiteur prime la sécurité des honnêtes
gens; on peut sortir amélioré d'une cellule, on ne
sortira jamais qu'empiré d'une prison en commun.
Je crois que pas un des hommes qui se sont occupés
sérieusement du régime pénitentiaire ne contredira
cette opinion. Les maisons où les détenus sont en
communications fréquentes, — Saint-Lazare, Sainte-
Pélagie, une des sections de la Santé, — sont la
pépinière des récidivistes ; on le sait à la préfecture
de police et à la justice correctionnelle.

L'action que les personnes bienfaisantes cherchent
à exercer sur les prisonniers, dans l'espoir souvent
déçu de les ramener au bien, de les relever à leurs
propres yeux, de les rendre à une existence laborieuse, est bien plus puissante dans la séquestration
que dans la promiscuité. En ce dernier cas, l'effort
doit être incessant et poussé à l'extrême; bien souvent il est vain ou ne produit qu'un effet momentané,

et le péché ressaisit celui qu'on avait tenté de lui arracher. On ne désespère pas cependant, et on recommence avec la ténacité des âmes qui ont foi en elles, parce qu'elles ne veulent que le bien, et que la pitié dont elles sont animées les empêche de se décourager. Qui sait si les Danaïdes n'ont pas enfin réussi à remplir leur tonneau?

L'état moral et l'état matériel des malheureuses qui vivent à la détention de Saint-Lazare a ému des cœurs compatissants. Des femmes honnêtes, dans la stricte acception du mot, mères de famille, glorieuses des enfants qui croissent à l'abri de leur vertu, sans acception de croyances religieuses ou de théories philosophiques, se sont concertées dans la pensée de porter secours aux pauvres créatures qui, de chute en chute, sont venues tomber dans la maison où saint Vincent de Paul a prié avant de partir pour aller racheter les captifs des villes barbaresques. Que sa grande âme faite d'indulgence et de commisération inspire celles qui viennent dans les lieux qu'il a habités, pour faire renaître l'espérance et préparer la réhabilitation! Pareilles à ces femmes du monde qui se font les garde-malades des pauvres, qui vont dans les hôpitaux soigner les grabataires et panser les plaies répugnantes, elles sont entrées courageusement dans cette léproserie du vice pour consoler les désespérées, apaiser les révoltées et redresser les victimes de leur propre faiblesse.

Labeur ingrat, souvent mal récompensé, exposé à bien des déceptions, mais qui ne les fait point reculer, car elles ont le cœur vaillant, et peut-être bien aussi portent-elles en secret l'orgueil de leur sexe qu'elles trouvent déprimé par nos lois masculines et qui ne reprend l'égalité complète que devant la répression. Leur lutte est incessante, car le vice est multiple et revêt toutes les formes pour se manifester comme pour se dissimuler, même à la bienfaisance qui le constate par cela seul qu'elle s'y intéresse. La violence que ces femmes de bon vouloir se sont imposée pour ne point fuir le champ de combat doit être considérable, car rien n'est plus odieux à l'honnête femme que le contact de la femme dissolue. Elles dégagent l'une et l'autre une électricité qui se repousse : ce sont les sœurs ennemies ; pour que celle-ci s'apitoie et que celle-là se laisse attendrir, il faut la rencontre de deux fortes résolutions qui n'est point fréquente et n'en est que plus louable.

La femme qui laisse le foyer respecté, les enfants attentifs, la famille sans reproches pour s'engouffrer dans la sentine de Saint-Lazare, afin d'y découvrir une créature à sauver, met sous ses pieds les préjugés mesquins, fait taire les scrupules conventionnels, sait vaincre les timidités de son sexe, développées,

entretenues par l'éducation. Elle ressemble à ces
pêcheurs qu'au temps de ma jeunesse j'ai vus sur
les bords de la mer Rouge : ils plongent, sans souci
des requins qui les guettent peut-être, se déchirant
les muscles contre les madrépores, le sang aux nari-
nes, le sang aux oreilles, mais insensibles à la douleur comme au péril, car ils espèrent rapporter la
perle qu'ils cherchent et que sans doute ils ne trouveront pas. Je suis resté bien des heures à les contempler, et je les admirais même lorsqu'ils revenaient les mains vides. Il n'est point donné à tout
le monde d'accomplir la belle action, mais on ne
peut qu'applaudir ceux qui la tentent.

II

L'ŒUVRE.

Ce n'est pas la première fois que l'on s'efforce
d'agir sur les détenues de Saint-Lazare; je dis les
détenues, car l'infirmerie et la correction paternelle
sont ouvertes depuis longtemps aux dames du Bon-
Pasteur, qui y pêchent en eau trouble, qui parfois
réussissent à pénétrer l'âme de quelques pauvres
fillettes, prématurément perdues, qu'elles arrachent
à la débauche et emmènent dans des maisons silencieuses où l'on vit sous la règle des habitudes mo-
nacales[1]. Pour les détenues il n'en est point ainsi :

1. Voir *Paris, ses organes*, etc., t. III, ch. xvii : *les Repenties*,
Hachette.

lorsqu'elles auront purgé leur condamnation, elles
reprendront la liberté de l'existence et la responsabilité de soi-même.

Ce fut une femme de lettres, récompensée, en 1840,
par l'Académie française pour un livre intitulé
le Jeune libéré, qui la première s'en occupa, ne
vit en elles que des sœurs malheureuses et crut à
leur innocence jusqu'à favoriser une évasion. Elle
se nommait Louise Crombach, avait de l'esprit,
beaucoup de sensibilité et s'était, avec enthousiasme,
ralliée aux doctrines fouriéristes qui tenaient un
grand compte des exigences de la matière. Le principe
fondamental de la doctrine : « à chacun selon ses
besoins, » promettait la civilisation en pâture au
dévergondage des appétits. J'ignore si Mlle Crombach
s'abaissa des théories à la pratique, mais on peut
croire qu'elle avait l'âme tendre et que sa naïveté
lui faisait voir des victimes là où il n'y avait que des
coupables. Employée à Saint-Lazare en 1842, nommée
dame inspectrice en 1844, elle a ses grandes entrées
à la détention, s'engoue d'une femme Guinard,
condamnée pour escroquerie, très habile en l'art de
feindre, l'admire, la plaint, lui donne de l'argent et
finit par s'apercevoir qu'elle a été dupée par une
intrigante d'une duplicité supérieure.

L'exemple n'éclaira pas la pauvre fille, que dévo-
rait le besoin de se dévouer et qui rêvait l'abolition

du mal par l'harmonie universelle, ainsi que le pro-
phète Fourier l'avait annoncé à ses disciples. José-
phine Chaylus, qui se disait comtesse de Caylus et
comtesse de Marsan, — fort peu de chose en somme,
— prévenue de faux en écritures commerciales,
n'allait pas tarder à s'asseoir sur la sellette de la
cour d'assises. Le cas était grave alors et entraînait
la peine de la reclusion après l'exposition publique.
Les charges étaient accablantes et la condamnation
paraissait certaine. L'honnête Crombach avait le
cœur ému en pensant que cette femme d'élite, cette
comtesse que la malice des hommes accusait injuste-
ment, comparaîtrait devant un jury qui serait peut-
être assez aveugle pour ne point reconnaître son
innocence. Elle se jura de la sauver, et elle abusa de
ses fonctions d'inspectrice pour la faire évader. La
préfecture de police se fâcha, et ce fut Louise Crombach
qui fut traduite en cour d'assises, où elle s'entendit
condamner à deux années d'emprisonnement. Un
vice de formes permit à la cour suprême de casser
l'arrêt et de renvoyer l'affaire devant les assises de
Seine-et-Oise, qui furent clémentes et acquittèrent
cette malheureuse, dont la faute avait été suffisamment expiée par une longue prévention [1].

C'est à cette date et c'est à la suite de cette aventure

1. Voir *la Légende de la femme émancipée*, par Firmin Maillard,
1 vol. in-16, Paris.

que le personnel des gardiennes laïques qui faisait
le service à Saint-Lazare fut congédié et remplacé
par les sœurs de l'ordre de Marie-Joseph. La préfecture de police qui, par expérience et par tradition,
est perspicace, sait que certaines maladies morales
ou physiques ont besoin d'infirmières spéciales, et
que c'est aux communautés religieuses, au renonce-
ment volontaire, au dévouement professionnel, qu'il
est sage de les emprunter; car là plus qu'ailleurs on
rencontre la discipline, la bonne tenue et le désintéressement. Si le zèle sur certaines questions y peut
parfois paraître excessif, ce défaut de mesure dans
des croyances où l'on voit un bonheur que l'on voudrait faire partager, est racheté par une abnégation
de soi-même et un sentiment du devoir qui sont un
garant de sécurité pour l'administration et de justice
pour les détenus.

Non seulement les religieuses prirent possession
de la prison, mais les dames visiteuses en furent
écartées; l'exemple de Louise Crombach avait rendu
défiant, on leur interdit l'entrée des chambrées et des
ateliers où elles venaient faire des lectures pieuses,
répéter quelques bribes des sermons entendus au
prêche et qui n'étaient pas toujours écoutées avec le
recueillement désirable. Plus d'une détenue avait
feint de dormir, et les moins respectueuses s'effor-
çaient de ronfler. Les résultats obtenus avaient été

de si mince importance, que toute visite fut supprimée. Saint-Lazare fut séparé du monde extérieur
et resta livré à sa propre contagion.

Cette période d'isolement dura jusqu'en 1865. A
cette époque — 24 août — l'abbé Michel fut nommé
aumônier de la prison; il amena avec lui sa nièce,
qui ne le quittait point, qu'il avait élevée et qui se
nommait Pauline de Grandpré. En entrant dans la
prison où, lors des plus mauvais jours de la Terreur,
André Chénier avait chanté *la Jeune Captive,* qui se
souciait plus des saillies du comte de Montrond que
des vers du poète, la première impression de Mlle de
Grandpré fut pénible. et ce ne fut pas, je pense, sans
quelque effroi qu'elle vit défiler devant elle le
troupeau du vice et de la dépravation. Si le contact
n'était pas immédiat, il n'en était pas moins douloureux : elle voyait les détenues descendre de la voiture cellulaire, se promener dans les préaux; de ses
fenêtres, elle surprenait leurs conciliabules secrets.
Le jour, elle les entendait chanter; la nuit, elle les
entendait crier, gémir et sangloter.

Au malaise des premières heures succéda la
pitié, l'ineffable pitié des grands cœurs pour ce qui
souffre, même lorsque la souffrance est méritée.
C'est là un sentiment, je dirai même une sensation,
dont il est impossible de se défendre lorsqu'on visite
les cabanons et les ateliers d'une maison péniten-

tiaire. On a beau se dire que l'on est en présence
de coupables que la loi avait mission de frapper, que
la société avait le devoir de séquestrer, on n'en est
pas moins ému, on les regarde avec commisération
et l'on ne peut s'empêcher de dire : Pauvres gens !
Mlle de Grandpré n'échappa point à cette oppression
morale, qui devient physique à force d'être intense.
Elle oublia les délits, elle oublia les crimes et ne
vit plus que l'infortune. Elle fit une observation
qui n'est pas sans valeur : sous le même costume,
dans les habitudes d'un règlement uniforme, jeunes
ou vieilles, laides ou jolies, toutes les détenues se
ressemblent ; on dirait que la captivité les a modelées
de la même façon et jetées dans le même moule. Il
faut du temps et une certaine attention pour les
distinguer les unes des autres et mettre un nom sur
leur visage.

Ce qui la frappa d'abord, c'est l'action démora-
lisatrice que la prison semble exercer d'elle-même
sur les prisonnières ; on dirait qu'elle les pénètre de
tous les vices dont elle a été le témoin et leur donne
une sorte de sérénité qui n'est autre que le mépris
du bien et l'indifférence du mal. Elle l'a dit : « Beaucoup d'entre elles arrivaient pures et épouvantées :
elles partaient tranquilles, mais perdues. » Elle
interrogeait les directeurs, les détenues, les religieuses, les religieuses surtout, qui ont reçu tant de

confidences. De ce qu'elle avait vu, entendu, remarqué, elle tira cette conclusion : « Saint-Lazare est une horrible plaie sociale. » Je n'y contredirai pas.

Elle sentait que là il y avait du bien à faire, des âmes faibles à fortifier, une matière indolente à soutenir, une misère redoutable à combattre; elle y rêvait et cherchait un moyen de venir en aide à tant d'infortunes qui, si elles n'étaient soulagées, restaient menaçantes pour la société et redeviendraient promptement un péril. Elle était de la maison où son oncle, l'abbé Michel, était vénéré; elle s'y promenait dans les corridors, entr'ouvrant le judas des portes, regardant, sans mot dire, dans les chambrées, se mêlant parfois aux détenues et causant avec elles pendant la promenade au préau, toujours hantée, comme d'une idée fixe, par son projet de leur être adjuvante. Elle a passé là de tristes heures, surexcitée par son bon vouloir, retenue par son impuissance et se répétant : Comment faire? Elle découvrait nettement la route et ne savait comment s'y engager. Elle y fit le premier pas vers Noël de 1866.

Le temps était dur et sombre, elle était seule, rêvasseuse, au coin de son feu; on sonna timidement à sa porte, elle alla ouvrir et aperçut une femme livide, qui parlait à voix basse, comme si elle avait honte de ce qu'elle disait. On l'entendait à peine; mais, à la voir, on la devinait : elle avait faim, elle

avait froid; elle demandait à manger; elle se rap-
pelait avoir aperçu dans les couloirs de la prison
Mlle de Grandpré, qui l'avait regardée sans mépris
ni colère; elle était à bout de voie, près de tomber
au coin d'une borne et de s'y laisser mourir; elle
était venue l'implorer. Mlle de Grandpré s'empressa;
à côté de la cheminée on servit un repas à la malheureuse, qui put se rassasier et se chauffer avec
délices. Pendant qu'elle mangeait, Mlle de Grandpré
écarta une sorte de loque qui lui servait de manteau
et s'aperçut qu'elle n'avait pas de linge. De tous les
signes de la misère, c'est celui-là peut-être qui produit l'impression la plus poignante sur une femme
bien élevée. Quoi! pas de chemise! Non, ni bas, ni
jupon, ni fichu! Mlle de Grandpré courut à ses
armoires et la pauvre fille fut pourvue de ce qui lui
manquait.

Elle se nommait Françoise R.... Accusée d'escroquerie, elle avait été arrêtée et conduite à Saint-
Lazare. Après une instruction judiciaire qui avait
duré trois mois, on avait reconnu son innocence, et
une ordonnance de non-lieu l'avait rendue à la liberté.
Près de cent jours de prévention, c'est beaucoup
lorsque l'on n'est point coupable. Sortie de prison,
elle avait pour toute fortune trois francs, que le
garni et la nourriture enlevèrent rapidement; ne
voulant pas mendier, elle sollicita un secours à la

préfecture de police, qui lui proposa l'hospitalité
de Saint-Lazare; elle se sauva épouvantée, marcha
pendant plusieurs nuits dans Paris, ramassant quelques détritus aux tas d'ordures, couchant, quand elle
l'osait, dans « l'allée » des maisons à porte bâtarde,
échappant par miracle aux rondes des sergents de
ville, qui l'eussent « ramassée » comme vagabonde,
pleurant et se demandant pourquoi elle était si durement punie, puisqu'elle était innocente. Un matin,
elle s'assit sur une des berges de la Seine, ses genoux
dans les mains, l'œil fixe, regardant couler l'eau,
qui l'attirait et lui promettait la fin de ses misères.
En elle quelque chose se révolta qui ne voulait point
mourir. Elle se souvint tout à coup de Mlle de Grandpré : Essayons! Elle vint heurter à sa porte, ne se
doutant pas qu'elle apportait la lumière à un esprit
qui se débattait encore dans les brouillards de ses
projets et qu'elle allait provoquer la création de
l'*Œuvre des Libérées de Saint-Lazare*. L'appellation
est rigoureuse : elle délimite le champ de l'action et
détermine le but que l'on veut atteindre.

Mlle de Grandpré comprit que tout effort tenté sur
les détenues serait vain et détruit par le mauvais
exemple, par les conseils pernicieux, par le faux
amour-propre, par la vantardise, qui sont, jusqu'à
présent, le produit le plus net des prisons en
commun, où l'on s'excite mutuellement, où l'on se

défie au méfait, où la perversité railleuse triomphe
facilement des volontés débiles. C'est à la sortie de
la maison pénitentiaire, après la peine subie, à
l'heure inéluctable de l'humiliation du passé et de
l'inquiétude pour l'avenir, qu'il faut agir. Il y a là
une heure d'angoisse à laquelle les cœurs les plus
endurcis ne peuvent se soustraire : « la masse »
gagnée par le travail des ateliers est si maigre,
qu'elle sera promptement dissipée; que faire? On
n'aura même plus le grabat et le pain bis de la geôle,
qui du moins permettait de dormir et qui calmait
la faim. Où se placer, où trouver la besogne qui fera
vivre? Nul ne veut d'une condamnée; comment dissimuler ses antécédents, comment avouer d'où l'on
sort? Questions insolubles, auxquelles le plus souvent la récidive a répondu. A ce moment il faut intervenir; c'est ce qu'a fait Mlle de Grandpré, c'est ce
que font les âmes généreuses auxquelles elle a ouvert
la voie.

Empêcher la misère d'étreindre une malheureuse
qui, après tout, est quitte envers la société, puisqu'elle a expié sa faute et que la faim pousserait à
de nouveaux délits; l'aider dans la mesure du possible, lui offrir un abri transitoire, la vêtir pour
qu'elle ait une tenue décente et soit protégée contre
le froid; s'interposer près de la famille, dont parfois
la feinte sévérité cache le désir de s'épargner quelque

dépense; la rapatrier, si elle consent à retourner au pays, qu'elle a eu tort de quitter; la défendre contre elle-même, raffermir ce qui peut rester en elle de volonté bonne, faire acte de maternité envers elle et la maintenir en ligne droite chez les patrons qui auront bien voulu l'accepter, c'est là ce que l'on cherche, ce que l'on obtient plus souvent que l'on ne pourrait croire, et c'est ce qui était contenu en germe dans l'initiative prise par Pauline de Grandpré.

Dès qu'elle eut vu la nudité et le délabrement de la pauvre femme qui avait eu la pensée de venir l'implorer, elle surveilla les détenues à la levée de l'écrou; elle eut pitié de leur dénuement et ménagea si peu sa garde-robe, qu'un jour elle s'aperçut que ses armoires étaient vides. Elle fut désespérée, mais se calma bientôt à l'idée que d'autres voudraient bien faire ce qu'elle avait fait elle-même. Elle écrivit à toutes ses amies, à toutes les femmes avec lesquelles elle était en relation. Dès le lendemain, les ballots de linge et de vêtements arrivaient chez elle et lui permettaient de vêtir les libérées les plus pauvres. Le vestiaire était créé et ne chôma plus. Je n'ignore rien de ce que l'on a dit, l'on dit et l'on dira sur les femmes parisiennes, sur leur futilité, sur leur inconsistance et leur amour du plaisir; mais je sais que jamais on ne les invoque en vain quand il s'agit de secourir les misérables ; je sais que leur compassion est infinie et que la bonté de leur cœur luit derrière leurs défauts, comme une étoile à peine voilée par la brume.

Qui dit femme, dit mère ; ce serait grand'pitié de séparer une détenue de son enfant ; la préfecture de police, qui est bonne personne, malgré ses airs rébarbatifs et les calomnies dont on l'accable, ne le tolérerait pas ; jusqu'à l'âge de trois ans, l'enfant est reçu en hospitalité à Saint-Lazare et vit près de sa mère, que les sentiments maternels ramèneront peut-être au bien. Mlle de Grandpré, traversant le greffe de la prison, vit une femme qui allait en sortir et portait dans son tablier un petit enfant dont les pieds étaient nus. « Mais cet enfant va s'enrhumer : ni bas, ni chaussures ! — Hé ! madame, je n'en ai pas ; et comment en aurais-je ? » De ce jour, au vestiaire des libérées on adjoignit un vestiaire pour les enfants. C'est ainsi que peu à peu l'œuvre prenait corps, à mesure que de nouveaux incidents se produisaient. Un appel fut adressé à la bienfaisance ; on y répondit et l'on eut une caisse de secours où l'on put puiser, dans les cas de nécessité extrême, pour subvenir à des besoins rigoureux.

Une circonstance imprévue et cruelle provoqua la création d'une sorte d'assistance judiciaire où les prévenues trouvèrent des avocats empressés à les défendre. En 1869, je crois, une jeune fille, Madeleine X..., employée dans une maison de commerce, fut accusée d'escroquerie et arrêtée. Elle avait été recommandée à Mlle de Grandpré, qui alla causer avec elle. La pauvrette jurait qu'elle était innocente. Elle était de bonne famille : un de ses frères était officier, sa sœur était institutrice dans une maison d'éducation de l'État; à la pensée du déshonneur qui allait l'atteindre et rejaillir sur les siens, elle se désolait. La culpabilité était des plus douteuses ; un bon avocat eût enlevé l'acquittement. Malheureusement, le stagiaire désigné d'office, la veille du jugement, n'avait rien de ce qu'il faut pour éclairer les juges : il étudia lestement le dossier à l'audience, échangea quelques paroles avec sa cliente, qui, après une plaidoirie succincte, fut condamnée à deux mois de prison.

Elle revint à Saint-Lazare métamorphosée : plus de lamentations, plus de désespoir ; une résignation froide et une douleur concentrée : « Je suis à jamais perdue ; si j'avais eu un avocat qui eût étudié l'affaire, j'étais sauvée ; ma vie est finie. » Nulle consolation, nul encouragement ne la purent attendrir, elle restait impassible : « Je ne survivrai pas. » Rentrer dans les emplois du commerce, il n'y fallait pas songer. Elle trouva une place de domestique et l'accepta. L'humiliation de sa condition, le souvenir de

son désastre, la honte de la peine subie, pesaient sur
elle et ne lui laissaient plus de repos. Elle voulut
mourir, écrivit à Mlle de Grandpré : « Faites prendre
mes vêtements, vous les donnerez à des jeunes filles
aussi malheureuses que moi ; ah ! si j'avais eu à
temps un avocat dévoué, je n'aurais pas été condamnée, » et s'empoisonna. On put la sauver et la
rendre à une existence qu'elle détestait.

Ce cri, que si souvent elle avait proféré : « Ah ! si
j'avais eu un avocat dévoué, » ne fut point perdu
pour Mlle de Grandpré. C'était comme l'indication
d'une piste nouvelle qui pouvait conduire au relèvement des infortunées. Elle se mit en relations avec
quelques jeunes avocats avides de travail, ardents
au devoir, prêts à bien faire. Ce ne fut pas en vain
qu'elle invoqua leur générosité ; avec ce désintéressement si commun en France dans les carrières
libérales, ils répondirent à son appel, et le conseil
judiciaire de l'œuvre des Libérées de Saint-Lazare
fut constitué. Dès lors, nulle prévenue ne comparut
devant la justice sans être assistée d'un avocat dévoué, comme avait dit la pauvre Madeleine, ayant
eu le loisir d'étudier les dossiers et pouvant plaider
en connaissance de cause.

Sous la seule impulsion d'une femme intelligente
et bonne, toujours en contact avec les prisonnières,
n'ignorant rien de leurs misères ni de leurs fautes.

l'œuvre, se complétant, trouvait des ressources morales et des ressources matérielles que les gens de cœur ne lui marchandaient pas. Au mois de février 1870, des représentants de la presse, de l'administration et des principales sociétés de bienfaisance, des dames de charité, furent convoqués en assemblée générale au presbytère de l'église Saint-Eustache, dont le curé, l'abbé Simon, était un des hommes les plus populaires de Paris. Après discussion, on approuva des statuts provisoires et l'œuvre des Libérées de Saint-Lazare fut fondée ; d'individuelle qu'elle avait été jusqu'alors, elle devenait collective sous la direction de Pauline de Grandpré, qui en était la seule initiatrice.

L'heure de cette naissance officielle était mauvaise. La guerre, l'investissement de Paris par les armées allemandes, la Commune jetèrent dans les esprits une perturbation dont l'œuvre se ressentit. Les dames protectrices étaient dispersées et la misère du temps ne permettait guère de porter secours aux libérées, qui pendant le siège regrettaient la prison où du moins elles auraient eu le pain noir en quantité suffisante. Lors de la Commune, les détenues s'interposèrent ingénieusement entre les insurgés et les sœurs de Marie-Joseph [1] ; c'est à elles que celles-ci durent de pouvoir s'évader et d'échapper ainsi aux

1. Voir *les Convulsions de Paris*, t. I, ch. IV : *Saint-Lazare*.

périls qui les menaçaient. Malgré la tempête qui assaillit son berceau, l'œuvre ne devait point périr ; une vitalité puissante l'animait, car elle correspondait à deux besoins impérieux : à la défense contre le vice, qui est le salut de notre état social ; au dévouement, qui est une nécessité pour le cœur des femmes de bien ; aussi, dès que la tranquillité fut rétablie dans la pauvre ville dont tant d'infortunes avaient suspendu l'existence, l'action fut reprise et continuée avec une persistance qui jusqu'à ce jour n'a reculé devant aucun obstacle.

Pauline de Grandpré est restée jusqu'en 1883 à la tête de l'œuvre qu'elle a fondée, que seule elle pouvait concevoir, car seule elle avait plongé au fond des misères où l'on se débat à Saint-Lazare. A cette époque, elle se retira à la campagne, abandonnant la direction effective de son œuvre, qui a été recueillie par de bonnes mains. La présidence appartient actuellement à Mme Caroline de Barrau, qui trouve une auxiliaire d'une intelligence et d'une bonne volonté rares dans Mme Isabelle Bogelot, à laquelle la partie active du travail est réservée. Dans l'ensemble, elle représente un pouvoir exécutif qui, en presque toute circonstance, a le droit d'initiative. Ses cheveux prématurément blancs indiquent qu'elle est dans l'âge qui amène l'expérience, affaiblit les illusions, permet de contempler les choses avec clairvoyance et laisse à l'âme toute sa chaleur[1].

C'est elle qui, en compagnie de Mme de Barrau, visite les détenues, avant et après le jugement, écoute leur histoire, démêle la vérité au milieu des mensonges, réveille les courages endormis, montre un avenir meilleur si l'on veut résolument saisir le travail, et bien souvent fait rentrer l'espoir dans des cœurs qui n'en avaient plus. Elle n'a qu'une devise : à tout péché miséricorde, et elle tend une main solide aux malheureuses à qui une première chute fait croire qu'elles ne pourront jamais se relever. Elle rappelle ces moines hospitaliers du moyen âge, qui allaient à travers les villes pestiférées chercher et ramasser les mourants qu'un souffle de vie animait encore.

J'imagine qu'elle a reçu bien des confidences, plus que les confesseurs même, et que ces confidences lui ont appris que l'on a raison de dire qu'il ne faut jamais désespérer de la conversion du pêcheur. Elle n'adresse point de reproches, elle sait que ce serait inutile ; à quoi bon revenir sur un fait accompli ? Elle tente d'émouvoir les sentiments qui subsistent encore ; au milieu des cendres elle cherche l'étincelle d'où le feu jaillira encore. Sa longue pratique des femmes déchues lui a enseigné qu'il n'est âme si perverse qui ne conserve dans ses replis secrets ce je

1. Mme Bogelot est actuellement directrice générale de l'œuvre.

ne sais quoi de mystérieux où la dignité humaine
se dresse. Dans l'âme rien ne meurt, mais tout peut
s'endormir ; il ne s'agit parfois que de réveiller :
tâche exquise et délicate où, bien mieux que les
hommes, les femmes excellent. On ne promet rien.
ni faveur, ni grâce, ni récompense, mais seulement
le travail, le devoir et l'effort sur soi-même. Le but
de la Société a été nettement formulé en ces termes :
« Préserver la femme en danger de se perdre, et
fournir aux libérées, sans distinction de culte ni de
nationalité, le moyen de se réhabiliter. »

Quoique parmi les membres de la société et du
conseil d'administration je compte bien des hommes,
l'œuvre est surtout une œuvre féminine : les femmes
y dominent et, fait digne de remarque, presque
toutes appartiennent à la bourgeoisie ; la cotisation
est des plus minimes : cinq francs par an, ou cent
francs une fois donnés. C'est faire le bien au plus bas
prix, et c'est surtout prouver que l'on n'accorde de
secours en argent qu'à la dernière extrémité, car l'on
est sage, on est prévoyant, et l'on veut éviter que les
aumônes ne soient dépensées au cabaret, ce qui leur
arrive si souvent lorsqu'elles sortent des caisses de
l'Assistance publique ou de la bourse des particuliers. Un groupe de dames patronnesses assiste la
directrice générale et la directrice adjointe ; ce n'est
pas trop, car sans cela le labeur serait accablant.

Toutes les sectes religieuses, toutes les croyances, toutes les théories, sans excepter la libre pensée, sont représentées dans cette réunion de femmes qui marchent d'accord vers un but commun et l'atteignent parfois. Les détenues et les libérées leur apparaissent comme des malades qu'il faut essayer de guérir. Dans les maladies morales, dans les maladies physiques, on en rencontre d'incurables, et les rechutes sont fréquentes; souvent la convalescence est longue, avec des intermittences au moins douteuses; cela ne les décourage pas. Quand même elles ne réussiraient jamais, le bien qu'elles veulent faire ne serait point perdu, il leur profiterait à elles-mêmes; c'est un lieu commun de dire que l'exercice du bien élargit le cœur et fait fructifier l'âme; en telle matière la déception est apportée par autrui et l'on reste certain de ne s'être pas trompé en se jetant à la recherche de la bonne action. Vouloir ne faire le bien qu'à coup sûr, c'est avoir la charité égoïste.

A l'Œuvre des Libérées de Saint-Lazare, on donne son temps, son dévouement, ses consolations et ses soins; on s'identifie à des souffrances présentes; on tente de remédier aux souffrances de l'avenir et l'on s'emploie, sans réserve, aux actes du salut immédiat, car c'est celui-là seul que l'on vise; l'autre est affaire de conscience dont on ne se mêle jamais. Dans le principe, le siège de la société avait été installé rue

Albouy, non loin de la prison de Saint-Lazare ; pour les dames de l'œuvre, le petit appartement où elles se rencontraient afin de se concerter s'appelait le secrétariat ; pour les détenues, c'est le vestiaire : le mot en dit long. On a changé de quartier et l'on s'est établi place Dauphine, à proximité de l'Assistance publique, du Palais de Justice, du Dépôt provisoire des détenues, de la Préfecture de police, du petit parquet, avec lesquels on est en relations fréquentes, surtout depuis que l'œuvre a été reconnue d'utilité publique par un décret en date du 26 janvier 1885.

III

LE VESTIAIRE.

Souvenir de Mme Roland. — Toujours l'affluence de la province. — Statistique de Saint-Lazare. — Le placement des libérées. — Balayage et députés. — Villers-Cotterets. — Rapatriement. — Sauver le mari pour sauver la femme. — Vêtements masculins. — La couronne funéraire. — La mendiante. — Déception. — Le Dépôt près la préfecture de police. — Humanité de la police. — Les suites d'un engagement au mont-de-piété. — Intervention de l'œuvre. — Action préventive. — L'arrivée à Paris. — La faute. — La Bourbe. — L'asile maternel de la Société philanthropique. — L'intervention près de la famille. — Pardon. — Relations de l'œuvre avec l'Hospitalité du travail.

Le vestiaire est situé place Dauphine, n° 28, dans une vieille maison où fut élevée Mme Roland ; c'est là, dans l'atelier de son père, que lui arriva une aventure qu'elle eût mieux fait de ne point raconter. L'escalier est étroit, gondolé, sans sécurité et s'arrête au troisième étage ; trois ou quatre chambrettes carrelées servent de bureau ; il se peut qu'il y fasse chaud en été, mais au mois de janvier on y gèle ; en revanche, la vue y découvre le Pont-Neuf, la Seine et les quais. Ouvert tous les jours de huit à dix heures du matin, les mardis et vendredis de deux à quatre heures de l'après-midi, le secrétariat

est souvent visité par les pauvres femmes qui sortent
de prison ou ne savent que devenir. 1,412 malheureuses s'y sont présentées pendant l'année 1886. Le
personnel qui frappe à la porte hospitalière varie
bien peu ; il est fourni par le vol, l'escroquerie, le
vagabondage et la mendicité ; moralement, il est
débile ; physiquement, il est misérable.

Pour l'accueillir, le réconforter, s'en occuper avec
persévérance, il faut quelque courage et savoir conserver ses illusions quand même. On n'y parvient
pas du premier coup ; il est nécessaire de passer par
un certain stage, car tout s'apprend, même la pitié.
Dans ce monde multiple par ses variétés, uniforme
dans sa conduite, qu'entraîne le dérèglement de
l'imagination et que fait osciller l'absence de volonté,
la province fournit un contingent considérable. Là,
comme partout où il s'agit de délits et de misère,
je constate, une fois de plus, que Paris est en minorité ; les départements lui envoient leurs mendiants,
leurs voleurs, leurs filles, leurs déclassés de toute
sorte, qui y vivent comme en terre conquise et lui
valent sa mauvaise réputation. Le crime, la débauche, l'émeute de Paris se recrutent parmi les provin-
ciaux, qui mettraient sans scrupule la civilisation à
sac, parce qu'ils n'ont point rencontré dans « la
capitale », dans l'eldorado de leur rêve, la fortune,
la situation, les jouissances qu'ils s'étaient promises.

Ils s'imaginent qu'ils sont des incompris et des per-
sécutés, alors qu'ils sont des incapables que l'on ne
réussit pas à utiliser, quoiqu'ils se croient aptes à
tout, précisément parce qu'ils ne sont propres à
rien. Dès qu'une fille de campagne sait démêler ses
cheveux et faire son lit, elle se figure qu'elle est
femme de chambre; dès qu'elle a fait bouillir des
pommes de terre dans de l'eau salée, elle se croit
cuisinière. Alors elle part pour Paris, où l'on gagne
de si gros gages; bien souvent c'est Saint-Lazare
qui recueille ces pauvres créatures que leur ignorance et leur sottise ont entraînées loin du pays
natal.

Les statistiques officielles dénoncent cette énorme
proportion provinciale. En 1885, les prévenues et
les condamnées gardées à Saint-Lazare sont au
nombre de 4,768, sur lesquelles on compte 494
étrangères, 925 Parisiennes et 3,318 femmes venues
des départements. A ceci nul remède : celles que
l'on rapatrie de force reviennent ; celles qui se font
rapatrier volontairement s'ennuient au village, ne
peuvent plus se plier aux travaux des champs, espèrent que la malchance ne les poursuivra plus; elles
émigrent encore vers Paris et y cherchent une condition qu'elles ne découvrent pas plus que la première fois ; en revanche, elles trouvent la charité et
les secours sans lesquels elles périraient au milieu

de la multitude, comme un voyageur égaré dans le
désert.

Pour ces malheureuses, perdues, découragées
dans les dédales de la ville immense, le vestiaire de la
place Dauphine est une maison de bienfaisance, car
on n'y reçoit pas que des jupes et des souliers.
Toute femme qui s'y présente et qui donne preuve
de quelque velléité d'énergie est certaine de s'y
pouvoir appuyer sur une sympathie active. Lorsqu'une femme sort de Saint-Lazare — prévenue
ayant bénéficié d'une ordonnance de non-lieu, ou
détenue ayant purgé sa condamnation — elle est
presque toujours réduite à n'avoir en perspective
que les chemins de la misère qu'elle a déjà par-
courus et qui l'ont menée à la sinistre maison
qu'elle vient de quitter. Le plus pressé est de la vêtir
et de lui assurer un gîte pour quelques jours, afin,
comme l'on dit, qu'elle ait le temps de se retourner.
Dans le vestiaire, suffisamment garni de hardes
offertes par les sociétaires, on fait choix de la robe,
du jupon, des bas, du châle de tricot qui peuvent
la recouvrir décemment; puis on l'adresse, avec
un mot de recommandation, au dortoir des femmes
que la Société philanthropique a ouvert rue Saint-
Jacques; là, elle sera hospitalisée pendant trois
nuits au moins et nourrie à l'aide de « bons »
fournis par l'Œuvre des Libérées.

Les conseils dont on a essayé de la fortifier sont
très simples : « Si vous vous conduisez bien, vous
pourrez probablement vivre de votre travail ; si vous
vous conduisez mal, vous retournerez en prison et,
comme vous serez en état de récidive, vous serez
punie sévèrement et votre vie sera compromise à
jamais. » On ne se contente pas de bons avis, car on
sait que le moindre grain de mil ferait mieux son
affaire; on l'aide et, selon les aptitudes que l'on a
pu découvrir en elle, on lui cherche une condition :
fille de service, bonne à tout faire, récureuse de
vaisselle dans les restaurants médiocres. Autant que
possible on s'adresse à des particuliers ; il en est de
miséricordieux qui, de cette façon, s'associent à
l'œuvre et n'y sont pas les moins utiles. Lorsqu'il
s'agit de faire obtenir une place rétribuée à une des
libérées ou même simplement à une malheureuse,
on évite de solliciter le concours des administrations
publiques, qui semblent actuellement ne plus s'appartenir. Dernièrement on a demandé de faire employer au balayage des rues une femme digne d'intérêt; la réponse est à retenir : « Faites appuyer la
pétition par quelques députés influents, sans cela
vous n'obtiendrez rien. »

Lorsque la prévenue est vieille ou déformée par la
maladie, réduite, par sa faiblesse même, au vagabondage et à la mendicité, on s'en va au second

4

bureau de la première division de la préfecture de
police, où l'on trouve des hommes que le contact
permanent avec les gens de mauvais monde a rendus
plus compatissants que sévères. On obtient d'eux,
sans trop de peine, une entrée — c'est presque
une faveur — au dépôt de Villers-Cotterets. Là du
moins la pauvre vieille aura la nourriture et le
logement; elle aura de vastes dortoirs et de larges
préaux; deux fois par semaine, elle pourra aller
se promener dans la forêt, et comme, pour sortir,
elle aura besoin de vêtements convenables, c'est le
vestiaire de l'œuvre qui les lui enverra. Pendant
l'année 1886, le nombre des femmes reçues en hospitalité à Villers-Cotterets, par l'intermédiaire de la
Société des Libérées, s'est élevé au chiffre de dix-
huit.

Parfois on est en présence d'une femme qui, par
ses relations et quoiqu'elle ait été emprisonnée,
trouve en province une place où elle ramassera son
pain; on l'habille et on lui donne, non pas ses frais
de route, mais le billet du chemin de fer qui la con-
duira à destination. On ne sera pas surpris dès lors
qu'en 1886 le vestiaire ait distribué 1,143 pièces
de vêtements et qu'une somme de 912 francs ait été
employée à payer le prix des places en wagon de
troisième classe. Les compagnies de chemin de fer,
avec lesquelles l'œuvre s'est mise en relations, accor-

dent généreusement une réduction de moitié, ce qui
est participer à la bonne action dans une large mesure.

J'ai visité le vestiaire, je m'y suis assis à côté de
la secrétaire, à la fois douce et ferme, auprès de
Mme Bogelot, qui mène l'instruction avec la sagacité
d'un juge bienveillant prêt à tout sacrifice utile,
mais habile à ne point se laisser duper. Sur la table,
au milieu des paperasses, un gros registre : c'est le
livre d'enquête, suivi d'un répertoire qui facilite les
recherches. Là, chacune des femmes dont l'œuvre
s'est occupée a son nom et son état civil, accompagnés d'une courte notice qui est, en quelque sorte,
le résumé de sa vie, ou du moins de ce que l'on en
peut connaître. Un seul coup d'œil jeté sur le livre
d'enquête permet de savoir immédiatement les antécédents de « la cliente ». J'ai pu constater là combien l'œuvre se dilate, naturellement, par le seul
fait de son existence et combien son action s'est
étendue, tout en restant circonscrite autour de son
but primitif, qui est le relèvement et l'amélioration
de la femme.

Une jeune femme est entrée, vêtue de noir, de
bonne tenue et de façons accortes ; c'est une ouvrière
en lingerie qui, à la condition de travailler dix ou
douze heures de suite, parvient à gagner de 1 fr. 25
à 1 fr. 50 par jour. Elle est mariée ; son mari a fait

je ne sais quelle sottise et a été condamné à un
an d'emprisonnement; il en est résulté une gêne
extrême, sinon la misère pour le ménage. Le sort
de la femme périclitait, l'œuvre est intervenue et, à
force de démarches et de sollicitations, a obtenu une
diminution de la peine imposée au coupable. Celui-ci
avait été récemment rendu à la liberté, et sa femme
venait remercier la directrice de la Société qui l'avait
libérée, en lui rendant le mari dont le gain journa-
lier est indispensable à l'existence d'une famille.
Dans ce cas, en ramenant plus tôt qu'on ne pouvait
l'espérer un homme au domicile conjugal, l'œuvre
n'a point forcé l'esprit de ses statuts, elle a fait acte
de protection en faveur de la femme. L'ouvrière en
lingerie était heureuse et ne le cachait pas; comme
pour venir elle avait perdu une demi-journée de
travail et qu'elle avait pris l'omnibus, car elle demeure loin de la place Dauphine, on lui remit une
petite somme équivalant à sa dépense et à son
manque à gagner.

Un fait qui n'est pas sans analogie avec celui-ci
se produisit presque immédiatement. Un détenu qui
a fini son temps est revenu chez sa femme; il a
bonne envie de travailler et espère être agréé dans
une des grandes usines de l'ancienne banlieue de
Paris, mais pour tout vêtement il n'a qu'un pantalon
usé jusqu'à la trame et un tricot de laine percé aux

coudes ; s'il se présente aux contremaîtres dans ce
costume délabré, il est certain de n'être pas embauché, par conséquent il ne gagnera rien et retombera de tout son poids sur sa femme. On fouille dans
les nippes, on fait un paquet de bonnes hardes, et
la situation de la femme sera améliorée, parce
que l'homme proprement vêtu trouvera place à la
fabrique.

Si l'on s'empresse à secourir l'homme afin de
soulager la femme, on peut penser que l'on ne
s'épargne pas lorsqu'il s'agit des enfants, que l'on se
plaît à rendre « braves », comme disent les paysans,
dans l'espérance souvent justifiée de ramener la
femme au devoir et de l'y maintenir en développant
chez elle l'amour-propre de la maternité. Aussi le
vestiaire est plein de petits vêtements que bien des
mères envieraient. J'y ai vu une couronne funéraire
ornée de pendeloques de perles blanches : à quoi bon ?
Une ancienne détenue, en bonne place aujourd'hui,
doit venir la chercher dimanche pour la porter sur
la tombe de sa fille, morte depuis peu. Est-ce excessif ? Non pas ; celle qui n'oublie pas d'honorer le tombeau de son enfant garde un souvenir dont peut-être
elle sera préservée.

Pendant que j'étais là, écoutant avec un vif intérêt
les explications que Mme de Barrau voulait bien me
donner, une dame sociétaire de l'œuvre est arrivée,

suivie d'une femme qui s'est assise dans l'anti-
chambre, et a pris une pose attendrissante. La dame
a raconté que, passant sur le Pont-Neuf, elle avait
été accostée par une mendiante qui paraissait fort
misérable et que, se trouvant à proximité du vestiaire,
elle l'y amenait, afin que l'on vît si l'on pouvait lui
faire quelque bien. On fit approcher la femme, qui se
plaça sur un banc de bois, assez semblable à la
sellette des anciennes juridictions criminelles, et se
mit à verser de vraies larmes glissant le long de ses
joues ridées.

On l'interrogea. — Elle est restée six semaines à
l'hôpital pour un mal de jambe qui « lui retentit
jusque dans la tête »; puis elle a été envoyée à la
maison de convalescence du Vésinet, dont elle est
sortie le 24 décembre 1886, ainsi qu'en fait foi le
bulletin qu'elle présente; depuis ce moment, elle est
sans domicile. « Où logiez-vous auparavant? — En
garni. — Depuis quel âge? — A peu près depuis l'âge
de quinze ans. — Aujourd'hui, quel âge avez-vous? —
Je viens d'entrer dans ma soixante-quatrième année. —
Ainsi vous n'avez jamais eu de domicile? — Jamais.
— Pourquoi? — Je ne sais pas. — Quel est votre
métier? — Je travaille dans les chaussures d'hommes;
mais maintenant on n'a pas d'ouvrage, et puis j'ai
mal à la main. » Elle montra sa main droite, assez
propre, peu fatiguée, dont un doigt était infléchi.

« Depuis votre sortie du Vésinet, vous mendiez ? — Oui, je ne peux faire que cela. — Avez-vous mangé ce matin ? » Elle secoua la tête avec un geste négatif. Je me tournai vers la personne qui l'interrogeait et, à voix basse, je dis : « Elle sent l'eau-de-vie. » Il me fut répondu : « C'est de tradition populaire que l'eau-de-vie calme la faim mieux qu'un morceau de pain ; c'est peut-être parce qu'elle n'avait rien à se mettre sous la dent qu'elle a bu un petit verre ; du moins nous devons le supposer. »

On se préparait à l'adresser au dortoir des femmes de la rue Saint-Jacques, lorsque quelqu'un proposa de l'envoyer à l'Hospitalité du travail à Auteuil, munie d'une lettre de recommandation qui lui assurerait le logis et les repas pendant trois mois. La bonne femme s'exclama de reconnaissance. On la conduisit jusqu'à l'omnibus, où sa place fut payée et où on l'installa. On était satisfait au vestiaire. On disait : « Dans l'espace de trois mois, elle pourra se refaire, ça donnera du moins le temps d'aviser, et, au pis aller, nous aurons Villers-Cotterets. » Deux jours après, on acquérait la certitude qu'elle ne s'était même pas présentée à la maison de l'Hospitalité du travail. Est-ce à dire que l'on a eu tort de s'apitoyer sur une paresse qui se déguisait en misère ? Nullement ; s'il n'y avait pas de mécomptes en charité, ce serait trop beau.

Cette vieille femme, qui a si bien joué son rôle, et dont les grimaces ne lui ont valu qu'une promenade en omnibus, est-elle une ancienne pensionnaire de Saint-Lazare? On peut le croire, car elle a fait preuve d'une habileté où l'on reconnaît le résultat de l'expérience. Si elle y a été, elle y retournera, et sa comédie n'empêchera point l'œuvre de venir à son aide ; car là, plus que partout ailleurs, on est indulgent. Le champ d'opération, qui était limité à la prison même de Saint-Lazare, s'est élargi, et les directrices de l'œuvre ont actuellement leur entrée au Dépôt, ce qui est un progrès considérable, parce qu'alors l'action, au lieu d'être simplement réparatrice, devient préventive et préservatrice.

Pour bien me faire comprendre, je dois expliquer ce que c'est que le Dépôt près la préfecture de police. Lorsqu'un individu est arrêté, il est conduit au Dépôt, il y est interné et y reste jusqu'à ce que l'administration ait ordonné son transfert à Mazas si c'est un homme, à Saint-Lazare si c'est une femme. Dans le cas de certaines peccadilles constatées en flagrant délit, pour lesquelles le tribunal de simple police est incompétent et le tribunal correctionnel trop sérieux, — mendicité, vagabondage, — le petit parquet fait comparaître immédiatement les délinquants et prononce sur leur sort. Il est facile de conclure que, si l'on peut intervenir au Dépôt même avant que la

préfecture de police ait livré le prévenu à justice,
ainsi qu'elle dit, il sera quelquefois possible d'empêcher une malheureuse de comparaître devant des
juges et de porter pour sa vie une note de flétrissure.
J'ai hâte de dire qu'en certaines circonstances excusables, en présence d'une première faute qui dénote
plus d'étourderie que de perversité, certain bureau
administratif, situé quai des Orfèvres, fait preuve
de sentiments d'humanité que l'on ne saurait trop
louer. L'Œuvre des Libérées est alors avertie qu'une
« espèce » intéressante est au Dépôt, et on accourt.
Voici un fait qui s'est produit récemment.

   Une ouvrière en confections reçoit d'une couturière
des étoffes taillées qu'elle doit rendre sous forme de
robe dans un délai déterminé. L'ouvrière se hâte,
termine son ouvrage et, comme elle est sans argent,
mais qu'elle compte en toucher bientôt, elle engage
la robe au mont-de-piété pour la somme de quatre
francs. Lorsque le jour de la livraison est arrivé, elle
n'a pas la somme qu'elle attendait, n'a pu retirer
son nantissement, pleure et fait l'aveu de sa faute.
La patronne couturière dépose une plainte chez le
commissaire de police; l'ouvrière est arrêtée et enfermée au Dépôt. Elle a vingt-deux ans, elle est de
bonne conduite; elle est pauvre et vit de son travail.
Elle n'est pas l'objet d'une poursuite judiciaire; elle
est sous les verrous en vertu d'une plainte particulière

portée contre elle par une personne dont elle a lésé les intérêts. Si cette personne consent à retirer sa plainte, l'action, qui n'est encore qu'administrative, cesse et la pauvrette est mise en liberté. Tout de suite on court chez la patronne, on lui offre de dégager la robe qui est au mont-de-piété et on l'adjure de ne point laisser traduire en justice une jeune fille dont l'existence va être contaminée à jamais pour une faute que la pauvreté seule a provoquée et devrait faire pardonner. La négociation fut longue, car la couturière était rétive; on en eut raison cependant, et je crois que l'éloquence ne put la convaincre qu'en s'appuyant sur des arguments un peu plus solides. L'ouvrière fut relaxée, et je me figure que la leçon lui profitera. Sans l'intelligente bonté d'un chef de bureau, sans l'intervention rapide et pénétrante de l'Œuvre des Libérées, elle était perdue et peut-être pour toujours lâchée à travers les hasards du vice.

L'action, pour ainsi dire officielle, de l'Œuvre des Libérées est considérable, on vient de le voir; son action officieuse n'est pas moins importante et est tout entière faite de conciliation. Les jeunes filles de province qui accourent à Paris avec dix francs dans la poche et quelques millions d'illusions en tête, ne courent pas que le risque de mourir de faim et d'être réduites à retourner à pied au village, subsistant de compassion et dormant dans les granges. Aux gares d'arrivée des chemins de fer on les guette; les commis-voyageurs de la débauche, les placiers de la dépravation s'en emparent, les guident sous prétexte de les conduire à un hôtel bon marché, leur recommandent de se méfier des voleurs dont Paris abonde, et abusent d'une naïveté qui s'étonne de trouver tant de bonne grâce chez un inconnu. Si elles en sont quittes pour la perte d'une malle ou pour une mésaventure sans conséquence, elles peuvent remercier les dieux immortels, qui sans doute ont veillé sur elles.

D'autres fois, on est allé chez « une payse », chez une amie; par elle on a été conduite au bal, on s'est amusé, on a fait « une connaissance », on a négligé le travail, et, sans trop le vouloir, on a glissé dans le monde de la fainéantise et du plaisir, d'où l'on ne sort que diminué, sinon perdu. On n'en est plus à compter les fautes qui deviennent apparentes. Si on est au service, on est mis à la porte et l'on s'entend dire : Je ne veux pas de gourgandine chez moi. Si l'on est à l'atelier, les compagnes se moquent, se détournent en feignant l'indignation; on est montrée au doigt; on croit entendre la parole de Lisette à Marguerite dans Faust : « Quelle horreur! quand elle boit et mange, c'est pour deux! » Si la terreur et la honte ne vont pas jusqu'au crime, on peut en être étonné, car le cauchemar où l'on vit est épouvantable. Le mal-

heur revêt bien des formes pour frapper la femme,
mais celle-ci est la plus cruelle, car elle est contradic-
toire à l'hypocrisie des mœurs : c'est pourquoi elle
entraîne la déchéance; et cependant... il y aurait tant
à dire sur ce sujet, que je ne dirai rien, sinon que de
toutes les misères sociales celle-là m'inspire la plus
profonde commisération.

Elles souffrent, elles sont dans l'angoisse d'un
présent détestable et d'un avenir perdu; donc elles
appartiennent à l'Œuvre des Libérées, qui ne les
morigène pas et dirait volontiers : « Que celui qui est
sans péché jette la première pierre ! » C'est alors que
l'on fait les démarches pour obtenir l'accès des hôpitaux, et surtout de la maison spéciale que le langage populaire a nommée : *la Bourbe.* Parfois quelques difficultés surgissent que l'on n'a pas le temps
de combattre ou de résoudre. Il ne manque pas de
sages-femmes à Paris, et, si pauvre que soit la caisse
de l'œuvre, on y sait toujours découvrir de quoi
secourir une pauvre femme réduite aux abois, pendant que le vrai coupable, celui qui seul est responsable devant la justice des âmes, reste indifférent à
tant d'infortune ou s'en console en faisant d'autres
victimes.

Les heures sont périlleuses après le grand travail
de la nature, surtout pour des femmes qu'une vie de
privations a mal façonnées pour cet effort souvent

mortel. L'hôpital est avare du temps qu'il accorde,
car, s'il le prolonge, d'autres en pâtiraient; à peine
remise de l'ébranlement, mal réparée, au bout de
dix jours il faut partir. Où aller? Au logis? on n'en
a que bien rarement; dans un garni? c'est presque
la promiscuité, en cette période troublée où l'on a
tant besoin de recueillement. L'Œuvre des Libérées
est là : comme un gourmet de bienfaisance, elle
connaît les bons endroits où la charité est au labeur,
cette charité de Paris qui s'ingénie et brille d'un
éclat magnifique au milieu de nos turpitudes, semblable à une fleur merveilleuse poussée sur un tas
de fumier.

La Société philanthropique, dont j'ai déjà signalé
l'énergie, a profité de son expérience pour agrandir
son cercle d'action et l'étendre à des misères que
jusqu'à présent l'on avait trop négligées. Elle a remarqué que dans sa maison de la rue Saint-Jacques
le dortoir des femmes était surtout fréquenté par de
pauvres filles encore chancelantes, sortant de la Maternité, et auxquelles, par pitié, on permettait de prolonger un séjour qui leur donnait un repos dont elles
ont besoin. La maison, qui n'est qu'un refuge temporaire, devenait ainsi une sorte d'hospice de convalescence où la débilité venait reprendre des forces.
D'une part, c'était un inconvénient; d'autre part, les
dortoirs n'étaient ni disposés ni outillés pour cette ca-

tégorie de malheureuses. Mue par ce sentiment de charité dont elle a fourni tant de preuves depuis qu'elle
existe, la Société philanthropique a fondé, avenue du
Maine, n° 201, un asile maternel où les berceaux
sont placés à côté des grands lits et où dix jours
pleins d'hospitalité sont accordés aux femmes qui arrivent de la Bourbe. C'est un grand bienfait, qui neutralise les maladies futures qu'engendre souvent trop
de précipitation dans la reprise de la vie active.

L'Œuvre des Libérées est en rapport fréquent avec
l'asile maternel, elle y fait admettre ses clientes,
qui, grâce à elle, deviennent parfois de bonnes nourrices sur lieu, avec gages solides et bonnets pom-
ponnés. Quelques-unes ont témoigné d'un tel dévouement, qu'elles ont été conservées en qualité de servantes, après avoir terminé leur office auprès du poupon.
Ce n'est vraiment pas tout que d'avoir aidé la jeune
fille pendant ces jours où sa faute est payée plus cher
qu'il ne convient; il y a là-bas, dans la province, la
famille qui a tout appris, qui se voile la face et se
refuse d'accorder un pardon qu'elle sait devoir ne
pas être gratuit. Si par malheur le père est entré,
un soir, au théâtre de la ville voisine, s'il a lu quelques romans-feuilletons, s'il a vu *la Closerie des Ge-
nêts* ou *la Grâce de Dieu*, il sait qu'en pareil cas il
est d'usage de maudire, et il maudit. C'est alors que
l'Œuvre des Libérées s'efforce d'amener un rappro-

chement entre une fille trop durement battue par le
sort et des parents dont la sévérité est plus intéressée que réelle. J'ai parcouru quelques lettres
.échangées à ce sujet ; il me semble qu'elles pourraient se résumer en cette formule finale : Je con-
sens à pardonner, pourvu que ça ne me coûte rien.
— Non, bonhomme, vous ne débourserez rien, et si
l'on vous renvoie votre fille, on payera le voyage.
— Malgré quelque mauvaise humeur d'un côté et
un peu de honte de l'autre, la réconciliation se fait,
et l'imprudente qui est venue se perdre à Paris
pourra retourner au village, où elle se sauvera, si
elle doit être sauvée.

L'œuvre n'est pas seulement en relations avec l'a-
.sile maternel, elle est en communication permanente
avec l'*Hospitalité du travail*, qui a pu abandonner sa
masure de la rue d'Auteuil et s'établir, avenue de
Versailles, n° 52, dans une ancienne usine que la
supérieure, tenace dans son rêve, a transformée en
blanchisserie [1]. L'Hospitalité du travail semble être
un réservoir où l'Œuvre des Libérées verse les malheureuses qu'elle a repêchées pendant la prévention
ou après l'emprisonnement. Les services que ces deux
œuvres de salut et de préservation se rendent mutuellement sont considérables et la progression en est
à remarquer. Dans l'espace de cinq ans, le nombre

1. Voir *la Charité privée à Paris* : ch. VII, *l'Hospitalité du travail*.

des femmes ayant touché Saint-Lazare qui ont été accueillies par l'Hospitalité du travail a presque triplé :
210 en 1881, 627 en 1885. Toutes ne sont pas à
jamais préservées, cela va sans dire, mais à toutes
on a accordé le repos pendant trois mois, à toutes
on a donné le relais sur le mauvais chemin, et toutes
ont pu choisir une route meilleure. Ce n'est que cela
que l'on peut demander à la charité : elle ramasse
les faibles, les fortifie, leur montre la bonne voie
et les guide, mais elle ne refait point les âmes.

IV

LES PETITS ASILES.

La maison de convalescence morale. — L'esprit de famille. — A Billancourt.
— La maisonnette. — Enseignement élémentaire. — Une fille de paysan.
— Les boucles d'oreilles. — Plainte retirée. — Sans ressources. —
« Rendue » au poste. — Le jeune ménage. — Dîner gratuit. — Au
Dépôt. — Sauvés par l'œuvre. — Utilité des petits asiles. — Opinion du
maire de Billancourt sur les libérées. — Les alcooliques. — Laissées en
dehors de l'œuvre. — Les bonnes âmes. — Les mauvaises maîtresses. —
Statistique de l'œuvre. — La sécurité publique. — L'intérêt de l'œuvre
est de se limiter aux prévenues et aux détenues.

Il est dans la nature d'une œuvre de bienfaisance
intelligemment conçue, répondant à un des nombreux *desiderata* de notre société compliquée, de se
développer par elle-même, sur elle-même, comme le
figuier des Banians, dont les branches deviennent des
arbres en touchant terre. Si petitement commencée par Mlle de Grandpré, qui habille une femme
demi-nue, l'Œuvre des Libérées a pris les proportions que j'ai fait connaître. Ce n'est pas assez; de
même que les hôpitaux de Paris ont un hospice de
convalescence au Vésinet, elle rêvait depuis longtemps
de posséder une maison de convalescence morale

où, entre la claustration pénitentiaire et les périls de
la vie libre, on pût faire une sorte d'apprentissage
qui permît d'affronter la responsabilité de soi-même
sans la laisser tomber en défaillance. Ce rêve, elle
est en train de le réaliser d'une façon ingénieuse et
nouvelle.

Tout asile qui abrite de nombreux pensionnaires
prend les apparences, sinon le caractère, d'une caserne ou d'un couvent, selon que l'on y reçoit une
direction laïque ou religieuse. La règle est uniforme,
elle s'impose aux natures les plus diverses, aux habitudes les moins semblables; l'indulgence peut la
tempérer, mais le bon ordre exige qu'elle soit maintenue. Là rien ne rappelle l'esprit de famille, et c'est
ce que l'œuvre cherche surtout à susciter et à entretenir chez les pauvres femmes sans appui dont elle a
accepté la charge. Elle veut leur donner le repos intermédiaire qui leur permettra de secouer le souvenir de la prison et néanmoins leur laisser une liberté
dont leur initiative profitera pour faire des démarches en vue de découvrir, d'obtenir une condition en
rapport avec leurs aptitudes. Plutôt que de laisser ces
malheureuses sur le pavé avec les quelques sous qui
leur ouvriront les portes d'un garni, l'œuvre les
recueille, les loge et les nourrit, non pas dans une
maison, mais dans des maisonnettes. Elle vient de
créer, sans peut-être s'en douter, les petits asiles,

où la misère trouvera l'étape du réconfort, de la confiance, de la dignité, si la charité les adopte.

De Paris à Saint-Cloud ce n'est plus qu'une grande rue, très peuplée, qui se divise en plusieurs communes, dont Billancourt est la plus importante. Là, sur des voies nouvellement ouvertes, on a loué deux maisons, dont le loyer, — 500 francs par an, — indique l'exiguïté. On pourrait les appeler des infirmeries temporaires, car on y dépose pendant quelques jours, et au besoin pendant quelques semaines, les blessés du vice et de la pauvreté. On n'y souffre pas. Je les ai visitées par un temps glacial ; un feu de coke brûlait dans la grille de la cheminée, l'air y était tiède et l'on y travaillait de bon cœur. C'est la maison comme il en existe tant aux environs de Paris, la maison de l'ouvrier qui a fait des économies et dont le plaisir consiste, pour se défatiguer le dimanche, à se donner une courbature en travaillant à son jardin.

Tout est petit : le couloir d'entrée, la maison, l'escalier, la cuisine, les chambres, le jardinet muni d'un puits et où s'élève l'inévitable gloriette tapissée de vigne vierge. C'est propret, d'apparence modeste et garni un peu à la diable, de meubles, d'ustensiles, de tableaux même donnés par quelque bienfaiteur qui déménageait. Quatre lits dans une chambre, c'est le dortoir des femmes ; trois couchettes dans

une autre pièce, c'est le dortoir des enfants. Dans la
salle à manger, une fillette de seize ans à peine faisait « une page d'écriture », qu'elle copiait dans un
livre d'histoire. C'est Mme de Barrau qui exige que
les libérées illettrées — et elles sont nombreuses —
soient, autant que possible, assidues à s'instruire,
c'est-à-dire acquièrent quelques notions de lecture,
d'écriture et de calcul. Elle a raison ; c'est un outil
de plus qu'elle place entre les mains de la femme
qui devra son existence à son travail.

La jeune fille qui commence si tard son apprentissage scolaire et qui, chose rare, écrit mieux qu'elle
ne lit, est de celles dont on dit volontiers : elle n'a
pas de défense. Assez grande, de visage allongé,
avec les pleines joues de l'adolescence, bien faite et
de regard timide, elle a je ne sais quoi de faible et
d'amolli qui indique une volonté flottante. La main
longue a des doigts en fuseau, bien séparés, de forme
fine, qui doivent être naturellement adroits et habiles aux ouvrages délicats ; là sera peut-être le salut. Elle est sortie de la prévention de Saint-Lazare
avant de comparaître devant la justice ; donc sur elle
nulle flétrissure. Son histoire est des plus simples
et c'est celle de bien des pauvres filles que le diable
a tentées, parce que, dans le milieu misérable où
elles avaient toujours vécu, elles n'avaient jamais eu
à repousser de tentations.

Née dans un hameau, elle est la plus âgée de six enfants ; son père et sa mère, paysans pauvres, cultivent quelque lopin de terre dans un des départements maritimes du nord-ouest de la France. Quand elle eut quinze ans et demi, on l'envoya à Paris : « Va ! Bon vent de fortune, tu es dans la ville où l'or ruisselle ; tu n'auras qu'à te baisser pour en ramasser. » Elle ne savait rien que traire les vaches et sarcler le sillon ; elle savait aussi distinguer l'avoine du froment, science peu appréciée des Parisiens. Elle se plaça comme bonne à tout faire ; c'est le lot de celles qui ignorent tout. Elle était soumise, ne regimbait point contre les rebuffades, était peu payée et admirait les robes de soie que, de la fenêtre de sa cuisine, elle voyait passer dans la rue.

Un jour, sur une table de toilette, elle aperçut des boucles d'oreilles qui valaient peut-être 15 ou 20 francs la paire ; elle les regarda avec convoitise, les essaya, trouva qu'elles lui allaient bien et les garda. On chercha les boucles d'oreilles, on interrogea la servante, qui se mit à pleurer et avoua son larcin : « Ç'a été plus fort que moi. » On la traita de voleuse et on la fit arrêter. Conduite au Dépôt, ahurie, ne se rendant pas compte de ce qui lui arrivait, terrifiée, répondant à peine aux questions qu'on lui adressait, elle n'y resta pas longtemps et fut transférée comme

prévenue à Saint-Lazare. C'est là que l'Œuvre des
Libérées la découvrit.

Le cas était grave, car si la faute était minime,
les conséquences pouvaient en être redoutables : vol
domestique ; article 386 du Code pénal : reclusion.
La pauvre fille n'avait pas encore seize ans accom-
plis ; on admettrait qu'elle a pu agir sans discernement, et alors, — par grâce, — elle sera enfermée
jusqu'à sa majorité dans une maison de correction
paternelle. Entre ces deux maux quel est le moins
cruel ? Il serait difficile de le dire. Les dames de
l'œuvre eurent pitié de cette enfant ; un tel sauvetage à opérer, le salut d'une existence entière à assurer, il y avait là de quoi les tenter, et elles se mirent
en rapport avec la « bourgeoise » qui avait déposé la
plainte. C'était une femme rèche et dure ; à tout ce
qu'on lui disait, elle répondait : « Tant pis pour elle,
ça lui servira de leçon ! » Il ne fallut pas moins de
deux mois d'objurgations et de prières avant d'obtenir que cette femme, vertueuse pour les autres jusqu'à la barbarie, consentît à retirer sa plainte. Les
dames de l'œuvre furent enfin victorieuses ; elles em-
portèrent la petite fille à Billancourt, où je l'ai vue
apprenant à écrire. Dès à présent, si elle est vaillante,
son sort est assuré ; aussitôt qu'elle sera remise des
émotions qu'elle a subies et qui l'ont quelque peu
ébranlée, elle entrera en qualité d'apprentie dans une

industrie de luxe où l'agilité de ses doigts ne lui sera
pas inutile. L'œuvre la suivra des yeux, l'encoura-
gera, fera acte de maternité vis-à-vis d'elle et au besoin lui conservera sa place dans la maisonnette où
elle a trouvé asile. Si celle-là n'est pas sauvée à toujours, je serai bien surpris.

La seconde maison ressemble à la première ; j'y
vois trois femmes occupées à ravauder des bas, un
peu maladroitement, comme si leurs mains avaient
perdu l'habitude de l'aiguille. Deux d'entre elles
sont marquées moins par l'âge peut-être que par
les privations ou les excès ; le doigt brutal de la misère ou de la débauche a modelé leur visage : lèvres
flétries, joues pendantes, paupières lourdes : elles
semblent envahies par une sorte de somnolence qui
donne du vague à leurs regards et de la lenteur à
leurs gestes. Toutes deux ont commis le même
délit : vagabondage. Sans ressource, n'ayant même
pas deux sous pour avoir place à la paille dans le
plus infime des garnis, l'estomac vide, grelottant de
froid, l'une au boulevard Sébastopol, l'autre sur le
boulevard Montparnasse, elles sont entrées dans un
poste de police en disant : « Je n'en puis plus,
arrêtez-moi. » L'expression dont elles se servent est
celle du soldat qui a trop longtemps soutenu un combat inégal, qui jette ses armes et est fait prisonnier ;
elles disent : « Je me suis rendue. » Dans ce cas-là,

les sergents de ville sont très bons ; ils font place
auprès du poêle, afin que la malheureuse puisse se
réchauffer, ils lui donnent à manger et bien souvent
font entre eux une collecte, afin de lui remettre ce
qu'au régiment on appelle le sou de poche.

La troisième femme est tout autre. Elle vient
d'avoir dix-huit ans. Elle est grande et d'ossature
vigoureuse. Des cheveux blonds encadrent le front
bombé, le visage est très pâle, le regard est inquiet,
les lèvres sont minces avec une expression amère.
Elle a quelque chose de l'animal qui a été chassé et
qui sursaute, croyant toujours entendre l'aboi des
chiens derrière lui. Elle n'est pas laide ; mais la
beauté du diable, cette fleur de jeunesse dont les
joues sont veloutées, lui fait défaut ; elle est hâve,
comme si pendant longtemps elle n'avait vécu que
de privations. Elle est mariée ; son mari a vingt-
deux ans ; ils s'aimaient, et courageusement, — im-
prudemment, — ont accroché leur pauvreté l'une à
l'autre. Sans doute ils ont chanté ce couplet d'un
ancien vaudeville :

> Unissons nos deux infortunes,
> Nous en ferons peut-être du bonheur !

La misère fut pesante ; point d'ouvrage : on en cherchait et l'on n'en trouvait pas ; successivement tout
ce qui représentait une valeur quelconque fut engagé
au mont-de-piété.

Un soir que ces deux malheureux n'avaient point mangé depuis vingt-quatre heures, ils entrèrent dans un restaurant de bas étage et se firent servir à dîner. Le total de la dépense s'élevait à quarante-deux sous; lorsqu'il fallut payer, l'homme fit mine de fouiller dans ses poches, parut surpris et déclara qu'il avait oublié son porte-monnaie. On appela les sergents de ville, et les deux affamés, après une nuit passée au « violon », furent écroués au Dépôt, où l'Œuvre des Libérées les aperçut. Le gargotier fut immédiatement désintéressé et, sans hésitation, fit mettre à néant la plainte qu'il avait déposée. La femme fut conduite à l'asile, où elle restera jusqu'à ce qu'elle soit un peu « refaite », pendant qu'on lui cherche une condition; quant à son mari, on espère le faire admettre promptement dans une des usines de Billancourt, car il est de principe chez les dames de l'œuvre de rapprocher autant que possible les personnes appartenant à la même famille.

Les petits asiles sont placés sous la direction de femmes choisies par l'œuvre; logées, éclairées, chauffées, elles reçoivent un franc par jour et par pensionnaire, mais elles sont chargées de pourvoir à la nourriture. Dans la cuisine, j'ai soulevé le couvercle d'une casserole et j'ai découvert un ragoût de veau aux carottes qui mijotait en dégageant un fumet de bon aloi. L'utilité de ces maisons de refuge sera ap-

préciée, lorsque l'on saura qu'en 1886 on y a fait
1,504 journées de présence, sans compter que pendant 250 nuits on a donné l'hospitalité à des femmes
qui, travaillant le jour au dehors, venaient y dormir.
Ce monde, qui de sa vie passée a dû garder au moins
quelques oscillations, est-il tout à coup devenu irréprochable? J'ai voulu, comme l'on dit, en avoir le
cœur net, et je m'en suis allé trouver le maire de la
commune.

C'est un homme fort expert en matière administrative et de cœur charitable; la crèche, l'école maternelle, l'hospice des vieillards de Billancourt peuvent servir de modèle sous le triple rapport de
l'installation, de la bonne tenue et de l'économie. A
ma question : Quelle est la conduite des femmes protégées par l'Œuvre des Libérées de Saint-Lazare, il a
répondu : « Jamais elles n'ont donné lieu à aucune
plainte; vous entendez, jamais; je les aide, en leur
accordant des bons de pain, de viande, de chauffage;
des bons de lait, si elles ont des enfants; c'est à cela
que se borne mon intervention, car, je vous le répète, non seulement je n'ai pas eu à sévir, mais je
n'ai même pas eu d'observation à adresser à une
seule d'entre elles. »

Un fait prouve que le maire ne s'est point trompé :
plusieurs pensionnaires des petits asiles ont été pourvues de conditions à Billancourt même, y restent et

ne sont point mécontentes de leur sort. Une seule
catégorie de femmes est résolument mise en dehors
de l'action de l'œuvre : c'est la catégorie des femmes
qui boivent ; celles-là sont ingouvernables, puisqu'elles ne se possèdent plus, et elles sont incorri-
gibles, car l'alcoolisme est une maladie chronique
avec accès aigus. Une dame patronnesse me disait
énergiquement : « On guérit du vol, on ne guérit pas
de l'eau-de-vie. » On est donc forcé de les abandonner ; plus tard, l'Assistance publique les recueillera et les internera à la Salpêtrière, dans la section
des aliénées. Quant aux coupables qui ont passé ou
qui auraient pu passer devant la police correctionnelle pour des délits de droit commun, on n'en désespère pas. Il est rare que celles qui se donnent de
plein cœur à l'œuvre réparatrice n'en soient pas
récompensées et ne parviennent pas à se redresser
tout à fait. Il leur faut du courage, de la résignation, et bien souvent savoir se vaincre à force d'humilité.

Les maîtresses, — bourgeoises ou patronnes d'atelier, — chez qui vont servir ces malheureuses, ne
sont point toutes des créatures angéliques, tant s'en
faut. Les âmes charitables et pénétrées de noblesse
ne sont point rares, je le sais ; beaucoup de femmes
qui acceptent des libérées de Saint-Lazare, dont on
ne leur a point laissé ignorer les antécédents, sont

bonnes dans l'acception large du mot; elles s'associent de leur mieux aux efforts tentés par l'œuvre et
à force de patience, de douceur, essayent de ramener
des esprits que le vice a mal conseillés, que la punition a affaissés et qui, malmenés par le sort ou par
leur faiblesse, restent méfiants des autres et d'eux-
mêmes. Presque toujours c'est la mansuétude qui
triomphe et fait naître des dévouements dont parfois
on reste surpris. L'ancienne détenue en accomplis-
sant tous ses devoirs a reconquis tous ses droits.

Malheureusement, il n'en est pas toujours ainsi.
Plus d'une femme, de caractère dur et de calcul par-
cimonieux, va prendre une servante parmi ces dé-
classées de la prison, parce qu'elle sait qu'elle « aura
barre sur elle », lui donnera des gages dérisoires,
l'accablera de besogne et la tiendra à merci par l'abjection même de son passé. Celles que leur mauvaise
fortune pousse chez de telles maîtresses deviennent
des souffre-douleur et peuvent se croire aux travaux
forcés. A la moindre étourderie, à la moindre erreur
de service, la litanie des reproches commence et
recommence : « Vous savez, ma fille, il ne faut point
oublier où je vous ai ramassée, et que sans mon bon
cœur vous seriez encore dans le ruisseau ; ce n'est
pas tout que d'avoir été voleuse et d'être reprise de
justice, il faut obéir et tâcher d'être moins bête. »
La malheureuse courbe la tête comme un chien battu

et ne souffle mot; il lui semble que l'on va venir la
chercher pour la reconduire en prison. Les avanies
se renouvellent; elle les supporte encore, elle les
supporte toujours et finit par en prendre l'habitude;
à moins qu'un jour l'exaspération ne la saisisse et
qu'avec une maladresse calculée elle ne laisse tomber
une lampe alimentée d'huile de pétrole qui met le
feu à la maison où l'on s'est plu à la faire souffrir.

Le nombre des femmes que l'Œuvre des Libérées de
Saint-Lazare parvient à retirer du bourbier où elles
croupissaient est-il considérable? Des chiffres officiels peuvent répondre : 1,412 femmes, je l'ai dit, ont
passé au vestiaire pendant le cours de l'année 1886;
sur cette quantité, 216 y sont retournées, réclamant
l'intervention, les conseils de la Société, ou venant
lui apporter témoignage de gratitude; celles-là sont
en volonté de bien faire et y réussissent. Plus du
sixième, c'est beaucoup; c'est de la charité placée à
beaux intérêts; de tels résultats sont pour encourager
et prouvent combien cette œuvre de salut est utile.

Les femmes de bien qui s'y consacrent, sans mar-
chander leur temps ni leur peine, n'ont d'autre but
que de secourir des malheureuses et de leur enseigner à nouveau l'exercice du devoir qu'elles ont
oublié, en admettant qu'elles l'aient jamais connu.
Ce but a été singulièrement dépassé, car elles font
acte de préservation sociale : en protégeant l'individu,

elles sauvegardent la collectivité; en arrachant les prévenues, les anciennes détenues à la circulation du vice, elles neutralisent dans une certaine mesure les dangers qui sans cesse menacent l'agglomération parisienne. La sécurité publique leur doit quelque reconnaissance; lier le mal, l'enfermer dans le bien, l'empêcher d'en sortir, c'est une action méritoire que l'Œuvre des Libérées accomplit avec énergie.

Que les dames sociétaires me permettent, en terminant, de leur adresser un conseil; c'est celui d'un homme qui a sondé certaines plaies sociales et qui, de son étude, a rapporté une conviction que ni les polémiques intéressées, ni l'hypocrisie des doctrines préconçues, ni les illusions des esprits enthousiastes n'ont jamais ébranlée. L'œuvre n'agit à Saint-Lazare que sur les prévenues et sur les détenues, c'est-à-dire sur les femmes coupables ou innocentes que la justice attend et que la justice a punies ou acquittées. Qu'elle s'en tienne là. Il est une section de la vieille geôle où l'œuvre ne doit jamais apparaître : elle n'y rencontrerait que la déception même, la déception faite de lâcheté, de mensonge et de perversion inconsciente. Celles que l'on rassemble là, comme un troupeau de brebis galeuses, sont atteintes d'un mal plus invétéré, plus grave, plus incurable que l'alcoolisme; il est possible que le corps en vive, mais, à coup sûr, l'âme en meurt. Sur cette caté-

gorie de créatures que nul mot honnête ne peut désigner, l'administration chargée du soin de la salubrité publique a seule qualité pour agir, comme elle
a qualité pour faire enlever les ordures de la voie
publique, prescrire des mesures préventives en cas
d'épidémie, arrêter les malfaiteurs et faire jeter à la
rivière les vins frelatés. A Saint-Lazare, il y a plusieurs prisons : que l'Œuvre des Libérées reste résolument confinée dans celle où elle a déjà rendu tant
de services.

Depuis que ce chapitre est écrit, d'importantes modifications ont
été apportées au régime de Saint-Lazare, sur l'initiative de M. Her-
bette, directeur des établissements pénitentiaires au ministère de l'intérieur. Seules les femmes de mauvaise vie punies par voie administrative resteront dans la vieille prison ; les prévenues seront internées
à la maison de répression de Nanterre ; les détenues jugées seront
transportées dans une division spéciale de la maison centrale de Doul-
lens ; les jeunes filles en correction paternelle seront placées à la Conciergerie, dans l'ancien *quartier des cochers*, que l'on est en train
d'aménager pour elles. Ces mesures sont excellentes et l'on ne saurait
trop y applaudir.

CHAPITRE II

LE PATRONAGE DES LIBÉRÉS

I

La pensée qui a présidé à la fondation de la Société
dont je vais parler est tout entière de préservation
sociale. Elle est née de nos discordes civiles, au lendemain de la plus impie des insurrections, de celle
qui s'est appelée et que l'histoire appellera la Commune. Les révoltés avaient bien su ce qu'ils faisaient.

6

En mettant le feu à la Préfecture de police et au Palais de justice, ils anéantissaient « les casiers judiciaires », c'est-à-dire leurs titres de noblesse dans le crime et le délit, les documents officiels constatant les condamnations antérieures, les pièces où les magistrats cherchaient et retrouvaient les antécédents des accusés. C'était, en quelque sorte, faire peau neuve et se débarrasser du bagage encombrant des récidives.

Le calcul était ingénieux, mais il fut déjoué, car en France l'administration est personne de précaution ; elle sait que les paperasses sont sujettes à s'égarer, c'est pourquoi il ne lui déplaît pas de les multiplier ; tôt ou tard, elle y trouve avantage. Par le ministère de la justice, par les greffes de province, il fut possible de reconstituer les documents que l'incendie avait détruits. Les conseils de guerre ne se firent faute de les interroger, et l'on reconnut, sans trop de surprise, que la plupart des fédérés arrêtés les armes à la main, noirs de poudre et gluants de pétrole, avaient, en nombre appréciable, traversé les tribunaux correctionnels et les cours d'assises[1]. On s'en émut, on fit, comme toujours, plus de rhétorique que de besogne ; on parla de « l'armée

---

1. Pendant la période d'investissement de Paris par les armées allemandes, la garde nationale comptait plus de 25 000 repris de justice. (Voir *Enquête parlementaire sur le 18 mars; déposition de M. Cresson, ancien préfet de police.*)

du crime, du bas fond social, du péril qui menaçait la civilisation, de la moralisation des classes pauvres, des mauvaises passions qui sapent les bases » ; on entassa lieu commun sur lieu commun, puis chacun retourna à ses affaires et personne n'y pensa plus.

Le danger auquel la France venait d'échapper, non sans avoir reçu plus d'une blessure profonde, était cependant de ceux qui méritent quelque méditation. La justice avait fait son devoir en frappant les récidivistes plus sévèrement que ceux dont le casier judiciaire était encore intact ; la société s'écartait du criminel qui légalement était quitte envers elle, puisqu'il avait purgé sa peine ; l'État restait impuissant à subvenir à des besoins qui, pour être supportés par des gens peu dignes de pitié, n'en sont pas moins cruels. Que n'aurait-on pas dit et quelle thèse de déclamation, si le budget avait inscrit à sa dépense une somme destinée à secourir les repris de justice : Tant d'hommes honnêtes dans la misère, abandonnés à eux-mêmes, et des criminels émargeant au trésor public comme des fonctionnaires ; la probité est donc une duperie, puisque le vice reçoit une prime d'encouragement, une sorte de pension de retraite après avoir fait son temps de prison. On entend d'ici les plaintes de la moralité et les dissertations de la philosophie.

On ne fit rien, on ne tenta rien en faveur des

libérés que la surveillance de la haute police main-
tenait alors dans des résidences déterminées, où le
plus souvent ils ne trouvaient point d'ouvrage et
retombaient en récidive : les précautions prises pour
sauvegarder la société créaient un péril pour elle.
La question a toujours été mal envisagée ; il ne s'agit
point de faire du sentiment et de se lamenter sur un
pauvre assassin ou sur un voleur infortuné qui,
presque toujours, n'est qu'un gredin de basse espèce ; il s'agit de sécurité publique et d'enlever aux
délinquants le prétexte, sinon le motif de la faim.

La loi récemment votée sur la relégation des récidivistes produira de bons résultats, si on l'applique
d'une façon rigoureuse, et surtout si on lui donne
une large extension. Tout individu qui a des habitudes pernicieuses, qui a fait devant la justice ses
preuves d'incapacité morale, doit être mis hors d'état
de nuire dans le milieu même que ses méfaits
ont déjà attaqué. Il ne manque point en Algérie, au
Sénégal, au Congo et ailleurs, de terrains où les
libérés pourraient avoir l'indépendance de leurs
actions et trouveraient à vivre. Dans bien des pays
ils peuvent être des pionniers dont le travail ou l'esprit d'aventure aurait un avenir fécond. Il y a un
siècle que le capitaine Philips fonda Botany-Bay à
l'aide de huit cents déportés : on sait ce que l'Aus-
tralie est devenue.

A l'heure où fut conçue l'idée de venir en aide
aux libérés, le projet de la loi de relégation n'était
même pas formulé, et l'on sentait, surtout après les
désastres dont le pays avait été frappé, qu'il y aurait
imprudence à demander au gouvernement de
prendre en main la cause des criminels, lorsque
tant de victimes de la guerre et de la Commune supportaient un état misérable qu'il était presque impossible de soulager. L'initiative individuelle pouvait
seule assumer une tâche que les pouvoirs publics
devaient répudier. C'est ce qui se produisit. Par une
contradiction qui n'est qu'apparente, l'impulsion
première partit du ministère de l'intérieur.

M. de Lamarque était chef du premier bureau à
la direction des prisons et des établissements pénitentiaires. Nul mieux que lui n'avait pu, par fonction, se rendre compte de la quantité de récidivistes
qui, ayant endossé l'uniforme de garde national,
avaient troublé Paris pendant la période d'investissement et s'étaient dressés contre la civilisation
même, au cours des néfastes journées qui vont du
18 mars au 28 mai 1871. Il poussa un cri d'alarme[1].
Ses attributions lui permettaient de mesurer l'étendue
et la profondeur du péril ; comment y porter remède ?
Chez lui, le fonctionnaire se doublait d'un homme

1. *La Société moderne et les Repris de justice*, par M. J. de Lamarque. Paris, 1875, Dentu. — Brochure de 45 pages.

de bien, philanthrope dans le sens élevé du mot, peu sujet aux illusions, mais animé d'une volonté qui s'appuyait sur une longue expérience de la catégorie spéciale dont il aspirait à neutraliser les mauvais instincts. Il se demanda si la société faisait tout son devoir en punissant, si elle n'aurait point intérêt à mettre le libéré à même de vivre de travail, tout en prenant contre lui les précautions que justifiaient de coupables antécédents.

Cette tâche de préservation et de relèvement individuel, l'État ne pouvait l'entreprendre, mais elle pouvait tenter l'émulation de quelques âmes à la fois charitables et prévoyantes qui comprendraient qu'empêcher un malheureux de retomber dans le crime, c'est lui rendre service, et c'est en même temps supprimer un élément de perturbation sociale. Il se mit à l'œuvre et fit pour les prisonniers adultes ce que déjà l'on faisait en faveur des jeunes détenus : il créa une Société de Patronage. Il ne se limita pas et ne repoussa personne ; il accueillit non seulement les détenus correctionnels, mais les reclusionnaires, les forçats, les récidivistes ; à chacun il ne demanda que le ferme vouloir de rentrer dans la vie normale par le travail et la conduite régulière.

On peut penser que les déceptions ne lui manquèrent pas ; mais plus d'une fois il eut lieu d'être satisfait, en acquérant la certitude qu'il avait sauvé des malheureux et restitué à la circulation des forces redevenues utiles. Dans l'élaboration de son projet, il eut pour confident et pour auxiliaire un de ses amis, M. Revell La Fontaine, dont l'intelligence et la bonté furent émues par la perspective du bien que l'on allait tâcher de faire. Lui non plus, il ne se ménagea pas; l'indépendance de sa fortune lui permit, en certaines occurrences difficiles, d'être mieux qu'un conseiller écouté; il a été, il est resté fidèle à la pensée qui a présidé à cette fondation de miséricorde, et nul n'y a été plus dévoué que ce collaborateur volontaire.

Pas un instant M. de Lamarque ne crut que son action bienfaisante pourrait s'exercer indifféremment sur tous les libérés. Il connaissait trop bien ce monde-là pour avoir conçu de si ambitieuses espérances, mais il s'était dit que s'il parvenait à arracher aux méfaits et aux geôles quelque pauvre homme qui n'avait failli que par désespoir, entraînement ou faiblesse, il n'aurait perdu ni son temps ni ses peines; il pensait aussi que la vue d'un criminel, relevé par son propre effort, réhabilité par lui-même, serait de bon exemple et pousserait dans la voie droite ceux qui s'en étaient écartés plutôt par circonstance que par instinct. Dans ce monde étrange qui rôde autour de la société comme une bande de loups autour d'une bergerie, il serait injuste de ne voir que des êtres malfaisants, uniquement guidés par leurs passions, ne reculant devant rien pour obtenir du crime ce qu'ils n'ont point le courage de demander au travail.

Certes, de tels hommes existent, et le nombre en est considérable sous la discipline de la chiourme. Il est douloureux, mais il n'est qu'équitable de reconnaître que les lois de l'atavisme pèsent parfois lourdement sur certaines natures : on pourrait citer des dynasties de voleurs, comme on cite des dynasties souveraines ; on s'y succède de père en fils, et certains noms, appartenant à la même famille, se reproduisent, depuis deux siècles, sur les livres d'écrou. Le vol n'est plue un métier, c'est une vocation ; on en reçoit les aptitudes au jour de la naissance, comme les germes d'une maladie héréditaire que l'âge développera et rendra incurable. Dès que l'enfant est hors de langes, dès qu'il peut se mouvoir, courir, faire usage de ses mains, il vole ; la famille l'y encourage, excitant son émulation et perfectionnant son adresse. S'il est arrêté, on l'acquitte comme ayant agi sans discernement ; mais il est enfermé, jusqu'à sa majorité, dans une maison d'éducation correctionnelle ; dès lors il est réservé à la prison, à la maison centrale, au bagne et peut-être à l'échafaud.

Il n'est pas besoin d'appartenir à une lignée de malfaiteurs pour naître avec des instincts pervers ;

il est des enfants, de cervelle défectueuse, que le
vice saisit dès leurs premières années; ni l'exemple
de la probité, ni les reproches, ni les encouragements
à bien faire, ni les punitions ne peuvent rien sur
ces êtres de moralité inférieure; ils sont venus au
monde noués, rien ne les redressera; ils ont dans
l'organisme je ne sais quoi qui les conduit naturellement au mal. J'en ai rencontré dans les prisons,
j'ai causé avec eux, la notion du bien et du mal
leur échappe; la religion, la morale, la philosophie,
la justice, tout ce qui, en un mot, constitue la civilisation, a glissé sur eux sans les pénétrer; ils sont
restés l'homme primitif, l'homme de l'âge de pierre,
qui vole, tue, s'enivre parce qu'il n'est encore qu'un
animal. Ils ne respectent rien, ne redoutent que la
force, qu'ils ont en horreur parce que souvent elle
les domine et protège les autres contre eux. Le fond
même de ces bêtes humaines, c'est la paresse et l'alcoolisme; l'idéal de l'existence leur apparaît comme
une orgie permanente : être couché et boire toujours,
quel rêve! Parfois je me suis demandé si ces êtres
incomplets n'étaient point des malades, et si leur
place ne serait pas plutôt à Bicêtre qu'à la Grande-
Roquette. Grave question, qu'il ne faut point trop
agiter, car la réponse pourrait désarmer la loi et
compromettre le salut social.

Avant, pendant, après l'emprisonnement, nulle

influence ne parvient à pénétrer ces criminels qui
semblent nés pour le crime; libres, ils cherchent
un bon coup à faire; détenus, ils aspirent à se
venger de ceux qui les ont punis; libérés, ils retournent au méfait, comme le chacal retourne à
son vomissement. Avec eux, rien à faire, et M. de
Lamarque a dû être certain d'avance que son action
ne les atteindrait pas. Il n'en est pas de même des
hommes qui sont devenus voleurs par habitude et,
ceci est cruel à dire, par nécessité. C'est parmi eux
que se recrute, en majeure partie, la classe des
récidivistes; petits délits en général et, par conséquent, peines minimes. Quelques-uns sont ferrés
sur le Code pénal et savent ne jamais s'exposer qu'à
un emprisonnement variant de trois mois à une
année, ce qui leur permet de faire leur temps dans
les prisons de Paris, où, malgré la surveillance, les
relations avec les complices ne sont point impos-
sibles.

Un homme a commis un vol ou une escroquerie,
il est condamné. Lorsqu'il a purgé sa peine et qu'il
est libre, il a en poche une somme dérisoire qui
ne lui donne ni le pain quotidien, ni le loisir de
faire des démarches pour trouver une place; sa
situation de libéré lui ferme les portes : où aller?
il n'a pas de domicile : que devenir? il n'a plus
d'argent : « *Item* faut vivre, » disait un condamné

après avoir écouté les considérants de son jugement. La faim est pressante; on vole de nouveau,
et la prison ressaisit celui qu'elle vient de lâcher.
L'aurait-elle repris si, au jour de sa libération, le
malheureux avait trouvé une main secourable, un
asile et un emploi, si infime qu'il fût, et la possibilité de manger chaque jour? Pour certains hommes,
qui déjà ont traversé les cellules pénitentiaires,
l'heure de la mise en liberté est redoutable; ils
n'ont oublié ni les angoisses, ni les vains espoirs,
ni la lutte contre eux-mêmes, ni la rechute qu'ils
eussent voulu éviter. Ce souvenir les déprime, et
à une indépendance faite de tourments ils préfèrent
le séjour de la maison de détention, où du moins
ils sont nourris à peu près, où ils dorment à l'abri,
où ils sont soignés s'ils sont malades. Lorsqu'ils
comparaissent devant la justice, ils ne font rien
pour atténuer leur faute : ils espèrent, ils désirent
le maximum, et sont déçus s'ils ne l'obtiennent pas.
Parfois même ils commettent intentionnellement un
délit en plein tribunal, afin, comme ils le disent,
de se mettre du pain sur la planche pour longtemps.

Au mois de février 1887, deux hommes précédemment condamnés à une peine légère passent en
police correctionnelle; délit de filouterie insignifiant :
l'un et l'autre étaient entrés chez un marchand
de vin et avaient dépensé à leur repas 1 fr. 60,

qu'ils n'avaient pu payer. L'un des prévenus dit :
« Je ne veux pas être un voleur, je n'avais rien à
manger, on m'avait mis hors de la prison comme
un chien, sans un sou. » Le tribunal le condamne
à six mois et son complice à un mois d'emprisonnement. Le premier salue les juges et leur dit :
« Vous n'êtes que des bourriques ! » Le second
déclare qu'il s'associe à l'opinion de son camarade. Le tribunal, jugeant d'urgence, les frappe
chacun d'une peine de deux ans de prison. Les
deux prévenus savaient quel serait le résultat de
l'insulte, et c'est pourquoi ils l'ont proférée. Ils y
gagnent deux années de subsistance et la possibilité
de faire « une masse » qui leur donnera quelques
semaines de tranquillité au jour de leur libération.
Ce fait se renouvelle fréquemment.

Il est une autre catégorie de condamnés dignes
de pitié, car ils ont péché par ignorance, presque
de bonne foi, égarés dans leur débilité intellectuelle. Volontiers je les nommerais les embrouillés.
Nos paysans du Perche ont un mot pour désigner
l'homme embarrassé de tout et neutralisé par la
moindre complication ; ils disent : « Il se noie
dans son crachat. » Bien des gens qui sont sous
les verrous ont été, eux aussi, noyés dans leur
crachat. Appelés à une fonction qu'ils sont incapables d'exercer, ils font sur eux-mêmes un effort

perpétuel dont la fatigue les rend plus impropres
encore à leur besogne. Ils ont beau travailler,
déployer du zèle, veiller, s'ingénier de mille façons
pour éclairer leur obscurité, ils restent dans les
ténèbres et s'y perdent. Caissiers, ils embrouillent leurs chiffres et dénaturent involontairement
les additions; commis dans un magasin, ils embrouillent les marchandises et confondent le prix
des unes avec le prix des autres; garçons d'hôtel,
ils embrouillent les clés, les vêtements et le linge :
en toute chose ils sont ahuris.

Il en résulte des irrégularités qui ressemblent à
des indélicatesses et les conduisent devant les tribunaux; ils s'embrouillent dans leurs explications,
ils s'embrouillent dans leur défense; ils impatien-
tent les juges, les témoins, leur avocat : la cause
est entendue! on les envoie en prison, et ils ne
comprennent rien à ce qui leur est arrivé. Ils accusent la destinée, ils accusent leurs patrons, ils accusent la magistrature, ils accusent tout le monde
excepté eux, qui doivent leurs désastres à leur incapacité mentale et à un amour-propre exagéré. En
réalité, ils ne sont point coupables : aussi ne peu-
vent-ils se repentir; mais ils sont désespérés. Sur
ceux-là on peut agir, rien n'est plus facile, car
ils se donnent avec confiance et, en quelque sorte,
avec naïveté; on s'empresse à les sauver, et on les

sauve, à condition de les pourvoir d'un emploi qui
ne dépasse point leur intelligence.

La catégorie de délinquants sur laquelle on peut
exercer une action bienfaisante est celle des hommes
qui n'ont point reculé devant un compromis de conscience et qui ont commis une faute que l'on a
découverte avant qu'ils aient eu le temps de la réparer. Catégorie nombreuse, digne d'intérêt et qu'il est
aisé de rendre au bien, si la démoralisation pénitentiaire ne les a point pervertis. La quantité d'individus que les circonstances ont sollicités, qui n'ont
pas su résister à une pensée mauvaise, qui sont
coupables d'un larcin, d'une filouterie, d'une escroquerie, d'un vol même dont la justice n'a pas eu
à s'occuper, est très considérable. Nous les côtoyons
partout, dans les rues et ailleurs. Leur « patron »,
par bonté, par insouciance ou par pitié, n'a point
voulu faire d'esclandre ; la perte est minime, il la
supporte en maugréant, mais il ne dépose pas de
plainte ; il congédie le malheureux : « Va te faire
pendre ailleurs ! » et tout est dit. Mais si le patron
est d'esprit acerbe, si déjà il a été trompé, il cède
à un mouvement d'irritation que peut-être il re-
grettera trop tard : dès lors arrestation, prévention,
jugement, condamnation ; toute une existence est
compromise, si la Société de Patronage n'intervient pas.

C'est là, dans ce monde qui n'est que faible, auquel il faut savoir éviter les tentations de la récidive, qu'elle fait son meilleur sauvetage. Souvent, très souvent elle a remis dans la bonne route des hommes d'instinct honnête, qui s'en étaient écartés momentanément. A ces pauvres gens, qui ont payé cher l'oubli de soi-même, la leçon a profité : en eux persiste un sentiment d'humiliation sur lequel ils s'appuient énergiquement pour revenir à la probité et reconquérir une considération dont ils sont avides. Il est facile de les aider, car ils s'aident eux-mêmes ; pour les sauver, il suffit parfois de leur tendre la main, comme à un homme tombé à l'eau, mais qui sait nager. Le comptable qui fait un emprunt à la caisse et ne peut le restituer avant la vérification de ses livres, le garçon de recette qui prélève quelque somme sur la facture dont il a touché le montant et qui compte la rendre lorsqu'il aura reçu ses gages, cela se voit tous les jours et c'est le fond même de la police correctionnelle. La peine terminée, où iront-ils? A la misère, si on ne les secourt et, par conséquent, à la récidive. Aussi on s'en occupe avec prédilection et pour eux les efforts redoublent.

Plus d'un est entré en prison écrasé par la chute et par la condamnation, repentant de sa sottise, réellement vertueux, malgré sa faute, s'excitant à supporter courageusement le temps de l'expiation, et se jurant de ne reculer devant aucun sacrifice pour parvenir au relèvement. Ils sont de bonne foi, l'on n'en peut douter, et cependant, lors de leur libération, ils sont gangrénés jusque dans les moelles; la prison a fait son œuvre et leur a communiqué ses impuretés. Dans le milieu d'immondices sociales où ils ont vécu, ils n'ont respiré que l'air du vice; ils n'étaient point de tempérament solide et la contagion les a pénétrés. Ils ont bu toute honte, jeté leur probité par-dessus les lois, et dans la société ils ne voient plus qu'une ennemie à laquelle il est légitime de livrer bataille. Ils ont écouté le catéchisme du vol, ils se sont approprié les doctrines malfaisantes, ils ont été séduits par la vanité de la lutte, et tel qui a été accablé de remords pour avoir dérobé 20 francs, qui a été désespéré d'avoir été frappé d'une peine de trois mois d'emprisonnement, pratiquera le vol avec effraction et tuera pour essayer de s'assurer l'impunité.

Le fait n'est peut-être pas très fréquent, mais il n'est pas rare non plus : il résulte de la prison même. Elle reçoit le condamné, l'enferme, le garde, le met dans des ateliers qui sont des écoles de perversion, dans des dortoirs qui sont des écoles de dépravation, et ne fait rien ni pour son intelligence ni pour son âme. Elle n'est responsable que d'un détenu; on le lui confie, elle le rend; c'est tout ce qu'elle exige d'elle-même; elle se tient quitte envers tous, car on ne lui a pas imposé d'autres obligations. Dans un rapport présenté à Louis-XVIII, le 9 avril 1819, le comte Decazes disait : « Il est du devoir comme de l'intérêt de la société d'exiger qu'aucun soin ne soit négligé pour opérer la réforme morale de celui qui doit rentrer un jour dans son sein. » Excellente parole, mais voilà bien des années qu'elle attend confirmation. Au point de vue matériel, des progrès considérables ont été réalisés, on ne peut qu'y applaudir; mais sous le rapport de l'amendement il serait temps de commencer, car nulle tentative sérieuse n'a encore été faite.

La seule mesure efficace qui ait été adoptée et qui pourra mettre fin au danger permanent de la promiscuité et à la contagion de l'exemple, est la loi du 5 juin 1875, en vertu de laquelle toute prison de courte peine doit être aménagée pour le régime cellulaire. Depuis qu'elle a été promulguée, cette loi, qui touche les départements aussi bien que Paris, est-elle exécutée? J'en doute; les vieux abus ont la vie longue en France, et dans bien des prisons on retrouvera ce pêle-mêle où se recrutent, où s'exercent, où se perfectionnent les troupes du méfait et du vice. Il ne faut se lasser de répéter que la prison doit être un hôpital moral, sinon elle agit

7

contre son but, et rend à la société des éléments
plus dangereux que ceux qu'on lui a remis en garde,
car elle n'est que l'école normale de la stratégie criminelle. Je demandais à un condamné qui avait
commis des actions abominables avec une adresse
et une énergie surprenantes : « Où as-tu si bien
appris ton métier? » Il me répondit : « En centrale ;
au pays boisé. » Le pays boisé, c'est la maison de
reclusion de Clairvaux.

Ceux qui échappent à l'influence de ce milieu
d'infection et sortent indemnes de la pourriture
dans laquelle ils ont vécu, sont rares ; j'en ai person-
nellement connu deux qui, après de tristes aventures, ont été des hommes impeccables et ont même
fait leur chemin dans la vie. Tous deux sont morts,
leur histoire date de loin ; elle est bien antérieure
à la fondation de la Société de patronage des libérés,
et je peux la raconter sans inconvénient. L'un d'eux
fut mon camarade, dans un des nombreux collèges
où s'attrista mon enfance. C'était un garçon sans
gaieté, un peu sournois, volontiers soupçonneux.
qui, ses études terminées, ne sut pas choisir son
orientation ; il touchait à tout, aux lettres, à la
peinture, au journalisme politique, à la chimie
pour laquelle il avait du goût, au droit dont on
lui avait imposé l'apprentissage. Il vivait dans le
quartier Latin, à l'aide d'une modique pension

qu'il recevait de sa famille, qui n'était point riche.

Il avait associé à son existence une fille jeune, blonde, d'allures un peu molles, demi-grisette, demi-ouvrière, type aujourd'hui disparu, mais fort commun il y a quarante-cinq ans. Le faux ménage allait cahin-caha ; on se disputait parfois : querelles d'amoureux qui ne duraient guère. Un jour, la discussion fut vive, car la jalousie s'en était mêlée. Il s'oublia jusqu'à la frapper ; elle fut prise de terreur, ouvrit la fenêtre et appela au secours. Il craignit un scandale, et voulut la faire rentrer ; elle se cramponna à la barre d'appui. Que se passa-t-il dans la tête du malheureux ? Il saisit un couteau, se jeta sur elle et lui coupa la gorge. Ceci se passait à la croisée, dans une rue fréquentée, en plein midi ; cinq minutes après, il était arrêté. La cour d'assises fut sans clémence et le condamna à dix ans de travaux forcés. Au bout de la huitième année, il fut gracié, et dispensé du séjour obligatoire dans une ville désignée, car à Toulon sa conduite avait été correcte. Il revint à Paris et s'y perdit dans la foule. Son nom, par un hasard étrange, était celui d'un instrument de punition usité dans les maisons de force ; il en changea.

Je le rencontrais souvent ; jamais je ne lui fis mauvais accueil, et jamais non plus, on peut le croire, je ne me permis la moindre allusion. Il faisait pitié

à voir, car il vivait sous l'oppression d'une crainte
perpétuelle ; son regard, plein d'anxiété et de sollicitation, semblait toujours implorer le silence. Sa
misère fut dure, il la supporta simplement, sans
emphase et sans plainte ; il ne recula devant aucune
besogne, pour ne devoir son pain qu'à son travail.
Plusieurs fois on lui proposa de lui venir en aide, il
refusa. Il était passé maître en l'art de rédiger les
catalogues, il y trouva une rémunération suffisante et
fut enfin attaché à une très importante publication ;
il y fit paraître plusieurs volumes qui furent remarqués. Ceux qui les ont lus ne se doutent guère
que le nom qu'ils ont répété avec éloge cache celui
d'un ancien forçat. Il est mort environ deux ans
avant la guerre. Parmi les objets qui composaient
son mobilier, on trouva une boîte en paille tressée
qui contenait un anneau de la chaîne qu'il avait
portée. J'imagine qu'en ses heures de défaillance,
qui ont dû sonner souvent, il ouvrait le petit coffret
et chassait les pensées mauvaises. C'est peut-être
grâce à ce talisman qu'il s'est maintenu droit.

L'autre n'avait sur la conscience qu'une peccadille
que l'on a trop brutalement punie. Il n'avait rien
d'un meurtrier, tant s'en faut ; c'était un bon
vivant, exubérant, joyeux, spirituel et gai, ne résis-
tant pas à sa jeunesse qui l'entraînait, qui faillit le
perdre et l'eût perdu s'il n'avait eu le cœur haut

placé. Un samedi de carnaval, n'ayant pas d'argent pour aller au bal de l'Opéra, il brisa un tiroir dans l'étude de l'officier ministériel chez lequel il travaillait et y prit une cinquantaine de francs ; puis, le soir venu, il s'habilla en « général étranger », alla retrouver ses camarades, passa la nuit à danser, soupa, et le lendemain avait l'oreille basse, car il s'attendait à recevoir une forte semonce et peut-être même à être congédié. La semonce fut un interrogatoire que lui fit subir le commissaire de police, car son patron l'avait dénoncé. Trois ans d'emprisonnement. Il fut envoyé dans une maison de détention et y resta dix-huit mois.

Il se secoua et regarda la vie en face : non, tout n'est point désespéré pour une frasque de jeune homme dont on n'a même pas prévu les conséquences. Il entama résolument la lutte du travail, et, je le dis à la louange de ce monde parisien trop souvent calomnié, chacun s'empressa de l'y aider. Personne ne souleva le nom sous lequel il dissimulait son nom véritable, que nul n'ignorait. Jamais on n'eut l'apparence d'une action même douteuse à lui reprocher. Très répandu, très recherché même, affable, obligeant et courtois, il s'était créé mieux que des relations, il avait des amis ; avec lui, la sécurité était parfaite ; il eut son heure de notoriété et, lorsqu'il obtint des succès, on ne lui ménagea pas les

applaudissements. Quand il mourut, encore jeune,
on parla beaucoup de lui et dans bien des journaux;
aucune allusion pénible ne fut faite à son passé; le
respect que son effort et sa rectitude avaient inspiré
lui survécut.

Les deux hommes dont je viens de parler sont
dignes de tout éloge; plonger dans le cloaque pénitentiaire, en sortir et n'en garder aucune scorie,
c'est faire acte de vertu. Jamais je n'ai rencontré
l'un ou l'autre sans me rappeler la parole de saint
Luc : « Il y aura plus de joie dans le ciel pour un
pécheur qui s'amende que pour quatre-vingt-dix-
neuf justes qui n'ont pas besoin de repentance. »
Ces « deux pécheurs » sont des exceptions, moins
peut-être par l'énergie qu'ils ont déployée pour ne
plus retourner à la faute, que parce que le groupe
dans lequel ils vivaient ne les a pas, à force d'avanies et de mépris, rejetés dans les bas fonds où
l'on achève de se décomposer. Pour eux, dans leur
intérêt, en faveur de la correction de leur attitude,
on a fait taire les préjugés et détruit les suspicions.
C'est là un acte exceptionnel et qu'il fallait signaler,
mais qui n'a été et ne pouvait être justifié que par
une conduite irréprochable.

La réserve qu'inspire le libéré, l'éloignement dont
il est l'objet, n'ont rien qui doive surprendre, car
c'est le produit de l'expérience; l'on a été si souvent

trompé, que la méfiance reste invincible. Comment
en pourrait-il être autrement? Le régime des prisons
achève l'œuvre des mauvaises passions, rend chronique le mal sporadique, qui ne tarde pas à devenir
incurable. On sait le mot populaire : « Il est si
malade, que les médecins l'ont abandonné. » On
peut l'appliquer à bien des détenus dont l'écrou vient
d'être levé : malade par lui-même, malade par les
difficultés qui le guettent, malade par le vide dans
lequel il va entrer, il se sent traité en paria par la
société qu'il traite en adversaire ; il rend coup pour
coup et succombe, car la masse finit par se refermer
sur lui.

Ceci on peut le constater ; la statistique criminelle
est un document moral de premier ordre ; elle
enregistre les effets et fournit ainsi le moyen de
déterminer les causes. La quantité des récidivistes
augmente dans des proportions redoutables, et n'est
pas éloignée de 50 pour 100. Sous l'empire de certaines circonstances, le péril a éclaté avec violence
et a troublé les cœurs. Quel remède à cette menace
qui n'a rien de théorique et qui serait formidable si,
d'individuelle qu'elle est encore, elle devenait collective? D'une part, l'amélioration morale du système
pénitentiaire et, de l'autre, la possibilité pour les
libérés de vivre de leur travail à la sortie de la prison. Si le droit de la société est d'être sévère, le

devoir de l'homme est d'être compatissant ; en outre, son intérêt est de neutraliser les forces subversives qui peuvent l'attaquer en rappelant le vieux proverbe : « La faim chasse le loup du bois. » C'est ce que M. de Lamarque a voulu ; il a envisagé la question en homme pratique, connaissant la matière à fond, sans excès de sensiblerie, mû par la pensée de tenter, dans une sphère d'action restreinte, mais vivace, un essai de préservation sociale. Sa conviction était profonde, et rien ne l'a ébranlée. La récidive est un danger permanent ; il faut la combattre, non avec la présomption de la détruire, mais avec la ferme volonté de la diminuer ; c'est ce qu'il a fait, et c'est dans ce but qu'il a créé *la Société de Patronage des Libérés adultes.*

II

LE SAUVETAGE.

M. Bérenger de la Drôme. — Les mineurs et la tutelle. — Sortie de prison.
— État moral du libéré. — Fausse route. — Intermédiaire des avocats.
— Défiance des détenus. — Les détenus abandonnés à eux-mêmes. —
Manière de procéder. — M. Sévin-Desplaces. — Un cheval de retour. —
Reclusionnaire. — Sauve un directeur-adjoint. — Gracié. — Conduite
irréprochable. — Gardien de square. — Lettres de libérés. — Moyenne
des récidivistes parmi les patronnés. — La vanité. — Sottise des patrons.
— Ne pas exposer le libéré à la tentation. — Habit de soie, ventre
de son.

La Société, fondée à Paris le 25 novembre 1871,
a été autorisée, le 9 juin 1872, par le préfet de
police, et reconnue comme établissement d'utilité
publique par décret du 4 novembre 1875. Elle fonctionne régulièrement; après avoir été dirigée par
M. de Lamarque, qui est mort, puis par M. Lefébure,
que connaissent bien les œuvres charitables, elle a
aujourd'hui pour président M. Bérenger (de la
Drôme), que ses aptitudes à secourir les malheureux,
ses traditions de famille, ses études pénitentiaires
ont, en quelque sorte, délégué à cette mission d'élite.
Le conseil d'administration, dont il est le chef, est

en réalité un conseil de famille, car les libérés peuvent être assimilés à des mineurs sur lesquels il est
urgent de veiller et qu'il faut pourvoir. Cette tutelle,
on ne la leur impose pas, mais on en protège ceux
qui viennent la réclamer. Elle ne leur est pas mar-
chandée ; elle est complète, très prévoyante, et ne se
ménage point pour parvenir au résultat entrevu.

Comparer le détenu qui sort de la geôle à un mi-
neur n'a rien d'excessif; l'un comme l'autre est
avide de sa liberté, dont il ne sait que faire ; curieux,
imprudent, insouciant, il croit à sa force de résistance qui n'existe que bien peu, et, si on ne le guide,
il s'égarera, car toute occasion peut le tenter, tout
feu follet l'entraîne. C'est là le côté moral, que mo-
difie cependant une sorte de sensation physique
faite de honte et d'inquiétude, sensation trop souvent fugitive, mais dont on peut profiter lorsque l'on
parvient à la reconnaître à temps, à la minute propice. C'est de cet instant que peut dater, non pas
une rénovation immédiate et absolue, mais une
amélioration qui pourra persister et devenir définitive si la volonté échappe à ses défaillances habi-
tuelles. L'heure est rapide, il faut se hâter de la
saisir. C'est très délicat, il n'est point facile d'agir
sur ces âmes soupçonneuses, aigries, dont la défiance
semble le principal élément. On ne saurait mettre
trop de précaution dans le maniement de ces êtres,

qui ne s'expliquent point le dévouement abstrait et cherchent à comprendre dans quel but on essaye de les ramener, sinon au bien, du moins à la possibilité de vivre sans faire le mal.

Pour les convaincre, pour les engager même seulement à tenter un essai, il faut beaucoup d'habileté, de la franchise, peu de morale, paraître ajouter foi à leurs récits, ne point solliciter des aveux, faire valoir leur intérêt matériel, et leur démontrer que la grand'route, sans étapes de tribunaux et de prison, conduit au bien-être avec plus de sûreté que le chemin de traverse où sont les fondrières et parfois les précipices. Là où la sévérité et la raideur du maintien échoueront, la bonhomie et une sorte d'indifférence philosophique auront presque la certitude de réussir. Je crois que l'on n'en doute point au Patronage des Libérés, car on a fait à cet égard une expérience qui a servi d'enseignement.

Dès le début, à cette heure où toute œuvre nouvelle tâtonne, on pratiquait avec ferveur la visite des prisonniers ; au lieu de les attendre, on les allait chercher, et c'est dans les cellules mêmes de la détention qu'on leur montrait en perspective la protection qui s'étendrait sur eux lorsqu'ils seraient libérés. On avait cru que les hommes qui, par devoir professionnel, sont en rapports constants avec les

coupables, seraient aptes, entre tous, à faire naître
la volonté de l'amendement, et l'on avait réclamé le
concours de jeunes magistrats, de jeunes avocats
pleins de zèle que tentait la grandeur de la tâche
dont ils se chargeaient bénévolement. En apparence,
c'était raisonner juste, nul autre choix meilleur ne
pouvait être indiqué, et l'on s'attendait à un résultat
excellent.

Le résultat fut négatif; la source de recrutement
fut tarie, et peu s'en fallut que la Société de Patronage ne fût obligée de fermer ses portes, parce
que personne n'y venait plus frapper. Dans le magistrat, dans l'avocat, visiteur volontaire et au besoin
bienfaiteur, les détenus se refusèrent à voir l'homme :
ils ne voulurent reconnaître que le fonctionnaire
relevant de la justice. Dès lors ils s'imaginèrent
que l'on abuserait de leurs confidences, que l'on
retournerait contre eux toute parole imprudente qui
leur échapperait, et que le patronage, qu'on leur
offrait, cachait une sorte d'ingérence de la police, à
l'aide de laquelle on établirait contre eux une surveillance déguisée. Ils se tinrent sur la réserve et,
tout en faisant de belles promesses aux gens de bien
qui les sollicitaient à la vie régulière, ils se dissimu-
lèrent à la sortie de prison et échappèrent à une
protection qui leur apparaissait comme une entrave
à leur liberté et, disons le mot, comme un espion-

nage organisé. On fut très surpris de constater que
tant de dévouement et d'efforts se brisaient contre
un préjugé enraciné ; le système des visites fut dé-
laissé ; on résolut d'abandonner les détenus à eux-
mêmes, de les livrer à leurs propres réflexions, qui
sans doute les pousseraient à faire spontanément ce
que l'insistance et les bons conseils n'avaient pu
obtenir.

Cette fois on ne se trompa point, et l'on reconnut
qu'en cette matière, comme en tant d'autres, il est
sage de laisser toute spontanéité à l'initiative individuelle. On s'aperçut en outre que pour un libéré,
c'est-à-dire pour l'homme qui vient de vivre sous la
la réglementation poussée à outrance, le premier
besoin est de se soustraire à la réglementation. Lorsque, pendant des mois ou des années, on n'a pas
fait un acte qui n'ait été prévu, indiqué, prescrit, on
veut à tout prix reconquérir la direction de soi-même
et ne l'abandonner qu'en vertu d'une résolution personnelle. Aujourd'hui, nulle pression n'est plus
exercée sur le condamné pendant qu'il subit sa
peine ; on n'ira pas le chercher dans sa prison,
mais on l'accueillera favorablement s'il se présente
au Patronage et s'il y demande appui. On se contente de lui dire qu'il existe à Paris une société
secourable, une société de sauvetage moral qui ne
désespère point des coupables, et remplit auprès

d'eux une sorte d'office paternel où l'on peut rencontrer le salut et même mériter la réhabilitation. Ce sont les surveillants, et bien souvent le directeur de la maison pénitentiaire, qui fournissent les indications, sans insister, presque comme un conseil donné entre camarades : « Moi, à ta place, j'en essayerais. »

Seul, perdu dans le silence, astreint à un travail de hasard où il est malhabile, le détenu rêvasse; il se rappelle l'arrestation, les alternatives de crainte et d'espoir de la prévention, l'interrogatoire dont il s'était promis de triompher et qui a triomphé de lui, les juges en présence desquels il s'est enchevêtré dans ses mensonges, la condamnation, le panier à salade qui l'a secoué sur les pavés de la ville, qu'il entendait sans la voir, la formalité de l'écrou, l'étroite cellule si bien close et la morne solitude où il doit vivre pendant un nombre de jours qu'il calcule sans cesse. Comme le temps est lourd, comme il dure et combien sont lentes les heures! Faudra-t-il donc traverser encore tant d'angoisses? Comment vivre au jour de la libération? Si cependant ce que l'on dit de cette Société de Patronage était vrai? Le surveillant a peut-être raison; ça ne coûte rien d'essayer; allons, au petit bonheur, on essayera.

On n'a eu qu'à se louer d'avoir adopté la mesure qui supprime l'intermédiaire entre les détenus et le patronage ; le recrutement, qui était devenu presque nul, s'est accru dans de notables proportions, et pour l'année 1885 s'est élevé au chiffre de 1,241, dont 1,143 hommes et 98 femmes. L'œuvre est ouverte ; elle reçoit indifféremment et avec une égale bienveillance les détenus qui sortent des prisons de la Seine et ceux qui arrivent des maisons centrales. Elle ne demande même pas le repentir, que toujours l'on peut feindre ; elle n'exige que la volonté de travailler et de se tenir en dehors du méfait. Les hommes de bien qui la dirigent : M. Bérenger, président ; M. Revell La Fontaine, secrétaire général, qui, dès le début, fut le collaborateur énergique de M. de Lamarque ; M. Sévin-Desplaces, trésorier, dont le zèle est infatigable et la conviction profonde, estiment qu'il n'est pas un condamné, si criminel qu'il soit, que l'on ne puisse, en certains cas, rendre à la vie régulière. A cet égard, leur expérience les rend affirmatifs, et, quoique les déceptions ne leur aient point été épargnées, ils ne se lassent ni de croire, ni d'espérer, ni de se dévouer. Certains faits qui, je le crains bien, ne sont qu'exceptionnels, leur donnent raison et prouvent qu'il suffit parfois d'un incident pour qu'une nature, que l'on estimait à jamais pervertie, soit modifiée et redressée pour toujours. Voici une histoire que l'on raconte volontiers et dont le héros achève de vieillir en paix :

En 1849, un certain H... purgeait, à la maison
centrale de Gaillon, une condamnation à dix ans de
reclusion. C'était, en langage de chiourme, un cheval
de retour. Il avait débuté jeune dans le crime et ne
s'était point arrêté. Il s'était résolument mis en hos-
tilité contre les conventions sociales ; il n'était point
le plus fort, avait été vaincu, et, malgré ses défaites
successives, renouvelait le combat dès qu'il était
rendu à la liberté. Condamné, la première fois, pour
banqueroute frauduleuse, il avait subi la marque,
supplice barbare emprunté au moyen âge et qui ne
disparut de nos codes que par la loi du 28 avril 1832.
Il portait donc sur l'épaule le T. F. indélébile qui
avait remplacé la fleur de lis d'autrefois. Lorsqu'il
eut fini son temps et que le bagne de Brest le lâcha
avec le passeport jaune, il retourna au crime et subit
je ne sais combien de condamnations. A Gaillon, il
était respecté par ses codétenus, qui admiraient sa
persistance dans le mal et le redoutaient. Ses notes
étaient déplorables : « Très dangereux, capable de
tout. » Capable de tout en effet, il n'allait point
tarder à le prouver.

A cette époque, M. Jaillant, qui fut directeur général
de l'administration pénitentiaire en France, était
directeur-adjoint de la maison centrale de Gaillon. Un
jour qu'il passait dans les ateliers, un reclusionnaire,
qui lui en voulait ou qui trouvait simplement le régime

de la prison désagréable, se précipita sur lui, armé
d'une alêne de bourrelier : le coup eût été mortel.
H... vit le mouvement du détenu ; d'un bond instinctif
il se plaça devant M. Jaillant et voulut désarmer
l'assassin. Dans la lutte, il eut le bras traversé de
part en part. Conduit à l'infirmerie, regardant sa
blessure d'où le sang coulait avec abondance, il dit,
avec un sourire : « Qui sait ? c'est peut-être le mauvais sang qui s'en va. » M. Jaillant n'eut qu'à
demander la grâce de H... pour l'obtenir sans
restriction, c'est-à-dire avec la suppression de la
surveillance de la haute police et de la résidence
obligatoire. Voilà trente-huit ans de cela ; depuis
lors, H... n'a pas eu de défaillance. On s'en est
occupé avec sollicitude, je n'ai pas à le dire, mais il
n'a jamais trompé l'espoir de ceux qui s'intéressaient
à lui. Il a fait divers métiers, ponctuellement, à
l'abri des reproches et, de tous les ateliers où il a
travaillé, il est sorti avec des certificats honorables.
A une certaine époque, il fut pris par le chômage et
réduit à de dures extrémités ; il resta droit et ne se
courba point vers les actions mauvaises.

La Société de Patronage existait déjà, il s'y présenta ; on lui fit fête, car on y connaissait son
aventure, et la confiance qu'il inspirait y reçut un
éclatant témoignage. Une ville de province venait
d'installer, à grands frais, un square, lieu de pro-

menade, de jeux pour les enfants, et qui exigeait une
surveillance à la fois active et paternelle. Le poste de
gardien, convenablement rétribué, était fort recherché; grâce au Patronage, H... en fut pourvu. Celui
qui avait porté la casaque du reclusionnaire revêtit
la tunique galonnée, se coiffa d'un képi à cocarde et
sentit un sabre battre à son côté. L'homme qui,
pendant tant d'années, avait combattu contre toute
autorité, devenait le représentant de l'autorité, en
avait les insignes, en faisait respecter les règlements;
il fut impeccable dans ces fonctions qu'on lui avait
confiées et qui le rehaussaient à ses propres yeux. Il
a été le modèle des surveillants, et les gratifications
que la municipalité lui accordait spontanément ont
prouvé en quelle estime on tenait ses services.

On le regretta lorsque l'âge, l'affaiblissant et lui
ayant imprimé le tremblement sénile, le contraignit
à quitter la place où il n'avait mérité que des éloges.
Il vit toujours; il est au repos dans une maison hospitalière qui reçoit les vieillards indigents et leur
donne asile jusqu'au départ définitif. Il y est très
aimé; on n'y sait rien de lui, si ce n'est que sa
conduite est exemplaire et qu'il exerce de l'influence
sur ses compagnons. Quand surgit quelqu'une de
ces disputes si fréquentes entre vieux malingreux, ou
que l'on prévoit du trouble dans les dortoirs et dans
les préaux, on s'adresse au père H..., qui n'est pas

lent à remettre tout en bon ordre. Il est l'auxiliaire
bénévole de la direction ; il est en quelque sorte le
juge de paix dans cette population de la misère et de
la caducité dont ses paroles conciliantes apaisent les
différends. Lorsque la mort l'aura touché, le garçon
de salle qui enveloppera son cadavre dans la funèbre
serpillière sera bien surpris de découvrir à l'épaule
la trace du fer dont les bourreaux stigmatisaient
jadis les forçats.

J'ai été voir M. Jaillant ; j'ai causé de H... avec lui,
et il a confirmé les détails qui précèdent. L'ancien
reclusionnaire est très discret : c'est à peine si de
temps à autre il demande quelque peu d'argent pour
acheter du tabac. M. Jaillant m'a dit : « Cet homme-
là est une exception. » Soit, je n'en disconviens pas ;
mais cette exception, la Société de Patronage s'ingénie
à la faire naître, à l'entretenir, à la multiplier. On
ne peut imaginer les efforts qu'elle accomplit pour
s'interposer entre le libéré et la récidive, la récidive
mortelle, qui est comme la lèpre et ne lâche plus
ceux dont elle s'est emparée, à moins d'un miracle,
et les miracles ne sont pas fréquents. Si le libéré a
une famille où il peut trouver un asile momentané
et quelque protection, la Société se met en rapport
avec elle et bien souvent obtient qu'un enfant
prodigue et coupable soit recueilli au foyer dont son
inconduite l'avait chassé.

Elle n'épargne rien pour trouver à caser, ici ou
là, ceux de ses « clients » sur lesquels elle croit pouvoir compter ; elle reste en correspondance avec ceux
dont elle a accepté la tutelle ; elle fortifie leur persévérance : « Allons ! bon courage ; le vieil homme
est mort, veillez assidument sur l'homme nouveau :
nous vous le confions, car nous avons foi en vous. »
J'ai lu plusieurs lettres de libérés ; elles sont touchantes et écrites avec une simplicité qui donne bon
espoir pour l'avenir. D'où viennent-elles ? De la frontière de Chine peut-être, ou du Sénégal, ou de
l'Amérique du Sud, ou de Paris, ou d'une ville de
province. On comprendra le scrupule qui m'arrête ;
je ne pourrais dire, sans causer préjudice à des malheureux s'essayant au bien, à quelle source on va
puiser l'eau de Jouvence dont ils peuvent être régé-
nérés. Ici, la discrétion n'est que correcte ; quand
on cherche à pénétrer les misères de son temps et
l'œuvre des grands cœurs qui tâchent d'y porter
remède, on devient presque un confesseur, et l'on
n'est pas maître du secret dont on a reçu confidence.
Mais ce qui nous appartient et ce que nous devons
faire connaître, c'est le résultat obtenu, et nous dirons
que le nombre des libérés qui s'adressent au Patronage paraîtra considérable, si l'on songe qu'ils appartiennent à un monde qui pousse parfois le goût de
l'indépendance jusqu'à la passion.

Ces hommes-là sont-ils animés de la volonté de
fuir le vice et de n'y retomber jamais? Oui certes,
aux premiers jours de leur liberté et au début du
métier dont on les a pourvus; mais le diable est ma-
lin, parfois il souffle de mauvais conseils à ses anciennes connaissances, et alors des récidives se produisent; on peut les évaluer à une moyenne presque
régulière de 8 à 10 pour 100, ce qui est singulièrement minime en comparaison de la récidive des
libérés ordinaires. L'efficacité, l'influence du patronage se manifeste ainsi d'une façon éclatante, et l'on
ne peut douter, d'après ces chiffres, qu'elle ne diminue le nombre des méfaits et, par conséquent, le
nombre de ceux qui les commettent. Par une contradiction qui semble singulière au premier abord, la
récidive atteint les ouvriers bien moins que les
employés. L'ouvrier, une fois entré et accepté dans
un atelier, y reste, y fait sa besogne, devient parfois habile, gagne sa vie quotidienne et n'a d'autre
responsabilité que celle de la tâche qu'il doit accomplir. Celui-là ne retombera pas dans sa faute, qui,
huit fois sur dix, a été le résultat de la misère, d'un
chômage prolongé, d'une circonstance fortuite où
l'on pourrait trouver plus d'une excuse.

Pour l'employé il n'en est pas ainsi; c'est généralement un homme qui se fait illusion sur lui-même;
l'instruction plus ou moins rudimentaire qu'il a

reçue lui a donné une haute opinion de ses facultés ;
il rêve d'être quelque chose et sent qu'il n'est rien.
Il sait calculer, il en conclut qu'il est apte à être
secrétaire général d'une Compagnie financière ; il a
quelques notions de droit, et il en infère qu'il devrait
être chef de division, notaire ou magistrat. Les
besoins de la vie sont exigeants et l'ont réduit à être
clerc d'huissier, teneur de livres ou agent comptable
dans une maison de commerce. Il se trouve déclassé,
il regimbe contre le sort, il est mécontent et a des
goûts disproportionnés à sa position ; il joue, il parie
aux courses, il s'affuble d'un faux nom, et, comme
l'on dit, veut jeter de la poudre aux yeux. Avant
même d'avoir failli, il est déjà tombé. Il commet un
abus de confiance, il est frappé par la loi. Libéré, il
accourt au Patronage et jure que jamais plus il ne
recommencera, que toute une existence de probité
rachètera une erreur qui n'est imputable qu'à la
jeunesse. Est-il aussi complètement guéri qu'il
s'efforce de le faire croire aux autres et de le croire
lui-même ? J'en doute, car si on lui propose un métier manuel, il s'indigne et refuse ; en lui la vanité
persiste, la vanité qui est la plus dangereuse des
conseillères pour les volontés débiles.

On lui obtient un emploi en rapport avec ses aptitudes ; après mille serments de bonne conduite, il
entre, en qualité de commis, chez un négociant.

Celui-ci a été prévenu ; on ne lui a rien laissé ignorer du passé de l'homme qu'il prend à son service ;
on lui a recommandé de ne le jamais exposer à une
tentation ; il l'a promis et ne tarde pas à oublier
sa promesse. Nous sommes ainsi en France, et bien
des mésaventures particulières, bien des malheurs
publics n'ont eu d'autre cause que ce mal d'insouciance dont nous ne pouvons guérir. Le commis est
ponctuel, on l'a surveillé pendant les premiers jours ;
peu à peu on s'est accoutumé à lui, on ne se souvient plus des confidences que l'on a reçues ; on lui
remet des factures à recouvrer ; on lui donne la
correspondance à faire ; il est bon comptable, on
l'associe au travail du caissier. Un undi matin, il
ne paraît pas ; on le croit malade, on envoie à son
domicile : il n'y a point paru depuis deux jours ; on
vérifie la caisse, elle est en déficit. La tentation a été
trop forte ; l'ancien coupable, mal converti, a suc-
combé, par sa faute, ceci n'est point discutable,
mais aussi par celle du patron, qui n'a pas eu la
prudence de le défendre contre lui-même.

Ce cas de récidive se présente souvent ; celui qui
le commet est coupable de n'avoir pas lutté avec
courage contre les sollicitations de sa faiblesse, mais
il est bien un peu victime de ces sottes conventions
sociales qui imposent à un petit employé l'obligation
d'avoir la tenue d'un « monsieur », de sorte que

pour lui le superflu devient le nécessaire. Regardez passer dans la rue un commis en nouveautés et un millionnaire ; ce n'est pas toujours celui-ci qui est le mieux vêtu et le plus élégant : mauvaise égalité que celle-là et qui a conduit bien des gens en police correctionnelle. Elle n'est pas seulement dangereuse pour les malheureux qui portent le poids d'un passé pénible, qui ont sérieusement tenté de le faire oublier et qui n'ont pas eu la force de résister à des entraînements mesquins, elle nous rejette au temps du baron Fœneste, où « pour paraître » était le mot d'ordre ; elle ne ménage point les privations à ceux qui ne savent se soustraire à ses exigences et qui sacrifient tout à l'apparence extérieure. Est-elle de date récente dans notre pays et ne serait-elle pas un défaut même de notre caractère national ? Nos grands-pères disaient : « Habit de soie, ventre de son ; » et un personnage d'une comédie de Ponsard a réveillé les souvenirs de plus d'un spectateur lorsqu'il a dit :

Et je n'ai pas dîné pour acheter des gants.

III

LES HOMMES.

Les garnis. — L'asile de la rue de la Cavalerie. — Le régisseur. — Le
règlement. — La sortie obligatoire. — Le travail à l'asile. — Statistique.
— Proportion rassurante. — Les déserteurs. — L'été. — Le dépôt de
mendicité. — Nulle catégorie sociale n'est exempte. — *Nil desperan-
dum.* — Les révélations. — Triomphes universitaires. — Quarante fois
récidiviste. — Latinisme et vagabondage. — Bien placé. — Ivrognerie
et indiscrétion. — Départ. — Le bon vouloir.

Au début, lorsque l'œuvre vagissait encore et
qu'elle était sans sécurité sur ses destinées, elle a
fait plusieurs expériences qui lui ont permis d'améliorer ses procédés de sauvetage. A cette époque, lorsqu'un libéré venait lui demander secours, elle l'envoyait prendre gîte dans un des garnis avec lesquels
elle était entrée en relation, car elle ne possédait
aucune maison où elle pût abriter ses clients. Cet
état de choses était défectueux, car les garnis de bas
étage et le préau des prisons, c'est tout un ; le vice,
sinon le crime, s'y recrute, et l'âme mal affermie
qui s'y aventure y peut trouver sa perte. Là, plus
que partout ailleurs, l'ancien détenu qui cherche à

sortir de la fondrière où il s'est embourbé, s'entend dire : « Il veut travailler, en voilà un fainéant ! » Bien souvent il n'en faut pas plus pour faire évanouir les résolutions que le séjour de la cellule a pu inspirer. On ne tarda pas à reconnaître les inconvénients que créait ce mode de protection.

Les libérés se présentaient au siège de la Société, y revenaient une fois ou deux, puis disparaissaient. Qu'étaient-ils devenus ? Les greffes judiciaires auraient pu répondre. On comprit que pour être et demeurer efficace le Patronage devait posséder un asile ne relevant que de lui et où il hébergerait les libérés qui criaient à l'aide ; mais, pour que cet asile restât temporaire et ne devînt point une retraite ouverte à la paresse et à la nonchalance, il fut décidé que l'on n'y pourrait être accueilli que pendant douze jours pleins. En 1878, on s'installa dans une maisonnette louée rue Rouelle et qui bientôt devint insuffisante. On fit un effort, on contracta un emprunt, et la Société est, depuis 1880, propriétaire d'un asile situé rue de la Cavalerie, n° 4, vers les confins de l'École militaire, dans le xvᵉ arrondissement, sur des terrains qui faisaient partie de la plaine de Grenelle et où jadis j'ai vu des jardins maraîchers.

La rue n'est pas belle et la maison n'est point un palais. La rue, mal pavée, servant à toute sorte d'usages dont l'incongruité est manifeste, commence à

l'avenue de Suffren et rejoint l'avenue La Mothe-
Piquet par un retour d'équerre à l'angle duquel s'é-
lève une masure percée d'une porte charretière
donnant accès dans un préau orné d'un arbre qui
paraît étonné de sa solitude. C'était une maisonnette
à laquelle on a pu ajouter un corps de bâtiment
légèrement construit, qui contient les ateliers, le
réfectoire et les dortoirs ; la petite maison sert de
logement au régisseur, qui est un homme vigoureux, de figure bienveillante, de regard franc, dont
j'aurai suffisamment fait l'éloge en disant qu'il a
été sous-officier d'infanterie et que, pendant dix-sept
ans, il a appartenu aux brigades des sergents de
ville. Il connaît bien son personnel, « ne s'en fait
pas accroire, » traite ses pensionnaires avec une
mansuétude qui n'est pas de la faiblesse et maintient
la discipline imposée par le règlement.

Lorsque j'ai visité la maison, elle renfermait
quarante et un libérés ; on ne pourrait en coucher
davantage ; la veille, il s'en était présenté dix-sept
qu'il avait été impossible de recevoir, faute de place,
et que l'on avait dirigés sur l'asile de nuit municipal récemment installé quai de Valmy. La règle est
uniforme et l'on est tenu de s'y soumettre. A six
heures du matin, lever ; après les ablutions et un
repas sommaire, le libéré est libre jusqu'à midi :
c'est l'heure des « grèves », c'est-à-dire de l'em-

bauchage de ce qu'autrefois l'on nommait les
tâcherons, ouvriers de forte besogne, engagés à
la journée et payés chaque soir. A midi, le
libéré doit être rentré ; il reçoit son repas, repas
substantiel, bien supérieur à celui de la prison, et
où la viande, en portion suffisante, est régulièrement
servie six fois par semaine. Jusqu'au repas du soir,
sept heures, le séjour à la maison et le travail sont
obligatoires ; à huit heures et demie, coucher ; à
neuf heures, extinction des feux. Ce n'est point
l'emprisonnement, ce n'est pas la liberté complète,
c'est un état intermédiaire qui offre le travail, le
repos et la sécurité.

On a vu que les libérés doivent, chaque matin,
aller à la recherche d'un emploi ; on fait de la sorte
appel à leur initiative, on les invite à se débrouiller
eux-mêmes, et, lorsqu'ils réussissent, on obtient un
double avantage : d'une part, on n'a pas été contraint,
par obligation de conscience, de révéler les tares
d'un passé peu irréprochable ; d'autre part, on sait
que l'homme se maintient volontiers plus longtemps
dans le poste qu'il a choisi lui-même que dans celui
qu'on lui a procuré.

Le travail auquel on est astreint dans l'asile est
enfantin et rappelle celui de la prison ; à des hommes
de tous métiers, on ne peut imposer qu'un métier
facile et qui s'exerce promptement sans apprentis-

sage. J'ai vu faire des cartonnages de dernière catégorie, boîtes molles pour les insecticides, les denti-
frices et autres poudres de perlimpinpin. Le travail
n'est pas rémunérateur; un bon ouvrier, de midi à
six heures, peut gagner 0 fr. 80, dont la moitié
forme sa masse et l'autre moitié entre en décompte
des frais que nécessite sa présence à l'asile. Il est
fàcheux qu'on ne puisse les occuper à une besogne
sérieuse, mais cela est impossible; comment faire
concourir à un travail commun des serruriers, des
maçons, des comptables, des peintres en bâtiments,
des charretiers et des débardeurs? C'est déjà beaucoup d'obtenir de certaines mains assez d'adresse et
de flexibilité pour ne pas mettre en pièces les bandes
de carton qui leur sont confiées. Lorsque les com-
mandes font défaut, le chômage inutilise ces malheureux et les réunit, désœuvrés et bâillants, autour
du poêle en fonte du réfectoire. Quelques-uns lisent,
d'autres causent à voix basse; il y en a qui rêvassent,
seuls, dans un coin, comme s'ils écoutaient les pernicieux conseils de l'oisiveté. Sur certains visages
on peut remarquer des expressions qui n'ont rien de
rassurant pour l'avenir et qui seraient inquiétantes
si l'on ne savait que la physiognomonie est une
science fertile en erreurs.

Le régisseur de l'asile en est le pourvoyeur; il reçoit
par jour et par homme un franc, à l'aide duquel il

doit nourrir ses pensionnaires, en se conformant à
des menus déterminés d'avance. Il a la haute main
sur les libérés et il remet à chacun d'eux une carte
sur laquelle sont inscrites les conditions qu'il faut
faire connaître, car elles prouvent que le Patronage
entend n'être point dupe de son bon vouloir et ne
pas dépenser ses efforts en pure perte : « Seront exclus de la faveur du patronage, les libérés : 1° qui
auront fait une fausse déclaration ; 2° qui refuseront
les emplois auxquels la société les aura appelés ;
5° qui, envoyés au siège d'une administration quelconque ou au domicile d'un particulier en vue de
leur placement, ne se rendront pas immédiatement
à l'adresse indiquée ; 4° qui, après avoir été placés,
ne justifieront pas, par une conduite exemplaire, la
confiance de l'œuvre. » Ces prescriptions ne sont
qu'équitables ; c'est le droit du tuteur, et c'est son
devoir, d'abandonner le pupille qui le trompe,
abuse de sa bonté et compromet la confiance qu'il
inspire.

En 1885 — c'est la dernière année dont je possède les chiffres officiels — sur les 1,145 libérés
qui se sont adressés au Patronage, 943 ont passé
par l'asile de la rue de la Cavalerie ; tous ne s'y sont
pas comportés d'une façon exemplaire, car je vois
que l'on a été contraint d'en expulser 44 pour fautes
contre la discipline ; 2 ont été arrêtés pour délits

commis antérieurement ; 112 en sont partis après y
avoir passé les douze jours réglementaires ; 54 ont
reçu des secours de route et un passeport afin de
retourner dans leur pays natal ; 17 ont été réconciliés
avec leur famille qui les a recueillis ; 92 ont contracté des engagements militaires ; 27 ont été, par
les soins de la société, admis dans les hospices ; 150
ont été placés dans des ateliers ou dans des chantiers ; 488 ont quitté spontanément l'asile sans faire
connaître les motifs de leur départ ; au 31 décembre
1885, on gardait 40 pensionnaires. En résumé, sur
943 libérés entrés à l'asile, 260 ont profité de la
protection que la Société de Patronage a étendue
sur eux.

Le nombre de ceux que l'on pourrait nommer les
déserteurs est considérable : 485 ; c'est beaucoup ;
mais il faut se garder d'en tirer des conjectures
excessives ; bon nombre d'entre eux, plus de la
moitié, m'a-t-on dit, ont trouvé à se caser et n'ont
point reparu à l'asile, par insouciance ou pour
dépister toute recherche et mieux dissimuler leur
passé. Quelques-uns ont été rencontrés : « Pourquoi
n'êtes-vous pas revenu? — Parce que je suis placé ;
je vous en prie, ne dites pas que j'étais chez vous! »
Quant aux autres, leur bonne résolution n'a pas
tenu longtemps. La vie libre les appelait, le cabaret
leur souriait derrière le comptoir d'étain ; peut-être

se sont-ils grisés et n'ont-ils point osé revenir ; il
est plus probable que des camarades les ont accostés
dans la rue : « Viens donc ! tous ces gens-là, c'est
des jésuites et des propres à rien ; vas-tu pas lâcher
les amis ? » Et ils sont partis avec eux, à la rencontre, comme dit leur langage, c'est-à-dire prêts
à la première filouterie, au premier vol que le hasard leur offrira. Ceux-là sont perdus ; de délits en
délits, de geôle en géôle, ils descendront au crime,
ils arriveront au bagne ; et peut-être si, sur leur
route néfaste, ils se lient avec quelque beau parleur
qui emmanche son éloquence dans le couteau de
l'assassinat, parviendront-ils à se persuader et à
vouloir persuader aux autres qu'ils font acte de
revendication sociale et sont en lutte légitime contre
une civilisation qu'ils trouvent mal faite, parce qu'ils
n'ont jamais eu le courage de s'y faire la place
qu'elle réserve au travail, à l'intelligence et à la
probité.

Il est cependant un fait dont il convient de tenir
compte : les départs spontanés de l'asile sont plus
fréquents en été qu'en hiver. Les nuits de décembre
et de janvier ne sont point propices au sommeil en
plein air et la bise est dure sous les arches de pont ;
on reste au logis, car on y a bon gîte et bon feu.
Quand vient le printemps, la sève monte aussi dans
ces cervelles sans pondération ; on connaît de si bons

abris dans le bois de Clamart et de Chaville; il est si doux de dormir sur l'herbe haute. On s'en va, on ne revient pas, ou, si l'on revient, c'est avec les poucettes et sous la conduite d'un gendarme qui n'ignore pas que son devoir est d'arrêter les vagabonds.

Parmi ceux qui abandonnent l'asile, les vieillards sont à faire connaître. Ils sont finis, c'est leur mot; incapables d'une action mauvaise, parce que toute énergie physique leur manque, parfois impotents, souvent infirmes, ils aperçoivent l'hospice comme un port de salut; on leur propose de les faire entrer à Villers-Cotterets. Ils refusent; fi donc! le dépôt de mendicité! Ils réclament leur admission à Ivry, la maison des Incurables, pour laquelle on dépense un million par an. Ce n'est point chose facile de forcer de telles portes : l'Assistance publique ne se soucie guère de les ouvrir devant de vieux filous qui ont passé leur vie en prison; elle n'est point aveugle dans ses choix, et l'on ne peut l'en blâmer. On insiste pour qu'ils acceptent Villers-Cotterets, dont l'accès est plus facile, parce que la préfecture de police en tient les clés. Ils refusent de nouveau, se plaignent, estiment que l'on est injuste à leur égard, reprennent leur béquille et s'en vont. Ils n'iront pas bien loin : vagabondage invétéré; ils n'ont point voulu du dépôt de Villers-Cotterets, un jugement les enverra à la maison de répression de Saint-Denis et ils perdront au change.

Les pensionnaires de l'asile appartiennent en général aux couches infimes de la population de Paris ; ils ont fait leur temps dans les prisons de la Seine. Quelques-uns cependant, avisés et désireux de bien faire, viennent des maisons centrales de Gaillon, de Poissy, de Melun ; ils sont sortis du même milieu, ils y rentreront et continueront à vivre dans le groupe social pour lequel une condamnation de plus ou de moins ne tire pas à conséquence. Il n'est pas de règle sans exceptions, et là même, en feuilletant certain registre, on en découvre dont on reste surpris. Nulle classe de la société n'échappe à la faute : ni l'éducation, ni l'aisance, ni l'exemple des vertus héréditaires de la famille ne peuvent sauver des natures faibles que le vice sollicite et qui, de chute en chute, finissent par tomber entre les quatre murs d'une cellule.

On ose à peine dire que des gens de bonne condition, qui ont vêtu la toge du magistrat, ceint l'écharpe du commissaire de police, porté l'épée de l'officier, ont été heureux de pouvoir s'abriter et reprendre haleine rue de la Cavalerie. « Les destinées du joueur sont écrites sur les portes de l'enfer, » disait-on dans un drame fameux ; elles sont également écrites sur la porte des prisons et sur celle des

asiles qui accueillent les libérés, car il n'est pas
rare que l'on se déshonore à jamais pour acquitter
ce que l'on nomme une dette d'honneur. « Manger
la grenouille, » selon l'expression du régiment, c'est
bien souvent commettre un abus de confiance afin
de pouvoir réparer une étourderie.

N'est-on pas trop sévère dans bien des cas, et ces
sortes d'affaires, que la jeunesse et le respect humain
mal compris rendent parfois excusables, ne devraient-
elles pas être soustraites à la justice et confiées à
l'appréciation paternelle d'un chef militaire? Il y a
bien longtemps, bien longtemps, un aspirant de
marine commit un larcin pour aller « courir bordée »
et se donner quelque plaisir. L'aventure fut découverte et cachée dans l'intérêt même du corps, de si
hautaine probité, auquel appartenait ce malheureux.
Ses camarades lui infligèrent une sorte d'expiation
de famille ; il s'y soumit. Sa conduite et sa bravoure
le relevèrent bien au delà de sa mauvaise action. Il
fut un des grands hommes de mer dont la France
garde le souvenir : il est mort amiral et son nom est
attaché à l'une de nos victoires navales. *Nil despe-
randum* doit être la devise de ceux dont l'intérêt se
porte sur la jeunesse qui a failli.

Un danger permanent menace les hommes de
cette catégorie, sur lesquels la justice a posé la
main et qui, par l'assiduité au travail et la régularité

de l'existence, sont sortis du bourbier : c'est l'indiscrétion des tiers, le bavardage des imbéciles sans cœur et souvent « le chantage » d'un ancien camarade de préau. Un garçon jeune, intelligent, était employé caissier ; il se rendit coupable d'un détournement de fonds. Arrêté, jugé, puni, il demanda secours au Patronage, qui, reconnaissant en lui les indices d'une résolution vigoureuse, le pourvut d'un métier, près d'un patron auquel rien ne fut dissimulé. Il ne recula devant aucune tâche et témoigna d'aptitudes telles, qu'il s'éleva peu à peu et devint l'associé de la maison où il servait. Tout était pour le mieux et la vie se rouvrait devant lui. Le moment de faire ses vingt-huit jours de service militaire arriva. Il n'était pas au logis lorsque le gendarme se présenta ; celui-ci remit le livret chez le portier, qui s'empressa de le lire et y vit la mention du jugement dont le malheureux avait été frappé. Au bout d'une heure, tous les locataires et tous les voisins savaient que l'homme qu'ils étaient accoutumés à respecter n'était qu'un repris de justice. Quand le pauvre homme rentra, il ne put se méprendre sur le sens des allusions qui lui étaient faites. Il mit sa caisse en balance, ses écritures à jour et partit ; il n'a jamais reparu.

Une aventure analogue, que je vais raconter, est tellement étrange, qu'elle peut paraître invraisem-

blable : j'ai eu les documents sous les yeux et j'en
garantis l'exactitude. Un enfant né dans un des départements de l'Ouest, d'une mère qui était ouvrière en
couture et d'un père qui était musicien trombone
attaché à une troupe de saltimbanques, avait, par
suite de protections dont j'ignore l'origine, été admis dans le collège de sa ville natale. Ses facultés
d'assimilation, sa mémoire étaient prodigieuses;
toujours le premier de sa classe, il remportait toutes
les récompenses à la distribution des prix qui clôt
l'année scolaire. Les chefs d'institution de Paris sont
très au courant de ce qui se passe dans les lycées de
province, et ils excellent à y découvrir les phénix.
Ils les attirent, les prennent « au pair », c'est-à-dire
pour rien, servent parfois une pension aux parents
et se font des réclames à l'aide des prix que ces petits forçats de la concurrence industrielle obtiennent
au concours général. J'en ai connu plus d'un qui a
subi ce martyre, et qui a fait son chemin dans les
lettres ou ailleurs.

Celui dont je parle fut accaparé par une institution de Paris qu'il est inutile de nommer; il paya
largement sa pension par le nombre de « nomina-
tions » qui avaient fait son nom célèbre dans les établissements universitaires de ce temps-là [1]. Reconnu

1. Dans l'espace de six ans il remporte 4 prix et 3 accessits au concours général, 16 prix et 25 accessits au lycée : donc un total de

admissible à l'École normale, il n'y fut pas admis, à
la stupéfaction de ses maîtres et à son grand désespoir. Pris par le service militaire, il fut un soldat
soumis. Tombé malade au régiment, porté à l'hôpital, il obtint un congé de convalescence renouvelable.
Sa misère était extrême; ne sachant comment payer
son pain, il vendit son pantalon d'ordonnance : trois
francs. Arrêté pour ce fait, il fut condamné à quelques mois de prison. Quatre jours après sa libération, n'ayant pas un centime en poche, il se sentit
si abandonné, si affamé, qu'il tendit la main ou
accepta, sur la voie publique, une pièce de dix sous
que lui donnait un passant touché de son air mi-
nable. — A-t-il mendié, a-t-il simplement reçu l'aumône qu'on lui a spontanément offerte? — Le fait
est obscur.

Un agent de police l'avait vu; l'article 174 est pé-
remptoire : de trois à six mois d'emprisonnement;
le tribunal fut indulgent et n'appliqua que le minimum de la peine. Lorsqu'il sortit de prison, sa situation matérielle restait la même, mais elle avait
été moralement aggravée par les deux condamnations
qu'il venait de subir. Il se promit de ne plus mendier; mais où coucher? Il n'avait ni domicile ni

48 récompenses. Dans les deux dernières années scolaires, il n'obtient
plus que des accessits (15); on l'a surmené, sa force de résistance est
affaiblie.

moyen de s'en procurer un. Dans la ville du Midi où
ces faits se produisirent, les nuits sont tièdes ; il
s'étendit sur un des bancs de la promenade et s'en-
dormit. Un sergent de ville le réveilla et le conduisit au poste. Récidive ; le tribunal fut sévère : article
271 ; six mois de prison, surveillance de la haute
police pendant dix ans.

Dès lors sa vie devint errante ; dans aucune des
résidences qui lui furent assignées, il ne trouvait à
vivre. « Que savez-vous faire ? — Je puis donner des
leçons de latin, de grec et d'histoire. » On lui riait
au nez. Il s'en allait au hasard des routes, vivant
sous bois comme un fauve, admis parfois à coucher
sur la paille des granges ou près des chevaux dans
l'écurie. Toutes les brigades de gendarmerie le
connaissaient et partout l'arrêtaient. De prison en
prison, de misère en misère, il fut incarcéré dans une
ville du centre de la France. Le magistrat chargé de
l'instruction constata que cet infortuné avait déjà
subi quarante condamnations pour le même fait :
vagabondage et rupture de ban ; du reste rien, pas un
vol, pas une escroquerie, pas même un outrage aux
agents. Il le fit venir, écouta son histoire, dont la
sincérité n'était pas douteuse. Il lui mit en main les
Annales de Tacite et entendit, avec surprise, ce vagabond traduire lestement et correctement le passage
relatif au retour des cendres de Germanicus ; il com-

prit alors que ce récidiviste incorrigible n'était qu'un
être faible, n'ayant plus la force de lutter et abruti
par les persécutions du sort.

Au lieu de le livrer à la justice, il le maintint en
prison et écrivit à la Société de Patronage : « Chose
surprenante, aucune de ces condamnations (sauf la
première, — et la justice en conseil de guerre est
souvent rigoureuse), aucune de ces condamnations
n'a été prononcée pour immoralité ou indélicatesse...
Il est difficile de ne pas se sentir ému de compassion
en présence de ce malheureux qui, mieux secondé
par les circonstances ou doué d'une plus grande énergie morale, aurait pu conquérir une situation élevée
dans le corps enseignant[1]. » En présence de cette
lettre écrite par un de ces hommes de bien qui sont
nombreux dans la magistrature française, la Société
de Patronage s'émut, car il y avait là un cas de détresse digne de commisération. On obtint la suspension de la surveillance de haute police et l'autorisation de faire venir à Paris ce malheureux, qui prit
logement à l'asile de la rue de la Cavalerie. Il fut tout
étonné de pouvoir sortir sans avoir les gendarmes à
ses trousses et de ne pas s'entendre crier au détour
de chaque rue : « Halte-là ! vos papiers ! »

M. Sévin Desplaces, qui développe dans l'œuvre

---

1. Les condamnations se décomposent ainsi : vente d'effets militaires, 1 ; mendicité, 2 ; vagabondage, 12 ; rupture de ban, 25.

une infatigable énergie, se jura d'arracher cet homme
à la fortune adverse. Il alla trouver un chef d'institution, ne lui cacha rien et lui demanda d'accepter
son protégé à l'essai. Le maître de pension répondit :
« Je me le rappelle, et nous avons jadis tous jalousé
la maison X... qui avait un tel élève. Je le prends,
je l'utiliserai, et vous pouvez compter que son secret
est en bonnes mains. Malheureusement j'ai ici un
répétiteur qui l'a connu, qui parfois lève un peu le
coude et qui est capable de commettre une indiscrétion ; je le chapitrerai, il n'est point mauvais homme,
et je crois qu'il gardera le silence. » Dès le lendemain, l'ancien vagabond, convenablement vêtu par
les soins du Patronage, entrait en fonctions et, deux
fois par jour, faisait une classe supplémentaire aux
élèves qui suivaient les cours du lycée. Il était heureux, il se reprenait à l'existence et comptait sur
l'avenir. Ses écoliers l'aimaient, il était naturellement enjoué, avait l'enseignement sans pédantisme
et se montrait indulgent pour les peccadilles des
bambins qui l'écoutaient.

Un jour, le répétiteur qui « levait le coude » l'avait
sans doute levé plus que de coutume ; dans la cour
de l'institution, il aborda l'ex-pensionnaire de l'asile
des libérés et, avec un sourire bienveillant, il lui dit :
« Eh bien ! mon garçon, avouez que l'on est mieux
ici qu'entre deux gendarmes ou sur le grabat des

prisons... » Le pauvre homme ne répondit pas; il sortit de la maison et n'y rentra jamais. Qu'est-il devenu? Personne ne le sait. J'imagine que le coup a été trop fort et qu'il en est resté assommé; il n'est point de vigueur à recommencer le combat où l'on est toujours vaincu. Il se sera assis, la nuit, sur le parapet d'un pont, il se sera raconté son histoire et se sera demandé pourquoi tant de misères accumulées sur lui; il aura longtemps regardé la rivière qui miroitait sous l'éclat du gaz, il aura écouté ce murmure qui ressemble à une berceuse pleine de promesses dont toute douleur est endormie, il aura répété le vers de Virgile :

Abstulit atra dies et funere mersit acerbo,

et il aura été voir de l'autre côté de cette vie mortelle s'il y aurait indulgence pour un latiniste errant. — Si ces lignes tombent sous les yeux de celui dont une parole ironique a rejeté un malheureux dans le désespoir, qu'il comprenne, s'il se peut, la grandeur du crime que sa sottise trempée de vin lui a fait commettre[1].

1. Je ne change rien à ce récit, et cependant j'ai commis une erreur. Le malheureux ne s'est pas tué, comme je le supposais; les lignes que je lui ai consacrées l'ont fait reconnaître à un magistrat qui m'écrit : « Il a été frappé de trois nouvelles condamnations pour vagabondage et mendicité : en ce moment il subit à.... une peine d'une année d'emprisonnement qui lui a été infligée par le tribunal de.... On ne doit pas encore en désespérer. C'est avant tout un déprimé chez

Les hommes qui, après avoir failli, conservent une délicatesse de sentiments d'où peuvent naître pour eux de nouvelles infortunes, sont rares et très à plaindre. Derrière toute parole ils voient des allusions, en aperçoivent là où il n'en existe pas, et souvent, par excès du désir qu'ils éprouvent à cacher leur passé, y retombent, ou cherchent dans la mort l'anéantissement de leur souvenir. Les autres sont plus philosophes; volontiers, parlant ou entendant parler de leurs condamnations, ils diraient : « J'ai eu des malheurs; » ils cherchent à tirer le meilleur parti possible de l'existence qu'ils se sont eux-mêmes rendue pénible, et, lorsqu'ils y parviennent, il n'est que juste de les applaudir, car ils ont compris, par leur propre expérience, que la régularité est supérieure aux hasards de mauvais aloi qui jadis les avaient séduits. Si, dans les emplois qu'ils occupent, ils rencontrent, à cause de leurs antécédents, des difficultés trop dures, ils retournent à l'asile, qui ne les repousse pas. On leur tient compte de leur bon

---

lequel la misère et les privations ont usé le ressort moral déjà faussé par le surmenage intellectuel de ses premières années. Il garde pour lui le secret de sa lamentable histoire; si les magistrats avaient connu son passé, ils auraient été moins sévères pour des peccadilles sans importance. » Il n'est donc pas mort, et je crois que le Patronage des Libérés s'en occupe. C'est à l'apostrophe d'un ancien camarade qu'il doit d'avoir été repoussé vers le hasard des grandes routes. Espérons que s'il est pourvu d'une condition nouvelle, il y pourra vivre et mourir en paix.

vouloir, on apprécie l'effort qu'ils ont accompli, et
comme on ne veut pas, sous prétexte de relèvement,
les condamner à une vie intolérable, on tâche de
leur découvrir un emploi meilleur, où ils puissent,
sans être exposés aux avanies, jouir du fruit de leur
travail et avoir le bénéfice de leur bonne conduite.

IV

LES FEMMES.

Les femmes s'imposent. — Asile de la rue Lourmel. — Recrutement. — Saint-Lazare. — Difficulté de pourvoir la femme d'un métier rémunérateur. — L'asile devient école professionnelle. — Le brochage. — L'apprentissage. — Le gain. — Les patronnées. — Les ouvrières libres. — Les affranchies. — Statistique. — La mère et l'enfant. — Le bureau. — Parole de M. Bérenger. — Intervention restreinte et intelligente du gouvernement. — Pauvreté. — Prime d'assurance contre le méfait. — Les frères de la Merci. — Le rêve de la Société de Patronage. — Il faut le réaliser. — Les grâces proportionnelles aux condamnations. — Les pays d'outre-mer. — Un marchand d'esclaves. — Un chasseur d'éléphants. — Dans les contrées noires.

Il est advenu à la Société de Patronage ce qui arrive invariablement à toute œuvre de large esprit et portant avec elle un bienfait social : elle a été obligée d'élargir son cercle d'action et de se multiplier, afin de ne point repousser des misères intéressantes. Elle eût voulu, dans le principe, se limiter au patronage des hommes; mais, toute galanterie mise à part, elle n'eut point le courage de se refuser aux femmes qui l'invoquaient, et, en 1881, sur l'initiative de M. Bérenger, un asile pour les femmes libérées fut créé et installé rue Lourmel. L'asile est mitoyen avec l'infirmerie des Dames du Calvaire; par-dessus le chaperon d'une petite muraille, le cancer du corps et le cancer de l'esprit peuvent s'apercevoir; quel est le plus incurable?

Le recrutement se fait presque exclusivement à la prison de Saint-Lazare; quelques femmes viennent de la maison centrale de Clermont, mais le fait est tellement rare, qu'on pourrait, sans manquer à la vérité, le passer sous silence. Plus encore que l'homme, la femme est sujette à faillir, et si elle a un long voyage à faire pour venir jusqu'à la maison du salut, elle rencontrera au cours de sa route tant d'occasions de retomber en faute qu'elle y retombera et n'arrivera point au but qu'elle s'était proposé, dans ce premier mouvement dont M. de Talleyrand recommandait de se méfier, parce qu'il est toujours bon.

C'est donc Paris qui fournit des pensionnaires à l'asile, et l'on peut reconnaître qu'il n'y envoie pas la fleur du panier. En effet, les sœurs de Marie-Joseph, les dames de l'Œuvre des Libérées dont j'ai précédemment parlé, ont, en quelque sorte, le droit ou le privilège de faire leur choix les premières, et l'on pourrait dire, sans trop forcer la note, que l'asile de la rue Lourmel ne reçoit que celles dont personne n'a voulu. Le mot m'a été dit : « Nous n'avons que le rebut de Saint-Lazare. » Eh bien! on en

tire un excellent parti, grâce à une combinaison
dont l'intelligence m'a vivement frappé.

Dans les premiers temps, lorsque l'on vivait dans
un maisonnette accostée d'un jardinet, on s'était ingénié à occuper les femmes d'une façon fructueuse
pour elles, pendant qu'on leur cherchait un emploi,
que trop souvent l'on ne découvrait pas, car ils sont
bien limités les métiers auxquels une femme peut
s'adonner sérieusement. La force musculaire de
l'homme lui permet de s'utiliser là où la femme est
incapable; il peut s'improviser terrassier, gravatier,
démolisseur, déchargeur; à telle besogne, un peu
de vigueur et quelque courage suffisent. Pour la
femme il n'en peut être ainsi : sa faiblesse est un
obstacle invincible; elle n'est guère apte qu'aux œuvres d'adresse, celles qui exigent des bras robustes lui
sont interdites. La paysanne qui vaque aux travaux
des champs a été façonnée par un lent apprentissage
commencé dès l'enfance, et encore est-elle réduite
souvent au sarclage, à la fenaison, aux soins de la
basse-cour et de la vacherie; les plus solides battent
le blé sur l'aire et sont promptement épuisées de
fatigue. En outre, les métiers sédentaires, auxquels
la femme semble condamnée par sa constitution
même, sont bien peu rémunérateurs. On en fit l'expérience rue Lourmel.

Les libérées n'avaient d'autre ressource que le

travail de la couture; à assembler des draps, à ourler des torchons, on gagne peu : 10, 12 sous par jour; comment vivre, comment économiser? On s'en préoccupait; le problème devenait ardu. Allait-on être obligé d'abandonner ces malheureuses, parce que l'on ne trouvait pas moyen de pourvoir à leurs besoins et de leur mettre en main un instrument qui leur permît de vivre? La question était d'autant plus difficile à résoudre que la plupart des libérées ne savaient en réalité aucun métier, et que l'on était, à cause de cela même, presque dans l'impossibilité de les empêcher de retomber dans la récidive. Ce fut alors que M. Bérenger eut une idée des plus ingénieuses et qui fut féconde. Il se dit que, puisque les pensionnaires n'avaient point de métier, il fallait leur en enseigner un, et que, pour être véritablement utile et faire acte de sauvetage, l'asile devait être une sorte d'école professionnelle. Il résolut de créer un atelier de brochage (1883).

Il fit part de son projet à quelques grands éditeurs, qui l'approuvèrent et lui promirent leur clientèle. Il trouva mieux qu'un appui, il trouva une avance de fonds assez considérable, à l'aide de laquelle on put s'outiller et faire d'indispensables constructions. L'argent fut rendu au terme fixé, mais le bienfait n'en fut pas moins d'importance. Lorsque j'ai visité l'atelier, trente et une femmes étaient à l'œuvre, sous la direction d'un contremaître, accompagné d'un ouvrier servi par un apprenti. L'ouvrage ne chômait pas; attentives à leur besogne, les brocheuses pliaient, assemblaient, cousaient les feuilles. Comme on est aux pièces, c'est-à-dire payé selon la besogne terminée dans la journée, on ne perd pas son temps; on se hâte; nulle causerie, on n'entend que le bruit du couteau de bois glissant sur le papier.

L'apprentissage est assez rapide : en deux ou trois mois, une femme adroite parvient à réaliser par jour un gain de 2 fr. 50, qui, au bout d'une année, lorsque l'on s'est parfait au travail, peut s'élever jusqu'à 4 francs. Le métier peut s'exercer facilement; il n'exige qu'une certaine attention à la lecture des signatures, c'est-à-dire des chiffres qui indiquent en quel ordre les feuilles doivent être placées, mais il n'est lucratif que pour la jeunesse : on ne le fait bien qu'à la condition de le faire vite, et, par conséquent, de posséder une grande agilité dans les mains. Aussi n'astreint-on à ce travail que des femmes jeunes, pour lesquelles il peut devenir un gagne-pain assuré. Beaucoup de libérées qui ont passé par l'atelier de la rue Lourmel se sont casées convenablement dans des maisons de brochage, y ont donné bon exemple et s'en sont bien trouvées

10

Les nécessités de l'apprentissage n'ont pas permis d'appliquer à l'asile des femmes le règlement qui est en vigueur dans l'asile des hommes, car une période de douze jours serait insuffisante pour enseigner même les notions élémentaires d'un métier. Il en résulte que le séjour peut être prolongé pendant des mois et plus. En outre, on est autorisé à quitter l'asile et à venir y travailler en qualité d'ouvrière externe. Sur les trente et une femmes que j'ai vues assises près des longues tables et assidues au labeur, dix-huit sont pensionnaires, prennent leur repas à la maison dans les mêmes conditions que les hommes de la rue de la Cavalerie[1], et vont la nuit dormir dans un vaste dortoir, bien aéré, très propre et de tenue remarquable; six ouvrières supplémentaires, n'ayant jamais connu ni tribunaux ni prisons, avaient été appelées du dehors, parce que « l'ouvrage pressait[2] »; enfin, les sept dernières sont des libérées qui se sont délivrées elles-mêmes par leur bonne conduite et leur travail. Après avoir réuni une « masse » suffisante, chacune d'elles a loué, dans le quartier, une chambre où elle habite et où elle fait sa cuisine.

A l'heure de l'ouverture de l'atelier, elles arri-

1. La directrice reçoit 0 fr. 75 par jour et par tête pour la nourriture des pensionnaires.

2. On broche à l'asile 275 000 volumes par an.

vent, apportant leur repas qu'elles ont préparé, se
mettent à l'ouvrage et ne le quittent qu'au moment
de la fermeture. Tout leur gain leur appartient, et,
comme il suffit à éviter la misère, elles sont à l'abri
du besoin, lorsqu'elles savent se soustraire aux sollicitations des cabarets, des bals de barrière et de
ce que l'on y rencontre. Celles-là sont relativement
heureuses, on les envie, leur sort excite l'émulation,
et, avec un peu d'énergie, on parvient à les imiter :
avoir son indépendance, un chez-soi et de l'ouvrage
assuré dans un atelier où l'on est bien accueilli,
c'est être certain, si l'âme est encore ferme, de
n'avoir plus rien à démêler avec la justice correctionnelle.

Toutes les femmes qui entrent à l'asile ne sont
pas employées au brochage; sur 98 qu'on y a reçues
en 1885, douze ont été envoyées dans des maisons
hospitalières, trente-deux ont trouvé place dans des
ateliers, vingt-deux sont parties sans motifs appa-
rents et ont sans doute repris leur vie d'aventures;
huit ont été expulsées pour fautes disciplinaires;
quatre ont été rappelées dans leur famille; au
31 décembre, il restait vingt pensionnaires, qui
sans doute continuaient ou terminaient leur apprentissage. Quelques-unes sont gardées pour les
soins de la maison, la cuisine ou les services intérieurs.

Il est une de ces pauvres femmes que je n'ai pu
voir sans être ému, car je connais son histoire,
qui est celle de tant de malheureuses filles arrivées
à Paris pleines de confiance, et que leur confiance
même a poussées à l'abîme. Servante, elle fut chassée, non pour un acte d'indélicatesse, mais parce
que sa faute ne pouvait plus être dissimulée. Comment vécut-elle? où donna-t-elle le jour à un enfant
dont le père se dérobait, selon l'usage du sexe fort
qui n'obéit « qu'aux lois de l'honneur »? Je l'ignore;
mais je soupçonne que les misères à travers lesquelles elle traîna furent aiguës, et qu'elle eut
l'énergie de les supporter pendant quelques mois,
car un soir, n'en pouvant plus, elle attacha un billet
explicatif aux vêtements de son enfant, qu'elle déposa sur le trottoir d'un quai; puis elle fit le signe
de la croix et se jeta à la rivière. Des mariniers
purent la sauver; son premier cri en revenant à
l'existence fut pour redemander son fils, que l'on
retrouva endormi là même où elle l'avait placé.

La préfecture de police avisa la Société de Patronage, qui répondit : « Envoyez vite la mère et l'enfant. » Le petit garçon devint la joie de l'atelier;
joie de courte durée, car la mort se hâta de l'em-
porter. La mère est restée à l'asile, employée tantôt
aux travaux du ménage, tantôt aux tables où l'on
broche les livres. On la traite avec quelque défé-

rence, car l'infortune a des droits auxquels on ne résiste guère. La maison lui paraît bien grande, maintenant que le pauvre petit n'y est plus. Elle n'est pas seule à souffrir de cet impitoyable départ. La directrice, qui est une femme active et compatissante, très empressée autour du troupeau qu'elle guide, regrette l'enfant dont la gentillesse l'avait séduite et qu'elle aimait à sentir se mouvoir autour d'elle.

Tous les libérés ne séjournent point dans les asiles; un certain nombre qui réclament les bons offices du Patronage s'adressent directement au « bureau », dont le siège est rue de l'Université, n° 176, dans une dépendance des anciennes écuries impériales. Le plus souvent on n'y distribue que des vêtements ou de faibles secours en argent; cependant trente-neuf libérés hommes ont été pourvus d'emplois et sept ont été dirigés sur des colonies. C'est du bureau que part l'impulsion; des administrateurs d'autant plus dévoués qu'ils ne sont point rétribués et qu'ils représentent les volontaires de la charité sociale, entretiennent des relations avec l'administration des prisons, la préfecture de police, les ministères, les grands établissements de travaux publics, les directeurs de chantiers, les chefs d'usines, les colonies, les familles des condamnés, afin d'être utiles à ceux-ci et de les préserver lorsque sonne l'heure de la libération.

Ces chefs du Patronage sont très ardents à leur
œuvre, ils en comprennent l'utilité, ils voudraient
l'étendre, la propager et en faire ce qu'elle devrait
être, ce qu'elle sera, une organisation de salut, où
tout libéré de bon vouloir trouvera la possibilité de
ne plus être un danger pour lui-même et pour les
autres. Les services que la Société a rendus sont
déjà considérables ; on les a sainement appréciés en
haut lieu ; aussi, tout en lui laissant son initiative,
en ne s'immisçant pas dans ses façons d'être, en
ne contrôlant même pas ses moyens d'action, le gouvernement a jugé utile de lui donner son appui. On
semble s'être inspiré des paroles que M. Bérenger a
prononcées à l'Assemblée nationale, lors d'une discussion sur une loi pénitentiaire ; il a dit : « Il faut
qu'il y ait des sociétés de patronage, il faut que le
gouvernement intervienne, non pas pour les diriger, non pas pour en nommer les présidents, car il
serait à craindre qu'une intervention de cette
nature ne gâtât l'œuvre ou ne la compromît, mais
pour lui prodiguer ses encouragements et en favoriser l'action. »

C'est là ce que l'on fait, rien de plus ; le cas est
rare en France, où l'administration semble trop souvent prendre à tâche de substituer son action aux
actions individuelles. Le ministère de l'intérieur a
accordé au « bureau » un logement dans un des

bâtiments qui lui appartiennent, et le budget inscrit au profit de la Société de Patronage une somme importante, qui cependant ne représente pas l'équivalent de la moitié de la dépense. En cette circonstance, le gouvernement se montre intelligent et généreux; on serait mal venu de ne point se trouver satisfait.

La charité privée n'a pas refusé son offrande, mais elle est restée au-dessous des besoins, car en 1886 la dépense s'est élevée à près de 80,000 francs. La somme est considérable, mais en apparence seulement, et, pour ne pas dépenser davantage, il a été nécessaire de ne reculer devant aucune économie. La société est donc très pauvre et par cela même forcée de se réserver plus qu'il ne convient. L'aumône ne lui a pas manqué, je viens de le dire, mais elle a été restreinte; on dirait qu'elle a hésité et qu'elle s'est volontairement modérée à cause du genre particulier de misère qu'on lui demande de secourir.

Des criminels, des détenus, des libérés, des hommes qui portent en eux la honte ou la révolte de la prison, est-ce donc si intéressant et n'existe-t-il pas d'autres sujets de commisération et de générosité? Je sais ce que l'on peut dire à cet égard. Mais si l'offrande que l'on réclame est en quelque sorte une prime d'assurance contre le méfait; si elle doit, non pas éteindre, mais amoindrir en partie cette terrible plaie sociale qui est la récidive; si elle aide à pousser vers l'amélioration des êtres qu'une heure de faiblesse ou même de perversité a déchus; si, par suite de l'expérience subie, elle rend des forces à celui qui n'avait pas appris à les respecter, n'est-elle pas utile? n'a-t-elle pas le double caractère sacré de secourir l'infortune et de favoriser le relèvement moral? n'a-t-elle pas de quoi tenter les grands cœurs?

Les hommes de bien qui se sacrifient à cette œuvre où tant de difficultés ne les arrêtent pas, représentent assez fidèlement ces frères de la Merci qui jadis allaient racheter les captifs dans les États Barbaresques. Ils font effort pour délivrer le détenu de ses mauvais penchants et pour rédimer le libéré de ses vices. Ils leur disent : « Demain, si vous ne travaillez, la faim vous saisira et vous volerez pour vivre; travaillez, et la facilité même de votre existence vous ramènera à la probité, qui toujours vous sera plus avantageuse que les actions prohibées. » Beaucoup ont écouté ces paroles et n'ont eu qu'à s'en applaudir; mais combien plus en auraient profité, si la Société de Patronage, au lieu d'être, pour ainsi dire, confinée dans Paris, voyait accroître ses ressources et pouvait rayonner sur la province, avoir une succursale dans tout chef-lieu de département, se mettre ainsi en rapport avec les reclusionnaires sortant des maisons centrales et avec les libérés quittant les prisons municipales. Son action se dilaterait dans de larges proportions, deviendrait féconde et serait un puissant auxiliaire pour la justice, qui parfois se sent paralysée devant le nombre toujours croissant des récidives.

La loi de relégation est bonne, mais elle sera singulièrement onéreuse pour le budget, et, de toute façon, le relèvement par le travail vaut mieux que l'éloignement imposé en charge à l'État. L'augmentation des récidives produit un résultat étrange : les prisons deviennent insuffisantes à contenir tous les détenus, et c'est pourquoi le nombre des grâces croît dans des proportions anormales. Cercle vicieux par excellence : plus on condamne, plus on gracie ; question de place, pas autre chose ; on libère un prisonnier pour donner sa cellule à un autre. Ne serait-il pas plus profitable de le libérer tout à fait de la prison et de lui-même ? C'est la mission de la Société de Patronage : elle n'y faillirait pas, et serait partout où l'on a besoin d'elle, si, au lieu d'être condamnée à une prudence excessive, elle pouvait se déployer avec l'ampleur que donne la richesse. Elle n'est pas seulement, « établissement d'utilité publique », comme dit le décret du 4 novembre 1875, elle est œuvre de nécessité sociale ; à ce titre, on ne saurait trop lui venir en aide, afin de faciliter sa tâche et de lui donner tout le développement qu'elle comporte.

Lorsqu'il est question de détenus, de libérés qui veulent tenter la fortune de la vie laborieuse, il m'est impossible de ne point regarder vers les terres inoccupées, incultes, en mal de civilisation, que la France possède dans les pays lointains, dans les contrées noires où l'existence en plein air est facile, où la température rend la misère nulle, où l'Européen se relève par la supériorité même de sa race, où la liberté des grands espaces sollicite aux aventures et où nos déclassés, pour ne dire plus, trouveraient à employer, à dépenser l'activité qui est un péril pour notre société méthodique et réglée. Au temps de mes voyages, j'ai rencontré quelques-uns de ces hommes dont j'ai gardé bon souvenir.

A l'oasis d'El-Khadjé, un déserteur français jouait au seigneur et possédait de beaux dromadaires. Il s'était enfui de je ne sais plus quel pénitencier d'Algérie, où il avait été enfermé pour des fautes qui ressemblaient à des crimes. Après un voyage invraisemblable, où les péripéties n'avaient point manqué, il était arrivé à l'oasis, s'était installé, sans souci de l'archéologie, dans un temple construit par Darius I[er 1],

---

1. Le cartouche de la dédicace du temple est : « Le dieu bienfaisant, seigneur du monde, le chéri d'Amon-Ra, seigneur de la région d'Heb-Osch, le fils du soleil Ni-Triouch (Darius) toujours vivant. »

avait épousé une négresse et se promettait de faire
souche d'honnêtes gens. « Son petit commerce,
disait-il, n'allait pas trop mal. » Il était marchand
d'esclaves, ce qui n'a rien de déshonorant dans ces
pays-là.

Sur le Nil, au delà des cataractes, je reçus la visite
d'un ancien comédien qu'un accès de galanterie
exagéré avait failli envoyer aux galères; il avait été
plus leste que la justice et lui avait échappé. Il avait
essayé de s'établir au Caire, avait mal réussi dans
son entreprise, et un beau jour était parti pour Khar-
toum, en compagnie d'un Bim-Bachi qui allait
prendre le commandement d'un bataillon de Nubiens.
Il se fit chasseur d'éléphants, vendait l'ivoire et pros-
pérait. Je lui offris quelques livres de poudre anglaise
que j'avais achetée à Malte ; en échange, il me donna
la corne d'un rhinocéros qu'il avait tué et que je
conserve précieusement en mémoire de ce pauvre
garçon, qui bientôt après notre rencontre fut tué au
champ d'honneur, aplati sous le pied d'un éléphant
blessé.

Ces hommes étaient heureux ; mal à l'aise dans
notre civilisation que leurs passions rendaient trop
étroite, ils ont trouvé, dans la libre vie du voyageur, à déployer sans contrainte l'ardeur qui les dé-
vorait ; leurs défauts, incompatibles avec les devoirs
et les droits du monde social, sont devenus des

qualités dans leur existence sauvage; mais on peut
croire qu'ils n'ont pas failli, parce qu'ils n'ont plus
eu l'occasion de faillir. Il me semble que dans nos
colonies africaines des bords de l'océan Atlantique,
vers ces fleuves que la curiosité aryenne commence
à explorer, il y a place et possibilité de vivre pour
bien des hommes que la récidive entraînera, s'ils
restent dans nos pays. Je sais, sans que j'aie à m'expliquer davantage, qu'un petit nombre de libérés
ont, sur leur demande, été expédiés dans une de ces
régions où flotte le drapeau français; ils pourront y
contribuer à la civilisation, car on va construire des
voies ferrées, établir des fortins et ouvrir des routes;
ce sera bien s'ils s'y emploient : payés comme
ouvriers, recevant en outre la ration du soldat, il
leur sera facile de rentrer dans la vie régulière et
d'élever honnêtement les petits mulâtres qui naî-
tront d'eux. Mais au delà de nos possessions, à nos
frontières mêmes, se dressent les bois de gommiers
et s'étendent les immenses terrains de chasse; res-
teront-ils attachés à la glèbe, retourneront-ils à la
vie des ancêtres primitifs? Qu'importe? Ils obéiront à
leur instinct et nul n'aura rien à leur reprocher. Si la
Société de Patronage développe le goût de l'émigration
volontaire chez les libérés qu'elle prend en tutelle,
elle aura atteint son but, qui est de relever le coupable
et de débarrasser le pays d'un danger permanent.

CHAPITRE III

LES ASSOCIATIONS PROTESTANTES

Il est difficile de dire, d'une façon précise, combien de protestants vivent à Paris; les statistiques officielles du recensement quinquennal ne fournissent à cet égard que des chiffres approximatifs; je n'en pus douter lorsque j'eus à m'occuper des éléments divers qui composent la population parisienne. Un souvenir redoutable pèse sur l'histoire de l'Église réformée, et la révocation de l'édit de Nantes, qui fut une des fautes irréparables de la monarchie française, n'est point encore oubliée. Les feuilles de recensement peuvent si facilement devenir des listes de proscription, que bien des hommes timides ont répondu sans franchise aux questions qui leur étaient adressées. Crainte chimérique et défiance mal justifiée ; à moins cependant que ce que

l'on nomme le progrès des lumières n'engage la
libre pensée à dissoudre les associations protestantes, comme elle a déjà dispersé quelques associations catholiques. Cela est peu probable, mais
l'attentat commis contre les manifestations d'un
culte ne présage rien de bon pour la liberté des
autres.

En tenant compte de la réserve que je viens d'indiquer et en s'appuyant sur des évaluations recueillies auprès des pasteurs, on ne sera pas, je crois,
loin de la vérité en disant que le nombre des protestants de Paris s'élève à 100 000, ce qui est peu
pour une population de 2 500 000 habitants. Sont-
ils tous de la même communion? Non pas; ils
sont divisés par des nuances qui, au besoin,
constitueraient des sectes, si l'apaisement religieux ne s'était fait depuis longtemps, après avoir
ensanglanté l'Europe. Le principe du libre examen,
— *non sum liber?* a dit saint Paul, — autorise
bien des dissidences et favorise les fractionne-
ments.

Sous le nom générique de protestants, qu'ils ont
reçu aux heures des premières luttes, nous compre-
nons les calvinistes, les luthériens, les méthodistes,
les baptistes et vingt autres groupes plus ou moins
importants qui se rattachent par un lien quelconque
aux dogmes de la réforme. Chez les protestants, la

foi a une tendance marquée à s'individualiser, elle
se soustrait volontiers aux règles inflexibles ; mais
dès qu'il s'agit de bienfaisance, elle se généralise et
s'exerce indifféremment par tous ceux dont l'acte de
naissance date du 20 décembre 1520, de l'heure où
Luther, se dressant contre Rome, jeta au bûcher la
bulle qui le condamnait.

Les œuvres que le protestantisme entretient à Paris
sont nombreuses ; il n'est point difficile de constater
que plusieurs ne sont que de propagande et visent
à provoquer des conversions. Celles-là échappent
nécessairement à notre étude et nous n'avons rien à
en dire ; mais j'en compte une soixantaine qui sont
d'assistance et de charité ; sans pouvoir rivaliser avec
les œuvres catholiques, dont l'ampleur est extraordinaire, elles sont bien dirigées et considérables, eu
égard à la quantité restreinte d'individus auxquels
elles s'adressent. Elles embrassent toutes les formes
de la faiblesse et de la misère ; elles vont de l'enfance
à la vieillesse, du criminel à l'impotent, de l'éducation morale à l'enseignement professionnel, et constituent, en quelque sorte, un cercle où toutes les
défaillances de la même communion peuvent se réfugier et s'appuyer.

On comprendra que je ne puis étudier spécialement chacune de ces œuvres en détail ; ce serait une
redite perpétuelle, dont la monotonie fatiguerait le

lecteur. J'en ai choisi plusieurs dont l'action em-
brasse la vie humaine dans ses phases principales.
Corollaires l'une de l'autre, elles font acte de charité en faveur et en l'honneur de la communion qui
porte le titre officiel d'Église réformée.

I

L'ÉCOLE INDUSTRIELLE.

Le pasteur Robin. — La maison centrale d'Eysses. — Action sur les condamnés. — Paroisse de Belleville. — La Petite-Roquette. — Écoles à
créer aux colonies. — Le vagabondage de l'enfance. — Il faut agir sur les
enfants très jeunes. — Un vagabond de quinze ans. — Domestique supplémentaire. — A Mazas. — Vols avec effraction. — Assassin. — Condamné à mort. — La paresse. — Péché capital. — L'enfant livré à lui-
même. — La loi anglaise contre le vagabondage. — Arbitraire. — Essais
du pasteur Robin. — Deux vagabonds. — Un sous-lieutenant. — Première séance de la Société. — Diminution du nombre des jeunes détenus.
— Appel aux enfants riches. — Rue Clavel. — La maison de l'École
industrielle. — Les catégories. — Les révoltés. — Les délaissés. — Dupuytren. — Histoire d'un jeune détenu. — Le tour de France. — A la
Petite-Roquette. — Les passifs. — Les incapables. — Les élèves de
l'École professionnelle. — D'où viennent-ils? — La prison. — L'Assistance publique. — Un bon cœur. — Apprentis externes. — Les cordonniers. — Le budget. — Le règlement. — Les récompenses. — Un bon
point, un centime. — La masse. — La caisse d'épargne. — L'économie
et le cabaret. — Les cachots. — A la séquestration je préfère les châtiments corporels. — Le pasteur Charbonniaud. — La proportion du mal.
— L'action du comité. — Économie officielle, largesse officieuse. — Gabriel Delessert. — Les métiers en plein air. — Danger des métiers
sédentaires. — La rêvasserie. — Multiplier l'externat. — Au régiment. —
Les bienfaits de la discipline.

C'est une œuvre préventive qui a été conçue loin
de Paris, au département de Lot-et-Garonne, dans
la petite ville de Montflanquin. Là, M. E. Robin était
pasteur, il y a une trentaine d'années. Entraîné par

11

son zèle, il ne se contentait pas de faire le culte pour
ses coreligionnaires, il visitait les prisonniers et se
rendait souvent à l'ancienne abbaye d'Eysses, située
près de Villeneuve, et que l'administration pénitentiaire a convertie en maison centrale. Sur une population moyenne d'un millier de condamnés, M. Robin
trouva quarante protestants ; il devint leur aumônier,
eut avec eux des rapports aussi fréquents que le permettait l'éloignement de sa résidence, et, s'efforçant
de réveiller les bons sentiments qui s'étaient endormis dans leur cœur, il tenta de les ramener au bien,
ou tout au moins de les éloigner du mal. Sa parole
ne fut point inutile ; il put s'en convaincre en constatant qu'en l'espace de dix ans le nombre des récidivistes apppartenant à la religion réformée avait
diminué des deux tiers. Il attribuait ce résultat à
l'action morale qu'il avait exercée sur les détenus.
Cette observation fit naître en lui une idée, dont
l'application pouvait produire de bons résultats.

Il se dit que s'il est possible d'agir sur des coupables que la loi a frappés et que la société repousse,
à plus forte raison il doit être facile d'expérimenter
sur des natures encore jeunes, mais prédisposées aux
actions mauvaises, une méthode préventive qui les
éloignerait des délits et des crimes ; en un mot, il
voulut traiter la maladie avant qu'elle fût déclarée,
semblable à un médecin qui, reconnaissant certains

symptômes morbides, les combattrait par un régime
raisonné de prophylaxie. Un vieil axiome juridique
dit : réprimer est bien, prévenir est mieux ; il s'en inspira : il résolut de saisir le mal au moment de l'éclo-
sion et d'essayer de le neutraliser. Le milieu où il
vivait, dans une petite ville de province, était peu propice à la réalisation de son projet ; les éléments lui
faisaient défaut, et nul enfant pervers ou perverti
ne lui offrait le moyen de commencer son expérience.

Après être resté quinze ans à Montflanquin, toujours théoriquement préoccupé de la pensée qui le
hantait, le pasteur Robin fut appelé à Paris et chargé
de la direction de la paroisse de Belleville. Le poste
était de choix, et la pêche pouvait être abondante,
car il était placé au milieu du vivier ; il était dans le
pays même du vagabondage, là où l'enfant se perd
presque naturellement, excité par l'exemple, peu
surveillé par la famille, fuyant le travail contraire
à ses instincts, et avide d'une liberté qui l'invite aux
sottises avant de le pousser au délit. Belleville, La
Villette, Ménilmontant sont les lieux de prédilection
où se recrute le personnel que « la correction paternelle » envoie achever de se perdre à cette prison
dépravée de la Petite-Roquette, qui devrait disparaître, comme ont disparu les cloaques dont Paris
était empoisonné jadis.

Tout a été dit sur cette geôle malfaisante, qui pro-

duit un résultat inverse de celui que l'on cherche ;
il n'y a plus à y revenir ; l'expérimentation n'a que
trop duré, il serait temps d'y mettre fin, car on peut
affirmer que, sauf quelques très rares exceptions,
cette maison d'amendement a détruit ceux qu'elle
avait mission de sauver. L'uniformité même de la
discipline, la brutalité de la cellule sont une cause
de perdition pour les natures ondoyantes et multiples
de l'enfance. Seul avec lui-même, l'enfant se con-
seille mal ; la répression dont il est l'objet est le
plus souvent disproportionnée avec la faute commise ;
il le comprend, s'insurge contre l'injustice dont il
est ou dont il se croit la victime ; de là naissent en
lui des sentiments de révolte qui mûrissent lentement, trouvent leur formule et s'exerceront plus
tard sur une société pour laquelle il n'éprouve que
du ressentiment. Les jeunes filles qui traversent la
correction paternelle à Saint-Lazare en sortent pour-
ries, les garçons qui la subissent à la Petite-
Roquette en sortent prêts au crime. Tout cela est
à changer, car ces deux léproseries morales sont
indignes d'une nation civilisée.

Je n'ai jamais compris pourquoi, dans nos colonies
en formation, — l'Algérie, le Sénégal, le Tonkin,
bientôt Madagascar, — nous n'avons pas d'établissements, non pas de correction, mais d'éducation,
où l'on enverrait les jeunes vagabonds qui pullulent

en France. Tout en leur distribuant un bon enseignement primaire, il serait facile de développer leur
adresse, leur force, leur agilité et d'en faire, pour
les troupes d'outre-mer, des recrues acclimatées,
déjà façonnées aux exercices militaires et qui seraient
redoutables aux heures de combat. On n'a qu'à se
rappeler l'héroïsme dont la légion étrangère a fait
preuve sur les rives du fleuve Rouge, pour comprendre que la plupart des hommes qui repoussent
les conventions sociales sont d'admirables auxiliaires
dans les aventures hasardeuses. En tout cas, il vaut
mieux exercer des conscrits que de garder des détenus.

Lorsque l'enfant est saisi par le vagabondage, à
l'heure où il devrait recevoir les leçons de l'école,
s'initier à l'apprentissage d'un métier, en un mot
se préparer à la vie, le pauvre petit est dévoyé; il a
pris, sans trop le savoir, la route qui aboutit à la
porte des prisons; il sera pernicieux aux autres, pernicieux à lui-même, et, pour n'avoir pas été arrêté
sur son chemin néfaste, il roulera jusqu'au fond des
bourbiers. M. le pasteur Robin disait à des gens de
bien réunis pour porter secours à l'enfance abandonnée : « Sur 6,765 enfants des colonies agricoles,
4,267 sont illettrés et 4,119 sont incapables d'exercer
aucune profession. » Il en concluait que la question
pénitentiaire est avant tout une question d'éduca-

tion; soit, mais à la condition qu'autant que possible
l'éducation soit préventive et qu'elle puisse s'exercer
avant que les habitudes de vagabondage ne soient
devenues invétérées ; car le vagabondage est une passion qui ne lâche plus celui dont elle s'est emparée.
C'est pourquoi il faut agir de bonne heure sur l'enfant, si l'on veut essayer en sa faveur un acte de sauvetage sérieux, où il pourra trouver la sécurité de
son avenir. Plus le vagabond est jeune, plus on a de
chances de l'arracher au vice et à tout ce qui s'ensuit. Vers la quinzième année, il n'est déjà plus
temps. Je puis, à cet égard, citer un fait qui m'est
personnel.

En 1878, un jour que j'étais au greffe du Dépôt
près de la préfecture de police, en train de relever
des notes pour un travail qui m'occupait alors, je
vis arriver un gamin d'environ quinze ans, l'air pe-
naud et la face intelligente ; il s'appelait Ernest
Blum : orphelin, sans domicile, trouvé endormi sur
la voie publique, arrêté et conduit au poste. L'avant-
veille, il avait été renvoyé d'une imprimerie où il
était apprenti typographe, parce qu'il avait été im-
pertinent avec un contremaître. Ne sachant où aller
coucher, errant dans les rues, il avait été « ramassé »
par un sergent de ville. Le cas n'était pas pendable,
mais il pouvait motiver l'envoi à la Petite-Roquette.
Je répondis de lui, j'évitai l'écrou, je le fis loger dans

un garni et m'occupai à lui trouver un emploi. Les
imprimeries auxquelles je m'adressai ne purent l'utiliser ; un de mes amis, le vicomte de C..., à qui
j'en parlai, voulut bien le prendre comme domestique supplémentaire.

Ce garçon n'était pas bête, il sut rapidement se
débrouiller et aurait bien fait son service, s'il n'eût
trop prolongé les courses qu'on lui donnait à faire et
s'il n'eût multiplié les sorties qu'il s'accordait de sa
propre autorité. Il devint assez indiscipliné pour que
l'on fût dans la nécessité de le congédier. Deux mois
après, il était à Mazas en prévention : vol de livres à
un étalage. J'allai le voir ; tout en affirmant son innocence, il me dit qu'il aimait mieux vivre au hasard,
car l'existence régulière qu'il avait été contraint de
mener chez le vicomte de C... ne lui convenait pas ;
il fut condamné à un ou deux mois de prison. Quelque temps après avoir purgé sa peine, il vint chez
moi ; il était vêtu d'une redingote en castorine qui
n'était point faite pour sa taille ; il me dit qu'il travaillait et gagnait son pain. Je l'encourageai à ne pas
faire trop de sottises et à s'engager dans un régiment
d'Algérie, le plus tôt qu'il pourrait. Il me le promit,
je ne le revis plus. En 1882, un vol avec effraction fut
commis chez le vicomte de C... ; en 1883, un vol analogue fut commis dans les chambres des domestiques
dépendant de mon appartement. La bande des « cas-

seurs de portes et des caroubleurs » fut arrêtée ; Ernest Blum en faisait partie. Au cours de l'instruction,
il fut convaincu d'avoir, avec un complice, assassiné
un ébéniste brocanteur ; il fut condamné à mort ; la
grâce du président de la république descendit sur lui,
et il est actuellement forçat à perpétuité à la Nouvelle-Calédonie. C'est le vagabondage qui l'a mené
dans les pénitenciers d'outre-mer ; lorsqu'on est in-
tervenu pour rectifier sa vie, il était trop tard, le pli
était pris, rien n'a réussi à l'effacer. Si l'on avait pu
agir sur lui entre l'âge de dix à douze ans, il est
probable qu'on l'eût redressé et que l'on en eût fait
un bon ouvrier, car il était d'intelligence ouverte ;
au lieu de cela, il ne s'est laissé guider que par lui-
même et il est devenu un assassin.

Celui-là avait, non pas une excuse, mais une atté-
nuation aux goûts d'indépendance qui ont tué ses bons
instincts et fertilisé ses mauvais penchants : il était
orphelin, ne relevant que de lui-même et contraint
dès l'enfance à pourvoir à ses besoins. Mais combien en existe-t-il, plus coupables encore, qui déser-
tent la maison paternelle et s'en vont courir les hasards pour fuir toute direction et échapper à toute
surveillance ? Calcul décevant qui les conduit au Dépôt, puis sur la sellette des tribunaux correctionnels,
et enfin dans les cellules de la Petite-Roquette. L'É-
glise a vu juste quand elle a fait de la paresse un pé-

ché capital ; socialement, c'est une maladie mortelle.
Elle tue à coup sûr, mieux encore que la peste et
le choléra. Bien des enfants, pour se soustraire à
la besogne imposée dans la famille ou à l'atelier,
prennent la vie errante, sans se douter qu'ils vont se
condamner à un labeur terrible, qui bien souvent
aboutit aux travaux forcés.

Du vagabondage au vol il n'y a qu'un pas, qui
bien vite est franchi ; on le sait dans ce mauvais
monde, mais on n'hésite guère ; et cependant on peut
affirmer qu'un simple ouvrier, de conduite correcte,
gagne plus dans son année qu'un voleur habile ; mais
la nécessité d'être assidu au travail leur fait horreur ;
ils ont bien choisi leur nom : ils s'appellent *la
pègre*, de *piger*, qui signifie paresseux. Tous les hommes qui se sont occupés du système pénitentiaire et
des détenus savent que le vagabondage de l'enfance
prépare les crimes de la virilité ; pour le crime, le
vagabondage est l'école primaire, et la détention en
commun est l'école normale ; c'est pourquoi les gens
de bien rêvent d'établir des maisons d'hospitalité
morale pour les enfants et d'imposer le régime de
l'isolement à tous les condamnés. C'est le seul moyen
de sauvegarder, dans une certaine mesure, la société
des périls qui la menacent.

Ces réflexions, il est fort probable que M. le pasteur Robin les avait souvent faites pendant qu'il ha-

bitait Montflanquin et qu'il visitait la maison centrale d'Eysses, où il recevait les confidences de ses
coreligionnaires détenus. Elles se présentèrent plus
vivement encore à son esprit, lorsqu'il fut installé à
Belleville et qu'il put voir les bandes de gamins errants à travers le square des Buttes-Chaumont et sur
les terrains vagues que traverse la rue des Pyrénées.
Là, des enfants se sont creusé des tanières et y
viennent dormir, comme les chiens des prairies;
les fours à plâtre des carrières d'Amérique ne sont
pas loin, et on y a chaud pendant les nuits d'hiver.
Dans l'arrondissement, dans les quartiers voisins,
les faux ménages ne sont point rares; les pauvres
petits êtres qui sont issus de ces unions fortuites
sont peu surveillés, ils prennent la clé des champs
pendant que le père boit au cabaret et que la mère
danse au bal musette.

Le dévergondage de la famille accidentelle fait la
mauvaise conduite de l'enfant. S'il ne reparaît pas,
le soir, à l'heure du coucher, on s'inquiète : où donc
est le petit? On se met en quête, on le retrouve bague-
naudant le long des rues; on lui donne une bour-
rade et on le ramène au logis. Il recommence; on ne
s'en émeut guère. Bath! il reviendra. Il ne revient
plus; la mère en parle quelquefois, le père répond :
« Laisse-moi donc tranquille avec ton méchant
gosse! Il est parti, bon débarras ! » C'en est fait de

l'enfant, à moins qu'une main secourable ne le saisisse et ne le conduise là où l'on enseigne le travail
et la moralité. Pour sauver un garçonnet qui s'égare
et bientôt ne saura plus où retrouver le bon chemin,
il faut l'intervention administrative ou l'autorisation
des parents, qui ne la refusent jamais, car c'est tout
bénéfice pour eux.

L'Angleterre, qui parfois pousse jusqu'à l'absurde
le respect de la liberté individuelle, a jugé que le
vagabondage était une maladie sociale que l'on ne
pouvait combattre trop énergiquement, et elle l'a
frappé d'une mesure draconienne ; à l'article 14 de
la loi votée en 1866, elle a édicté la disposition que
voici, et qui ferait jeter des hauts cris en France si
l'on tentait de l'y appliquer : « Toute personne a le
droit d'amener devant le magistrat, qui peut ordon-
ner l'internement dans une école industrielle reconnue, tout enfant paraissant âgé de moins de quatorze
ans trouvé en état de vagabondage, en état de mendicité ou en compagnie de gens connus comme voleurs. » Ceci est de l'arbitraire de qualité supérieure ;
mais l'Angleterre est une personne pratique, qui ne
s'arrête guère aux questions de sentiment et qui
prend le mal au début, afin d'en limiter l'expansion
et la contagion. Une loi semblable serait-elle possible en notre pays ? J'en doute, et cependant le bon
moyen de diminuer la population des maisons cen-

trales est d'augmenter celle des écoles où l'enfant vicieux est soumis à un régime qui peut provoquer sa guérison. En présence de l'encombrement des pénitenciers et de l'augmentation presque régulière des récidives, on ne saurait faire trop d'efforts pour arracher l'enfance à toute contamination.

M. le pasteur Robin était et est encore un membre actif de la Société de Patronage des libérés protestants, qui est née à la même époque que celle que fonda M. de Lamarque, et dont M. Bérenger est actuellement le président[1]. C'est sur l'exemple de cette Société qu'il voulut s'appuyer pour créer une œuvre de protection en faveur de l'enfance, mise en péril par les fréquentations malsaines et l'absence de toute direction morale. Je crois bien qu'il fit un essai personnel avant de s'adresser à ses coreligionnaires. Il recueillit deux enfants abandonnés ou qui s'étaient évadés de la maison paternelle; ils n'avaient ni feu ni lieu, vivaient comme des sauvages, hargneux et grossiers, sachant éviter « les cognes », qui sont les gardiens de la paix, dépenaillés, dormant deci, delà, au hasard du gîte qu'ils découvraient, et se préparant une existence dont le bagne aurait vu la fin. L'un d'eux n'était pas seulement un vagabond, c'était un voleur, assez adroit pour ne

1. *Vide suprà :* le Patronage des Libérés.

s'être jamais laissé surprendre, mais de main alerte et peu scrupuleuse.

Le pasteur y mit du zèle, car il a réussi dans la tâche qu'il avait entreprise. Sous son influence, ces deux vauriens se sont relevés. L'un est un bon ouvrier; l'autre, — le voleur, — s'est engagé lorsque son âge le lui permit. Dernièrement, il est venu voir le pasteur Robin, qui eut quelque peine à le reconnaître sous le costume d'un sous-lieutenant décoré de la médaille militaire, mais encore un peu pâle d'une blessure reçue dans un pays dont il est inutile de prononcer le nom. Il disait au pasteur : « Jamais je ne pourrai m'acquitter de ce que je vous dois ; c'est vous qui m'avez sauvé. » Le pasteur lui demanda : « Maintenant, qu'allez-vous faire ? » Il répondit : « Travailler, travailler sans relâche, et travailler encore, afin de réparer le temps perdu et de ne point faire rougir de moi le corps d'officiers auquel j'ai l'honneur d'appartenir. » M. le pasteur Robin aime à citer cet exemple ; je le comprends.

Encouragé par ce premier essai, qui n'était alors qu'à l'état de promesse, le pasteur provoqua une réunion de ses coreligionnaires dans le but de procéder à la fondation d'une société de protection pour les enfants abandonnés. La première séance eut lieu le 16 avril 1874 ; j'en ai le procès-verbal sous les yeux, et parmi les assistants je compte les princi-

paux banquiers protestants, qui à Paris sont riches
et de bonne renommée. On leur offrait une œuvre de
bien à accomplir, ils n'hésitèrent pas ; la création de
la Société protectrice fut admise en principe. Le
26 avril, la fondation définitive est votée ; on nomme
une commission d'élaboration pour fixer les attributions et rédiger le règlement de l'établissement qui
allait naître. Au cours de la discussion, on demande
quelques renseignements statistiques, afin d'être fixé
sur l'importance de la maison qu'il s'agit d'ouvrir ;
le pasteur Robin répond : « Parmi les hommes condamnés, on compte un protestant sur 45, et pour les
enfants un seulement sur 81. »

Pour bien savoir ce que l'on voulait faire, on
s'était inspiré de l'expérience des pays étrangers,
et c'est à l'Angleterre que l'on avait demandé des
leçons à suivre. Le parlement anglais ayant constaté que l'emprisonnement et la séquestration, sous
prétexte de correction paternelle, ne produisaient
que des résultats négatifs, sinon pernicieux, vota,
en 1857, la création d'établissements exclusivement
consacrés à l'enfance insoumise, vicieuse, vagabonde,
et les désigna sous le nom d'écoles industrielles, spé-
cifiant ainsi le but que l'on visait, qui est de donner aux enfants l'instruction primaire, tout en leur
enseignant un métier. La multiplication de ces écoles
a été rapide : en 1861, on en comptait 40, et plus de

100 en 1872. Le résultat est appréciable, car le
nombre des jeunes détenus ayant commis des délits
ou des crimes a diminué de 20 pour 100.

L'exemple était encourageant, et, dans les proportions minimes où l'on pouvait agir, on se modela sur
les méthodes adoptées en Angleterre et en Amérique.
Le premier soin fut de déterminer les conditions
d'admission des enfants : « 1° être protestant ; 2° être
âgé de dix ans révolus et de moins de seize ans ;
3° signer un contrat d'apprentissage dont la durée
n'est pas moindre de quatre ans ; 4° fournir un certificat de médecin attestant que l'enfant jouit d'une
bonne santé habituelle et a été vacciné ; 5° payer
une pension mensuelle de 50 francs, plus le trousseau d'entrée, qui est de 60 francs. » Relativement à
cette dernière clause, il restait sous-entendu que si
les familles ne pouvaient acquitter les frais de l'é-
cole, la charité protestante y pourvoirait : elle y
pourvoit.

On ne put éviter les tâtonnements ; toute œuvre
qui débute en rencontre et s'y heurte ; il ne faut pas
s'en plaindre, car souvent c'est ainsi que se forme
l'expérience qui permet de rassembler ses forces, de
concentrer son action bienfaisante et d'être réellement utile. On procéda avec prudence, et ce fut seulement quatre années après les premières réunions
dont je viens de parler, que « *la Société d'éducation*

et de patronage des enfants protestants insoumis » fut autorisée par le ministère de l'intérieur, en vertu d'un arrêté du 51 mars 1878. Pour recueillir les fonds indispensables à l'achat et à l'aménagement spécial d'une maison, on s'adressa à la bienfaisance protestante, qui répondit.

On eut une idée ingénieuse : on fit appel aux enfants riches, en leur demandant d'être pitoyables aux enfants pauvres ; on invoqua l'exemple de Celui qui, selon saint Luc, est venu chercher et sauver ce qui était perdu. Ceux que l'on désirait associer à la bonne action ne furent point sourds ; l'émulation fut vive, et l'aumônière du pasteur reçut plus d'une petite épargne qui sans doute avait été destinée au pâtissier ou au marchand de jouets. Les enfants auxquels nulle gâterie n'est ménagée au logis de leur mère, qui, dès leur naissance, grandissent dans le luxe et les superfluités de la richesse, s'empressèrent à secourir la misère matérielle et morale des enfants pervertis. Cela est bien, et, s'ils y ont contracté le goût de la charité, c'est grand service qu'on leur a rendu en fécondant les germes de la plus belle des vertus.

On commença modestement ; avant de s'étendre, l'œuvre voulut faire ses preuves, qui furent promptement faites ; au bout d'une seule année, il fallut s'agrandir, car l'atelier et l'école ouverte ne suffisaient

plus : vingt enfants les remplissaient, c'est tout ce
que l'on y pouvait admettre. D'autres pauvres petits
frappaient à la porte, il eût été cruel de ne point la
leur ouvrir, et en 1879 on construisit un établissement où cinquante enfants pourraient trouver asile et
protection. On avait calculé que ce nombre correspondait à la moyenne de ce que les familles protestantes appartenant à la population parisienne four-
nissaient d'enfants ayant besoin d'être traités par un
système d'orthopédie morale. Ce calcul était celui
de la bienfaisance, il était exagéré ; je lis dans une
lettre d'un pasteur : « Si le chiffre de cinquante n'est
pas atteint, c'est que les insoumis nous manquent. »
On n'a pas à le déplorer.

La maison est située rue Clavel, n° 7, et s'ouvre
par une grille qui donne accès dans un vaste préau :
deux pavillons flanquent l'entrée et sont réservés,
celui de droite aux bureaux et au logement du directeur, celui de gauche à la cuisine et au réfectoire.
Deux grands arbres subsistant au milieu du préau
prouvent que l'on s'est installé sur l'emplacement
d'un ancien parc. On a jeté bas des marronniers
vénérables ; on les regrette aujourd'hui, car ce n'est
pas le lierre que l'on fait grimper au long des murs
qui les remplacera. Çà et là, des instruments de
gymnastique : un portique, un tremplin, des barres
transversales. Je cherche les mâts, les cordes lisses,

12

les cordes à nœuds, les perches, les trapèzes, les
haltères, et je suis étonné de ne point les voir, car
jamais un gymnase destiné à des enfants âgés de dix
à dix-huit ans n'est assez amplement outillé.

Au fond du préau, avec l'aspect d'une petite fabrique
de province, l'École industrielle élève ses deux étages :
au premier, les ateliers; au second, le dortoir. Dans
le sous-sol s'étend une large cave bien aérée, où les
enfants peuvent jouer pendant les jours de pluie.
L'établissement est séparé des jardins voisins par des
murs trop bas, qu'il est facile de franchir et qui
sont propices aux évasions. Parfois un gamin s'en
va, car le vagabondage l'appelle au dehors; on ne
tarde pas à le ramener, à moins qu'il ne revienne de
lui-même, l'air contrit, le regard inquiet,

Tirant l'aile et traînant le pied.

Est-on bien sévère pour ces escapades? Je ne le crois
pas, car là, plus que partout ailleurs, on doit savoir
qu'il faut avoir subi les effets d'une éducation persistante pour renoncer à la vie indomptée et à l'attrait
des habitudes perverses. J'imagine que les coupables
en sont quittes pour un sermon dont la longueur
équivaut à un châtiment.

Les enfants que j'ai vus là appartiennent, pour la
plupart, à la plèbe du vice précoce, qui semble
réservée à la Petite-Roquette et aux orphelinats de

correction charitable. Tous, sans exception, rentrent
dans une des quatre espèces qui constituent le fond
même du vagabondage parisien : ils sont ou d'une
intelligence habile au mal, — ou bornés et passifs,
— ou stupides, — ou délaissés par leur famille et
réduits à la nécessité de gagner leur vie sans en
avoir la force. Ceux-ci sont très intéressants, on ne
saurait leur venir en aide avec trop d'insistance.
C'est, je crois, sur la première et la dernière catégorie qu'il est le plus facile d'exercer une influence
préservatrice. Dans l'énergie des uns, parfois poussée
jusqu'à la révolte, il n'est pas impossible de découvrir les éléments de la persistance, du courage et
souvent de l'amour-propre, qui surexcite et entretient
l'émulation dont on peut tirer parti pour des actions
louables. Dans ce monde où les vices ne sont encore
qu'à l'état embryonnaire, ces polissons insurgés et
violents forment une sorte de caste à part; selon
qu'on les livrera à eux-mêmes ou que l'on parviendra à convertir leurs défauts en qualités, ils seront
de redoutables criminels ou d'excellents soldats,
« débrouillards » et aptes aux coups de main.

Sur les autres, sur ceux que la famille a rejetés
par indifférence ou pour se délivrer d'une charge
pesante, l'œuvre d'amélioration est facile; ils s'y
prêtent; l'irrégularité de leur existence n'a été
qu'accidentelle et pour ainsi dire forcée; le mal eût

été pour eux une sorte de fatalité qu'ils auraient, au début, subie à contre-cœur et dont la dureté de leur sort aurait fait une habitude; le bien les attire et ils s'y livrent sans hésiter lorsqu'on le leur offre, car ils en comprennent l'utilité. De cette classe de petits vagabonds, on est en droit de tout espérer, quand on sait faire germer les bonnes semences qu'ils contiennent, qu'on les aime et que l'on en prend soin. Il ne faudrait pas beaucoup forcer l'histoire pour démontrer qu'un « voyou » déluré peut devenir célèbre, être le plus grand chirurgien de son temps et s'appeler Dupuytren.

M. Charles Robert, dont le ministère de l'instruction publique a gardé bon souvenir et qui est un des fondateurs de l'École industrielle protestante, a raconté l'histoire d'un enfant qu'il a vu et interrogé dans une des cellules de la Petite-Roquette[1]. Il en est peu de plus instructives. Ce pauvre petit détenu n'a d'autre nom que son numéro d'écrou; il s'appelle 784. Il naît en 1861 et est élevé par une grand'mère qui lui apprend à prier et lui enseigne quelques principes de morale; son père s'enivre, sa mère mène une existence déréglée et le force à mendier, en le taxant à dix sous par jour. Il est honteux de ce qu'on lui fait faire: il n'a que dix ans et demi, mais il a

1. *École ou Prison*, par M. Charles Robert, Paris, 1874; Société des écoles du dimanche.

la pudeur de sa dignité, et se sauve de Reims, qu'il habite après avoir pris dans le porte-monnaie de sa mère seize sous pour ses frais de route; poussé par l'esprit d'aventure, il partait pour découvrir le monde.

A Laon, il va manger à la caserne; vivant au hasard, d'un morceau de pain reçu à la porte d'une ferme, d'une betterave arrachée dans un champ, il traverse Clermont, Pierrefitte, Saint-Denis, et arrive un soir à Paris, stupéfait de tant de lumières, de bruit et de voitures. Un sergent de ville voulut l'arrêter comme vagabond; l'enfant était intelligent, il plaida sa cause avec vivacité, les curieux s'attroupèrent, une bonne femme le réclama, on fit une collecte pour lui, il fut laissé en liberté et le lendemain, ayant en poche la somme de trente-deux sous, il partit pour Lyon, à pied, au long de la route, comme un bon petit piéton qu'il était. Il s'emploie où il peut, gagne son pain, visite Lyon pendant quinze jours, descend le Rhône jusqu'à Arles en épluchant les légumes pour le cuisinier d'un bateau à vapeur; il va voir la mer à Marseille, puis, refoulant sa voie, il revient à Lyon, s'attache à un cirque américain dont il balaye l'arène, l'accompagne à Belfort, à Strasbourg, et là, tourmenté par le mal du pays, il se dirige vers la ville de Guise, où il est né. L'hiver l'arrête à Haut-Clocher, dans le département de la

Meurthe; il y passe quelques mois, chez un cultivateur, à conduire les chevaux d'une charrue; on le maltraite, il reprend sa route, passe par Reims et Guise, où il ne peut se décider à rester, parce que ce qu'il voit dans la maison paternelle lui cause un insurmontable dégoût.

Il revient à Paris; il y est arrêté, traduit en police correctionnelle sous l'inculpation de vagabondage et envoyé à la Petite-Roquette. Lorsque M. Charles Robert l'y vit, on allait le diriger sur la colonie agricole de Lamothe-Beuvron. Si cet enfant n'a pas été préservé du mal, s'il n'a pas développé ses qualités d'intelligence et de probité qui sont remarquables, — car pendant toutes ses pérégrinations on n'a pas un acte d'indélicatesse à lui reprocher, — si on ne l'a pas mis à même de pourvoir honnêtement à ses besoins, il ne faut en accuser que l'indifférence ou les mauvaises méthodes de ceux qui auront eu charge de son salut. Dans la tribu du jeune vagabondage de Paris, de pareils enfants ne sont point rares; la Petite-Roquette les perd, les écoles industrielles peuvent les sauver.

Les deux autres catégories, les passifs et les incapables, offrent naturellement une force de résistance contre laquelle les efforts les meilleurs viennent trop souvent se briser. Les premiers sont dénués de volonté; comme des girouettes ils tournent à tous les

vents; les bonnes résolutions ne leur manquent pas,
mais elles ne sont point de contexture solide, elles
semblent se désagréger d'elles-mêmes et ne résistent
ni à un conseil perfide ni à une mauvaise incitation.
Ces êtres-là sont à plaindre; ils ne sont point mé-
chants, mais leur faiblesse les rend malfaisants; ils
sont le bouc émissaire des mauvais tours auxquels
s'ingénient les polissons; on les met en avant, quitte
à les lâcher à l'instant du péril et à leur attribuer
tout le mal lorsque le commissaire de police intervient.

J'ai connu plus d'un détenu de cette espèce : ils
font pitié, car les étapes de leur vie sont marquées
d'avance dans les geôles et dans les cabanons. La
veille de leur mise en liberté, ils pleurent de repentir,
ils jurent que jamais ils ne retomberont en faute; ils
sont sincères, mais on les connaît. Lorsqu'ils quittent
la prison, ils disent adieu aux surveillants, qui leur
répondent : « Au revoir. » En effet, deux jours
après on les ramène; ils ont commis un nouveau
délit. Si on le leur reproche, ils disent : « Je ne
sais pas comment ça s'est fait; » et ne mentent pas.
Rien, ni soin, ni morale, ni aide matérielle, ni bons
conseils, ni sévérité, ni indulgence ne leur donnera
ce qui leur manque : la volonté, sans quoi l'homme
reste impuissant ici-bas vis-à-vis des autres et vis-à-
vis de soi-même. Quant aux derniers, aux incapables,
ils ont une cervelle atrophiée qui reste impénétrable

au raisonnement; à tout ce qu'on leur dit, ils répondent avec douceur : « Oui, monsieur, » et n'ont rien compris. Ceux-là seront victimes de tout événement, de tout accident qui les heurtera. Dans la tragi-comédie humaine, ils joueront le rôle de niais, car ils ne peuvent en avoir d'autre.

Actuellement trente-quatre enfants sont en apprentissage à l'École professionnelle ; dix-huit y ont été placés par leur famille, sept ont été envoyés par l'Assistance publique, neuf proviennent de la Petite-Roquette. Ceux-là, on a été les chercher. La Société protestante se préoccupe des jeunes détenus appartenant à sa communion. Les pasteurs ont droit d'entrée et de visite dans la prison de la correction paternelle ; quand ils découvrent un enfant en prévention pour vagabondage ou pour un délit qui n'offre pas de gravité, ils obtiennent que ce malheureux leur soit confié avant d'être traduit devant les tribunaux ; ils lui évitent de la sorte la note fâcheuse du casier judiciaire, et à la séquestration ils substituent la classe et l'atelier. Si l'enfant n'a pu éviter les rigueurs du Code pénal, il n'en est pas moins le pupille de la Société de protection, qui l'accueille et redouble d'efforts à son égard lorsque l'heure de la libération a sonné.

Les enfants dont l'Assistance publique se décharge au profit ou au détriment de l'École professionnelle appartiennent généralement à des gens misérables, qui estiment que le proverbe : « Dieu bénit les familles nombreuses, » ne trouve pas toujours son application. L'impossibilité de pourvoir aux besoins d'un garçonnet autorise celui-ci à courir la prétantaine, à déserter la mansarde où sa place n'est pas gardée, à tendre la main pour récolter quelques sous et parfois à voler pour manger. La tutelle de la Société peut s'exercer alors avec la double satisfaction de soulager la pauvreté et d'arracher à l'océan des vices un enfant près d'y sombrer. Une femme reste veuve avec cinq enfants ; nul moyen de subsister que quelques travaux de couture ; elle n'échappe ni au dénuement ni à la faim permanente. L'aîné a treize ans ; c'est le type du gamin de Paris, alerte, se faufilant partout, trop précoce, volant à l'étalage des épiciers, ouvrant la portière des fiacres pour gagner deux sous dont il achètera du pain, buvant aux fontaines Wallace et capable de suivre jusqu'au bout du monde la musique d'un régiment en marche.

La mère se plaint de ce fils indiscipliné ; elle s'adresse à l'Assistance publique : « Prenez-le-moi, je ne sais qu'en faire et je ne puis le nourrir. » L'enfant est expédié à l'École industrielle ; je l'y ai vu, il n'y fait point mauvaise figure. Il n'est pas indompté, il est goguenard, le geste est provoquant, la voix est « canaille », l'œil a de l'impudence ; il est adroit et

va vite en besogne. Si on ne le nettoie pas, si, lorsqu'il quittera l'école, on ne lui dit pas : *All right*,
« tout va bien, » j'en serais surpris, car il possède la
qualité qui mène au salut : il est bon. Lors du premier de l'an, un de ses oncles est venu le voir et lui
a donné six francs pour ses étrennes ; c'est une grosse
somme pour un bambin, et plus d'un aurait attendu
son jour de sortie pour faire « la noce ». L'enfant
n'eut ni fin ni cesse qu'il n'eût obtenu l'autorisation
de courir chez sa mère afin de lui porter son petit
trésor, sans prélever un centime pour lui. Toute
gratification qu'il mérite par son travail est précieusement conservée et reçoit la même destination. En le
regardant, je ne pouvais m'empêcher de me répéter
le titre d'une pièce de Berquin : *Un bon cœur fait
pardonner bien des étourderies.*

Tous les enfants ne séjournent pas à la maison de
la rue Clavel ; plusieurs d'entre eux, une quinzaine
environ, sont apprentis à l'extérieur chez des serruriers, des relieurs, des tapissiers ; mais ils y viennent coucher et y prendre leurs repas. On n'a pas à
se plaindre de la liberté relative qu'on leur accorde :
bien peu en abusent, car ceux qui jouissent de cette
prérogative très enviée sont déjà grandelets ; la discipline très douce qui leur a été imposée, le travail
régulier auquel ils ont été astreints, les ont façonnés
et, si l'on peut dire, civilisés, en détruisant, ou tout

au moins en atténuant la violence de leurs habitudes
sauvages. Je ne dis pas que l'ancien vagabond résis-
tera à une partie de bouchon proposée par des
camarades de rencontre; mais, quand il l'aura terminée, il courra si vite pour arriver à l'atelier ou
rentrer à l'école, que l'on ne s'apercevra pas trop
qu'il est en retard. De ces apprentis externes, on a
rarement à se plaindre, et les résultats que l'on a
obtenus avec eux suffiraient seuls à démontrer l'utilité de la Société protectrice des enfants protestants
insoumis.

Les autres élèves de l'École professionnelle, ceux
qui sont assujettis au régime de l'internat et pour
lesquels la porte de sortie ne s'ouvre pas, sont au
nombre de vingt environ; ils sont divisés en deux
ateliers, dirigés chacun par un contremaître, relevant d'un patron qui les surveille, distribue et
vérifie le travail. Tous apprennent le même métier :
la cordonnerie. Assis sur le tabouret de paille, devant l'établi chargé d'outils et de clous, en silence,
tirant le fil poissé, battant le cuir et ferrant la se-
melle, ils sont à leurs pièces, c'est-à-dire qu'ils
doivent chaque jour produire une somme de travail déterminée. Sont-ils d'habiles ouvriers, je n'en
puis rien dire, étant mal expert en telle matière;
mais je sais qu'il faut deux années d'apprentissage
au moins pour mettre un soulier en forme.

Selon leur degré d'habileté, les élèves de l'École industrielle sont divisés en apprentis du *vieux*, du *neuf* et du *bourgeois* : c'est là le langage de la corporation des saints Crépin et Crépinien ; il s'explique de lui-même, sans qu'il soit besoin de le commenter. On fabrique de treize à quatorze cents paires de chaussures par an ; la principale clientèle est celle des divers orphelinats appartenant à la religion protestante. Les œuvres s'aident entre elles et font acte d'ensemble pour le salut des malheureux de leur communion. Le prix des pensions, les subventions, la vente permettent d'avoir un budget presque en équilibre : l'année 1886, qui a dépensé 24,936 fr. 95, a encaissé 24,438 fr. 50, ce qui réduit le déficit à la somme insignifiante de 498 fr. 45. Néanmoins il est pénible de constater que la bienfaisance, qui obtient un si grand bénéfice moral, est souvent exposée à des pertes matérielles.

L'emploi du temps des apprentis est réglé minutieusement : comme dans les couvents, dans les casernes et dans les lycées, la vie est inflexible ; les jours se suivent et se ressemblent, la même heure ramène le même exercice ; nul imprévu : l'enfant sait toujours ce qu'il doit faire, et la monotonie même de son existence abrège la durée du temps. Pendant la saison d'hiver, on se lève à six heures, on fait les lits et sa toilette ; à six heures et demie, on reçoit

le pain du premier déjeuner ; à sept heures, on va
en classe, où l'on participe aux leçons de l'enseignement primaire ; à huit heures, on balaye et l'on nettoie la maison ; à huit heures et demie, on assiste
au culte et au rapport qui relate les observations
faites la veille sur la conduite des élèves ; on mange
la soupe, et à neuf heures on se rend aux ateliers
jusqu'à midi, où le dîner est suivi d'une récréation ;
à deux heures, on se remet à la besogne, qui est
interrompue pendant dix minutes, à quatre heures,
par le goûter et qui reprend jusqu'à sept heures ; un
souper et un repos mènent jusqu'à huit heures, on
retourne en classe ; à neuf heures, après la prière
dite, on va dormir dans un grand dortoir où couche
un surveillant. Pendant la saison d'été, c'est-à-dire
du mois d'avril au mois d'octobre, la distribution
de la journée est la même, si ce n'est qu'à cinq
heures du matin la cloche sonne le réveil. Si, comme
on le dit, l'habitude est une seconde nature, l'enfant qui pendant quatre années consécutives a été
soumis à ce régime, doit avoir contracté l'usage du
travail et de la vie régulière.

Pour stimuler quelque émulation chez les apprentis, on leur accorde des récompenses, qui sont
combinées de telle sorte, qu'elles peuvent plus tard
leur être d'un secours sérieux. Là, comme dans
toute maison d'éducation, on distribue des prix et

on affiche des noms sur un tableau d'honneur : c'est
de tradition, et l'on se conforme aux vieilles méthodes universitaires ; mais on fait mieux, car l'on
donne des bons points, et chaque bon point vaut un
centime ; il va de soi que le mauvais point annule
le bon. J'ai sous les yeux « la statistique morale »
du mois de mars 1887, c'est-à-dire la liste nomina-
tive des récompenses et des punitions de cette nature
obtenues par les élèves ; c'est rassurant, car sur
trente-quatre apprentis huit seulement ont moins
de bons points que de mauvais ; quatre n'ont même
pas mérité une réprimande et cinq ont inscrit à leur
avoir un total de bons points qui dépasse le chiffre
de deux cents. En outre, un cinquième de la valeur
du travail est attribué aux enfants dont la conduite
a été convenable. Petits bénéfices, j'en conviens,
mais qui, en se totalisant, peuvent former un pécule
que l'on sera bien aise de trouver au jour de la
sortie définitive. La somme n'est jamais considérable,
mais elle n'en représente pas moins une ressource
supérieure à celle que la plupart des jeunes ouvriers
possèdent à Paris. Les deux derniers enfants qui,
leur apprentissage terminé, ont quitté l'école après
avoir appris le métier de serrurier et celui de plom-
bier-couvreur, ont reçu, l'un 377 fr. 50 et l'autre
463 francs. Au moment de leur départ, on leur a
remis, selon l'usage, un petit trousseau et une

partie de leur « masse » pour acheter quelques meubles indispensables ; le surplus a été placé à la caisse
d'épargne et y restera déposé jusqu'à leur majorité.
Bien des patrons dont les affaires ont prospéré ont
débuté plus humblement et n'ont même pas eu le
mince capital que l'École industrielle réserve à ses
bons élèves.

Ce système est excellent, car il est conçu de façon
à produire une expérience utile. Enseigner à l'enfant qu'il n'est si médiocre économie qui, par accu-
mulation, n'arrive à réaliser une somme importante,
c'est lui apprendre la science de la vie. Un homme
qui, chaque jour, mettrait dans une tire-lire les
deux sous qu'il dépense au cabaret, se trouverait au
bout de dix ans possesseur d'un capital de plus de
3,500 francs. C'est pourquoi je voudrais qu'au lieu
d'offrir aux apprentis des livres plus ou moins bien
cartonnés, lors de la distribution des prix, on leur
remît un livret de caisse d'épargne dont ils seraient
tenus de laisser fructifier les intérêts. Ah ! si l'on
pouvait fermer les débits de boisson, jeter l'absinthe
à l'égout avec les verjus, les mêlés-cassis et autres
« casse-poitrine », l'ouvrier se plaindrait moins et
la fameuse revendication sociale ne pourrait plus
s'agiter que dans le vide. C'est l'épargne qui a fait
la fortune de la bourgeoisie parisienne, c'est « l'as-
sommoir » qui ruine le prolétariat parisien.

On comprend que pour des enfants venus du vagabondage, de la prison et du vice, les mauvais points
sont une punition platonique dont ils ne se soucient
guère. On compte parmi eux des êtres ingouvernables que l'on essaye de réduire et que l'on ne chasse
qu'à la dernière extrémité, car on ne renonce à les
amender qu'après avoir tenté toutes les expériences.
Les mutins et les insubordonnés ne sont point rares;
quand les bonnes paroles ne parviennent pas à les
convaincre, il faut en arriver aux châtiments; ces
châtiments, tout collégien les a connus : c'est le pain
sec, la retenue pendant la récréation, la séquestration. Je compte quatre cachots à l'École industrielle :
c'est beaucoup. Est-ce là un bon moyen à employer
pour mater un élève récalcitrant? J'en doute ; car je
vois que l'on vient d'être obligé de refaire en cœur
de chêne une porte de cachot qu'un prisonnier peu
endurant a brisée à coups de pied. Comme dans les
geôles des vieilles bastilles, on y est au pain et à
l'eau, on y couche sur le plancher, sans matelas,
avec trois couvertures qui en tiennent lieu.

Je ne crois pas à l'influence sédative d'une cellule
presque obscure où l'on enferme un enfant; j'imagine plutôt que l'on développe en lui l'esprit de rancune et de révolte. Dussé-je passer pour un esprit
rétrograde, regrettant les jours d'autrefois où le
père fouetteur faisait son office, j'avoue, sans pu-

deur, que je préfère, pour un enfant, le châtiment corporel à ces emprisonnements oisifs et malsains à tous égards. La souffrance physique est plus redoutable et laisse moins de trace dans l'âme que cette claustration inhumaine qui donne à la solitude toute sa puissance de démoralisation. Je n'insiste pas, car dans le règlement de l'école je lis : « Les peines corporelles sont formellement interdites. » On peut penser que je n'ai point consulté les élèves à cet égard, mais je me figure qu'au cachot, et même à la retenue, ils préfèrent un coup de tire-pied appliqué par le contremaître.

L'École professionnelle est placée sous l'autorité immédiate d'un pasteur, M. Charbonniaud, qui a qualité de directeur. Il est accoutumé aux labeurs ingrats, car il a suivi jusqu'à la Nouvelle-Calédonie ses coreligionnaires coupables, afin de tenter de les rapprocher du bien et d'adoucir leur sort. Je ne serais pas étonné que sa mansuétude cachât un caractère ferme et une volonté qu'il doit être difficile de fléchir. Plus que nul autre, sur les condamnés aux travaux des bagnes et sur les enfants insoumis, il a fait des études de pathologie morale, et il sait que pour certains êtres, chez lesquels la bestialité domine, le péché originel subsiste et se défend contre ceux qui voudraient le racheter. Aussi ne se fait-il pas d'illusion et a-t-il accepté sa tâche avec la rési-

13

gnation d'un cœur prêt à tout pour obtenir le bien,
mais n'ignorant point que la certitude de réussir
peut ne pas être le prix de son dévouement.

Il ne croit pas qu'il suffit à un vaurien d'être
admis à l'École professionnelle pour devenir parfait.
Le succès n'est le plus souvent que la récompense
d'efforts continus ; c'est pourquoi il ne les épargne
pas. Il me produit l'effet d'un capitaine à bord d'un
vaisseau en perdition et qui puise dans son énergie
le pouvoir de sauver son équipage. De tous les enfants mal pondérés qu'on lui a confiés fera-t-il des
ouvriers droits et aptes à traverser la vie sans chute
morale? Non certes ; un tiers au moins sera la proie
du vice et, malgré plus d'une intermittence, retombera sous le coup des pénalités sans merci. Cette
proportion a cela de singulier qu'elle est presque
constante ; je l'ai retrouvée partout avec une sorte
de régularité fatale au cours des études que j'ai
faites sur les différentes catégories qui constituent
le groupe parisien. Il semble que nul corps d'état,
nulle condition, quelle qu'elle soit, n'y puisse échapper, et que c'est une sorte de tribut payé par la
civilisation aux exigences du mal. Au moyen âge,
on aurait pu dire : c'est la part de Satan, la dîme
qu'il lève sur les âmes. Cette part, on arrivera à la
diminuer, lentement, par l'action continue des
œuvres préservatrices qui ont souci de l'enfance,

l'enveloppent d'une maternité prévoyante et détruisent en elle le virus dont plus tard l'homme serait empoisonné.

Le directeur est maître en l'école pour ce qui touche à la discipline, à l'influence morale, à l'administration de la maison. Cependant, toutes les fois qu'il s'agit d'adopter une mesure importante, de prendre vis-à-vis d'un pupille quelque décision grave, il consulte le comité, devant lequel il est responsable, et qui représente un conseil de famille ayant charge de mineurs. De cette façon, c'est l'Église réformée de Paris tout entière qui, par délégation de quelques-uns de ses membres, toujours en rapport avec le directeur, veille sur l'École industrielle et fait acte de protection envers les enfants protestants insoumis : c'est la mère qui recherche ses fils ingrats, les ramène et les tient sous son aile, dans l'espoir, avec la volonté de les rendre à la probité, à la rectitude, à la foi. Elle n'en abandonne aucun et s'afflige lorsque, malgré sa persistance, ceux qu'elle avait recueillis s'éloignent d'elle sans esprit de retour. Le nombre des protestants de Paris est assez restreint, et leurs lieux de secours sont assez multipliés pour que l'on puisse espérer que nul enfant vicieux n'échappe à la bienfaisance des pasteurs qui ouvrent le bercail aux brebis égarées, et même et surtout aux brebis galeuses.

Le comité administre les finances de l'école et se montre sévère ; il n'est point prodigue des deniers de la préservation et il excelle aux économies. Mais, si l'on s'en rapportait aux seules dépenses inscrites régulièrement au budget, on risquerait de se tromper ; car il en est d'autres que l'on effectue sans difficulté, et qui ne laissent point trace dans la comptabilité, dont l'on doit communication à l'assemblée générale de l'œuvre. On pourrait chanter, comme dans les opéras-comiques : « Tout ceci, tout ceci cache un mystère ! » Ce mystère, je le dévoilerai sans scrupule. Les membres du comité, agissant en qualité de délégués de l'association, déploient dans le contrôle une rigueur qui parfois peut sembler excessive ; ils rejettent tout crédit qui n'est point absolument nécessaire. C'est là leur conduite officielle, pour ainsi dire, car ils ont pour devoir d'être avares du bien qu'on leur a confié ; mais leur conduite privée est tout autre, et tel membre du comité qui s'est refusé à voter une allocation demandée, remettra, de la main à la main, à l'économat de l'école, une somme égale ou supérieure à celle que l'on réclamait pour parfaire une amélioration.

Collectivement et en fonctions, les membres du comité sont très économes ; individuellement, ils sont très généreux, de sorte que l'École professionnelle n'a jamais à pâtir de la parcimonie de son

budget. Des faits analogues ne sont pas rares dans
le monde protestant; j'en connais un trop honorable pour le passer sous silence. Un ou deux ans
avant la révolution de 1848, Gabriel Delessert, qui
fut le dernier préfet de police du gouvernement de
Juillet, demanda au conseil municipal une somme
de 60,000 francs pour faire à la Petite-Roquette
des aménagements qu'il jugeait indispensables; le
conseil municipal fut d'humeur maussade et refusa.
Gabriel Delessert n'insista pas; il fit exécuter les
travaux qu'il avait en vue et les paya de sa poche.

L'École industrielle n'en est plus à faire ses preuves, et elle est appelée, je crois, à rendre d'éminents
services à la communion exclusive qui l'a fondée et
dont elle n'accepte que les enfants. Je ne lui reconnais qu'un défaut, dont elle est innocente, c'est d'être
située à Paris, dans cette ville excessive, où les bâtisses
coûtent cher, où les terrains sont hors de prix,
et où l'on est forcé de se concentrer, lors même qu'il
serait urgent de s'étendre. Il en résulte que, faute
d'un emplacement suffisant, on est réduit à enseigner aux enfants un métier sédentaire, ce qui constitue, à mes yeux, un inconvénient grave. Pour
l'enfant, et surtout pour l'enfant vicié, pour l'enfant
parisien, rabougri, chétif, alerte à la dépravation,
de conception active et d'intelligence malsaine, il
n'est que les métiers en plein air. Ah! les beaux

métiers que ceux de charpentier, de couvreur, de
forgeron, de maçon, de cantonnier, qui tiennent
l'esprit attentif, développent les muscles et exigent
que l'homme déploie ses forces physiques guidées
par sa perspicacité.

Dans les métiers sédentaires il n'en est point ainsi ;
il y a bien longtemps que j'ai entendu dire à un
ministre de l'intérieur : « Le personnel secondaire
des sociétés secrètes se recrute presque exclusivement parmi les tailleurs et les cordonniers. » Cela
se comprend : assis sur son tabouret, accroupi sur
son établi, la tête penchée sur l'ouvrage, le cordonnier et le tailleur, immobiles pendant de longues
heures, songent tout en travaillant ; l'absence
d'exercice amollit la chair, appauvrit le sang et bien
souvent produit la prédominance nerveuse, propice
aux fantasmagories de l'esprit. Au bout de peu de
temps, — deux années, disent les contremaîtres, —
on a une telle habitude de l'outil, qu'on le manie
machinalement ; la courte aiguille, le fil poissé agis-
sent entre les doigts par un geste instinctif dont on
n'a plus conscience, dont on conserve à peine la responsabilité. Le même mouvement toujours répété
devient une sorte de basse continue sur laquelle la
pensée brode ses rêveries. Et quelles rêveries ! celles
qui poussent au péché, sinon au vice, et qui peut-
être serviront de propulseur aux mauvaises actions

que l'on commettra plus tard. Sans être vu, j'ai regardé jadis, par le judas d'une porte de prison, des détenus réunis dans un atelier de tailleurs. Leur corps était là, leur âme était absente. A l'expression de leurs traits, à l'absorption de tout leur être, il n'était point difficile de deviner que chacun d'eux se racontait son roman fait de souvenir ou d'espérance, et il est probable que les combinaisons morales y tenaient peu de place. Le même bruit continu, le même mouvement rythmé font naître les pensées d'où sortent les conceptions qui affaiblissent la volonté de bien faire. Une femme du monde, intelligente et douée d'expérience, me disait : « Travailler à un fond de tapisserie, c'est se donner de mauvais conseils. »

Je sais qu'il est impossible d'établir à Paris des chantiers où le pupille insoumis trouverait une besogne active qui le tiendrait sans cesse en haleine ; je le regrette, car, pour l'enfant, l'oisiveté du cerveau est dangereuse, tandis que l'agitation physique produit le repos moral. On remédie aux périls de l'immobilité par la gymnastique ; c'est bien, mais ce n'est pas assez, et je crois que l'on agira sagement en externant le plus possible les élèves de l'École industrielle, en les embauchant chez des patrons de métiers violents, où la brutalité même de leur travail engendrera la fatigue musculaire, qui a pour conséquence l'apaisement de l'esprit et l'affaissement des suggestions coupables.

Lorsque le contrat d'apprentissage a pris fin, lorsque le pupille quitte ses tuteurs, ceux-ci ne l'abandonnent point aux hasards de la vie et à la sollicitation des aventures. L'école se ferme pour lui, mais le patronage l'accompagne et le dirige, si la la résistance d'un naturel récalcitrant rendu à la liberté ne s'y oppose pas. Hamlet criait à Ophélie : « Au couvent! au couvent! » A ces enfants arrachés à la tourbe des vagabonds et que le travail discipliné a essayé de moraliser, je dirais, si ma voix pouvait être entendue : Au régiment! au régiment! C'est là qu'est le salut définitif, c'est là que, inconsciemment, on subit la fortifiante influence de l'esprit de corps et que l'on acquiert des sentiments d'honneur, par cela même que l'on porte sa part, si faible qu'elle soit, de l'honneur de la patrie. Aux âmes rétives, l'armée offre un dressage excellent; plus d'un vaurien est devenu irréprochable pour y avoir été soumis. La sévérité des règlements militaires ne transmue pas les métaux comme les alchimistes du temps passé, mais elle fait d'autres prodiges plus importants et de conséquences plus hautes : elle transmue les caractères; avec la violence elle fait de l'énergie, avec la brutalité elle fait du courage; elle enferme l'homme dans des prescriptions minu-

tieuses qui neutralisent ses mauvais instincts, elle
met en lui l'esprit de sacrifice et lui enseigne à
mourir pour une cause sacrée. Comme le vice, l'héroïsme est contagieux, et celui-ci détruit celui-là.
Que l'on n'oublie pas un des premiers pupilles
du pasteur Robin, ramassé dans les rues, en frontière du crime, et qui porte aujourd'hui l'épaulette que sa valeur a méritée.

II

L'ASILE TEMPORAIRE.

Le Belleville de Paul de Kock. — La maison hospitalière. — Les deux vagabondages. — Ne pas les confondre. — Secourir la pauvreté sans encourager la paresse. — Le travail est imposé. — Les traverses de rebut. — Les margotins. — Opération financière. — Les fainéants et les vagabonds à Paris. — Peu dangereux. — Leur humilité. — Souvenir des carrières d'Amérique. — Une statistique à établir. — Arrangement avec un logeur. — Soixante centimes par nuit. — Préjudice porté aux garnis par l'Hospitalité de nuit. — Règle paternelle. — Chômage et prison. — Patronage des libérés protestants. — Rapatriement. — Proportion. — Un quart d'intéressants. — Un quart de déclassés. — Moitié de libérés. — Vœu formulé par M. Edmond Fuchs au Congrès pénitentiaire international de Rome. — Colonies de la province de Drente. — L'hospitalité n'est point limitée. — Pensionnaires libres. — L'hospitalité n'est pas gratuite. — Les bons de repas, de coucher, de séjour. — Ces bons sont distribués par les diaconats. — Les huit paroisses de l'Église réformée de Paris. — Fortune individuelle. — Fonds de secours. — Quêtes dominicales. — Quête annuelle. — L'insuffisance. — Secours proportionnel à la quantité des pauvres. — Les indigents et leur paroisse. — Réunir toutes les sectes protestantes dans une même action de bienfaisance. — Organisation générale à créer.

Si un des apprentis devenu ouvrier traverse, au cours de son existence, une période de chômage, il trouvera rue Clavel même, non loin de l'École industrielle où il a été élevé, un asile temporaire qui le recueillera et lui permettra d'attendre sans souffrance

des jours meilleurs. La maison est presque mitoyenne
à celle qu'habite le docteur Robin, qui la surveille.
L'organisation, quoique fort simple, tient à la fois
de l'Hospitalité de nuit, de l'Hospitalité du travail
et du Patronage des Libérés; comme dans les hospi-
talettes de certains pays de montagne, on y reçoit
les voyageurs, les indigents et les malades.

Petite maison, de chétive apparence, qui a dû être
un vide-bouteille à l'époque où Belleville, encore
libre des fortifications, verdoyait de jardins attenant
à des restaurants champêtres dont Paul de Kock a
célébré les grandeurs. A la place des guinguettes où
les grisettes et les commis de nouveautés cueillaient
les lilas du printemps, se balançaient sur les escar-
polettes et chantaient les refrains de Béranger, à la
place des grands arbres, des ruelles herbeuses, des
nourrisseries, des pépinières de fleuristes que j'ai
aperçus aux jours de mon enfance, on voit des rues
bordées de hautes maisons, et tout au bout de l'ancien village, auprès de la barrière de Romainville,
un enclos sinistre où le crime accomplit le plus
incompréhensible de ses forfaits, et où la Commune
a pour jamais attaché à son souvenir celui du mas-
sacre de la rue Haxo.

C'est le 1er octobre 1880, aux approches de l'hiver,
que fut inaugurée la *maison hospitalière pour les
ouvriers protestants sans asile et sans travail.* On

a voulu parer autant que possible à une lacune de la loi qui ne fait point de distinction entre les divers genres de vagabondage, et frappe d'une peine analogue l'homme sans domicile et l'homme que ses instincts de paresse maintiennent dans la vie errante. La nuance est parfois difficile à saisir, mais elle existe et crée entre les deux catégories d'individus une différence essentielle ; mais cette différence, la justice n'en peut tenir compte ; le vagabondage, quelles qu'en soient les causes, étant un délit, elle le punit, car elle est obligée de se soumettre aux prescriptions du code. De son côté, la préfecture de police n'a ni ressources pour venir au secours des indigents, ni besogne à leur confier pour les faire vivre : elle est réduite à envoyer les condamnés à la maison de répression de Saint-Denis, ce qui est excessif dans bien des cas ; elle le sait et n'y peut rien ; elle subit la nécessité que lui impose l'absence d'établissements officiels où l'on pourrait héberger, pendant quelques jours, les ouvriers en chômage qui cherchent du travail et n'en trouvent pas.

L'initiative individuelle poussée par l'esprit de charité ouvre des asiles, institue des sociétés de patronage et s'efforce de remédier à un état de choses qui souvent n'est point équitable. Elle ne confond pas l'homme accidentellement sans asile

avec le vagabond de profession; elle les distingue,
s'intéresse à celui-ci, exclut celui-là, et ne veut pas
que sur ses lits hospitaliers l'un tienne la place
de l'autre. Cela n'est pas facile ; on y est souvent
trompé, rue Clavel comme ailleurs, et cependant là,
au fronton de la maison, l'on pourrait inscrire la
devise de Philippe de Comines : *Qui non laborat,
non manducet!* car on n'y veut admettre que les
hommes de bon vouloir, prêts à payer par le travail
l'hospitalité qui leur est accordée.

En échange de la nourriture et de l'abri, on exige
un travail dont le produit, — le très mince produit, — entre en défalcation des frais généraux.
Pendant la matinée, les pensionnaires sont tenus de
sortir et d'aller s'enquérir d'un emploi correspondant, s'il se peut, à leurs aptitudes. Sous ce rapport,
ils sont soumis au même règlement que les libérés
que nous avons vus à l'asile de la rue de la Cavalerie[1]. A midi, ils rentrent, s'ils ne sont point pourvus, et, après le repas, ils doivent se mettre à l'ouvrage ; ceux qui s'y refusent sont expulsés. L'atelier
est un hangar en plein air ; la besogne que l'on y
fait n'a rien de compliqué et n'exige pas un long
apprentissage. La difficulté que j'ai déjà plusieurs
fois signalée se représente ici : comment astreindre
à un même genre de travail des ouvriers de prove-

1. *Vide suprà :* le Patronage des Libérés.

nance et de professions diverses? En en choisissant
un tellement facile, qu'un enfant s'y pourrait occuper. A l'Hospitalité du travail, on coule la lessive;
à l'Asile des libérés, on agence de petits cartonnages;
rue Clavel, on taille des margotins.

Au dépôt des rebuts des chemins de fer, on achète
des traverses de sapin créosoté hors de service; on
les scie en plusieurs morceaux, que l'on débite à
coups de hachette : domestiques, maçons, bijoutiers
ou portefaix peuvent sans peine venir à bout de la
tâche qui leur est imposée. L'opération financière
n'est point brillante ; néanmoins elle donne quelque
bénéfice ; 147 traverses, achetées 132 fr. 50, produisent 4,425 margotins, qui sont vendus 221 fr. 25 ;
les pensionnaires en font environ 200 par jour. Ce travail est bien peu fatigant, il n'absorbe point l'attention et permet la causerie ; il a suffi cependant pour
éloigner de l'asile ces paresseux invétérés pour
lesquels toute occupation est un supplice, et qui
bâillent d'ennui pendant des heures et des heures
plutôt que de faire œuvre de leurs doigts. Le jour où
l'on supprimerait cette besogne insignifiante, la
maison ne pourrait contenir tous ceux qui viendraient
y frapper.

Si l'on veut se rendre compte de la quantité des
fainéants qui encombreraient les asiles pendant la
saison froide et pluvieuse, il faut se promener dans

certains quartiers de Paris au mois d'avril, lors des
premiers jours de printemps. C'est alors que les
vagabonds vont « se balader », comme ils disent ;
d'où sortent-ils, on ne le sait trop ; mais partout ils
apparaissent, ainsi que des limaces après une ondée.
Sur le talus des fortifications, ils dorment vautrés à
terre, la tête sur leurs bras croisés, cuvant l'ivresse
ou ruminant leurs mauvais songes ; au long des quais
de la Seine, ils choisissent un amas de sable fin et s'y
creusent un lit. Ceux que le sommeil, cher à la paresse, n'a pas voulu engourdir font un choix parmi
les bouts de cigares qu'ils ont récoltés à la marge
des ruisseaux et dans la crotte des boulevards ; quelques-uns assis, les genoux entre leurs mains, ont
une sorte de balancement automatique qui rappelle
celui des fauves enfermés dans des cages trop étroites :
on dirait qu'ils se bercent afin de s'endormir plus rapidement. D'autres, pour une rétribution de quelques
sous, font baigner des chiens à l'abreuvoir, et, si le
pauvre animal se noie, ils éclatent de rire. Ils ont
passé la nuit dans un des dortoirs de l'hospitalité,
ou sous un pont, ou dans un bateau à charbon, ou
sur des sacs de plâtre dans les caves d'une maison
à pied d'œuvre, parfois sur le grabat d'un garni s'ils
ont eu en poche quelques centimes ; dès le matin
ils ont décampé, ils ont mangé aux casernes « les
restes » que les troupiers leur ont donnés ; les plus

heureux se sont présentés aux fourneaux économiques, où ils ont reçu quelque portion de bœuf bouilli en échange des « bons » que l'on distribue actuellement dans plus d'un grand magasin, et tout le jour ils ont erré, comme des chiens vagues, ne sachant qu'imaginer pour parvenir à ne rien faire.

Peu dangereux en général, ils se contentent de quelques délits anodins que leur offre le hasard et devant lesquels ils ne résistent pas, lorsqu'ils se croient assurés de l'impunité. L'énergie leur manque; peut-être conçoivent-ils le crime, mais ils ne le commettront pas ; tout au plus l'indiqueront-ils à des hommes résolus, dans l'espoir d'en tirer quelque petite aubaine sans péril. Lorsqu'on les arrête, ils sont humbles et doux; la maison de répression de Saint-Denis est un pis-aller tolérable ; ils la connaissent et savent que le régime n'y a rien de rigoureux. J'ai assisté autrefois à l'arrestation d'une bande de quatre-vingt-trois vagabonds, surpris à une heure du matin dans les fours à plâtre des carrières d'Amérique ; pas un ne fit mine de regimber ; bien plus, ils s'empressaient volontiers à se mettre en rang pour aller au poste sous l'escorte des sergents de ville. Si j'étais préfet de police, je ferais faire de temps à autre le dénombrement du vagabondage qui se prélasse dans Paris ; rien ne serait plus facile : les

gardiens de la paix, au cours de leur ronde perpétuelle, compteraient les fainéants qu'ils auraient
aperçus ; on saurait alors, d'une façon à peu près
exacte, à quel chiffre s'élève la tribu des insoumis
qui sont les parasites de la civilisation et vivent à
son détriment. Rue Clavel, on fait bien de se tenir
en garde contre eux et de ne point leur ouvrir les
portes de la maison.

Elle est étroite, cette maison, assez mal distri-
buée, munie d'un escalier surbaissé qui n'est point
d'accès facile, mais elle remplit l'objet auquel on l'a
destinée, et c'est assez. Elle peut contenir vingt-
quatre lits en deux dortoirs ; cela répond aux exigences quotidiennes, car le personnel des pensionnaires dépasse rarement le chiffre de vingt. On a
cependant prévu le cas où l'on ne pourrait, faute de
place, hospitaliser tous les postulants, et l'on a fait
une convention avec un logeur de la rue du Faubourg-
du-Temple, qui, moyennant soixante centimes par
tête et par nuit, met à la disposition de l'asile cent
cinquante chambres. La quantité est considérable et
démontre quel préjudice les hospitalités de nuit ont
porté aux garnis.

Jusqu'à présent, la maison de la rue Clavel a fait
face à tous les besoins et n'a pas été dans la nécessité d'envoyer coucher dehors les malheureux qui
lui demandaient un lit. La règle y est très paternelle,

14

et, sauf l'interdiction de fumer dans le hangar pour éviter l'incendie des margotins, je n'y rencontre aucune mesure restrictive. Dans la salle, qui sert à la fois de chauffoir et de réfectoire, je compte quelques volumes, dont les pensionnaires ont le libre usage ; la nourriture est suffisante, les draps des couchettes sont souvent renouvelés, et la porte est toujours ouverte, ce qui exclut toute apparence de séquestration. On m'a paru assez silencieux et fort occupé à la besogne ; mais je sais que la présence d'un étranger, dont on ignore la qualité et qui éveille la défiance, produit toujours une accalmie momentanée et fait redoubler d'ardeur au travail.

Les hommes qui sont là appartiennent aux catégories que souvent j'ai déjà rencontrées. Ils viennent du chômage, on n'en peut douter, mais ils viennent aussi de l'inconduite et de la prison. Le patronage des libérés protestants s'exerce rue Clavel : on ne me l'a pas dit, mais je ne crains pas d'être démenti en l'affirmant. Lorsque le détenu a fait son temps et qu'il n'a pas encore trouvé à ramasser son pain, il vient à la petite maison, qui est trop hospitalière pour le repousser ; il est accueilli, il est réconforté, et parfois, grâce à de bienveillants intermédiaires, il est embauché dans une des grandes usines qui fument vers Charonne et La Villette. Lorsque les usines, forcées de diminuer leur production, con-

gédient une partie de leurs ouvriers, c'est une cause
d'embarras pour l'asile. On s'évertue, on s'ingénie,
et souvent la bonne volonté ne reste pas stérile ;
mais on ne doit pas se dissimuler que le placement
de ces pauvres gens, dénués ou repentis, devient de
plus en plus difficile, et l'on ne saurait trop admirer
les hommes de bien qui se consacrent à cette tâche
ingrate.

Paris s'encombre chaque jour davantage : d'une
part, les recrues de province y affluent, et, d'autre
part, le malaise industriel, en grande partie provoqué par les grèves, et dont on souffre depuis déjà
longtemps, a mis sur le pavé bien des ouvriers qui
ne demandent que du travail et n'en trouvent pas.
On sait cela à l'asile de la rue Clavel : aussi l'on y
fait de grands efforts et même des sacrifices d'argent
pour renvoyer dans leur pays et dans leur famille
les protestants que des espérances exagérées ont
poussés vers Paris. L'illusion est tenace dans le cœur
des pauvres, qui ne se laissent point aisément convaincre ; il faut qu'ils aient éprouvé bien des déceptions, qu'ils aient, comme ils disent, mangé bien de
la vache enragée, pour consentir à reprendre le
chemin du village et à renoncer aux plaisirs, aux
promesses, aux mensonges de la grande ville.

Si j'en crois une personne qui doit être bien in-
formée, le personnel de l'asile peut se diviser ainsi :

un quart d'hommes intéressants, malmenés par le
sort, victimes de la maladie ou du chômage, ne
demandant qu'à gagner leur vie, prêts à accepter
toute situation, si humble qu'elle soit, reconnaissants
du bien qu'on leur fait et donnant l'exemple de la
bonne conduite ; un quart de déclassés de toute
sorte, n'ayant pu se maintenir dans un magasin, un
bureau ou un atelier. Leur nonchalance native les
fait trébucher sur toute occasion d'échapper au
devoir ; la plupart sont des ivrognes, auxquels l'absinthe a versé la faiblesse irascible et l'amollissement
de la volonté ; ils sont raisonneurs, se plaignent du
travail, de la nourriture, des lits, de la discipline.
On leur procure une place, ils y entrent en jurant
de s'y bien comporter ; au bout de huit jours, ils la
quittent : la besogne est trop dure, « le singe »,
c'est-à-dire le patron, est trop chien ; il vaut mieux
crever que de faire un métier pareil. Ceux-là pré-
parent eux-mêmes leur destinée ; le vagabondage les
sollicite, la mendicité les guette, l'alcoolisme les
abrutira.

Ils deviendront une gêne, sinon un péril, et une
honte pour notre civilisation, à moins que les
pouvoirs législatifs, enfin émus du nombre toujours
croissant des vagabonds et des vauriens, ne s'inspire du vœu que, sur la proposition de M. Edmond
Fuchs, professeur à notre École des Mines, *le Congrès*

pénitentiaire international de Rome a émis, et qui
est ainsi conçu : « 1° que l'assistance publique soit
réglée de telle manière que chaque personne indigente puisse trouver des moyens de subsistance,
mais seulement en récompense d'un travail adapté
à ses facultés corporelles ; 2° que l'indigent qui,
malgré une assistance ainsi réglée, se livre au vagabondage et tombe par conséquent sous le coup de la
loi, soit puni sévèrement par des travaux obligatoires dans des maisons de travail placées sous la
direction de l'État. » Ainsi soit-il ! Si, en cette
matière, qui touche de si près à la sécurité de la
société française, nous pouvions imiter l'Angleterre,
la Hollande, l'Allemagne et les États-Unis d'Amérique, nous nous rendrions service à nous-mêmes
et nous aiderions à ce que l'on nomme prétentieu-
sement « la moralisation des classes pauvres ». Le
jour où les vagabonds seraient envoyés dans des
colonies agricoles analogues à celles que le gouvernement néerlandais entretient sur la province de
Drente, aux confins de l'Over-Yssel, leur nombre di-
minuerait rapidement ; car, malgré leurs instincts
de fainéantise, ils préféreront toujours les ennuis du
travail libre au supplice du travail forcé.

Les libérés, dont se compose la dernière moitié
des pensionnaires de l'asile, n'ont rien qui les distingue des libérés que déjà nous avons étudiés

ailleurs. La loi, dont les prescriptions ont pour but
de réglementer l'improbité humaine et de l'empêcher de dépasser certaines bornes, sait que la diversité des communions n'exerce aucune influence sur
les procédés des malfaiteurs, sur leur tendance à
la récidive, sur les entraînements auxquels ils ne
savent résister. L'autorité jusqu'à l'infaillibilité, le
libre examen, le fatalisme voient les mêmes délits,
les mêmes crimes se produire, et ont dû souvent
constater avec tristesse qu'il est des âmes sur
lesquelles s'émousse toute action régénératrice. Rue
Clavel, comme rue de la Cavalerie, les libérés qui
ont péché par défaillance d'eux-mêmes, par impré-
voyance de jeunesse, par misère, reviendront au
bien s'ils trouvent un point d'appui et des encouragements désintéressés ; les autres, ceux que leur
perversité a entraînés, que surexcite la violence de
leurs appétits et qui ont pris le goût du méfait,
peuvent venir se reposer de la prison sur les lits
de la charité protestante ; ils n'y resteront pas longtemps : le mal les appelle, ils obéiront à sa voix,
ils y courront et pour toujours ils se donneront
à lui. Maladie chronique avec rémittence, on n'en
guérit pas.

L'hospitalité offerte à l'asile de la rue Clavel n'est
point limitée ; on est autorisé à la prolonger jusqu'au
jour où l'on est pourvu. Cette mesure a permis,

dans bien des circonstances, d'obtenir des résultats
qu'une résidence abrégée eût fait avorter. On pousse
la complaisance très loin, car, auprès des dortoirs,
je vois deux chambrettes qui ont leur utilité. L'une
a été occupée pendant longtemps par un commis aux
écritures parlant quatre langues, demi-scribe, demi-
professeur, que la privation d'un emploi avait réduit
à des extrémités cruelles. Il tailla des margotins
tout comme un autre, mais on ne tarda pas à reconnaître ses aptitudes et il devint en quelque sorte
le secrétaire du pasteur Robin, qui n'eut qu'à se
louer de son zèle. Aujourd'hui, qu'il est en bonne
situation, il vient de temps en temps faire une visite
de gratitude à l'asile où il a trouvé le refuge qui fut
son étape de salut. L'autre chambre est actuellement
habitée par un dessinateur qui est convenablement
casé, gagne sa vie, mais n'a pas encore pu réunir
assez d'économies pour avoir un logement personnel. Chaque matin il s'en va à son travail, et chaque soir vient coucher rue Clavel. Sans l'asile, qui
s'est refermé sur lui et l'a défendu contre le vagabondage forcé de la misère, où serait-il ?

L'hospitalité est ample et bienfaisante, mais elle
n'est pas gratuite ; à la différence des hospitalités de
nuit et de l'hospitalité du travail, ouvertes indistinctement et sans rémunération devant les malheureux et
les malheureuses, la maison de la rue Clavel reste

close à qui ne peut montrer patte blanche. Là on
applique rigoureusement le principe : tout service
rendu mérite salaire. Mais ce salaire, où le pren-
dront-ils, les pauvres êtres affamés, errants, déguenillés qui crient au secours et n'ont point un centime en poche? N'ayez souci, la charité protestante
intervient et fait largement les choses; elle est munie
de *bons* qui donnent accès à l'asile temporaire. Ces
bons sont de diverses sortes et représentent une
valeur différente : bon pour un repas, cinquante
centimes; bon pour un coucher, cinquante centimes;
bon pour l'hospitalité complète, 1 fr. 50 par jour.
Ainsi, pour être admis dans la maison et jouir des
avantages faits aux pensionnaires, il faut d'abord se
pourvoir d'un de ces bons qui servent de passeport à
l'indigence. On les distribue dans les diaconats, qui
sont pour les protestants misérables ce que les bureaux de bienfaisance de l'Assistance publique sont
à la population pauvre de Paris. Cette organisation
des secours est intéressante à faire connaître; elle
peut servir de modèle à plus d'une institution charitable, car si elle ne ménage point les aumônes,
elle les refuse à ceux qui n'en sont point dignes;
elle protège l'indigence, repousse la paresse et exige
au moins la volonté du travail.

L'Église réformée de Paris est divisée en huit paroisses, à chacune desquelles correspond un diaconat

chargé d'administrer la charité, comme aux temps
de la primitive Église, lorsque les lieux d'hospitalité
annexés aux monastères et aux cathédrales s'appelaient des diaconies. Les diaconats de Paris ont une
fortune individuelle, formée par des legs dont le revenu appartient aux pauvres. Cela ne suffisait pas
aux nécessités qui s'imposent, aux infortunes qu'il
est urgent de soulager. Sous peine d'être contraints
de se détourner du malheur qui appelle à l'aide, de
l'enfance abandonnée, de la vieillesse impotente, des
repentis des deux sexes que l'on ne peut repousser,
il faut constituer un fonds de secours, une sorte
de caisse de miséricorde où s'accumule l'offrande
et où puise la charité. Un seul moyen pour parvenir à ce résultat : la quête dans les temples à
l'heure du culte, lorsque le pasteur est en chaire et
qu'il a commenté la parole : « Tu aimeras ton prochain comme toi-même. »

Le produit des collectes varie selon les paroisses :
tandis qu'ici l'on récolte les pièces d'argent et les
joyeuses monnaies d'or, là on ne reçoit que quelques sous rongés de vert-de-gris, obole de la pauvreté donnée à la détresse. Chaque dimanche, la
quête est faite pendant le service ; dans les paroisses
riches, la moyenne est de 150 à 200 francs ; dans
les paroisses pauvres elle s'élève rarement au-dessus
de cinq francs. Ce n'est pas avec des sommes si mi-

nimes que l'on réussit à faire le bien d'une façon
profitable ; aussi, deux fois par an, une collecte est
prescrite, on peut même dire ordonnée, par ce que
l'on nomme « la délégation générale », qui est composée des représentants élus de chacune des huit
paroisses. A cette injonction de l'Église réformée on
obéit ; les ressources augmentent aussitôt et deviennent réellement secourables ; mais l'écart de la per-
ception est naturellement le même que dans les
quêtes dominicales ; ainsi, au temple du Saint-Esprit,
qui est situé rue Roquépine, dans un quartier opulent, la recette est de 15,000 francs, tandis qu'elle
atteint à peine 200 francs à Belleville.

Une telle disproportion constituerait un inconvénient grave ; si les paroisses avaient la propriété exclusive des offrandes reçues chez elles, si elles avaient
le droit de les distribuer à leurs pauvres, il en résul-
terait que les paroisses indigentes seraient réduites
à la misère et que les paroisses riches auraient des
ressources qui dépasseraient leurs besoins. Grâce à
une disposition ingénieuse, l'inégalité disparaît. Le
produit de toutes les quêtes et de toutes les collectes
est déposé à la caisse centrale, qui a son siège au
temple de la rue de l'Oratoire-Saint-Honoré, et il est
ensuite partagé entre les huit paroisses, selon le
nombre de leurs assistés ; de cette façon, la balance
est rétablie, car la valeur des secours équivaut à la

quantité de pauvres qu'il convient de secourir. C'est
ce que dans les diaconats on nomme « l'insuffisance ». De ce seul chef, l'Église réformée a donné
en 1886 la somme de 39,948 francs, inégalement
répartis, puisque si Batignolles reçoit 10,488 francs
et Belleville 8,028, l'Oratoire (rue Saint-Honoré) et
le Saint-Esprit (rue Roquépine) n'ont pas touché un
centime. En outre, la caisse centrale verse une subvention plus ou moins importante à une quinzaine
d'établissements de bienfaisance.

La comptabilité est régulièrement tenue : tous les
mois, le gérant de la maison hospitalière de la rue
Clavel présente à la caisse centrale les bons de repas
et de séjour qu'il a reçus ; ce sont autant de billets
à ordre qui sont immédiatement soldés. Les protestants indigents relèvent de la paroisse sur laquelle
ils ont domicile ; à cet égard, le contrôle est très
sévère : tout individu qui essaye de frauder et de
recevoir de plusieurs mains est exclu de la partici-
pation aux aumônes. Lorsqu'un protestant arrive à
Paris et qu'il n'a pas encore pris logis, il s'adresse à
une paroisse quelconque, qui le dirige sur l'Asile
temporaire, où il est hospitalisé, à titre gratuit, pendant vingt-quatre heures ; passé ce temps, et s'il n'a
pas trouvé condition, il est astreint au travail et,
dans le cas où il répudierait la besogne, renvoyé.
C'est toujours l'application du même principe : à

celui qui accepte le travail, assistance suffisante ; à celui qui refuse, rien. De cette façon, la mendicité et le parasitisme sont combattus avec persistance. On ne les détruira point, pas plus dans le monde du protestantisme qu'ailleurs ; mais on les amoindrira, et ce sera un grand progrès.

Tant que la maison hospitalière de la rue Clavel ne sera ouverte qu'aux protestants appartenant à l'Église réformée, elle sera suffisante. Mais les services qu'elle a rendus depuis sa fondation, en donnant asile à 2,715 hommes, ont suscité quelque ambition chez ceux qui l'ont créée et qui la dirigent. Si elle pouvait s'étendre et s'ouvrir devant les différentes communions protestantes qui vivent à Paris, bien des malheureux y trouveraient bénéfice et seraient mis en bonne route. Est-ce donc là un rêve excessif, et des nuances d'interprétation théorique doivent-elles empêcher d'en tenter la réalisation ? Je n'ignore pas que les dissentiments entre frères sont énergiques et de longue durée, surtout quand ils ne reposent que sur des points de discussion qui ne touchent en rien au fond même des croyances : mais je sais que Grégoire le Grand écrivait au moine Augustin catéchisant l'Angleterre : *Ubi unus colitur Christus, nihil efficiet rituum varietas,* — Là où le Christ seul est adoré, la variété des rites n'importe pas.

Si les sectes se divisent sur des minuties de doc-

trine, elles peuvent se réunir, elles doivent se concentrer pour exercer la vertu par excellence, qui est
la charité. Pourquoi les communions dissidentes ne
profiteraient-elles pas des établissements de bienfaisance que protège l'Église réformée? Un traité peut
intervenir en vertu duquel leurs enfants insoumis
entreraient à l'École professionnelle et leurs ouvriers
en chômage seraient reçus à l'Asile temporaire. Il
ne faut point être exclusif en telle matière, et c'est
dans l'exercice de la charité que toute religion doit
se montrer tolérante. Les pasteurs sont passés maîtres en l'art de commenter les Évangiles ; qu'ils
n'oublient jamais que les disciples ont trouvé Jésus
causant avec la Samaritaine. Est-ce l'esprit de propagande que l'on redoute? La misère est plus dangereuse, car elle donne des conseils qui sont la perdition même.

Le nombre des protestants de Paris n'est pas tellement considérable qu'ils ne puissent se grouper
dans une œuvre commune où tous leurs coreligionnaires indigents, vicieux et libérés, recevraient l'assistance matérielle ou morale dont ils ont besoin. On
pourrait facilement créer de la sorte une organisation
générale où tous les cultes issus de la réforme seraient
représentés et centraliseraient au bénéfice de tous
— des assistés aussi bien que des bienfaiteurs —
l'action des paroisses et l'action de la charité indivi-

duelle. Au lieu d'éparpiller les efforts et de se can-
tonner dans les petites chapelles, il serait plus utile,
il serait de conception plus haute de marcher d'accord
vers le même but, qui est de tuer la paresse, de soulager l'infortune, de diminuer le vagabondage et de
protéger, par des mesures préventives, le groupe
social auquel on appartient.

Le système adopté par l'Église réformée me semble
excellent ; comme toutes choses humaines, il est
susceptible d'améliorations qui s'indiqueront d'elles-
mêmes et seront réalisées, car le bon vouloir ne
manque pas aux hommes qui ont mission de l'appliquer. Mais bien plus fécond serait-il ce système, si,
au lieu d'être le partage jusqu'à présent exclusif
d'un nombre limité de protestants, il pouvait être
accepté par tous, sans distinction de sectes, sans
exclusion de principes, dans une large communauté de bienfaits où les uns trouveraient la satisfaction d'eux-mêmes, et les autres l'apaisement de
leur souffrance. Je crois savoir que les diaconats ne
se refuseraient point à étudier cette question avec les
autres communions du protestantisme ; si une en-
tente intervenait, elle serait, je crois, à l'avantage
de celles-ci, car l'Église réformée leur offrirait l'accès d'instituts de bienfaisance au moins aussi utiles
que l'école professionnelle et que la maison d'hospitalité.

III

LES DIACONESSES.

Henri-Robert de la Marck. — Acte de naissance. — Dénombrement. — En 1841.
— Rue des Trois-Sabres. — Développement. — Rue de Reuilly. — La maison. — La salle d'asile. — De toute provenance. — Propreté protestante. —
Fillettes et garçonnets. — Dégradé de son sexe. — La vieille institutrice.
— Préservation. — La femme seule connaît la femme. — La claustration. — La famille. — Le bercail empoisonné. — La fille du peuple est
perdue par le peuple. — Démoralisation. — Mal permanent. — Les
efforts de la charité. — Les luttes secrètes. — Souvenir d'une repentie.
— Le sentiment de la responsabilité. — Régime uniforme, direction
morale multiple. — *Le disciplinaire* — École professionnelle. — Promenades. — Fautes nulles. — La chambre de punition sert de dépôt
pour le linge ouvré. — La couture. — Le travail. — Pour les enfants
point de passé. — Chiffres rassurants. — *La Retenue.* — Annexe de la
correction paternelle. — La lutte contre la nature. — Démence de J.-J.
Rousseau. — Le costume. — Le tiers; toujours la même proportion. —
Statistique. — Violence et apathie. — La folie. — C'est le père et c'est
la mère qu'il conviendrait de punir. — La cuisine. — La buanderie. —
Idiotie. — Précocité. — Agée de neuf ans, détenue jusqu'à la vingtième
année. — Le printemps. — Contraste. — J'oublie la morale. — Préau de
prison. — Point de promenades. — Insuffisance de la gymnastique. —
Système Auburnien. — Les chambrettes. — Le lavabo. — La poupée. —
L'évasion. — Retrouvée à l'infirmerie de Saint-Lazare. — La Commune
à la maison des diaconesses. — Ordres d'arrestation. — Filles de service. — Le noviciat. — Les aspirantes. — Les adjointes. — Les différents travaux des novices. — La maison de santé. — Infirmières volontaires, infirmières salariées. — La visite des malades à domicile. — Une
parole de Luther.

L'acte de naissance des diaconesses date du premier siècle de la réforme. Henri-Robert de la Marck,

souverain de la principauté de Sedan, s'étant converti, en 1559, aux principes de la nouvelle Église, institua « les demoiselles de charité », dont la fonction était de porter secours aux malheureux, en les soignant lorsqu'ils étaient malades et en leur distribuant les aumônes qu'elles recueillaient pour eux. Les protestants ne sont pas sans éprouver quelque fierté de ces lointaines origines, et ils ont fait volontiers remarquer que saint Vincent de Paul n'a créé qu'en 1642 l'ordre immortel auquel il a attaché son nom. Qu'importe? L'émulation au bien ne sera jamais assez vive; diaconesses et sœurs de charité font leur devoir au delà même sans doute des limites tracées par les règles qu'elles observent; si toutes les communions rivalisaient indistinctement de zèle pour diminuer le mal auquel l'homme est condamné, on ne pourrait qu'applaudir au sentiment qui les pousse vers la consolation de la souffrance humaine. Oublier les dissentiments résultant de croyances différentes, pour ne voir, pour ne secourir que le malheur et la misère, c'est peut-être accomplir l'acte religieux par excellence. Jérusalem et Samarie se haïssaient, le Samaritain ne s'en est point souvenu et il a sauvé l'Hébreu blessé. Cette parabole devrait être le mot d'ordre de toute œuvre charitable.

L'institution des diaconesses, — garde-malades, directrices morales, maîtresses d'école, — rend d'é-

minents services. En 1881, elles comptaient en
terres protestantes cinquante-trois maisons — je
ne crois pas que le nombre en soit augmenté depuis lors; — la majeure partie est en Allemagne;
4,700 diaconesses en dépendent et sont disséminées
dans 509 stations, dont plusieurs sont situées dans
l'Extrême Orient. Si elles font effort de propagande,
nous n'avons pas à le savoir, car nous n'avons à les
étudier que dans leurs actes de bienfaisance.

« Les diaconesses des Églises évangéliques de
France » ne se sont établies et groupées à Paris qu'en
1841, sous l'inspiration du pasteur Vermeil, qui les
installa, rue des Trois-Sabres, dans une petite maison qu'il avait achetée de ses deniers. On y fut bientôt à l'étroit et, deux ans plus tard, on se transporta
rue de Reuilly, n° 95, dans un immeuble attenant à
un terrain considérable dont la générosité protestante fit les frais, qui s'élevèrent à près de
250,000 francs. Là on put donner plus d'ampleur à
l'institution même, qui fut reconnue d'utilité publique en 1858. A mesure que de nouvelles exigences s'imposèrent, des constructions furent édifiées,
qui constituent aujourd'hui un groupe secourable où
l'on cherche et où l'on réussit à faire le bien.

Porte close, loge vitrée où la diaconesse de service,
— j'allais dire la tourière, — se tient en permanence, surveillant les entrées et surtout les sorties;

15

escalier propre; parloir ciré, convenablement meu-
blé, étalant aux murailles quelques portraits litho-
graphiés ou photographiés de bienfaiteurs et de
bienfaitrices; jardin sablé, murailles blanches, fenêtres murées de barreaux de fer. Est-ce un couvent?
on s'y pourrait tromper; non, c'est une maison protestante : la quantité de devises empruntées à l'Ancien et au Nouveau Testament en fait foi.

Un grand jardin s'allonge entre des murs peu élevés et participe à la verdure des enclos voisins, où
s'épanouit la frondaison des arbres. Une petite barrière à hauteur d'appui circonscrit un préau où toute
une marmaille joue, danse, s'évertue et se repose,
en se trémoussant, des fatigues subies pendant la
classe, car nous sommes auprès de la salle d'asile,
qui a abandonné son ancienne et excellente dénomination pour prendre celle d'École maternelle. Cette
école est mixte ou plutôt mélangée : aux enfants
qu'on y amène, on ne demande point d'acte de
baptême; sont-ils juifs ou catholiques, sont-ils protestants réformés, méthodistes, luthériens ou calvinistes, sont-ils issus de déistes, de panthéistes ou
d'thées, on ne s'en inquiète pas; ils ont quatre ans
sonnés, ils n'ont point encore sept ans, on les accueille, on les débarbouille, on leur fait chanter en
chœur des chansons dont ils écorchent les airs, on
les initie aux premiers éléments de l'instruction et

l'on s'efforce de les amuser tout en leur enseignant quelques notions utiles.

Pendant que j'étais là, ils sont rentrés en classe, marquant le pas, braillant à tue-tête un refrain de circonstance; ils ont gravi les gradins en cadence, comme des soldats de Lilliput bien dressés, et ils ont pris place, les garçonnets d'un côté, les fillettes de l'autre; les messieurs m'ont adressé de la main droite un salut majestueux, les demoiselles m'ont fait une belle révérence, tout le monde s'est assis, et l'on n'a plus entendu que le bruit des petits nez qui reniflaient. Ces bambins sont les enfants du quartier; j'ai été frappé de leur bonne tenue et de leur propreté; je me doute que les diaconesses y sont pour quelque chose et que le savon protestant joue un grand rôle en tout ceci. A cet égard, les œuvres catholiques ne peuvent soutenir la comparaison avec les œuvres protestantes : les unes dédaignent un peu trop la « guenille » humaine et la mettraient volontiers sous l'invocation de saint Labre; les autres en prennent soin et croient que la pureté extérieure est un emblème de moralité.

Parmi les petites filles, il en est de charmantes, roses, blanches, bouclées, avec de beaux regards étonnés et des gestes dont la grâce inconsciente est extraordinaire. Elles sont moins commodes à mener que les garçons; on trouve en elles, comme un pro-

duit même de la nature, je ne sais quoi de rusé,
d'agité, de peu reconnaissant qui les distingue de
leurs petits compagnons, lesquels ont parfois des
accès de violence auxquels succèdent toujours des re-
tours de bon cœur dont il est difficile de n'être pas
touché. Les unes et les autres vivent, du reste, en
bonne harmonie ; on se gourme bien un peu quelquefois, pendant les récréations, mais cela ne tire
pas à conséquence ; le garçonnet, fier de son sexe et
sachant qu'un jour il aura barbe au menton, ne dissimule guère le dédain qu'il professe pour les petites
filles, qu'il considérerait sans peine comme des créatures d'essence inférieure ; aussi l'on a imaginé pour
les « messieurs » une punition redoutable. Quand
un de ces marmots s'est montré récalcitrant, grossier
ou paresseux, et que l'on juge qu'il est urgent de
faire un exemple, on lui déclare qu'il n'est plus
digne de siéger du « côté des hommes » ; on l'enlève
de sa place et on l'assoit du « côté des dames » ; le
pauvre morveux en reçoit un tel choc d'humiliation
qu'il en reste atterré. S'il veut regimber, on lui dit :
« Taisez-vous, mademoiselle ; » et il se reconnaît
vaincu.

La diaconesse que j'ai vue à l'œuvre dirige l'école
depuis trente-sept ans. Elle a enseigné la lecture aux
enfants des enfants dont elle avait dégrossi les pères.
Elle est connue dans le quartier et vénérée de ces

robustes ouvriers, qui lui gardent bonne gratitude
des soins qu'ils en ont reçus. Atteinte par l'âge aujourd'hui, d'apparence délicate, faisant les leçons
avec un filet de voix dont la faiblesse commande l'attention, elle est active encore et passionnée pour les
petiots à qui elle ouvre les portes de la vie intellectuelle. C'est une bonne bergère; le petit troupeau
qu'elle guide la suit avec empressement, et, au bruit
de sa « claquette », chacun s'évertue à lui obéir.

L'École maternelle n'est point une superfétation à
la maison des diaconesses; ce n'en est qu'une annexe, qui a été fondée pour attirer les enfants d'un
faubourg populeux et les soustraire, dès les premières années, à l'existence de la rue, stérile quand
elle n'est point funeste. L'œuvre à laquelle on se con-
sacre de préférence et avec un dévouement qui n'est
pas toujours récompensé, est de visée plus haute
et de salut plus sérieux. Là, et bien avant la création
de l'École industrielle de la rue Clavel, on s'est ingénié à neutraliser le mal dès son début même, à
combattre les mauvais instincts et à arracher l'enfance et l'adolescence, prématurément contaminées,
aux dangers qui lui feraient la vie honteuse et in-
supportable; on veut sauver les jeunes filles que le
vice attire et que souvent il a déjà touchées. Labeur
décevant, labeur ingrat, où parfois les meilleures volontés succombent; car, si l'on n'est pas aidé par

l'énergie même de celles que l'on veut sauver, on ne sauve personne. Or l'énergie est une qualité naturelle, on peut la développer et la féconder lorsqu'elle existe; mais quand elle n'existe pas, comment la faire naître? et si par bonheur on y a réussi, comment la maintenir intacte et assez résistante pour lutter contre les périls dont la jeunesse de la femme est assaillie de toutes parts?

Souvent l'on est trompé, car la femme excelle à feindre; patiente et d'apparence soumise, elle jouera son rôle pendant longtemps sans jamais se démentir; sa dissimulation fait sa force, rien ne lui coûte pour atteindre le but qu'elle s'est proposé; elle représente le « sexe faible », mais elle est rarement vaincue dans son combat perpétuel « contre ce fier, ce terrible et pourtant un peu nigaud de sexe masculin », — c'est le mot de Marceline dans le *Mariage de Figaro*. Heureusement, à la maison des diaconesses, le « sexe fort » n'a rien à faire, et tout est confié aux femmes vertueuses et ferventes qui la dirigent. L'homme ignore la femme, quoiqu'il s'imagine qu'il la comprend, parce qu'il parle le même langage qu'elle; mais entre elles les femmes se devinent, et parfois il suffit d'un geste, il suffit d'un coup d'œil pour que la révélation soit complète. La femme impeccable, dont la rigidité morale est inflexible, pénètre sans effort au fond des cœurs fémi-

nins les plus dissolus et les plus hypocrites; c'est
pourquoi les diaconesses lisent dans l'âme même des
malheureuses qu'elles se sont juré de ramener au
bien. Elles ne les fatiguent point d'observations répétées, elles ne les énervent pas de conseils super-
flus; mais elles savent, au moment propice, dire le
mot qui pénètre et reste dans l'esprit comme le
germe d'une bonne semence dont le fruit mûrira
plus tard.

La partie de la maison où sont enfermées ces
pauvres filles pourrait s'appeler la claustration. Elles
vivent là en deux groupes distincts, mais isolés, en
quarantaine pour ainsi dire, dans une sorte de lazaret maternel où l'on tâche d'atténuer, où l'on veut
guérir la peste morale dont elles ont été frappées.
Hygiène de l'âme : les femmes y excellent, surtout
lorsqu'elles l'enveloppent de cette tendresse qui
accomplit des prodiges et qui, bien mieux que la
rigueur, adoucit l'impétuosité native et amollit la
dureté des caractères. Pour la plupart des pauvres
filles que les diaconesses abritent sous leurs ailes,
c'est déjà un bienfait que d'être loin des exemples
détestables dont la famille est prodigue.

Presque toutes ces brebis, qui se sont volontairement égarées, ont été corrompues dans le bercail
même où elles auraient dû trouver protection. Plus
d'une est tombée par esprit d'imitation, à moins

qu'elle n'ait été entraînée à sa perte par ceux-là
mêmes qui en avaient la garde. En telle matière,
toute sensiblerie, tout lieu commun sur les vertus
du peuple seraient coupables et contraires à la vérité.
Loin de moi la pensée de prétendre que la classe populaire est mauvaise et résolument vicieuse; aussi
bien que personne je sais quel dévouement, quelle
ardeur au travail, quelles mœurs sérieuses on peut,
sans longues recherches, découvrir dans le monde
ouvrier; mais je sais aussi, et nul ne me contredira,
quels périls inévitables offre l'agglomération des ateliers, des cités, des chambres où l'on dort pêle-mêle,
et quels droits de préemption exerce la puissance des
contremaîtres. Ce que le plus souvent nous consi-
dérons comme un crime, tout au moins comme un
outrage à la probité, passe là pour une bonne
aubaine dont on serait sot de se priver; et puis
la terrible parole : autant moi qu'un autre! oblitère
le sens moral et a parfois des conséquences si
graves, que toute une existence en est perdue. Les
déclamations des philosophes humanitaires, les
sophismes des moralistes fabricants d'idées toutes
faites, les objurgations des libellistes à courte vue
n'y feront rien; la vérité n'est point douteuse pour
l'honnête homme qui a étudié la question : quatre-
vingt-dix-neuf fois sur cent, la fille du peuple est
perdue par le peuple, et l'or du riche, ce fameux or

corrupteur dont on a tant parlé, n'a rien à voir en tout ceci.

On ne l'ignore pas à la correction paternelle de Saint-Lazare, au Bon-Pasteur, au refuge Saint-Michel, à l'ouvroir de la Miséricorde et à la maison des diaconesses. Là on ne se fait point d'illusions, car on est en présence de la réalité dont on a reçu les confidences; on sait où est le mal, on le sait si bien, qu'en principe on éloigne les familles des jeunes détenues, car l'expérience a enseigné que, la plupart du temps, elles ne sont et bien souvent ne savent être qu'un agent de perversion. J'irai plus loin, et je le peux sans craindre de me tromper, car j'ai eu entre les mains d'irrécusables documents. Si une jeune fille, — je parle d'une enfant de quatorze à seize ans, — se dérange, comme dit l'expression populaire, et si elle fait profiter sa maison du bénéfice qu'elle peut retirer de son inconduite, on l'encourage, on la choie, on favorise sa précocité; on dit : « Elle n'est pas bête, la petite, elle rapporte déjà. » Mais si elle réclame sa liberté, si elle va dépenser hors du logis l'argent mal gagné, on la vitupère, on s'en plaint, on l'accuse et l'on obtient contre elle une ordonnance de séquestration. Il y a des mères qui ne pardonnent point à leur fille de leur porter préjudice en marchant sur leurs traces et en se conformant aux exemples qu'elles ont reçus. Si « le bureau des mœurs » de la préfecture de police livrait ses dossiers à la publicité, on serait stupéfait.

A ce mal, qui n'est pas seulement confiné dans les couches infimes de la société parisienne, à ce mal, qui est une lèpre contagieuse que le moindre contact peut communiquer, qui détruit le corps, désagrège l'âme et atrophie les sentiments respectables, la charité s'efforce de remédier. Elle ouvre des asiles, elle multiplie les refuges, elle installe des écoles professionnelles, des ouvroirs, des orphelinats, des ateliers où l'on fait l'apprentissage de la moralité. Elle se bat corps à corps avec le péché capital, celui dont la femme est la victime expiatoire, lorsqu'on n'a pu la lui arracher. Ces maisons closes, dont la porte est surmontée d'une croix ou d'un verset des Livres saints, ont été le théâtre de luttes héroïques qui rappellent ces mystères du moyen âge au dénouement desquels le bon et le mauvais ange se disputent une âme. Là le diable est invariablement dupé; en est-il ainsi dans ces écoles de relèvement? Pas toujours, car on se heurte souvent à des vices indestructibles, dont le pire est la vanité.

A l'époque où j'étudiais les organes de Paris, j'eus à m'occuper d'une maladie sociale particulière dont je n'ai point à prononcer le nom, et j'allai visiter une maison de filles repenties ou soi-disant telles. Une d'elles, âgée d'environ dix-huit ans, qui n'était point

laide, malgré son béguin de laine noire et sa blouse
de siamoise, accotée contre le mur du préau, pleurait et maugréait en levant les épaules avec colère.
Je m'approchai d'elle et lui demandai la cause de
son chagrin. Elle me répondit d'un ton bourru et
en langage du ruisseau : « C'est cette chienne de
sœur Rosalie qui m'a monté une gamme et collé un
suif, je ne sais pourquoi; elle m'a prise en grippe
parce que j'ai fait la noce et qu'elle s'embête ici à
gratter son chapelet; elle est vieille, elle est laide;
moi je suis jolie et je suis jeune, c'est ça qu'elle ne
peut pas me pardonner; je la connais, sa morale,
c'est de la jalousie; mais patience, je décamperai un
de ces matins, et l'on ne me reverra pas de sitôt. »
Avec celle-là, Satan n'aura point été dupé, elle lui
appartenait.

Toutes ne sont point ainsi, heureusement, car il
serait inutile d'essayer d'amender des créatures qui
n'attendent que le moment de se rejeter au vice. A
la maison des diaconesses, de sérieux résultats ont
été obtenus, et c'est dans des proportions appré-
ciables que l'on a pu rendre à la probité et au respect de soi-même de pauvres enfants qui s'étaient
égarées sans trop savoir ce qu'elles faisaient. C'est en
développant chez elles, autant que possible, le sentiment de leur propre responsabilité, que l'on parvient à leur faire comprendre que la vie n'est pas

exclusivement faite pour s'amuser, et que la rectitude de la conduite est plus avantageuse que le dévergondage. Notions simples et d'éclatante vérité,
mais que l'on ne s'approprie cependant qu'à la condition d'avoir un naturel doué de quelque intelligence et suffisamment paisible.

Si les enfants auxquelles on s'adresse et sur lesquelles on tente d'agir par le raisonnement, la discipline et la bonté étaient de facultés analogues, il
est certain qu'une seule règle suffirait à toutes;
mais il ne peut en être ainsi. Les caractères sont
multiples, avec des dessous parfois difficiles à pénétrer; les aptitudes sont diverses, et les exigences
de la physiologie ne se ressemblent pas. Il en résulte
que si le régime est uniforme, comme il convient
dans une sorte d'établissement correctionnel, le
système de direction morale doit varier selon les
individus; telle pensionnaire qui regimbera contre
la sévérité, ouvrira l'oreille aux bonnes paroles, et
telle autre qui se rira de l'indulgence ne se sou-
mettra qu'à des mesures rigoureuses. Chacune de
ces fillettes exige donc une étude préalable et un
mode spécial de redressement, sans quoi l'on s'expo-
serait à perdre le bénéfice de l'amendement obtenu
et à voir s'évanouir toute chance d'amélioration. Il
m'a paru que les diaconesses ne négligeaient rien
pour obtenir la confiance des enfants, pour pénétrer

jusqu'au tréfonds de leur âme, et qu'elles modelaient leurs tentatives d'influence sur les caractères mêmes qu'elles veulent modifier.

La maison est divisée en deux parties distinctes, séparées l'une de l'autre et sans communication autorisée; dans la première, on a installé le *disciplinaire*, et dans la seconde la *retenue*. Le disciplinaire est une école professionnelle; on y reçoit l'enseignement primaire et on y apprend un métier. L'âge des enfants que j'y ai vues varie entre sept et quatorze ans; j'ai compté vingt-neuf élèves, vêtues de cotonnade bleue, proprettes et les cheveux coupés. Levées à six heures, couchées à neuf; la journée, coupée de récréations et de repas, comporte régulièrement cinq heures de classe et six heures de travail manuel. On joue dans un préau, parfois dans le jardin; à certains jours, on part en bande, sous la conduite d'une ou de plusieurs diaconesses, on va s'ébattre au bois de Vincennes, qui n'est pas éloigné de la rue de Reuilly; on pousse jusqu'au palais du Trocadéro pour en visiter le musée, on se promène dans les galeries du Louvre; pendant les longues journées d'été, on va goûter dans quelque lieu champêtre des environs de Paris; ce sont là des fêtes qui mettent tous ces petits cœurs en joie et leur font momentanément oublier ce que l'assiduité à la besogne a de pénible lorsque l'on est si jeune. La règle est sans sévérité et rappelle celle que l'on applique dans les institutions scolaires où les jeunes filles de la bourgeoisie parisienne sont élevées.

Les enfants du disciplinaire sont vicieuses, et c'est pourquoi elles y sont; la plupart ont été placées par leur famille. — « C'est un vrai diable, nous ne savons qu'en faire; tâchez d'en tirer parti. » — On est saisi tout de suite par la régularité du régime qui détermine l'emploi des heures; en soi-même on s'insurge, on se révolte; mais peu à peu la discipline fait son œuvre, la tempête s'apaise et la force de l'habitude, des mêmes exercices toujours renouvelés, finit par adoucir les exaspérées et mater les récalcitrantes. Ces fillettes sont de leur âge, c'est-à-dire étourdies, bavardes, espiègles; les pédagogues ont, pour résumer ces imperfections, un mot que je n'ai jamais bien compris; ils diraient : elles sont « dissipées »; c'est un défaut qui se corrige de lui-même et pour lequel il convient d'être indulgent. Les fautes que l'on commet au disciplinaire ne doivent pas être bien graves, et j'imagine que les châtiments ne sont point excessifs. Cependant il existe à côté de la classe une chambre de punition où l'on peut enfermer dans le silence et l'isolement une élève qui se montre ingouvernable; c'est ce que dans les lycées on appellerait les arrêts, le cachot ou le séquestre. La chambre de punition : ce mot me sonnait mal aux oreilles;

j'ai demandé à la voir. J'y suis entré et n'ai pu m'empêcher de rire. Dans une chambrette très claire et
qui ne ressemble en rien au *carcere duro*, j'ai vu
des piles de serviettes, de fichus, de mouchoirs et de
taies d'oreillers. La chambre de punition fait office
de dépôt pour le linge ouvré : c'est bon signe.

Les petites filles que leurs familles ont pour ainsi
dire abandonnées, et que les diaconesses ont adoptées, manquaient à la maison paternelle d'une direction intelligente. Cette direction, le disciplinaire la
leur imprime, et elles s'en trouveront bien, car elles
en auront reçu l'outil, l'outil perfectionné, qui plus
tard deviendra leur gagne-pain. La couture est un
art, je m'en suis aperçu en examinant les ouvrages
de lingerie que ces enfants confectionnent. Elles ont
découvert tous les mystères de l'aiguille ; elles travaillent avec la précision que donne l'expérience ; on m'a
montré, en les faisant valoir, des ourlets, des sur-
jets, des piqués, des points droits, des points arrière,
des points rabattus, des points d'anglaise, des points de
chaînette ; j'ai admiré de confiance, car, sous ce rapport, mon éducation a été un peu négligée. Leur
habileté est connue et fort appréciée, car beaucoup
de particuliers et plus d'un magasin célèbre s'adressent à elles, et ce métier, que leur famille a été impuissante à leur enseigner, n'est pas sans utilité
pour la maison hospitalière qui les a recueillies. La

besogne ne chôme pas, car je constate qu'au cours de l'année 1885 l'atelier du disciplinaire a fourni neuf mille huit cent quarante-cinq journées de travail, qui correspondent aux journées de présence des pensionnaires.

Assises sur des bancs, rangées contre la muraille en deux escouades qui se font face, elles restent silencieuses, tête baissée, tirant l'aiguille, et rougissent lorsqu'on les regarde, comme si elles redoutaient que l'on ne découvrît leurs pensées secrètes et les souvenirs de leur passé. Il n'y a point de passé pour des enfants si jeunes, inconscientes peut-être, à coup sûr irresponsables; il n'existe de réhabilitation que pour celles qui étaient d'âge à pécher résolument et en connaissance de cause; celles que j'ai vues là n'ont point à se relever, car si elles sont tombées, c'est sans le savoir, c'est parce qu'on les a poussées trop durement là même où l'on aurait dû les soutenir. Pour elles, tout espoir est permis et tout salut peut être assuré. Une statistique officielle fournit des chiffres rassurants. Sur trente-trois élèves sorties du disciplinaire dans un espace de dix années, dix-sept suivaient le bon chemin dans la vie : plus de la moitié, c'est une proportion considérable et qui n'a pu être obtenue que parce que l'action préservatrice a été exercée sur des enfants d'une extrême jeunesse. Cette proportion n'est plus la même dès que nous pénétrons dans la *retenue*, où sont les jeunes filles âgées de quatorze à vingt et un ans.

La *retenue* : le mot est heureusement trouvé; ce n'est pas une prison, ce n'est pas non plus une école industrielle, et cependant cet « institut », comme dirait un Allemand, participe de l'une et de l'autre; car on n'y est admis qu'en vertu d'une ordonnance du président du tribunal ou d'un jugement, et l'on y est astreint à un travail non rétribué. Je n'ose pas dire que c'est une annexe de la correction paternelle de Saint-Lazare, puisqu'on y obtient des succès qui n'ont même pas été entrevus à la maison de détention pour les femmes, et cependant le personnel s'en recrute sur le même fumier social. Les jeunes détenues sont de même catégorie, de mêmes vices, de même honte; seuls les procédés de relèvement ne se ressemblent pas, et cela constitue une différence essentielle. De telles œuvres ne peuvent être appréciées que par les résultats : à Saint-Lazare, ils sont nuls, pour ne pas dire douleureux; à la maison de Reuilly, ils ne manquent pas de quelque importance. Ils seraient certainement plus considérables si l'on avait affaire à des sujets plus jeunes, par conséquent plus malléables et que les habitudes pernicieuses n'auraient encore qu'effleurés.

L'éducation est une lutte permanente contre la

16

nature ; elle doit être entreprise de bonne heure, dès
que l'enfance est apte à comprendre. Du petit animal
humain qui vient d'entrer dans le monde où il aura
son personnage à jouer, quel qu'il soit, elle doit faire
un être destiné à vivre en société ; elle aura à lui
enseigner les conventions dont il est nécessaire que
les instincts naturels soient revêtus pour ne point
tomber dans les excès de la vie sauvage ; et ceci ne
s'obtient pas en peu de temps, car, dans les groupes
civilisés, les formes extérieures des relations, les coutumes, les idées même sont le fruit des leçons souvent répétées qui finissent par policer l'homme et
lui permettent de coexister à ses semblables. Si l'on
revenait à l'état de nature, que la démence de Jean-
Jacques Rousseau avait entrevu à travers les rêveries
d'un idéal absurde, le vol, le meurtre et le reste
régneraient ici-bas, comme aux jours de l'âge de la
pierre. C'est une longue expérience qui a appris à
l'humanité qu'elle ne pouvait se développer qu'à la
condition de se neutraliser elle-même par les restrictions qu'elle s'impose et qui forment le code des
lois où elle a trouvé son salut. Or presque toutes les
jeunes filles de la retenue ignorent ces restrictions
qu'on leur a laissé ignorer, et elles n'ont jusqu'à
présent obéi qu'à leurs instincts primordiaux, c'est-
à-dire à la perversité. Pour elles, l'effort doit redoubler ; mais cet effort serait de résultat plus certain si,

avant d'entrer à la retenue, elles avaient passé par le
disciplinaire.

Elles aussi, elles sont uniformément vêtues de
cotonnade bleuâtre, et ce n'est point la coupe de leurs
robes qui leur inspirera de la coquetterie; comme
de jeunes sachettes, elles portent une façon de blouse
qui dissimule les formes; les manches serrées aux
poignets alourdissent les mains; les cheveux, coupés
à hauteur d'oreille, ne se prêtent à aucun artifice de
coiffure. Je les ai attentivement regardées; nulle
d'entre elles ne m'a paru jolie, et dans toutes j'ai
cru reconnaître quelque chose de pesant et de rudimentaire qui pourrait appartenir à des êtres inache-
vés. Les scories les encombrent; pourra-t-on les en
nettoyer? Là encore, comme partout, comme toujours,
je retrouve cette proportion que j'ai déjà signalée;
on dirait vraiment qu'elle est inhérente à la créature
humaine, sur laquelle elle pèse comme une sorte de
fatalité.

Dans un document relatif à la maison de la rue de
Reuilly et signé par le pasteur Louis Valette, on peut
lire : « Un tiers des résultats moraux doivent être
enregistrés comme excellents; un tiers comme offrant
de bonnes garanties, mais sujets cependant à péri-
cliter; un tiers comme nuls. » C'est ce que nous
avons trouvé à l'École industrielle, c'est ce que j'ai
constaté dans toutes les maisons d'amendement et

de relèvement où j'ai regardé. Un tiers, ce chiffre
n'est pas à dédaigner ; ramasser des filles perdues et
en sauver 55 pour 100, c'est faire œuvre méritoire.
Le résumé statistique d'une expérience décennale
permettra de fournir à cet égard un renseignement
précis. Sur quatre-vingt-dix-sept jeunes filles sorties
de la retenue pendant le cours de dix années, trois
sont décédées, trois sont internées dans des asiles
d'aliénés, treize sont retournées à leur vomissement,
trois ont une conduite qui fait naître des appréhen-
sions, quarante-quatre ont disparu et l'on ne sait
rien d'elles ; trente et une sont rentrées dans le
bien et leur attitude fait augurer qu'elles n'en sorti-
ront plus.

Les défauts qui dominent chez ces malheureuses
sont ceux que l'on rencontre chez la plupart des
criminels : la violence et l'apathie. La première
engendre l'initiative, la seconde subit les influences
qui déterminent la complicité; toutes les deux créent
le péril et sont énergiquement combattues par les
diaconesses, dont la surveillance, toujours en alerte,
a déjoué plus d'un petit complot et surpris des cor-
respondances clandestines. Parfois, — et le cas n'est
pas rare, — la perversion n'est pas très responsable,
car elle est la conséquence de troubles nerveux qui
dominent les facultés de l'esprit. La brutalité des
mouvements, l'incohérence des paroles ne laissent

aucun doute; on est en présence d'un accident
pathologique qui réclame l'intervention de la science
aliéniste, et l'asile de Sainte-Anne reçoit la jeune
détenue pour laquelle la maison des diaconesses
n'est plus faite; elle ne relève plus que de la thérapeutique, car le traitement moral ne peut avoir prise
sur elle. Les désordres qui l'ont attirée et retenue
l'ont-ils tellement surmenée, qu'elle en a perdu la
raison? On le croit, on le répète; tel n'est pas mon
avis, et j'ose dire que c'est la faiblesse même de sa
raison qui l'a entraînée aux désordres. Que de fois,
en pareille circonstance, on a confondu la cause et
l'effet.

Il est de bon ton de blâmer ces malheureuses et
souvent de ne leur épargner aucun sévice; il serait plus
juste de les plaindre, de considérer le milieu dont
elles sont issues, l'éducation imparfaite qu'à peine
l'on a ébauchée pour elles, les exemples abominables
qui les ont empoisonnées, et de conclure que l'enfant
tombe quand on ne lui met pas de lisières. Je crains
de paraître excessif en disant ma pensée tout entière:
dans bien des cas, il ne serait qu'équitable d'envoyer
en prison les parents dont la fille mineure a mérité
les rigueurs de la maison correctionnelle. La responsabilité des père et mère envers leurs enfants ne
semble pas avoir été suffisamment prévue et déterminée par la loi. Article 203 : « Les époux contrac-

tent ensemble, par le seul fait du mariage, l'obligation de nourrir, entretenir et élever leurs enfants. »
C'est bien vague; on peut être nourri, entretenu et
élevé par des ascendants directs et être moralement
abandonné, sinon perverti par eux. Il est regrettable
que le respect professé pour l'autorité paternelle ne
permette pas de la surveiller et de lui arracher
l'enfant, dont trop souvent elle a préparé la perte.

J'ai pénétré dans la maison de la retenue et j'y ai
admiré une cuisine pleine de promesses; si les
ragoûts ne sont point succulents, ce ne sera pas
faute de belles marmites ni de casseroles qui pourraient faire office de miroir. Passons! En toutes
communautés, fût-ce celle des Invalides, la cuisine
induit en orgueil, qui est un péché. La buanderie
m'intéresse plus, car c'est là que les jeunes détenues sont réunies devant les vastes cuviers en pierre
où coule l'eau de lessive, auprès des baquets de
savonnage, dans la chambre brûlante du séchoir, au
milieu de la salle du repassage. Elles se sentent
regardées et baissent les yeux avec une modestie
plus ou moins sincère; seule une grosse fille, tordant
un drap mouillé, éclate de rire : lourdes lèvres,
dents séparées, regard éteint, front bas, cheveux
ternes; la matière est plus forte que l'esprit; celui-
ci est comme un chardonneret dans une cage de
pierre : sa demeure est si épaisse, que les chants ne

la traversent pas; la pauvre enfant n'est pas loin de
l'idiotie, et si elle est là, c'est sans doute parce qu'on
l'a enlevée à ceux qui s'en amusaient. En Orient, la
débilité intellectuelle est sacrée; il n'en est pas de
même dans les pays qui sont fiers de leur civilisation.

A travers les piles de linge, j'aperçois une fillette
de mine éveillée, mais si jeune, si jeune, que je suis
surpris de sa présence. Histoire horrible. Elle a
neuf ans; dans la maison paternelle, où elle avait
droit à quelque respect, on s'est ingénié à ne développer que ses instincts animaux; on riait de sa
précocité et l'on en abusait. Elle y prit goût, la
pauvre petite, et avec l'inconscience d'une bête elle
alla sur la voie publique faire parade de tout ce
qu'on lui avait enseigné. Elle fut arrêtée et traduite en police correctionnelle; je crois qu'elle fut
jugée à huis clos. Acquittée parce qu'elle avait agi
sans discernement, elle fut, aux termes de l'article 66
du Code pénal, envoyée dans une maison de correction paternelle jusqu'à sa vingtième année. La
religion à laquelle elle appartient lui a valu la bonne
fortune d'être conduite à la retenue des dames diaconesses : elle y restera onze ans. Et le père? J'imagine qu'il est heureux d'être débarrassé de sa fille,
qui de la sorte ne lui coûte plus rien. La pauvrette
paraissait assez gaie, car elle est encore dans l'âge
de l'insouciance; réussira-t-on à effacer toute trace

des sanies où elle a été vautrée? Je l'espère; mais
j'en serais plus certain si, interprétant la sentence
du tribunal dans le sens le moins étroit, on la retirait de la division des grandes, qui est la retenue,
pour la mettre dans la division des petites, qui est
le disciplinaire.

Lavandières et repasseuses travaillaient sérieusement, mais je crois que la présence des dames diaconesses qui voulaient bien m'accompagner y était
pour quelque chose. A les contempler attentivement,
on pouvait remarquer une activité qui sentait l'effort,
comme si l'on eût voulu donner bonne opinion de
soi et surmonter, pour un instant, la nonchalance
habituelle. C'est au mois d'avril que je fis ma visite
à la maison de la rue de Reuilly, au jour même où
le soleil du printemps éclata, pour la première fois
de l'année, avec ardeur. Toute la nature était en
effervescence, les bourgeons se gonflaient, la sève
semblait soulever l'écorce des arbres; pas un nuage
dans le ciel; les moineaux piaillaient en sautillant de
branche en branche, les pigeons se rengorgeaient et
roucoulaient sur les toits; dans les bruits confus de
l'espace, dans les rayonnements de la lumière em-
brasée, on croyait entendre des appels mystérieux,
on croyait lire la promesse des espérances confuses.
En dehors, la vie s'épanouissait dans sa splendeur
junévile; au dedans, entre ces murs sévères, dans

cette besogne brutale, sans ressources pour la pensée, le contraste était lamentable; je me suis figuré que les poitrines étaient oppressées, que le cœur battait, ému par de lointains souvenirs, que le front avait des rougeurs subites, indice d'un regret inexprimable ou d'une révolte comprimée, et, sans le laisser soupçonner, j'ai été saisi d'une pitié infinie pour ces pauvres recluses, pour ces « jeunesses » forcloses de l'existence, tenues en chartre privée, se mouillant au lavoir et rinçant le linge, tandis qu'il leur serait si doux de courir dans les bois, sur l'herbe nouvelle, en chantant des romances à deux voix. Et la morale, me dira-t-on? J'avoue que je l'avais oubliée. Elle a ses droits, elle est de devoir forcé dans les obligations de la vie sociale, et l'on y pense à la maison des diaconesses.

Comme pour les enfants du disciplinaire, le temps des jeunes filles de la retenue est divisé selon une invariable règle : elles ne sont astreintes qu'à deux heures de classe; le reste de la journée appartient au travail, sauf les instants de repas et de repos. Les récréations se prennent dans un petit préau assez maussade, sans verdure, grossièrement sablé et qui rappelle la prison plus que je ne voudrais. Pour ces malheureuses, point de promenade; jamais on ne les conduit dans le bois de Vincennes, ou sur les bords de la Marne; elles sont détenues et ne franchissent le seuil de la maison qu'à l'heure de leur libération. De quatorze à vingt ans, pour des corps élastiques et vigoureux, c'est dur, c'est très dur, et peut-être cette claustration, que je trouve excessive, développe-t-elle la rêverie, qui n'a jamais été la bonne conseillère des jeunes cervelles.

Si du moins on pouvait leur imposer des exercices violents, qui reposent d'autant mieux l'esprit qu'ils ont plus fatigué les muscles, je crois que l'on n'aurait pas à regretter la dépense que nécessiterait une installation gymnastique, car l'hygiène morale y trouverait son compte. C'est de l'argent bien placé celui qui permet d'apaiser des pensées mauvaises et de calmer de dangereuses effervescences. Peut-être ne suis-je pas assez sévère, mais le sentiment qui m'a dominé au cours de ma visite est celui de la commisération. Tout a été coupable en ces pauvres filles, que je regardais en conservant un visage impassible : il n'est pas de honte qu'elles n'aient bue, il n'est pas de pudeur qu'elles n'aient souillée ; mais la responsabilité absolue n'en remonte pas jusqu'à elles, et il m'est impossible de ne point penser que s'il est urgent de les relever, de les purifier, de leur ouvrir les bonnes portes de la vie, il n'est peut-être pas juste de les punir en les sevrant de tous les honnêtes plaisirs de leur âge.

Elles sont intelligemment soumises au système

Auburnien. Elles travaillent en commun à une
œuvre commune où chacune a son emploi déterminé,
mais elles dorment dans des chambres particulières,
où elles se ressaisissent, échappent à la discipline
uniforme qui les généralise, se retrouvent elles-
mêmes et peuvent s'individualiser, seule à seule
avec leur conscience. Cela est très bien et de haute
moralité. J'ai visité toutes les chambres, l'une après
l'autre; elles sont irréprochables. Le petit lit est
propret et convenablement garni; à côté, je vois
avec plaisir, presque avec gratitude, la table de toilette que j'ai vainement cherchée dans d'autres maisons analogues; voici le savon, la brosse à mains, la
brosse à dents, la brosse à tête, les peignes, la cuvette, le pot à eau débordant, les serviettes; deci
delà j'aperçois même quelque flacon de pommade,
que l'on n'essaye même pas de dissimuler. Quels
cris l'on pousserait dans certains refuges que je
pourrais nommer, si l'on confisquait à une « repentie » quelqu'un de ces engins de coquetterie qui
font essentiellement partie des pompes de Satan. Les
pauvres petites ne sont point forcées, comme ailleurs,
d'aller dans la cour se laver plus que sommairement
au robinet de la fontaine. Les diaconesses tiennent
à la propreté de leurs pupilles, elles leur en donnent
le goût. Elles ont remarqué que les nouvelles venues
qui, aux premiers jours de leur arrivée, n'usent pas

toute leur provision d'eau, ne tardent pas à demander un supplément, qu'on leur accorde avec empressement. Dans plus d'une chambre, sur la couchette, à la place d'honneur, au milieu du traversin, j'ai aperçu une poupée, en perruque ondoyante et en falbalas. J'en ai été touché, et je me suis demandé quels sentiments ce jouet si précieusement choyé aidait à tromper. J'ai entendu dire qu'à défaut de tabac les matelots mâchent de l'étoupe; est-ce le besoin d'aimer maternellement qui s'exerce sur un simulacre d'enfant?

Les fenêtres sont grillées; les barreaux de fer qui les protègent laissent entrer la chaleur et la clarté, mais sont un obstacle infranchissable. Cela donne aux chambrettes une apparence de cabanon déplaisante; mais, à la suite d'une évasion, il a été nécessaire d'enclore les repenties et de les mettre à l'abri d'elles-mêmes. Autrefois les croisées étaient libres. Une fillette de dix-sept ans, à laquelle le diable de de la jeunesse parlait à l'oreille et qui apercevait, au delà des murs de la retenue, toutes les félicités de ce bas monde représentées par les bals de barrière, le bol de vin chaud et la compagnie des jeunes hommes dont le métier est de n'en point avoir, attacha ses draps à la fenêtre et se laissa glisser dans l'espace, comme Fenella de *la Muette de Portici*. Les draps étaient trop courts; souple et légère, elle s'élança, traversa un petit préau, parvint à grimper sur un mur, hardiment se jeta de l'autre côté et, de jardin en jardin, découvrit une issue qui la rendit à la liberté et à la débauche. Quelques semaines après, on la retrouvait à l'infirmerie de Saint-Lazare. C'est là généralement que conduit la route sur laquelle on l'avait ramassée et qu'elle avait reprise.

Cette évasion est, je crois, la seule qui se soit effectuée depuis que la maison s'est refermée sur ces jeunes détenues. On s'y trouve bien, tout au moins on s'y accoutume, et l'on semble comprendre le bienfait d'une éducation qui prépare à la vie régulière; le vice a tant de déceptions, que l'expérience a déjà pu pénétrer dans ces jeunes têtes. On en eut la preuve dans des circonstances exceptionnelles. Le 12 avril 1871, au moment où l'avorton de la Commune s'imaginait encore qu'il arriverait à croissance, le commissaire de police pour les quartiers de Picpus et de Bel-Air conduisait à la Conciergerie et à la prison de Saint-Lazare les religieux Picpuciens et les sœurs des Sacrés-Cœurs de Jésus et de Marie, que leur costume a fait surnommer les Dames-Blanches. Les premiers allèrent plus tard jusqu'à la rue Haxo, les secondes furent mises en liberté dès que les troupes françaises eurent anéanti l'insurrection. Ce commissaire de police avait l'esprit large et ne s'arrêtait guère à la diversité des dogmes qui séparent les communions issues du christianisme.

Le lendemain même du jour où il avait vidé des couvents catholiques au profit des maisons péniten- tiaires, il se présenta chez les diaconesses, fit réunir les pupilles de la retenue et leur dit : « Citoyennes, vous êtes libres, et les portes vous sont ouvertes. » Nulle ne bougea ; une fillette leur cria : « Vous êtes des lâches ! » Une d'elles cependant se ravisa et sortit. On sait où elle a été et ce qui lui est advenu ; il est probable que, plus d'une fois, elle a regretté le lavoir où elle travaillait et le petit lit où elle dormait sans souci du lendemain. L'expédition avait manqué son but, et manqué doublement, car elle était accom- pagnée d'une voiture cellulaire qui s'en alla vide, comme elle était venue. En effet, le commissaire de police avait ordre d'arrêter la supérieure et l'éco- nome ; l'une était Hollandaise, l'autre était Alsa- cienne. La Commune professait du respect pour les puissances étrangères : les deux diaconesses ne furent donc point inquiétées, non plus qu'une troisième dont on retrouva le mandat d'amener : « La citoyenne d'Haussonville, fille de d'Haussonville, ancien pré- cepteur du comte de Paris. » Si Adolphe Régnier avait vu cette paperasse, il eût protesté ; mais la Commune n'en était pas à de telles peccadilles historiques.

Un autre fait témoigne en faveur de la maison de

Reuilly et démontre que la maternité de la discipline gagne les cœurs et calme les révoltes de l'esprit. Cinq filles de service sont occupées aux travaux
domestiques de l'intérieur. Ce n'est point une siné-
cure ; la maison est étincelante de propreté, les arai-
gnées l'ont prise en horreur et la poussière n'a pas
le temps de s'y reposer. Sur ces cinq servantes quatre
sortent de la retenue et considèrent comme une
bonne fortune d'avoir pu obtenir de demeurer et de
vivre là où elles avaient ressaisi leur moralité perdue. Ce fait est à noter ; plus que tout argument, il
prouve que l'amélioration acquise persiste et qu'elle
est assez solide pour rectifier définitivement une
existence mal commencée. Ces filles de service, voulant ne plus quitter les diaconesses sous l'œil desquelles elles se sont amendées, ne sont point les
seules qui se soient rendues au bien.

Dans les chiffres que j'ai cités plus haut, on a pu
voir que sur 97 jeunes filles, 51 étaient restées irréprochables. Celles-là n'ont point rompu tout lien
avec les femmes dévouées qui les ont enlevées au
vice, car le plus souvent c'est par l'intermédiaire
des dames de Reuilly qu'elles ont été pourvues d'une
condition honorable. Autant que l'on peut, c'est vers
la province qu'on les dirige, dans ces petites villes
où la curiosité de tous exerce une sorte de surveillance perpétuelle, où l'absence même de distractions

est une sauvegarde, et où jamais l'on n'est sollicité
par les mille embûches que Paris ouvre, comme
autant de chausse-trapes, sous les pas de la moralité. Quelques-unes se sont mariées, après n'avoir
rien caché de leur passé, et font souche d'honnêtes
gens. On sait par leurs lettres que leur cœur garde
un souvenir de gratitude à la maison austère et
tendre où elles ont trouvé le salut.

La maison de la rue de Reuilly n'est pas seulement salle d'asile, disciplinaire et retenue, c'est
aussi un noviciat où les femmes qui désirent se consacrer à la vie religieuse, telle que le protestantisme
la conçoit et la pratique, font leur éducation. Là
l'existence est réglée, disciplinée, soumise même,
mais elle n'a rien de conventuelle; le principe du
libre examen influe sur le mode de vivre et imprime
à l'initiative personnelle une impulsion féconde en
développant la responsabilité. Entre obéir passivement
et se conformer, il existe une nuance très appréciable, et j'ai cru la remarquer en causant avec les
dames diaconesses. Il n'est point douteux que la supérieure exerce une autorité sans contrôle; mais à la
façon souriante dont elle en parle, il est facile de
deviner que les mesures imposées par elle sont le résultat de délibérations où chacune des « sœurs » a
été appelée à donner son avis. Je crois reconnaître
dans toutes les institutions protestantes une appli-

cation du régime parlementaire, car je rencontre un
pasteur ou une directrice qui représente le pouvoir
exécutif et un comité qui agit en qualité de pouvoir
législatif. En somme, ce n'est peut-être que le système des grandes sociétés financières : un directeur
général agissant sous la surveillance d'un conseil
d'administration. Comme les résultats sont précieux,
on peut conclure que le procédé est bon.

« Les diaconesses sont des servantes de Jésus-
Christ, qui se consacrent, pour l'amour de Dieu, aux
œuvres de miséricorde. » Cette définition, que j'em-
prunte à M. le pasteur A. Decoppet[1], est complète;
avec les formes qui lui sont propres, le protestantisme a créé un ordre secourable dont la mission est
de veiller sur les malheureux. Il faut avoir plus de
dix-huit ans et moins de trente-cinq pour y être
admis; le noviciat dure deux années : pendant la
première, on est « aspirante »; au cours de la seconde, on devient « adjointe ». Dans cette école de la
compassion, l'enseignement est pratique; les exercices du culte ne sont point de notre compétence, le
choix des lectures pieuses, les commentaires des
Livres saints ne peuvent être appréciés par nous; la
foi est libre de prendre ses points d'appui où elle veut
et de se manifester comme il lui convient; du moment qu'elle est sincère, elle est respectable; si elle

1. *Paris protestant*, 1 vol. in-12, 1876.

fait du bien, si elle vise au soulagement des douleurs matérielles et à l'apaisement des angoisses morales, il n'est que correct de la célébrer, car elle fait œuvre de salut.

La maison de la rue de Reuilly réunit — qu'on me passe le mot — les instruments de travail indispensables à l'éducation de la charité, qui a besoin d'études et d'expérience pour s'exercer avec fruit. Je ne parle pas de ces soins de ménage et de cette science d'administration qui deviennent de l'économie héroïque et permettent d'utiliser sagement jusqu'au dernier centime de la bienfaisance. Lorsque, en qualité d'aspirante et d'adjointe, une femme a traversé la salle d'asile, le disciplinaire, la retenue, lorsqu'elle a été initiée, sinon employée, à tous les labeurs de la maison, à la buanderie comme à l'atelier de couture, à la cuisine aussi bien qu'à la classe primaire, elle est déjà façonnée à la vie d'abnégation ; elle a appris à lire dans les âmes inconscientes ou perverties, elle est apte à revêtir la robe de laine noire, le bonnet blanc plissé des diaconesses et à entrer résolument dans ses fonctions préservatrices ; en un mot, elle sait nager et peut sauver un malheureux qui se noie.

Son action sera toute morale ; elle essayera de donner de la force aux consciences faibles et de raffermir des cœurs amollis ; mais ce n'est pas tout :

il est des corps malades qu'il faut soigner et des
plaies qui ont besoin d'être pansées; c'est encore
une éducation à faire. Dans le monde de la souffrance et de la pauvreté, les consolations ont du
prix; mais les soins physiques, donnés en connaissance de cause, sont de première nécessité; aussi,
tout en restant une directrice intellectuelle, la diaconesse fait son apprentissage d'infirmière. Pour
cela, elle n'a pas à se glisser dans les hôpitaux,
derrière le médecin escorté de ses internes; elle fait
ses études de carabin dans la maison même, car elle
y trouve une clinique.

Au bout du jardin, en belle exposition à la fois
claire et chaude, un hôpital a été élevé, que par cour-
toisie on appelle : la maison de santé. La construction est récente, et par conséquent aménagée selon
les dernières prescriptions scientifiques et avec tous
les perfectionnements de l'architecture moderne. Là
on a multiplié les chambres pour deux, pour quatre
lits, afin d'éviter l'encombrement et la promiscuité
des vastes salles des hôpitaux ordinaires; l'hygiène
s'en trouve bien et les malades ne s'en plaignent
pas. De larges fenêtres versent l'air et la lumière, le
ventilateur fonctionne, le calorifère est éteint, car la
température est tiède; quelques malades sont au jardin et clignotent des yeux sous le soleil qui les ré-
chauffe. C'est au mois de septembre 1873 que la

maison de santé a été ouverte ; depuis lors elle n'a point chômé ; elle contient soixante lits, uniquement réservés aux femmes et aux petites filles infirmes ou valétudinaires ; en 1885, le nombre des malades a été de 368, qui ont fourni 17 547 journées. La règle est d'une extrême douceur : ce qui est facile, car la quantité restreinte des malades autorise toutes les concessions.

Ceux dont l'esprit de parti a obtenu la « laïcisation » des établissements hospitaliers de l'Assistance publique feraient bien de venir visiter la maison de Reuilly ; ils se convaincraient que le service spontané des infirmières volontaires — sœurs ou diaconesses — n'a rien de commun, heureusement, avec celui des infirmières salariées. Est-on bien certain, en faisant cette vilenie, d'obéir aux vœux de la population parisienne ? J'ai assisté, par hasard, au départ des religieuses qui avaient charge d'un hôpital d'enfants ; des groupes d'ouvriers et de femmes du voisinage les regardaient s'en aller. Si les conseillers municipaux avaient entendu l'expression des regrets et les propos tenus sur le compte de « l'édilité », ils eussent été bien étonnés et sans doute un peu confus.

L'éducation pratique que les diaconesses ont acquise dans leur maison de santé leur est singulièrement utile lorsqu'elles remplissent un de leurs devoirs de prédilection, qui est la visite des malades à

domicile. Elles ont dans leurs attributions la paroisse
de Belleville et celle de Sainte-Marie, qui comprend
tous les quartiers populeux allongés entre la Seine,
les fortifications et le Père-Lachaise. Les escaliers
sont étroits, les mansardes confinent aux ardoises,
les chambres sont encombrées; là on vit pêle-mêle,
et quand la maladie se joint à l'indigence, la besogne
est dure pour les diaconesses qui apportent le secours,
le médicament et la parole de consolation. Les journées sont pénibles, à gravir tant de degrés, à res-
pirer l'air méphytique de ces appartements inhos-
pitaliers, à refaire les lits affaissés, à entourer de
soins parfois répugnants des êtres déprimés par le
mal, à tout préparer pour la nuit, qui sera peut-être
mauvaise, à faire renouveler la provision d'eau et de
bois, et souvent même à ne point reculer devant les
fonctions de femme de ménage. Je crois bien que
l'intervention des diaconesses n'est pas exclusivement matérielle. L'ardeur qui les anime est énergique et ne peut se contenir. J'imagine qu'elles s'assoient près du grabat où geint le malade, qu'elles
tirent un petit livre de leur poche, lisent quelque
verset des Évangiles et le commentent, car elles
n'ont point oublié que Luther a dit : « Tout chrétien
est prêtre. »

IV

LA CITÉ DU SOLEIL.

Création récente. — Assemblée des femmes protestantes. — Mme Pâris. —
Ardente à se dévouer. — La Cité des Chiffonniers. — Les enfants délaissés. — L'école du dimanche. — Seule à l'œuvre. — Une vieille chiffonnière. — La propagande de Mme Adjutor. — Elle explique les bienfaits
de la « science ». — Les trois huttes. — L'école du dimanche ne suffit
plus. — Les dames protestantes à la Cité du Soleil. — Dépense approuvée; frais couverts. — Réunion hebdomadaire. — Les femmes riches
enseignent l'économie aux femmes pauvres. — Vivre comme un maréchal
de France. — L'école déménage. — Mauvaise condition hygiénique. —
Achat de terrains, construction d'un groupe scolaire. — Mme Pâris tuée
pendant la Commune. — Héliopolis. — Souvenir des bourgades de Cœlé-
Syrie. — La probité des chiffonniers. — La rue où l'on ne meurt
jamais. — Les masures. — Le tas du loyer. — Le loyer payé d'avance.
— Le métier. — La morte-saison. — La marchandise est en baisse. —
Doléances. — Les enfants. — Rue de la Providence. — École ouverte à
tous les cultes. — Les chiffres forts. — Absences forcées. — Le lundi. —
L'Alsacienne. — Dépérissement. — Les costumes. — L'école des garçons.
— Le sifflet. — A supprimer. — Tout est gratuit. — Deux femmes de
bien. — Un joli luxe. — Le pasteur Lorriaux. — La bouée de sauvetage.
— Mme Lorriaux. — La soirée des raccommodages. — Vacances perni-
cieuses. — *L'œuvre des Trois Semaines.* — A la campagne. — Ahuris-
sement. — Quatre mille noisettes. — Les comptes de déplacement. —
L'aumône protestante à Paris. — La bienfaisance protestante en dehors
de la communion. — La charité abstraite. — L'amour du bien.

L'institution des diaconesses, quoique de formation relativement récente à Paris, s'appuie sur des
coutumes historiques, interrompues en France par

la révocation de l'édit de Nantes, mais continuées
avec persistance dans les pays de religion protestante. On peut donc dire qu'elle n'a rien eu de spontané, et qu'en s'établissant parmi nous elle n'a fait
que renouer la chaîne des traditions accidentellement
brisée. Il n'en est pas de même de l'œuvre dont je
vais parler, et qui est éclose sous l'inspiration subite
d'une femme de la classe ouvrière. L'émotion seule
de son cœur l'a guidée. En 1862, une grande dame
protestante réunissait chez elle, à jours fixes, des
femmes de même communion et de conditions différentes; on ne s'inquiétait point de savoir si elles
fréquentaient le même monde, mais seulement si
elles fréquentaient la même église et obéissaient aux
préceptes de la même croyance. C'étaient, si l'on peut
dire, des assemblées de charité platonique; on se
souvenait que Celui dont la divinité est pour le protestantisme un article de foi irréductible a dit :
« Aimez-vous les uns les autres; — Laissez venir à
moi les petits enfants; » et l'on cherchait à donner
un but à des efforts dont on se sentait capable, mais
qui risquaient de rester infructueux si l'on ne réus-
sissait pas à les concentrer sur une action positive,
secourable et susceptible de développement.

Parmi les femmes qui assistaient avec régularité
à ces conférences, où dominait l'esprit religieux, se
trouvait Mme Pâris, dont le mari était contremaître

dessinateur en châles. C'était une nature énergique, ardente à se dévouer, côtoyant la classe misérable, affligée de voir que dans certains milieux les enfants échappent à toute culture, rêvant de féconder par les principes des Évangiles les jeunes cervelles restées en friche, et prête à se jeter dans les sanies sociales de l'ignorance, de la promiscuité forcée, pour en tirer les pauvres petits, qui s'y perdent sans même s'en apercevoir.

Elle parla de la Cité du Soleil, où vivait — où vit encore — un groupe de chiffonniers, honnêtes gens, mais tellement absorbés par leur infime labeur, qu'ils n'ont point le temps matériel de surveiller leurs enfants. Ceux-ci s'élevaient au hasard, abandonnés pendant la nuit parce que les parents, hotte à l'épaule et crochet en main, faisaient leur tournée dans les rues ; délaissés pendant le jour, parce qu'ils étaient trop jeunes encore pour participer au classement des détritus récoltés au long des trottoirs. Mme Pâris était très affirmative, car elle était convaincue. C'est là qu'il faut aller si l'on veut faire le bien, un bien durable qui, en modifiant l'enfant, peut donner à l'homme des destinées meilleures ; c'est dans les huttes souillées, dans les cours encombrées de chiffons, dans les ruelles gluantes qu'il convient de se mettre en quête, afin d'y découvrir, d'y ramasser des enfants demi-sauvages, sordides et bataillards, dont on fera les élèves d'une école gratuite. Dans cette école, on leur enseignera qu'il existe un Dieu, et que, sous peine de commettre un crime vis-à-vis de soi-même, toute créature humaine doit s'instruire, faire fructifier son intelligence et apprendre à être utile à ses semblables.

Seule elle entreprit l'œuvre qu'elle entrevoyait à travers sa charité. Mais sa vie était occupée, celle de son mari était laborieuse; le travail exigeait l'emploi de toute la semaine. Restait un seul jour de loisir, le dimanche : on le consacra aux petits malheureux. Il était difficile de les réunir et de leur donner quelques rudiments d'instruction, car, sans y mettre trop de mauvais vouloir, les parents témoignaient à cet égard une indifférence complète. — Lire, écrire, à quoi bon? ça ne sert à rien. — Une femme à laquelle on parlait de Dieu, pendant qu'elle faisait le tri de ses chiffons, montra le soleil et répondit : « Dieu? le voilà; il n'y en a pas d'autre! » Sur de tels esprits sans croyances, sur ces pauvres êtres absorbés par la nécessité de se défendre contre la faim, il était mal aisé d'agir; nulle conviction ne semblait pouvoir les pénétrer.

En présence des obstacles, les grands cœurs ne reculent pas et redoublent de zèle. Mme Pâris, que son mari aidait avec ferveur, insistait, caressait, faisait les menus cadeaux que lui permettait la modes-

tie de sa position, et réussit à vaincre quelques
résistances. Les plus récalcitrantes la voyaient si
empressée au bien et si oublieuse d'elle-même, qu'ils
comprirent que leur intérêt était de s'abandonner à
elle. Afin de lui faire honneur, une mère déshabilla
son garçon âgé de six ans, l'aspergea d'un seau d'eau,
car il devait être propre pour parler à la « dame ».
L'ablution trempa l'enfant, mais ne le nettoya guère.
Peut-être eût-elle échoué dans ses tentatives, si une
vieille chiffonnière, qui s'appelait Mme Adjutor, — un
nom prédestiné, — ne s'était passionnée pour ses
efforts et ne s'y était associée. Elle allait de hutte en
hutte, bataillant avec les parents, leur expliquant à
sa manière les bienfaits de ce qu'elle nommait em-
phatiquement la « science ». Connue de la tribu du
crochet, entrant familièrement dans les masures,
tutoyant tout le monde, douée de cette sorte d'éloquence populaire qui éveille l'émotion, elle recrutait
pour l'école, emmenait les enfants qui se culbutaient
sur les tas de chiffons; elle fut la bonne ouvrière de
la première heure, et a laissé un vif souvenir parmi
les dames protestantes. Elle y allait de bon cœur,
comme l'on dit, ne ménageait point son temps, et,
tout le jour, trottinait sur ses vieilles jambes pour
aller distribuer ses encouragements et ses exhorta-
tions parmi ceux qui portent le « cachemire d'osier ».

L'école du dimanche ne suffisait plus, les élèves

étaient nombreux, et l'on comprenait qu'il serait
d'un intérêt supérieur de pouvoir leur faire la classe
pendant la semaine et d'accélérer de la sorte leur
dégrossissement à peine ébauché. On voulut agir
dans le milieu même que l'on tentait d'éclairer, et
ce fut à la Cité même du Soleil qu'on loua une hutte,
puis une seconde, puis une troisième; on abattit les
cloisons, et l'on eut ainsi à sa disposition un local
qui n'avait rien de luxueux, à peine muni du strict
nécessaire, mais où du moins l'on pouvait grouper, garder, instruire les enfants que les parents ne
refusaient plus à l'alphabet. Mme Pâris était heureuse,
et Mme Adjutor continuait ses voyages de découverte
à la recherche des bambins qui galopaient dans les
terrains vagues et ne rentraient au logis qu'à l'heure
de la « soupe ».

Ce n'est point avec ses ressources restreintes, et
qu'alimentait seul un travail assidu, que Mme Pâris
eût pu subvenir aux frais de la location et de l'in-
tallation de l'école. Elle s'adressa aux dames protestantes, dont elle avait écouté la parole; elle leur
offrit une bonne fortune de charité, que l'on s'empressa de ne point laisser échapper. La dépense fut
approuvée, et l'on y pourvut immédiatement. On fit
mieux : on alla visiter la Cité du Soleil. L'impression
dut être vive, car le disparate entre les milieux était
excessif : sans transition, on passait d'une extrémité

sociale à l'autre, et le contraste était navrant. On fut ému jusque dans ses fibres profondes et, comme des navigateurs heureux de mettre le pied sur une terre encore ignorée, on tressaillit de joie en découvrant ce monde où la charité pourrait s'exercer dans toute son amplitude. Pendant que Mme Pâris conservait sous sa haute direction les enfants que des maîtres instruisaient à l'école, les dames protestantes se préoccupèrent des mères des élèves.

Une fois par semaine, elles les réunirent, travaillant en commun à raccommoder les nippes déguenillées, causant, faisant des lectures et tâchant de jeter quelques étincelles de lumière dans ces âmes obscures. Il y eut là, dans ce coin perdu, en frontière des fortifications de Paris, des luttes admirables pour rendre la bienfaisance plus active et plus féconde, et, par une de ces contradictions apparentes qui se renouvellent si fréquemment dans le monde de la charité, les femmes riches enseignèrent aux femmes misérables l'art de l'économie et les avantages de l'épargne. La démonstration n'était point superflue, car la pauvreté, vivant au jour le jour, est insouciante et aime à dépenser avec prodigalité, ne serait-ce que pour échapper momentanément à l'habitude des privations. Il est illimité le nombre des indigents qui, recevant l'aubaine d'une centaine de francs, les mangent et surtout les boivent au cours de la

journée. Je reprochais une fois à un pauvre diable
d'avoir fait la folie de gaspiller, en moins de vingt-
quatre heures, 250 francs qui auraient pu assurer son
existence pendant plusieurs semaines ; il me répondit : « Je sais bien que j'ai eu tort ; mais j'ai voulu
vivre pendant un jour comme vit un maréchal de
France. »

L'école avait été forcée de s'agrandir ; on l'avait
transportée dans une maisonnette située à l'entrée
de la ruelle qui donne accès à la cité. On était
plus grandement, mais la place était encore bien
restreinte, car pendant une soirée de Noël, alors
que l'arbre illuminé et chargé de petits cadeaux
s'élevait sur la table, on était obligé de prendre les
enfants et de les repasser par la fenêtre, afin de laisser pénétrer les dames protestantes qui venaient
voir leurs protégés. Substituée aux huttes primitives,
la nouvelle école réalisait un progrès considérable ;
cependant elle était humide et trop obscure. Les
inspecteurs de l'administration supérieure firent
remarquer que la santé des enfants y pouvait courir
quelques risques. L'avertissement fut écouté, et tout
de suite on se mit en quête d'un terrain spacieux,
bien aéré, ayant sa bonne part de soleil.

On le découvrit à peu de distance de la cité, rue
de la Providence, et l'on y bâtit un véritable groupe
scolaire. Salle d'asile, école de filles, école de

garçons; seule l'initiative individuelle en fit les frais,
et on put les inaugurer en 1869. La guerre survint,
qui les vida; puis la Commune, qui devait frapper
l'institution naissante d'un deuil ineffaçable. Les
troupes françaises, ayant franchi l'enceinte fortifiée,
manœuvraient dans les hauts quartiers de Clichy;
des feux de tirailleurs retentissaient de tous côtés.
Une balle perdue, une balle aveugle, atteignit
Mme Pâris dans son appartement et la tua. La perte
fut cruelle, car cette femme de bien avait été l'âme
de l'œuvre, à laquelle tout son temps, toutes ses
forces étaient consacrés. Sa mémoire est restée
chère aux enfants qu'elle a défrichés et aux dames
protestantes dont elle fut l'amie, le conseil et parfois
le guide. Malgré sa mort, malgré les oscillations qui
en résultèrent, les écoles sont aujourd'hui en pleine
floraison; je les ai visitées, mais, avant d'y mettre le
pied, j'ai été parcourir la Cité du Soleil; avant d'examiner la fontaine, j'ai voulu connaître le réservoir.

Au n° 66 de l'ancienne route de la Révolte, qui
est actuellement l'avenue Victor-Hugo, s'ouvre une
baie surbaissée par laquelle on pénètre dans une
cour étroite et sombre, semblable à une ruelle d'aspect sinistre : en y entrant, j'ai involontairement
pensé à la rue des Hebdomadiers où mourut Fualdès.
Ce couloir est fermé à l'extrémité par une porte de
bois, dont je ne soulève pas le loquet rouillé sans

quelque difficulté. Devant moi s'allonge la Cité du
Soleil : Héliopolis ! O Baalbeck ! je ne t'aurais point
reconnue, mais j'ai cru me trouver en présence
d'une de ces misérables bourgades de Palestine ou
de Cœlé-Syrie que j'ai traversées au temps de ma
jeunesse. Toits aplatis, un seul étage composé d'un
rez-de-chaussée à niveau du sol, murailles blanchies
à la chaux, chiens dormants, tas d'ordures, lumière
éclatante d'une journée de printemps, silence et
solitude; sans le costume de deux ou trois femmes
qui travaillent assises en plein air, l'illusion serait
complète. Sont-ce des maisons que l'on a sous les
yeux? On en peut douter. Ce sont des huttes en tor-
chis, soudées les unes aux autres et formant une
ligne blanchâtre percée de trous noirs qui sont les
portes et les fenêtres. Une odeur à la fois grasse et
aigre plane autour de ces masures; c'est le relent
des chiffons qui se dilate à la chaleur de l'après-
midi.

La cité fait face au sud, d'où son nom. Elle a de
l'espace devant elle, car elle est au milieu de terrains
déserts; la clôture qui l'entoure et la délimite est un
treillage en bois. Malgré la saleté que lui impose le
genre de ses transactions commerciales, elle ne doit
pas être insalubre, car de grands courants d'air la
balayent, et le soleil ne peut paraître sans la visiter.
Nul autre habitant que des chiffonniers; on vit en

confiance, presque en famille ; aux maisons dont les
locataires sont absents les portes restent ouvertes.
Dans le monde du chiffon, la probité est une tradition de métier. Le nombre de couverts d'argent et
d'objets précieux portés aux commissariats de police
par les chevaliers du crochet est incalculable. Pour
ces braves gens plus que pour bien d'autres, pauvreté n'est pas vice. Ils sont bons, très secourables
entre eux et se viennent mutuellement en aide, avec
un dévouement qui parfois ne ménage pas les sacrifices. On meurt peu dans ces cahutes, et pour cause ;
il existait jadis dans le quartier Mouffetard, aux environs de l'ancien cloître de Saint-Jean-de-Latran, une
rue que l'on avait surnommée « la rue où l'on ne
meurt jamais », car la vie des habitants se terminait
toujours à l'hôpital.

La distribution des maisons est identique : deux
chambres seulement, une petite pour la cuisine, une
grande pour le lit ; dans les deux, des chiffons ; parfois à la muraille une estampe déchirée, ternie,
trouvée au milieu d'un lot de vieux papiers. Dans un
coin, on remarque un tas de chiffons garantis de
toute avarie, chiffons de choix, soie, laine, toile de
fil ; c'est le tas du loyer, où l'on rassemble avec soin
ce que la rue donne de plus précieux, ce que l'on
est certain de vendre un prix déterminé. Là le loyer
se paye d'avance, et chaque semaine ; les locataires

qui offrent de la « surface » ne payent que tous les mois ; la hutte seule, trois francs par semaine ; la hutte avec un lopin de cour pour y faire le tri des hottes, vingt francs par mois. Lorsque le loyer n'est pas soldé à jour fixe, le propriétaire fait enlever les fenêtres, la porte, et expulse, sans autre forme de procès, le malheureux, qui souvent, et sans qu'il en soit coupable, ne peut acquitter le prix de sa bauge.

J'ai causé avec un chiffonnier et sa chiffonnière, très laborieux tout deux et se battant contre la misère à coups de crochet. Le mari est solide, rompu au métier, et distinguant à dix pas le calicot de la toile de chanvre ; la femme, un peu lourde, le regard bleu indécis, la tête serrée dans un madras, l'alliance d'or au doigt, fait la tournée avec son homme et doit être alerte à la besogne. Ils ne récriminent pas, mais ils se plaignent : les temps sont mauvais et s'annoncent mal ; il faut travailler ferme pour subsister. Ils sont toujours ensemble et marchent de conserve ; leurs bonnes journées rapportent trois francs. Dans la morte-saison, qui est l'été, ils arrivent difficilement à deux francs ; pendant les vacances, quand tout Paris est à la campagne ou aux bains de mer, ils s'estiment heureux de parvenir à gagner trente sous. C'est bien peu pour rémunérer le labeur de deux personnes. Et puis, sans que l'on sache pourquoi, voilà que les quartiers riches se

dépeuplent, et c'est le pauvre fouilleur de tas qui
en souffre. Les nouvelles mesures adoptées pour l'en-
lèvement des ordures déposées sur la voie publique
leur ont porté un préjudice considérable ; ils le
disent du moins, et on peut les croire ; ils reconnais-
sent qu'elles ont rendu leur métier moins pénible,
mais qu'il est devenu moins fructueux ; or, ce qui
leur importe, ce n'est point le travail, ils y sont
accoutumés : c'est le gain, parce qu'ils en vivent.
Tout est bien changé depuis vingt ans, et l'on se
demande si l'on ne sera pas réduit à délaisser le
métier auquel on est habitué depuis l'enfance. Avant
la guerre, les cent kilogrammes de chiffons se ven-
daient, haut la main, vingt-quatre francs ; aujour-
d'hui, on a bien du mal à en obtenir huit francs.

J'écoutais les doléances de ces braves gens, faites
sans colère, mais où je reconnaissais la tristesse
résignée de la misère devenue l'état normal. Plus
que l'homme, la femme parlait, lentement, avec la
voix monotone de ceux pour qui la pensée est une
fatigue et la parole un effort. Je lui demandai :
« Avez-vous des enfants? » Elle me répondit : « J'en
ai eu huit ; il m'en reste cinq. — Vont-ils à l'école? »
Un sourire dérida sa face terreuse, et elle me dit :
« Ils n'y vont plus ; ils sont tous établis et mariés.
Ils y ont été, à l'école, quand ils étaient petits ; les
dames protestantes leur ont appris ce qu'ils savent ;

elles font du bien ici et on les aime. » Je m'en allai.
Au moment de franchir le seuil de la cité, je me
suis retourné : le mari et la femme s'étaient remis à
fouir dans un monceau de chiffons. En traversant
une sorte de cour où le pied glisse sur la terre
humide, près d'une vieille voiture de saltimbanque
qui sert de logis à une famille, j'ai avisé un marmot
de trois ou quatre ans, à peine vêtu, le ventre ballonné par la mauvaise nourriture et chaussé de bro-
dequins de femme dix fois trop grands pour lui ; il
se gratte énergiquement la tête et regarde avec envie
vers cinq ou six enfants déguenillés, réunis dans un
coin, qui jouent à la pochette à l'aide de petits cail-
loux remplaçant les billes et semblent avoir oublié
que l'instruction est obligatoire. Cinq minutes après,
j'arrivais rue de la Providence et j'entrais dans les
écoles protestantes.

L'emplacement est vaste, les constructions y ont
de l'espace, les préaux de récréation n'y manquent
pas d'ampleur, partout l'air circule ; un terrain
encore inoccupé a reçu de jeunes plants et se prépare
à devenir un jardin. Autant la primitive école de la
Cité du Soleil était mal commode et d'aspect lugubre,
autant celle-ci est large, gaie et prête à s'étendre,
s'il en est besoin. Elle est connue dans le quartier,
presque célèbre, et l'on y vient de toutes parts ; non
seulement les chiffonniers y envoient leurs enfants,

mais les employés du chemin de fer de l'Ouest, les
égoutiers, assez nombreux dans cette partie de Clichy,
les petits industriels et quelques minces bourgeois
qui estiment que l'idée de Dieu est trop malmenée
dans les écoles municipales. Dans les classes primaires de la rue de la Providence, le protestantisme
n'est point exclusif : il admet tous les enfants qui se
présentent, sans 'distinction de secte. Le cinquième
des enfants à peine appartient à la réforme; la
masse est catholique, mêlée de quelques juifs : tous
sont indistinctement soignés et choyés.

La salle d'asile, pour les fillettes et les garçonnets
de quatre à six ans, compte 220 inscriptions, qui
équivalent à 180 présences; la classe des petites
filles de sept à dix ans instruit 80 élèves; la classe
des grandes de dix à quatorze ans en contient 60;
la classe exclusivement réservée aux garçons est de
60 écoliers. Ce sont là des chiffres forts, comme
l'on dit; il convient de les diminuer environ d'un
sixième, si l'on veut avoir un total rigoureusement
exact. En effet, beaucoup d'enfants restent au logis,
où ils sont employés par les parents à mille petites
besognes utiles au ménage. Le professeur demandait devant moi à un garçon d'une douzaine d'années
pourquoi il ne venait pas à la classe du matin ; l'enfant répondit : « Maman est fruitière; pendant qu'elle
est aux Halles, je garde la boutique. » Plus d'un est

ainsi, car, dans ce monde dénué, l'enfant a sa part
de travail et de responsabilité; il surveille le pot-au-
feu, — quant il y en a; — il berce sa petite sœur
encore au maillot, et fait les commissions à courte
distance. On sait cela à l'école, et l'on n'impose pas
aux élèves une assiduité constante.

Parler de la salle d'asile et des classes serait inutile; on sait ce qu'il en est. Dans tout établissement
scolaire, l'enseignement est le même : qui a visité
une école les connaît toutes. Je dois dire cependant
que j'ai admiré l'entrain de la directrice de la salle
d'asile; c'est une Alsacienne très vivace, point sévère
pour ses marmots, et qui excelle à amuser les tout
petits, parce qu'elle s'amuse autant qu'eux de leur
plaisir; elle les tient en mouvement le plus possible,
car son expérience lui a enseigné que l'immobilité
est préjudiciable à l'enfance. Les maîtresses des
deux classes sont empressées à leurs fonctions et
savent entremêler les leçons de grammaire, les
leçons de couture, la morale et les historiettes de
façon à ne jamais fatiguer et à distraire les jeunes
cervelles qu'elles ont entrepris d'éclairer. Les classes se recrutent naturellement dans la salle d'asile,
car, lorsque l'âge l'indique, on passe de celle-ci dans
celles-là; dès lors on pourrait croire que, sauf l'accroissement de la taille, on retrouve des enfants
semblables à eux-mêmes : il n'en est rien.

A la salle d'asile, les fillettes sont, pour la plupart, charmantes, éveillées, avec de beaux regards limpides et de jolis teints roses. C'est la fraîcheur des premières années, qui ordinairement se prolonge et devient plus tard la beauté du diable. Elle disparaît rapidement pour ces pauvrettes; on s'en aperçoit tout de suite en entrant dans la classe élémentaire. La misère semble s'être hâtée de faire son œuvre, et le milieu mal aéré des logis paternels exerce son influence : la face est pâle, le sourire est triste et le regard voilé. Dans la classe supérieure, presque toutes les élèves sont laides, avec les joues plombées, les paupières bouffies, les gestes maladroits. Elles ont déjà l'air d'avoir été surmenées. Je ne sais quelle dépression a pesé sur elles et leur enlève les grâces de la jeune fille. Elles traversent cette période que les mères ont appelée « l'âge ingrat ». Elles ne sont plus des enfants, elles ne sont pas encore des femmes; leur être intermédiaire, hésitant, n'a point de charme et n'offre rien qui ne soit déplaisant.

Le costume ne les embellit pas : ou il est d'une simplicité extrême, avec quelque chose de débraillé que l'on répare à la hâte pour éviter les reproches de la maîtresse; ou il est prétentieux, hors de condition, si l'on peut dire, et dès lors désagréable aux yeux : il rend gauche et donne un air « emprunté » à celle qui le porte et qui en est fière, quoiqu'il n'y

ait pas de quoi. Une petite fille vêtue d'une robe en
velours de coton, déformée par un troussequin, m'a
rappelé les chiens savants que l'on montre à la foire.
Parfois les mères jouent à l'enfant comme l'enfant
joue à la poupée, et auraient besoin, elles aussi, de
quelques notions élémentaires de bonne tenue.

A l'école des garçons, j'ai compté une cinquantaine d'élèves présents : c'est lundi, les écoliers sont
moins nombreux. Je suis stupéfait d'apprendre
qu'ils « font le lundi », comme les petites filles du
reste ; mauvaise habitude, que l'on devrait leur faire
perdre, s'il est possible, et qui démontre que, bien
plus que les enfants, les parents ne perdraient rien
à être moralisés. Je crois que là on n'en doute guère,
car l'on m'y disait que le bénéfice obtenu au cours
d'une année était le plus souvent perdu pendant
les vacances, et qu'il fallait six semaines ou deux
mois de soins assidus pour enseigner de nouveau ce
qui avait été oublié.

La salle où se fait la classe des garçons est de
dimensions suffisantes, mais restreintes. Pourquoi
donc y commande-t-on à coups de sifflet? Sommes-
nous à bord d'un navire de guerre? faut-il dominer le
bourdonnement du vent à travers les cordages, parler
plus haut que le tumulte des combats, être entendu
de la barre au beaupré et de l'écoutille aux hunes?
C'est puéril. Les enfants auxquels on s'adresse seront

des hommes, c'est du moins l'ambition de ceux qui
les instruisent; il est bon de leur parler et de
mettre le sifflet au tiroir. J'en ai reçu une fâcheuse
impression; un pédagogue n'est point un chef de
train, obligé, pour être compris et obéi, de faire
plus de bruit qu'une locomotive suivie du convoi
qu'elle entraîne.

A côté de la classe, on a établi une école professionnelle où les enfants peuvent faire un apprentissage sommaire du métier de menuisier; leurs ouvrages d'essai, boîtes, coffrets, papeteries, sont de bon
augure et prouvent qu'ils savent déjà manier la var-
lope et le ciseau. On leur enseigne sans doute quelques éléments de dessin d'après la bosse, car je vois
des modèles suspendus aux murailles; il en est un
qui doit être surpris de se trouver en compagnie de
la tête d'Ajax et de celle de Milon le Crotoniate :
c'est le masque du duc de Reichstadt, moulé après sa
mort; front trop proéminent, nez napoléonien, lèvre
autrichienne : la double origine est éclatante.

L'école est gratuite, gratuite aussi la fourniture
des cahiers, des livres et des plumes, gratuite la
distribution de quelques vêtements dont je vois une
réserve dans une armoire prudemment fermée.
L'achat du terrain, la construction des trois corps de
bâtiment, l'outillage, l'ameublement ont coûté cher;
l'instituteur, les institutrices, la directrice de l'asile,

les auxiliaires sont bien rémunérés; en outre, le logement, le chauffage et l'éclairage leur sont acquis. La
communauté protestante de Paris, aidée par les
diaconats, s'est-elle donc concertée pour élever et
défrayer ces maisons scolaires où quatre cent vingt
enfants pauvres reçoivent la culture intellectuelle et
des principes de moralité sérieuse? Non, c'est ici
une œuvre privée, et il m'est douloureux de n'être
pas autorisé à prononcer des noms.

Deux belles-sœurs, appartenant à deux familles de
noms différents, mais qui se sont alliées si souvent
par des mariages et par des actes de bienfaisance
qu'elles n'en font qu'une en réalité, ont pris à leur
charge les dépenses d'achat, de construction, d'entretien de cet établissement secourable entre tous.
L'une est propriétaire de la salle d'asile, l'autre de
l'école : rivalité dans le bien, émulation de charité,
énergie de dévouement, esprit de sacrifice, amour de
l'enfance que l'on veut sauver, ce sont là les vertus
qui ont gonflé leurs cœurs et les ont, pour ainsi dire,
contraintes à cette fondation, où j'imagine qu'elles
ont trouvé des joies profondes. André del Sarte, s'il
vivait encore, les prendrait pour modèles de sa *Charité*, et les Malais, qui, dit-on, adorent l'âme des
femmes miséricordieuses, en feraient des divinités.
C'est un cadeau de jour de l'an qui leur a permis
cet acte de grandiose opulence; seule la caisse de

leurs maris pourrait dévoiler le mystère et raconter
ce qu'il en a coûté; mais la caisse est discrète et ne
s'ouvre pas aux confidences. Il était naturel à des
femmes jeunes, il était facile d'ajouter quelque rivière
de diamants au coffret des bijoux; on a préféré
recueillir des enfants misérables, leur bâtir une
demeure et leur donner des maîtres d'hygiène physique et d'hygiène morale : c'est un joli luxe.

La haute direction sur les écoles fut exercée, dans
le principe, par M. le pasteur Vinard; actuellement
elle appartient à M. le pasteur Lorriaux, qui conserve précieusement, comme un souvenir du bon
temps des voyages, la bouée à l'aide de laquelle il a
pu se sauver lors du naufrage du paquebot *la Ville-
du-Havre*, sur lequel il revenait d'Amérique. Il est
aidé par Mme Lorriaux, qui souvent visite les élèves et
stimule leur émulation. Si elle s'occupe d'eux avec
ardeur, elle ne néglige par leurs mères, sachant que
tout bon sentiment donné à celles-ci profitera aux
enfants. Tous les mercredis, elle les réunit, et pendant qu'elles raccommodent des raccommodages déjà
raccommodés, elle leur fait une lecture suivie d'un
commentaire; je ne serais point surpris que l'on
attendît avec quelque impatience la fin de la soirée,
qui se termine invariablement par une tasse de
thé accompagnée d'un pain mollet. Le pasteur Lorriaux aime les enfants, et je crois qu'il préside à

l'école du dimanche, qui se fait rue de la Providence pour ceux que le travail de la semaine a retenus loin des classes.

Il sait que pendant les vacances scolaires le petit écolier de la Cité du Soleil et des quartiers voisins subit l'influence de la famille, reprend rapidement les habitudes de flânerie à travers les rues et vit dans le milieu empesté des chiffons, des vieux os et des détritus de cuisine : double inconvénient dont l'esprit et le corps ne se trouvent pas bien. Il a imaginé de créer ce qu'il appelle l'*Œuvre des trois semaines*, œuvre qui fonctionne régulièrement, qui a sa caisse, alimentée par des souscripteurs charitables ; — pour 1885, j'en compte 97, ayant versé 4,326 fr. 25. — et qui produit de très bons résultats. Le pasteur et Mme Lorriaux réunissent des enfants pauvres, si pauvres que jamais ils ne sont montés dans un wagon de chemin de fer, et que jamais non plus ils ne sont sortis de cette banlieue lépreuse qui est accrochée à Paris, comme un champignon malsain attaché au tronc d'un chêne, et ils les conduisent à la campagne, dans la vraie campagne, là où il y a des prairies, des bois, des ruisseaux et des fermes.

C'est en 1881 que pour la première fois il a mis cette excellente idée à exécution : il emmenait trois bambins ; la proportion s'est rapidement accrue, car en 1886 il convoyait une caravane de 166 enfants.

Il les pèse au départ, il les pèse au retour; il n'en
est pas un qui n'ait gagné deux ou trois kilogrammes.
Le lieu d'élection est Montjavoult, dans le département de l'Oise. On y reste trois semaines, logeant
chez l'habitant comme des soldats en campagne et
se roulant dans l'herbe comme des poulains échap-
pés. Pour de petits Parisiens du pavé de Paris, ne
connaissant que les arbres alignés des boulevards
ou la verdure tassée des squares, habitués à la
rumeur des rues, au bruit des voitures, aux lourdes
atmosphères, aux cloaques, aux guenilles et au
tumulte des cabarets, la campagne produit un effet
prodigieux. Le silence leur cause une sensation d'é-
tonnement qui ressemble à l'effroi, l'air vif les grise,
l'énormité des horizons les remplit de stupeur. Il en
est qui restent immobiles, bouche béante, et secoués
par une émotion si intense qu'elle devient presque
douloureuse. Comme le rat de La Fontaine, ils s'é-
crieraient volontiers : « Que le monde est grand et
spacieux ! »

Avoir toujours vécu dans les bas-fonds de la civilisation à outrance, que l'on n'a guère aperçue que
par ses mauvais aspects, et se trouver subitement
transporté en pleine existence rustique, c'est entrer
de plain-pied dans une féerie d'autant plus belle
qu'elle est de courte durée. On garde les vaches et
les moutons, on conduit les chevaux à l'abreuvoir,

parfois on s'enhardit jusqu'à monter sur l'encolure,
on bat en grange, à la fourche on retourne le regain
coupé, on fouille dans le râtelier de l'écurie pour
découvrir l'œuf que la poule a pondu ; on va, sous les
coudriers, détacher les noisettes : un de ces gamins y
consacra son temps et en récolta 4,000. Ces plaisirs
semblent exquis, et cependant l'on en rêve de plus
graves, car un des écoliers de la rue de la Providence,
partant pour sa villégiature, avait emporté un grand
couteau dans l'espoir d'être appelé à l'honneur de tuer
le cochon de la ferme. Un des enfants, terminant
son repas au milieu des paysans près desquels il était
hébergé, dit : « Je n'en puis plus : c'est la première
fois de ma vie que je mange à ma faim. »

Les comptes du déplacement de 1885 sont intéressants à faire connaître : 112 enfants y ont pris
part, et les dépenses de transport, de pension ali-
mentaire, de fêtes champêtres, de correspondance et
de convoyage ne se sont élevées qu'à 4,206 fr. 85 :
ce qui n'équivaut pas à quarante francs par tête. Les
Compagnies de chemins de fer participent à cette
œuvre de bienfaisance, en accordant des réductions
sur le prix des places. On ne saurait trop multiplier
ces séjours hygiéniques au milieu des champs, en
marge des forêts. Ce ne sont pas les petits êtres
étiolés qui manqueraient à l'appel; mais, avant de
dénombrer les élus, on consulte l'aumônière, car

c'est l'abondance des offrandes qui détermine le
total des voyageurs. Si ces excursions de vacances
pouvaient parfois aboutir sur une de nos plages
sablonneuses, quelle aubaine pour les enfants et
quelle force apportée aux santés chétives de ce petit
peuple que l'anémie dévore, parce qu'il a pâti depuis
qu'il est au monde[1] !

J'en ai assez dit pour faire comprendre l'action
secourable que la communion réformée exerce en
faveur de ses coreligionnaires malheureux ; je n'ai

---

1. Ces voyages scolaires, fort usités en Suisse, — qui ne se souvient des livres et des dessins de Topffer? — semblent sur le point
de s'acclimater à Paris; l'exemple donné en 1881 par M. le pasteur
Lorriaux n'aura point été stérile. M. Edmond Cottinet, dès 1883, a
organisé des caravanes d'écoliers dans le neuvième arrondissement ;
c'est vers les Vosges, dans le pays des montagnes et des arbres rési-
neux, qu'il a fait diriger les enfants faibles et dolents qui ne manquent ni dans nos écoles ni dans nos lycées. De son côté, le Conseil
municipal faisait choisir dans ses établissements d'enseignement primaire les élèves dont la conduite et le travail avaient été remarqués
au courant de l'année et organisait pour eux un voyage en guise de
récompense. Le résultat n'a point paru favorable : les enfants revenaient fatigués et surmenés par des courses pédestres souvent trop
prolongées. On semble devoir abandonner ce système et revenir à
celui que M. le pasteur Lorriaux, et, après lui, M. Edmond Cottinet ont
mis en pratique. Dans la séance du 10 juin 1887, le Conseil, sur la
proposition de M. Hovelacque, a décidé de renoncer aux voyages et
de s'attacher à la création de colonies scolaires, c'est-à-dire de faire
séjourner les enfants dans un endroit déterminé, hygiéniquement
choisi, et de réserver de préférence cet avantage à ceux dont la santé
débile peut se fortifier au grand air et à la vie de la campagne. Il
faut espérer que l'usage de ces déplacements se multipliera, et que
bientôt tous nos petits écoliers auront leur lieu de vacances au bord
de la mer, sur les hauteurs ou dans les forêts.

parlé ni de ses ouvroirs, ni de ses ateliers d'aveugles,
ni de ses hospices pour les vieillards, ni de ses asiles ouverts aux servantes sans place et aux ouvrières
sans famille, ni de bien d'autres œuvres qui la
montrent ambitieuse de bien faire et en quête de
toute forme de souffrance, afin de la soulager. Elle
est en émulation, profite de l'expérience d'autrui et
donne souvent l'exemple. Par cela même qu'elle
est peu nombreuse, elle est très vivace et l'affirme
par ses actions. Dans le salut de la misère parisienne
elle est un élément considérable. Des chiffres, que
j'ai surpris plutôt qu'ils ne m'ont été communiqués,
me permettent de dire que l'offrande spécialement
réservée aux protestants malheureux par les protestants riches s'élève annuellement à la somme de
1,540,000 francs; si à cela on ajoute les dépenses
faites depuis deux ou trois années pour la construction des écoles et des maisons hospitalières, on arrive
à un total de 3,600,000 francs, qui est certainement
au-dessous de la vérité. Je n'ai rien à dire des
aumônes personnelles, de ce qui est donné mysté-
rieusement par des mains discrètes, par les dames
visiteuses des malades, par les banquiers en bonne
fortune de charité : c'est la bienfaisance occulte ; je
la crois abondante, mais elle ne m'a point révélé
son secret.

De ce qui précède on aurait tort de conclure que

le monde protestant de Paris se cantonne dans des
œuvres exclusives dont seule la misère protestante
est admise à profiter. Il n'en est rien. Les partisans
de la Réforme sont attirés de préférence vers leurs
coreligionnaires, rien n'est plus naturel ; ils cherchent à remédier à leurs maux, à les maintenir en
conduite correcte, à les redresser dès l'enfance, à
leur adoucir les derniers jours, à les empêcher
d'être un objet de scandale : c'est au mieux ; en le
faisant, ils accomplissent un devoir de respect pour
eux-mêmes, de sauvegarde pour leur communion,
de commisération pour les infortunes fraternelles.
C'est là l'œuvre légitime et très honorable d'une
minorité à laquelle rien ne coûte pour conserver une
irréprochable attitude et ne pas compromettre son
renom. Mais si les protestants se souviennent avec
prédilection de leur Église qui a traversé la Saint-
Barthélemy, la révocation de l'édit de Nantes et les
dragonnades, ils n'oublient pas qu'ils appartiennent
à la tribu parisienne, où gémit tant de souffrance, où
lutte tant de misère. Dans une mesure très appréciable, ils ne lui ménagent pas les secours.

La charité, quel que soit son acte de naissance,
les trouve prêts, pourvu qu'elle soit la charité.
Laïque, administrative, catholique, qu'importe ? Non
seulement ils ne se refusent pas, mais ils s'offrent et
s'empressent. Leurs noms, que je connais bien, je

les ai trouvés dans les bureaux de bienfaisance relevant de l'Assistance publique, dans les souscriptions
improvisées pour alléger le poids d'un malheur subit,
sur la liste des donataires qui permettent aux associations en cornette ou en scapulaire de combattre
le mal et de soutenir la faiblesse. On le sait à la
Société maternelle, à l'Hospitalité de nuit, aux Asiles,
aux caisses d'arrondissement et ailleurs. J'ai raconté
que la Société philanthropique devait à Mme Hottin-
guer la création d'un dortoir spécial, d'un dortoir
maternel, à la maison de la rue Saint-Jacques où les
femmes reçoivent l'hospitalité des nuits. Cela est
bien. L'aumône, d'où qu'elle vienne, ne s'égare pas
et fait son œuvre quand elle descend sur les malheureux. Par lui-même, le malheur est presque une
religion, la religion universelle ; on la sert par la
commisération et on l'honore par l'offrande. Si l'on
ne venait en aide qu'aux gens qui partagent nos
opinions, il deviendrait urgent d'ouvrir quelques
cimetières.

J'ai cité la parole de Grégoire le Grand au moine
Augustin : « Là où le Christ seul est adoré, la diversité des rites n'importe pas. » On peut l'appliquer à
la charité et dire : Là où l'infortune seule est à
secourir, la différence des origines et des religions
est insignifiante. La vraie charité dit : Tu souffres,
donc tu m'appartiens ! C'est ainsi qu'il faut la com-

19

prendre; car plus elle est abstraite, plus elle est
dégagée des considérations de castes et de sectes,
plus elle est belle. Aveugle pour les causes, clairvoyante pour les effets, insensible aux croyances
personnelles, n'obéissant qu'à son instinct qui est
de se prodiguer, elle devient pour celui qui l'exerce
une force inébranlable. Telle je l'ai vue, telle je l'ai
admirée chez le prêtre, le moine, la religieuse, chez
les gens du monde, telle je viens de la montrer chez
les protestants, et telle je vais la trouver parmi des
hommes dont le culte et la race ne sont point les
nôtres. On dirait qu'il suffit de vivre en notre pays
de France pour être pénétré par l'amour du bien.

CHAPITRE IV

LA CHARITÉ D'ISRAËL

I

LA COMMUNAUTÉ.

Il y a cent ans. — Lois d'exception. — La persécution. — Fin de l'iniquité. — La Révolution française. — La communauté s'accroît. — Prédiction de Loustalot. — Aristocratie d'argent. — La plèbe famélique. — Le relèvement. — La charité crée la famille. — *Zédaka*. — La dîme. — Le Comité consistorial de secours et d'encouragement. — Ses devoirs. — Apprentis d'arts et de métiers. — Les mendiants. — La mendicité est une maladie humaine. — Le Comité de bienfaisance. — Albert Cohn. — Les Juifs à Vienne il y a cinquante ans. — Orientaliste. — Missionnaire de charité. — A la maison Rothschild. — La caisse de prêts. — Expérience décevante. — Assistance israélite. — Ses quêtes. — Son influence sur les fondations de bienfaisance.

Il y a cent ans, le nombre des israélites tolérés à Paris ne dépassait pas celui de huit cents; ils restaient soumis à la discrétion du lieutenant général de police, qui les surveillait de près et les tenait dans une dépendance presque absolue. Leur sort n'avait rien d'enviable et certaines professions leur étaient interdites; un arrêt royal du 14 août 1774 les exclut des « corps d'arts et de métiers »; un autre, en date du 25 juillet 1775, leur défend d'exercer le commerce de la draperie et de la mercerie, auquel ils excellaient. Tout gouvernement semblait prendre à tâche de renouveler contre eux la vieille malédiction légendaire que les sectes issues du judaïsme leur ont infligée. Parqués, soupçonnés, vilipendés, dépouillés, accusés d'égorger les petits enfants, objets des contes de vieilles femmes, épouvantails des nourrices, exposés à toutes les diatribes et à toutes les avanies, ils vivaient humbles, effarouchés, dans l'ombre, et réduits, pour subsister, aux basses industries dont nul autre ne voulait. Si quelqu'un d'entre eux était parvenu à une condition tolérable et même à une haute situation, — Samuel Bernard? — c'est qu'il avait réussi à dissimuler ses origines.

L'existence des juifs était précaire, sinon persécutée; la loi ne leur reconnaissait aucun droit, la société ne leur réservait aucune sécurité, la justice ne leur accordait aucun recours; ils étaient, ainsi que je les ai encore vus dans certaines villes d'Orient, rejetés à part comme des pestiférés; ils offraient l'exemple de la plus cruelle, de la plus persistante injustice dont l'humanité ait frappé des hommes, et que les siècles aveugles s'étaient léguée d'âge en âge, comme une tradition sacrée. Est-il donc dans la des-

tinée des spéculations religieuses de susciter des
luttes impitoyables et des haines sans merci? La
Bible baigne dans le sang des communions qui la
révèrent et qui se sont entre-déchirées parce qu'elles
n'interprètent pas le même texte de la même manière et n'adorent pas le même Dieu de la même
façon.

Il appartenait à la France de mettre fin à l'iniquité
de la persécution des israélites; grâce à elle, une
race et une croyance sont rentrées dans le droit
commun, d'où la violence des préjugés les avait
exclues. La Révolution française avait décrété l'égalité
des hommes; elle ne voulut point se démentir et fut
logique avec elle-même : le 28 janvier 1790, le droit
de citoyen est accordé aux juifs du rite portugais et
le 27 septembre 1791 aux juifs du rite allemand.
Deux rites pour une communauté si restreinte[1], c'est
beaucoup, et si l'on en croyait certaines révélations
faites à propos d'un procès financier qui eut un grand
retentissement dans la dernière période du second
empire, Israël d'Allemagne et Israël de Portugal ne
vivraient pas toujours dans une concorde irréprochable. Qu'importe? ce n'est point sous cet aspect
que je dois considérer les descendants de ceux à qui
Moïse a dit dans le désert : « Tu aimeras ton pro-

---

1. D'après le baron de Hübner, la population israélite du globe ne
dépasse pas 6,500,000 âmes.

chain comme toi-même, » car si les deux sectes
sont souvent en lutte sur un terrain où je me garde-
rai de les suivre, elles n'ont point de contestations
lorsqu'il s'agit d'exercer la charité, et c'est seulement de charité qu'il s'agit.

Affranchie par l'initiative française, après dix-
huit cents ans d'oppression, la communauté juive
s'accrut rapidement à Paris; il était naturel que les
israélites s'empressassent vers la ville où pour la première fois les portes de la vie sociale leur étaient
ouvertes. Ce ne fut point une sorte d'invasion,
ainsi qu'on le pourrait croire; prudemment, comme
s'ils eussent tâté le terrain, ils venaient par petits
groupes, s'établissaient sans bruit et semblaient
chercher à se perdre au milieu de la foule. En 1806,
on en compte 2,700, où dominent les adeptes du
rite allemand, qui dès lors conserveront la supériorité numérique. Si la liberté dont ils peuvent
jouir en France les attire, la conscription et le service militaire les éloignent; en 1821, malgré des fortunes naissantes qui les convient et leur font des
promesses, ils ne sont encore que 6,000. Sous le
règne de Napoléon III, l'augmentation est notable
et concorde avec l'extension des voies ferrées.

La troisième république ne les effraye pas, loin
de là, car ils paraissent chercher de préférence les
pays d'où toute hiérarchie conventionnelle a dis-

paru ; le recensement de 1872 indiquait, d'après les déclarations individuelles, le chiffre de 23,434 israélites, qui doit être au-dessous de la réalité. Depuis cette époque, la campagne antisémitique poursuivie en Russie, les expulsions des Polonais du grand-duché de Posen ont refoulé bien des familles juives vers l'Europe occidentale ; plus d'une est venue s'établir à Paris, qui est la terre promise pour les malheureux, les proscrits et les aventuriers. Aujourd'hui, sur notre population, qui est de 2,500,000 habitants, on ne sera pas loin de la vérité en évaluant la tribu d'Israël à 45,000 âmes ; elle représente assez exactement les deux tiers de la totalité des juifs vivant en France.

La communauté israélite s'organisa lentement à Paris ; elle semblait rester en défiance vis-à-vis des droits qu'elle était appelée à partager : on eût dit que le souvenir des persécutions subies lui inspirait une prudence qui ressemblait à de la crainte et paralysait son initiative. Elle était divisée en deux classes, que le nombre et la condition rendaient singulièrement inégales. D'une part, quelques personnages exceptionnellement riches, que l'on surnommait, avec un peu d'ironie et beaucoup d'envie, les hauts barons de la finance, hommes habiles, spéculateurs avisés, maîtres du marché des fonds publics, souscripteurs d'emprunts pour les États souverains, di-

recteurs ou administrateurs des grandes industries,
devenus dans la société moderne la puissance que
Loustalot a prophétisée, lorsque, après la nuit du
4 août, il a dit : « Cette révolution substituera l'aristocratie d'argent à l'aristocratie de naissance. »

D'autre part, une plèbe famélique, vivant de gra-
pillage, offrant des chaînes de sûreté et des pastilles
du sérail au long des rues, faisant métier de modèle
dans les ateliers, trafiquant de cigares de contre-
bande qu'elle échangeait contre de vieux habits, marchands de lorgnettes d'occasion, chiffonniers aux
environs de la place Maubert, bouquinistes à la porte
des collèges, brocanteurs experts à la « ramastique »,
revendeurs de vieilles ferrailles, bijoutiers en faux
et au besoin recéleurs. Entre ces deux extrémités du
monde juif s'agitait un groupe composé de coulis-
siers en quête d'un report, de petits industriels assidus au travail et alertes au gain, de savantasses qui
cherchaient à mettre d'accord le Pentateuque et le
Talmud, d'artistes souvent admirablement doués et
de courtiers dont les services étaient parfois onéreux
au commerce inférieur. C'était, on le voit, la force
même des choses qui s'imposait et constituait, au
profit ou au détriment du clan israélite de Paris, la
division qui s'établit presque naturellement dans
toute nation, l'aristocratie et le peuple, avec une
caste intermédiaire participant des deux et formant

la bourgeoisie, caste mobile, caste de recrutement qui s'élève jusqu'à la première si elle s'enrichit, et retombe dans le second si elle se ruine. Le temps, l'usage du droit commun et surtout la liberté sociale ont modifié cet état de choses : la communauté israélite n'en est plus à compter ceux de ses membres qui se sont faits bonne place à l'Institut, au Parlement, dans l'armée, dans l'administration, dans le corps médical, la magistrature, le barreau et tant d'autres carrières d'où jadis elle était repoussée.

Les relations entre les trois fractions du judaïsme étaient-elles fréquentes? J'en doute; une foi commune les animait, le même respect dans la tradition des ancêtres, la même espérance dans un avenir enveloppé de ténèbres soutenaient leurs croyances, mais leur milieu social et les intérêts qui les faisaient mouvoir étaient tellement différents, que nulle cohésion ne paraissait possible. Ce fut la charité qui donna à la communauté l'union qui lui manquait et en fit une sorte de famille où l'échange du bienfait a créé des liens puissants.

Je crois que le mot charité, avec le sens précis que nous lui donnons aujourd'hui, n'existe pas dans la langue hébraïque, car je ne le découvre pas une seule fois dans l'Ancien Testament; en revanche, il est répété soixante-quinze fois dans les Actes et les

Épîtres[1]. En faut-il conclure que les anciens juifs ne
connurent et n'exercèrent pas la charité avant la
dispersion qui suivit le sac de Jérusalem par Titus?
Non certes, mais pour l'exprimer ils se servaient du
mot *zédaka*, qui signifie à la fois justice et bienfaisance; car pour eux la charité n'était point faculta-
tive, elle était imposée comme un devoir aussi rigoureux que la justice : s'y soustraire, c'était manquer
à la loi. C'est aussi de cette façon qu'elle a été com-
prise par Mahomet, qui dans le Coran détermine le
taux des aumônes au huitième du revenu. Un israélite n'était donc *zaddik*, c'est-à-dire juste, que s'il
était charitable[2]. Le juif qui se conformera aux préceptes de sa religion distribuera en dons secourables
la dîme, — *maasser*, — de son gain ou de son
revenu; lorsqu'il se mariera, les pauvres recevront

1. La Vulgate et les catholiques donnent pour le verset 12 du chapitre x des *Proverbes* : « La haine (*sinea*) excite les querelles; la
charité (*ahaba*) couvre les fautes. » Les Septante traduisent *ahaba*
par *amicitia*, Cahen par amour. M. E. Renan, que j'ai consulté, m'a
dit qu'en langage moderne l'équivalent de *sinea* est antipathie et
d'*ahaba* sympathie. Les rabbins adoptent la version de Cahen; nul
n'admet *charité*.

2. Le doute à cet égard ne paraît pas possible : la Vulgate et les
Septante sont d'accord pour traduire le premier verset du chapitre vi
de l'évangile selon saint Matthieu par : *attendite ne justitiam vestram
faciatis coram hominibus*. Bossuet traduit le mot à mot : « Prenez
garde à ne pas faire votre justice. » Le Maistre de Saci a donné exactement le sens : « Prenez garde de ne pas faire vos *bonnes œuvres*
devant les hommes. » *Zedaka* est donc l'ensemble des actions secourables qui sont prescrites à l'israélite.

de lui le dixième de sa dot. Ce dernier usage semble
tomber en désuétude, comme si le respect des traditions s'émoussait au contact d'une civilisation parfois trop raffinée; mais il y a cinquante ans nul
n'aurait osé y manquer.

Le premier essai tenté pour réglementer la charité israélite de Paris date du 24 novembre 1809.
Après plusieurs pourparlers entre diverses confréries
juives indépendantes les unes des autres et sous
l'impulsion du consistoire, on fonda le « Comité consistorial de secours et d'encouragement », dont les
membres furent chargés : 1° de soigner les malades
pauvres; 2° de suivre les convois funèbres au nombre
de dix ; 3° d'assister, en même nombre, aux prières
du matin et du soir ; 4° de laver les morts, de les
veiller, de creuser leur tombe. Ce n'était en quelque
sorte qu'une organisation provisoire, mais il fallut
attendre bien des années avant qu'elle fût modifiée
d'une façon sérieuse. Le premier acte du comité, en
dehors de ses attributions définies, semble avoir
eu pour but de prendre possession de l'exercice du
droit commun et de réagir contre les ordonnances
dont jadis on avait été frappé ; à cet effet, tous les
ans, on présentait au consistoire dix enfants âgés de
treize à quinze ans, intelligents, aptes au travail,
qui, aux frais du comité, devaient entrer « en apprentissage d'arts et de métiers », et affirmaient de

la sorte que l'édit royal du 14 août 1774 n'était plus
que lettre caduque.

Une autre préoccupation tenait et tient encore le
comité en éveil : par tous moyens, il essaya de détruire la mendicité israélite, qui, à certains jours de
fêtes religieuses, encombrait les abords des lieux de
prière ; on y réussit mal. En 1828, on étudia théoriquement la question ; on décida de laisser les
mendiants en dehors de toute bienfaisance : leur
nombre augmenta presque immédiatement, comme
s'ils eussent voulu protester contre une mesure hostile à leurs habitudes. Le consistoire prend des
arrêtés : « L'indigent malade par suite d'ivresse ou
d'inconduite n'a droit à aucun secours ; » peine
perdue ; la mendicité n'est point le privilège d'Israël,
elle est inhérente à toute race et à toute croyance,
elle est le produit de la double imperfection de
l'homme et de la civilisation ; on a beau la combattre, on ne peut la vaincre, elle persiste et reste
maîtresse du terrain qu'on lui dispute : sous ce
rapport, les juifs ne sont pas plus habiles que les
chrétiens. Partout et toujours il y a eu et il y
aura des hommes qui au gain du travail rémunéré préféreront les chances de la quémanderie gei-
gnarde et de la main tendue. Malgré des efforts qui
ne se sont point ralentis depuis près de quatre-
vingts ans, le comité israélite ne me paraît pas,

à cet égard, plus avancé aujourd'hui qu'en 1809.

L'œuvre bienfaisante s'était développée un peu au
hasard, d'une façon en quelque sorte empirique,
selon des nécessités qui s'imposaient, après des révo-
lutions naturellement accompagnées de chômage,
après des épidémies, — choléra de 1832, — qui
avaient fait tant d'orphelins. En hâte on subvenait à
ces obligations nouvelles, on ne se récusait pas, tant
s'en faut, mais on courait au plus pressé, on agissait
sans vues d'ensemble et on ne s'était pas encore constitué de manière à pouvoir parer aux éventualités
douloureuses qui sans cesse menacent les tribus de
la famille humaine. Ce ne fut guère que dans les
années qui précédèrent et suivirent la révolution du
24 février 1848 que la charité israélite se concentra
dans une institution spéciale.

En 1852, le « Comité consistorial de secours et
d'encouragement » devint le « Comité de bienfaisance », et procéda méthodiquement à la création
des établissements où toutes les manifestations de la
souffrance et de la faiblesse peuvent être soulagées.
D'une part, l'organisation primitive, qui suffisait à
la population juive parisienne de 1809 (3,000), restait impuissante en présence de celle de 1850 (environ 20,000); d'autre part, certaines fortunes accrues
dans des proportions considérables devaient faire
naître une protection plus puissante; néanmoins il

est possible que l'on eût continué à tâtonner et que
l'on fût demeuré dans les étroites limites du début,
si un homme de bien et d'intelligence, inébranlable
en sa croyance et doué d'une prodigieuse activité,
n'eût donné une impulsion déterminée à la charité
juive; il ne suscita pas les bonnes volontés, mais il
les disciplina, les régularisa, leur apprit à ne point
s'égarer et leur indiqua un but.

Issu d'une famille établie en Alsace, né le 14 septembre 1814, à Presbourg, par le hasard des migrations, il s'appelait Albert Cohn. Obéissant aux lois
de l'atavisme ou préoccupé de l'avenir de ses coreligionnaires, si durement traités dans les pays musul-
mans, il étudia de bonne heure les langues orientales et bientôt y devint maître. A Vienne, où il
vivait alors, les israélites relevaient d'une section
spéciale de la police que l'on appelait « le bureau
des juifs » : cent vingt-quatre familles avaient seules
le droit de domicile; nul autre juif ne pouvait résider,
même temporairement, dans la ville sans acquitter
un droit de séjour onéreux; toute carrière libérale,
sauf celle de la médecine, leur était interdite, et
Albert Cohn dut à sa religion de ne pouvoir suivre
les cours de l'Académie orientale de Vienne. De telles
exclusions datent de cinquante ans, et c'est à peine,
— heureusement, — si nous pouvons les comprendre aujourd'hui. Albert Cohn en était réduit à

aller dans la bibliothèque publique apprendre,
à coups de dictionnaires, l'arabe, le sanscrit, le
syriaque et le persan.

Ce fut le baron de Hammer, que son *Histoire de
l'Empire Ottoman* a rendu célèbre, qui, après avoir
entendu le jeune étudiant commenter un passage
obscur du Coran, lui dit : « Quittez Vienne, vous ne
ferez qu'y végéter, et allez à Paris, où toutes les
portes vous seront ouvertes. » Albert Cohn suivit ce
conseil, et, bien muni de lettres de recommandation, il arriva à Paris en 1836. Il entra facilement
en relations avec Eugène Burnouf, Quatremère, Rei-
naud, A. Desgranges, Jouannin ; en leur compagnie,
il était au cœur même de l'histoire et des langues
orientales ; pendant une année entière, il fut l'unique auditeur du cours de persan professé par Syl-
vestre de Sacy. Plus tard, parlant de cette époque et
de cet enseignement dont il était seul à profiter, il
a dit : « J'ai passé là des heures délicieuses[1]. » Sa
facilité, du reste, était extraordinaire : il n'y avait
guère, en son temps, que le cardinal Mezzofante qui
eût pu lui disputer le don des langues.

Il était d'une ferveur exemplaire ; est-ce dans le

---

1. J'ai emprunté la plupart des faits relatifs à l'influence exercée
par Albert Cohn sur la communauté israélite à la *Biographie d'Albert
Cohn*, par Isidore Loeb, 1 vol. in-18, Paris, 1878; et pour la partie
historique de cette étude, j'ai consulté avec fruit *le Comité de bienfaisance*, par Léon Kahn, 1 vol. in-18, Paris, 1886.

Dieu ou dans la race d'Israël qu'il avait foi, je ne
sais ; mais il aima son peuple d'une amour profonde ;
partout où les juifs furent opprimés, il accourut,
comme l'ambassadeur volontaire des revendications
de la justice et de l'humanité. Dès que de nouvelles
persécutions menaçaient le judaïsme, il partait :
quatre fois il alla en Orient, apaisant les colères,
éclairant les malentendus et rendant ses coreligionnaires à la paix douteuse qu'on leur accordait ; trois
fois il les visita en Algérie, en Tunisie, au Maroc.
Dans tous les pays d'oppression qu'il parcourut, il
fut habile, pressant, et obtint, sinon des concessions,
du moins des adoucissements, dont profita la communauté des synagogues. Au cours de ses voyages
en Orient, dans toute ville possédant un quartier
juif, il a fondé des écoles ; jusqu'à son dernier
jour, jusqu'au 15 mars 1877, rien ne ralentit son
zèle, et « la Société parisienne d'encouragement
au bien », lui décernant une médaille d'or, peu
de temps avant sa mort, put dire avec raison :
« M. Albert Cohn est un missionnaire de charité. »

Ce rôle, enviable entre tous, il s'en était emparé
dès son arrivée à Paris ; car, à peine installé, il s'était
mis en quête de la situation des israélites pauvres ;
promptement il comprit que pour les arracher à la
misère, et au vice qui en est souvent la conséquence,
il fallait, en redoublant d'efforts, faire appel aux

cœurs généreux. Dès lors sa voie fut tracée, d'où
jamais il ne dévia, et dans la communauté juive il
devint le conseiller de la bienfaisance. Il la conseilla
bien, car c'est en grande partie à lui qu'elle doit son
organisation, qui est très forte. Il eut cette bonne
fortune d'être attiré par la maison Rothschild, où il
fut apprécié à sa valeur, choyé, consulté, écouté. Là
il fut plus qu'aidé, il fut devancé, car il rencontra
une femme, la baronne James de Rothschild, qui
avait la passion du bien et qui exerça une action
déterminante sur la plupart des œuvres israélites ;
elle les anima de son énergie charitable et bien souvent en prit l'initiative. Ce n'est pas tout que de
vouloir faire le bien, il faut savoir le faire : science
parfois difficile qu'Albert Cohn aurait pu professer,
car il avait appris à ses dépens que de toutes les
vertus humaines la charité est celle qui se laisse
entraîner à commettre le plus d'erreurs.

Trésorier du comité de bienfaisance en 1848,
président en 1852, il avait payé sa bienvenue par
un don de 20,000 francs, destiné à une caisse nouvellement créée pour faire des prêts aux ouvriers
nécessiteux et même des avances de fonds à ceux qui
désiraient s'établir. Le capital disparut rapidement
et ne fut jamais remboursé : expérience décevante
que Napoléon III renouvela plus tard dans des proportions considérables, qui ne produisit aucun bon

20

résultat et ne suscita que du mécontentement parmi
ceux-là mêmes que l'on voulait aider. La présidence
d'Albert Cohn fut féconde, car c'est de 1852 que
date la constitution à la fois logique et pratique de
la charité israélite à Paris. Sa position dans la maison Rothschild le mettait à la source même des bienfaits; je crois pouvoir affirmer que là nul refus ne
repoussa jamais ses demandes, qu'on lui laissait
toute initiative et qu'il lui suffisait d'indiquer le
bien à faire pour que le bien fût fait.

Il fut aumônier, au sens originel du mot, et
comme il excellait à découvrir ceux qui avaient
besoin d'aumônes, il était heureux d'exercer la bienfaisance avec ampleur et sans chômage. Il fut souvent
prodigue, parce qu'il était autorisé à l'être, et que
jamais une observation ne lui fut adressée sur les
dépenses dont profitait la misère d'Israël. Des pauvres qu'il avait visités, des malades qu'il faisait soigner, des affamés auxquels il distribait la nourriture, il disait : « Ce sont de nos gens; » locution
singulière, que j'ai retrouvée dans le judaïsme de
tous les pays où j'ai séjourné. Grâce aux largesses
de la maison Rothschild, il établit une sorte d'assistance publique israélite, qui fut comme une administration centrale autour de laquelle rayonnèrent les
œuvres dues à l'initiative privée ou fondées à l'aide
de souscriptions provoquées. Albert Cohn quêtait pour

les malheureux de sa confession ; il savait le moment propice, quand les cœurs sont émus par la naissance d'un enfant, par un mariage qui promet le bonheur, par une mort qui fait éclater la fragilité des espérances d'ici-bas. Aux jours de fête, on était presque certain de le voir apparaître : « Pensez à ceux qui souffrent ! » On lui donnait, et le Comité de bienfaisance devenait de plus en plus secourable : les recettes, qui étaient de 47,000 francs en 1841, s'élevaient à 212,000 en 1871 ; je crois que ce dernier chiffre est au moins doublé aujourd'hui ; la pauvreté juive n'est pas éteinte à Paris, mais elle serait diminuée si l'intolérance de certaines nations ne chassait les israélites vers la France hospitalière. Quand donc les peuples sauront-ils comprendre et pratiquer la liberté, qui est faite pour les pasteurs comme pour les imans, pour les moines comme pour les rabbins?

Ainsi qu'autrefois le patriciat romain, l'aristocratie financière israélite a ses clients qui reçoivent la sportule, et qui sans elle ne vivraient guère. Albert Cohn avait fini par connaître chacun des individus qui sans cesse tendaient la main vers le Comité de bienfaisance ; il ne repoussait que les mendiants de profession, accueillait les autres ou les dirigeait vers les établissements de commisération, dont il était un visiteur assidu. Mais, entre toutes les institutions de charité juive, il s'intéressait de préférence,

— sans doute parce qu'il n'y était point resté étranger, — à celle qui porte le nom de Fondation de
Rothschild, et qu'un décret du 8 avril 1886 a reconnue d'utilité publique. Cette fondation comprend :
un service de malades adultes, un service des enfants
malades, un hospice pour les incurables, une maison
de retraite pour les vieillards, un service de consultations et de distributions gratuites de médicaments
aux indigents, un service de secours accordés aux
convalescents sortant de la maison. C'est une cité
hospitalière ouverte par Israël riche à Israël pauvre,
infirme et affaibli par l'âge. On peut la visiter et nous
la visiterons tout à l'heure.

II

L'HOPITAL.

Les malades à domicile. — Refus des juifs d'entrer dans les hôpitaux de l'Assistance publique. — Les prescriptions de la Loi. — « Tu ne mangeras pas l'âme avec la chair. » — La viande *casher*. — La viande *treipha*. — Service des garde-malades. — Négociation avec le préfet de la Seine pour obtenir une chambre réservée dans les hôpitaux. — Insuccès. — La maison de la rue des Trois-Bornes. — 2,000 indigents, 12 lits. — L'Ermitage. — Intervention de James de Rothschild. — Le banquier estimé. — 13,000 mètres de terrain. — Inauguration. — La rue Picpus. — Le cimetière. — L'hôpital. — Bon aspect. — Les lits se sont multipliés. — Séjour prolongé. — Un phtisique. — Carcinome. — La fille de Jephté. — Les enfants. — Petite fille aveugle et abandonnée. — Les maladies contagieuses. — La maison de Frétillon. — Isolement. — A Berck-sur-Mer. — Consultations gratuites. — Visite des malades à domicile. — L'urgence. — Libéralités. — Œuvres des convalescents.

Aussitôt que le Comité consistorial et d'encouragement put fonctionner, c'est-à-dire dès 1809, il s'occupa des soins à donner aux malades israélites ; ceux qui ne pouvaient être traités à leur domicile étaient mis en pension chez leurs coreligionnaires, car à tout prix on voulait leur éviter l'hôpital, contre lequel ils éprouvaient et ils éprouvent toujours une insurmontable aversion. Y étaient-ils donc malmenés, exclus du bénéfice des règles de la bienfaisance

et considérés comme des parias? Non; notre administration hospitalière n'a jamais établi aucune distinction entre eux et les autres malades. Ils n'avaient
rien à redouter ni des médecins, ni des internes, ni
des sœurs desservantes, mais ils étaient astreints à
l'alimentation commune, et cette nourriture leur
faisait horreur, car elle est impure, et ils ne pouvaient l'accepter sans prévarication. Dans la communauté israélite, comme en toute communion religieuse, on trouve des sceptiques, des indifférents,
des tièdes et des fervents. Ceux-ci, attachés par des
liens indestructibles à la foi des ancêtres et à l'ob-
servance de LA LOI, se seraient laissés mourir de faim
plutôt que de toucher à des aliments préparés en
dehors des prescriptions imposées par Moïse; volontiers ils eussent imité leurs aïeux, dont il est parlé
au livre des Machabées, et qui « aimèrent mieux
périr que de se souiller de viandes impures, ne
voulant point violer la loi sainte de Dieu et furent
tués[1] ».

Voilà bien de l'embarras pour une côtelette!
dira-t-on. Non pas; en telle matière, qui ne relève
que de la conscience, les minuties même les plus
puériles sont respectables, car elles attestent la sincérité des croyances. Toute religion s'est approprié
des notions hygiéniques et les a, jusqu'à un certain

1. Machabées, livre I, ch. i, vers 65-66.

point, introduites dans ses dogmes, afin de les rendre obligatoires. Le judaïsme n'a point échappé à cette loi générale. Sorti d'Égypte, campé dans le désert, destiné à vivre en Palestine, il a formulé certaines prescriptions indispensables dans un pays brûlant, inutiles dans un climat tempéré, mais que les israélites observent rigoureusement, qu'ils soient à Jérusalem, à Moscou, à Tunis ou à Paris. Or, parmi ces prescriptions souvent répétées dans l'Ancien Testament, commentées, développées par le Talmud, celles qui concernent le choix des animaux alimentaires et la façon de les convertir en nourriture, sont péremptoires, et nul ne peut s'y soustraire sans pécher.

Il est dit au Deutéronome : « Tu ne mangeras d'aucune bête morte;... — tu ne feras point cuire un chevreau dans le lait de sa mère;... — tiens fort à ne point manger du sang, car le sang c'est l'âme, et tu ne mangeras point l'âme avec la chair. » C'est Dieu qui parle ainsi à Moïse, et c'est pourquoi toute nourriture ou, pour mieux dire, toute cuisine chrétienne est en abomination aux israélites. Nous mangeons des animaux abattus; le juif ne doit manger que des animaux égorgés; aussi la communauté a-t-elle des boucheries spéciales où l'on n'accepte que la viande marquée du sceau du *schohet*, qui est le sacrificateur. Celui-ci n'est pas seulement chargé de se conformer aux rites en mettant à mort les bœufs et les moutons, il doit vérifier si l'animal est *casher* (droit) ou *trépha* (lacéré). Toute blessure, toute fracture, fût-ce celle d'une vertèbre caudale, toute trace de maladie ancienne ou récente constituent une impureté qui exclut l'animal de l'alimentation juive.

L'israélite, obligé de ne se nourrir que de viande *casher*, se laissait réduire aux extrémités dernières plutôt que de demander asile aux hôpitaux où la viande *treipha* n'inspire et ne peut inspirer aucune répugnance aux malades des autres sectes, car les usages orientaux imposés au judaïsme et à l'islamisme pour combattre la rapide décomposition d'une chair qui ne serait point exsangue sont ignorés dans nos pays. Éviter à l'homme croyant d'être contraint par la nécessité de se mettre en contradiction avec sa foi est un devoir pour ceux qui ont charge d'âmes; le Comité consistorial le savait bien; aussi, dès qu'il eut quelque liberté d'action et qu'il fut sorti de la géhenne où le peuple d'Israël gémissait depuis dix-huit siècles, s'empressa-t-il de chercher le moyen de donner à cet égard toute sécurité à ses malades. On n'était pas riche alors comme on l'est devenu; la rage de spéculation, qui depuis cinquante ans s'est emparée de nos sociétés égalitaires et pousse les impies et les croyants de toute communion vers la fortune, n'avait point encore permis aux israélites de profiter de leurs aptitudes. Pour édifier un hôpital et l'ouvrir aux juifs, l'argent manquait.

En 1815, le Comité, tout en émettant un vœu pressant et en réclamant la création d'un « asile consacré à l'humanité souffrante », — ici l'humanité signifie la race d'Israël, — reconnaît qu'à Paris « les gens aisés ne se trouvent pas en grand nombre, tandis que la quantité des pauvres est très considérable ». Le vœu resta stérile, et en 1820 on se contenta d'organiser vaille que vaille un service de garde-malades. Ce n'était qu'un palliatif, et, faute de mieux, il fallut s'en contenter. En 1825, le docteur Cahen proposa au Comité consistorial de faire l'acquisition d'une petite maison sise rue Picpus, 47, et d'y établir une infirmerie. Cette maison était connue sous le nom de l'Ermitage; je crois ne pas me tromper en disant que Millevoye l'habita, que Théaulon en fut propriétaire et que Boïeldieu y composa la musique du *Petit Chaperon rouge*. La négociation resta pendante et ne put aboutir, car il ne fut pas possible de réunir l'argent nécessaire à l'acquisition et à l'aménagement.

On se traîna pendant longtemps de projet en projet sans parvenir à en réaliser aucun. On crut avoir trouvé une sorte de moyen terme qui, sans être trop onéreux, permettrait d'éviter aux juifs les inconvénients que leur imposaient les hôpitaux ordinaires.

On demanda au préfet de la Seine de céder dans
un hôpital deux chambres à la communauté israélite,
qui les meublerait et y ferait soigner — et nourrir
— ses coreligionnaires. M. de Rambuteau émit un
avis favorable; mais le conseil des hospices, tout en
protestant de sa tolérance pour les cultes reconnus,
refusa de ratifier la décision préfectorale. Ceci se
passait en 1836, et on se retrouva dans l'embarras
d'où l'on ne pouvait sortir depuis 1809. J'imagine,
sans le savoir d'une façon positive, que c'est l'intervention, que c'est le zèle d'Albert Cohn qui dénoua
les difficultés.

Au mois de janvier 1841, le Comité fit un effort,
réunit des souscriptions et put louer une maison rue
des Trois-Bornes ; les travaux d'appropriation exigè-
rent plus d'une année, et ce fut seulement à la date
du 1er avril 1842 que les salles, contenant ensemble
douze lits, purent s'ouvrir aux malades. Douze lits
pour répondre aux exigences de deux mille indigents
inscrits sur les registres du consistoire, c'était bien
peu, mais l'effet fut considérable, car on accentuait
ainsi la volonté de donner aux juifs malades la sécurité morale qui leur manquait dans nos hôpitaux.
Nulle cérémonie extérieure, nulle inauguration
solennelle ne sollicita l'attention publique, que l'on
sembla, au contraire, prendre à tâche d'éviter. On
eût dit qu'à cette époque le judaïsme n'avait point

encore abandonné ses habitudes de mystère derrière
lesquelles on l'avait refoulé pendant si longtemps.
L'exiguïté de la maison était telle, que l'on fut obligé
de n'y admettre que des adultes atteints de maladies
aiguës et que l'on repoussa les malades frappés des
affections que l'on traite dans des établissements
spéciaux.

En somme, c'était plutôt une ambulance qu'un
hôpital, et l'on ne tarda pas à reconnaître qu'elle
n'était pas en rapport avec une population qui s'ac-
croissait de jour en jour. On voulait s'agrandir, on
désirait acheter un terrain situé rue de Ménilmontant
et y construire un bâtiment de dimensions plus
amples et plus généreuses. Des pourparlers furent
échangés à ce sujet en 1846, et le consistoire était
préoccupé de trouver les moyens de mener son
projet à bonnes fins, lorsque James de Rothschild fit
savoir qu'il avait l'intention de fonder une maison
de secours exclusivement réservée à ses coreligionnaires. Il n'est que de prêcher d'exemple : à
cette nouvelle, les israélites riches de Paris se sen-
tirent saisis d'émulation, ils voulurent, eux aussi,
prendre part au bienfait et s'empressèrent d'apporter
leurs offrandes au consistoire, qui se donna garde de
les refuser.

Il faut reconnaître que les circonstances avaient
singulièrement favorisé le développement des for-

tunes financières et industrielles. Le réseau des voies
ferrées que l'on venait de jeter sur la France, l'application de la vapeur aux usines avaient fait naître
une prospérité à laquelle la haute banque avait largement contribué, tout en en profitant. Comme noblesse, richesse oblige ; plus Israël s'était enrichi, plus
il s'était montré bienfaisant. L'époque n'était plus où
il pouvait dire avec sincérité : « Les gens aisés ne se
trouvent point en grand nombre, » et où, parlant de
James de Rothschild (1828), il se contentait de le
noter comme « banquier estimé, israélite recom-
mandable ». Le « banquier estimé » était devenu
l'un des potentats du marché européen, et sa situation
exceptionnelle en faisait le protecteur de ses coreligionnaires ; loin d'hésiter devant ce rôle, il l'accepta,
s'en montra digne et le transmit à ses enfants, qui
n'ont point répudié l'héritage.

James de Rothschild acheta, rue Picpus, un terrain
contenant à peu près 13,000 mètres superficiels, et
y fit construire un hôpital. Par un acte en date du
7 avril 1852, il en faisait don au consistoire de
Paris, à la condition que cette fondation serait à perpétuité destinée à recevoir des malades et des vieillards israélites. Cette fois, l'inauguration n'eut rien
de mystérieux : le ministre des travaux publics, qui
était M. Lefèvre-Duruflé, le préfet de la Seine, qui
était M. Berger, le directeur des cultes dissidents,

qui était M. Charles Read, assistèrent à la cérémonie
et lui donnèrent un caractère officiel. Selon l'usage,
on prononça quelques discours et l'on souhaita toute
prospérité au nouvel établissement; ces vœux lui
ont porté bonheur, car depuis ce jour, depuis le
26 mai 1852, il s'est dilaté dans de vastes proportions. Six semaines après, le 2 juillet, l'hospitalette
de la rue des Trois-Bornes était fermée, après avoir,
en l'espace de dix ans, abrité et soigné 1,374 malades : on voit que ses douze lits avaient fait bon
service. Au mois de septembre 1853, la nouvelle
maison était complète, on le croyait du moins, car
elle contenait deux divisions, celle des malades
adultes, 46 lits, — et celle des vieillards admis au
repos, 34 lits. — Il nous suffira de la visiter avec
quelque détail pour constater l'importance de ses
développements successifs.

Elle s'ouvre dans la rue Picpus, rue excentrique,
allongée entre la place du Trône et le bastion
n° 5, rue tranquille, presque déserte, où les nour-
risseurs ont installé leurs étables, que côtoient des
congrégations religieuses, des asiles d'aliénés et des
établissements attirés par le bas prix des terrains.
J'y compte deux maisons de santé, l'hospice d'En-
ghien, les dames des Sacrés-Cœurs, que la Commune de 1871 enferma à Saint-Lazare, le cercle
catholique des ouvriers du faubourg Saint-Antoine,

les religieuses de la Mère de Dieu, les sœurs du
Sacré-Cœur de Marie, les Petites Sœurs des Pauvres,
les sœurs du Rosaire, les dames de l'Adoration perpétuelle qui ont la garde du cimetière particulier où,
depuis 1793, les Montmorency, les La Fayette et les
Noailles ont leur sépulture. Ce cimetière particulier
est ce qui reste du cimetière de Picpus, que la première Commune de Paris avait fait ouvrir non loin
de la guillotine permanente, qui travaillait près de
la barrière du Trône (renversé); un décret du premier Empire en concéda la propriété aux familles
dont les ascendants y avaient été enterrés après avoir
été exécutés par ordre du tribunal révolutionnaire.
L'histoire de cette rue serait à écrire et serait féconde. A l'heure où je l'ai parcourue, les portes des
maisons étaient closes; elle avait l'aspect monacal et
sa tranquillité contrastait avec le tumulte de la
grande ville, qui bruissait au loin.

Je suis entré dans l'hôpital israélite, dont le ves-
tibule éclairé par un demi-jour a quelque chose de
discret qui semble inviter au silence. Un double
escalier, sur le palier duquel se détache le buste du
fondateur, conduit aux salles réservées aux malades.
Les chambrées sont larges, très aérées, bien aménagées, mais certains couloirs trop étroits, certains
passages presque obscurs sont l'acte de naissance de
l'hospice : 1851; les percées Haussmann dont nous

jouissons aujourd'hui avec gratitude, et qu'il était
de bon goût de maudire autrefois, n'avaient point
encore, en multipliant les constructions, enseigné
aux architectes l'art des distributions ingénieuses.
Néanmoins les salles sont de bonne dimension, et
si quelques inconvénients se produisent, c'est dans
les annexes du service principal. Pas d'infirmiers,
mais des infirmières, ce qui est excellent : la femme
est plus compatissante, plus sobre, plus maternelle
que l'homme, elle est bien à son office au chevet de
la souffrance, et la créature malade, quel qu'en soit
le sexe, l'émeut et lui obéit volontiers. Les 46 lits
du début se sont multipliés, car aujourd'hui j'en
compte 154, distribués en trois divisions séparées,
occupées par les hommes, les femmes et les enfants.

On me paraît très hospitalier dans cette maison et
l'on n'y redoute pas les séjours prolongés auxquels
les hôpitaux cherchent ordinairement à se soustraire. Dans un lit placé près d'une fenêtre, j'aperçois un homme éclairé en pleine lumière ; sa barbe
d'un noir bleuâtre, le teint de son visage qui rappelle
la patine des bronzes florentins, la sclérotique des
yeux éclatante et nacrée lui donnent l'aspect d'une
idole des pays primitifs. Je lui parle, il ne me comprend pas : il arrive des côtes du Malabar et ne sait
que des idiomes qui nous sont inconnus ; il bara-
gouine quelques mots d'anglais, il peut réciter ses

prières en hébreu, et c'est tout. Sa main repose sur
les draps et ressemble à une main de momie qui a
longtemps trempé dans le bitume.

On n'a pas eu à l'interroger sur son mal, qui se
dénonce de lui-même par ses ongles bombés et de cette
forme hippocratique que les médecins connaissent
bien; le pauvre homme est tuberculeux, la phtisie le
dévore : lente ou rapide, nul ne peut le deviner;
mais dût-elle le garder là pendant des mois et pendant des années, il y restera; car ici l'hôpital ne
rend ses malades que guéris ou morts; celui qui
souffre lui appartient et il ne s'en sépare pas aux
heures de la convalescence pour faire place à d'autres. Une fois de plus, je répéterai que le système
hospitalier de l'Assistance publique est très bon;
mais il est insuffisant, il ne peut répondre à toutes
les exigences qui l'assaillent. Parfois il est obligé de
se montrer cruel et de fermer ses portes, quand
même il sait qu'il devrait les ouvrir, car on pourrait
quadrupler le nombre de ses lits avant qu'il pût
accueillir tous ceux qui l'invoquent.

L'Hindou poitrinaire que j'ai remarqué dans la
salle des hommes m'a paru être le seul malade gra-
vement atteint; les autres avaient figure de convalescents, et lisaient des journaux qu'ils font acheter
ou des livres que leur prête la bibliothèque assez
bien munie de la maison. Dans la division des fem-

mes, on hospitalise aussi les maladies lentes, et si
longues, si longues, qu'elles ne se terminent qu'avec
la vie. Une femme jeune encore est étendue ; sous
ses cheveux noirs, son visage, qui ne manque point
de grâce, est d'une pâleur profonde ; nulle apparence
de sang sous cette chair épuisée ; le sourire est très
doux et le regard presque joyeux : on y lit l'espérance. Des yeux j'interroge la surveillante, qui me
répond : « Carcinome. » Le mot est-il donc prétentieux? Nullement ; il m'a touché, car il est empreint
d'humanité. La malade n'a pu le comprendre, n'en
connaît pas la signification, tandis qu'elle n'ignore
pas celle du mot cancer. Elle est charmante, cette
surveillante, avec un beau type oriental qui rappelle
certaines histoires de Salomon. Je m'aperçus que,
tout en continuant ma visite, je fredonnais mentale-
ment un duo d'Halévy : « Ou juive ou chrétienne ; »
heureusement je passais devant un miroir qui me
montra mon image : cela me permit de me rire au
nez et coupa court à la mélodie.

Non seulement on admet les cancérées, mais voici
une névropathe dont les souffrances peuvent se prolonger indéfiniment. Elle est assise auprès de sa
couchette et lit. Elle a vingt et un ans, elle est
blonde, fraîche, avec de jolis yeux bleus et de petites
fossettes à ses joues roses. Je lui parle ; elle rit aux
éclats. « Vous avez bien raison d'être gaie, c'est le

21

moyen de mettre le mal en fuite. » Elle répond :
« Ah! monsieur, j'ai tant envie de pleurer. » Je
n'avais pas fait trois pas qu'un sanglot déchirant me
faisait retourner. La tête sur ses bras appuyés à son
lit, elle était secouée par le spasme, son pauvre petit
corps tremblait, elle se renversait en arrière et criait
douloureusement. Sa plainte est celle de la souffrance atroce et diabolique, qui est partout sans être
nulle part, qui est intangible, brise l'âme et ne
touche point à la chair : rien n'est à faire, il faut
laisser la crise s'épuiser d'elle-même. Tant de jeunesse, de force apparente et ne pouvoir dominer
l'angoisse qui saisit l'être tout entier! J'étais déjà
dans les corridors, que les cris de la pauvrette me
poursuivaient encore et me faisaient penser aux
lamentations de la fille de Jephté.

L'étage supérieur de la maison est consacré aux
enfants; ils y sont en nombre, frêles, attendrissants
à regarder, avec ces mines résignées que l'on est
toujours attristé de voir à cet âge où tout devrait être
animation et sourire. Il sont si petits, que l'on est
surpris de ne pas voir la nourrice à leur chevet. Les
lits sont plus grands que des berceaux, mais guère
plus. L'un d'eux, plus âgé que les autres, est atteint
de coxalgie; voilà déjà bien des mois qu'il est immo-
bilisé sur sa couchette; pendant longtemps il y restera encore, peut-être n'en sortira-t-il que déformé

et boiteux comme fut Jacob. J'avise une petite fille aveugle de cinq à six ans, très blonde; ses yeux voilés d'une taie épaisse l'ont enfermée dans les ténèbres; dès qu'on l'approche, elle tend les mains avec une sorte de tendresse qui semble solliciter la protection. Elle est Russe de naissance; elle a été apportée en France par sa mère qui fuyait les persécutions slaves et qui l'a abandonnée avant d'avoir été naturalisée Française. Il en résulte que l'enfant ne peut trouver place dans un établissement approprié aux aveugles, et qu'elle reste en charge à l'hôpital israélite, qui n'est point outillé pour lui enseigner la musique, l'écriture et la lecture nocturnes. C'est grande pitié de la voir : ni famille, ni lumière, ni instruction. Pourquoi le mauvais sort s'est-il acharné sur elle, et que deviendra-t-elle si quelque bonne âme n'en prend soin et ne paye sa pension à l'Institution Braille?

Des chambres isolées, sans communication possible avec les salles, sont réservées aux malades atteints d'affections contagieuses : rougeole, scarlatine, diphtérie; mais, si bien combinées que soient les précautions, on ne les a pas jugées suffisantes, et M. Alphonse de Rothschild a fait l'acquisition d'un terrain de 3,000 mètres, mitoyen à l'hôpital qui porte le nom de sa famille. C'est un jardin qui souriait au printemps lorsque je l'ai visité; les

arbres n'y sont pas jeunes, et leur ombrage s'étend
sur les restes d'une grotte en rocaille, près d'une
butte qui doit avoir été jadis un labyrinthe et en
face d'une maison qui eut de la célébrité. Au siècle
dernier, à l'époque où le village de Picpus n'avait
pas encore été soudé à Paris par le mur d'enceinte
commencé en 1782 et terminé en 1805, cette maison
de campagne était celle de Mlle Clairon, que les
mauvaises langues avaient surnommée Frétillon.
C'est là qu'elle échangeait avec Marmontel ses idées
sur l'art dramatique et qu'elle commentait *l'Art
d'aimer;* c'est là sans doute qu'elle reçut l'épître de
Voltaire :

Toi que forma Vénus et que Minerve anime!

et c'est là que, malgré sa cinquantaine bien sonnée,
elle partit pour aller gouverner le margraviat d'Ans-
pach. De cet « asile champêtre », où « les jeux et les
ris » s'empressaient autour de « la fille de Melpo-
mène », il ne restera bientôt plus qu'un souvenir,
constaté dans des actes de propriété. La maison sera
jetée bas, et à la place on élèvera des pavillons
exclusivement réservés aux maladies contagieuses.
Ce sera un bienfait de plus à inscrire au compte
des fondateurs et des protecteurs de l'hôpital. La
place est bonne, bien choisie, et entourée d'arbres
qui versent la fraîcheur et chassent les épidémies.

On ne saurait trop développer le système de l'isolement : l'idéal serait que chaque espèce de maladie
eût son hôpital particulier. C'est un rêve, je le
sais; mais il n'est pas mauvais parfois de rêver tout
éveillé.

Lorsque les enfants, en traitement dans leur division spéciale, sont reconnus scrofuleux ou ané-
miques, ce qui n'arrive que trop fréquemment pour
les rejetons de la population pauvre de Paris, surmenée, étiolée, vivant dans l'agglomération des logis
malsains, on les envoie au bord de la mer, à
Berck, dans une maison hospitalière qu'ont fondée
MM. Édouard et Arthur de Rothschild, en mémoire
de leur père Nathaniel. Édouard de Rothschild est
mort, mais il a laissé derrière lui une veuve qui s'est
empressée de recueillir ce legs sacré, et qui, con-
jointement avec son beau-frère, a pris à sa charge
cette maison, qu'elle a récemment dotée de douze
nouveaux lits. C'est une propriété particulière, un
établissement privé, exclusivement attribué aux enfants israélites et situé non loin du grand hôpital
bâti par l'Assistance publique du département de la
Seine. En vérité, l'on ne peut mieux faire, et la
petite communauté juive, servie, guidée par des
familles dont la bienfaisance est opulente, semble,
comme un État dans l'État, s'être constituée en gouvernement indépendant et charitable pour porter

plus efficacement secours aux infortunes dont son peuple est frappé. La richesse rend tout facile, certes, mais à la condition qu'elle ne se ménage pas et qu'elle donne spontanément la dîme, — le *maasser*, — aux malheureux.

Les services que l'hôpital israélite a rendus et rendra seront appréciés par ce fait que depuis sa création, — 5 juillet 1852, — jusqu'à ce jour, — 1er mai 1887, — il a reçu, hébergé, soigné 31,956 malades. On ne se contente pas de les admettre dans les salles, on donne des consultations gratuites, où toute communion est admise, sans distinction d'origine. Les gens du quartier en profitent avec d'autant plus d'empressement que les médicaments prescrits, préparés à la pharmacie de la maison, ne leur coûtent pas plus cher que la consultation. Les consultants sont si nombreux, ils encombrent tellement les salles qui leur sont réservées, que l'on s'est vu contraint, pour sauvegarder le service de l'hôpital proprement dit, de les limiter au chiffre quotidien de quarante. Cette organisation est postérieure à celle de l'hôpital et ne date en réalité que de 1855. Depuis cette époque, 205,110 consultations ont été données; les israélites, fort disséminés dans le douzième arrondissement, n'en ont profité que dans la proportion de 3 pour 100.

Une fois le service de l'hôpital assuré et celui des

consultations terminé, la besogne des internes n'a
pas pris fin, car ils ont reçu de leurs devanciers et
accepté la charge d'aller dans ces quartiers populeux
visiter les malades indigents qui répugnent à entrer
dans les salles hospitalières ou qui n'y ont point été
admis faute de place. Dans ce cas, c'est encore la
pharmacie de l'hôpital Picpus qui fournit les médicaments. Si l'hôpital est exclusivement réservé aux
israélites, il ne s'ensuit pas qu'il reste obstinément
fermé aux malades des autres religions ou de la
libre pensée. Tout individu victime d'un accident
sur la voie publique est accueilli : jamais on ne se
refuse à ce que le langage technique appelle l'urgence ; le nombre des malades reçus de la sorte
représente 4 pour 100 du total général. On est très
libéral et généreux à leur égard. Sur leur demande
ou sur celle de leurs familles, ils sont assistés par
les sœurs de charité ou par les prêtres de leur
paroisse. Bien plus, en cas de décès, c'est la caisse
— la caisse israélite — de l'hôpital, qui pourvoit
aux frais de la taxe municipale, du service religieux
et du convoi. Ceci démontre à quel point est poussé
le principe de la gratuité dans cette maison.

Lorsqu'un malade guéri la quitte, il n'est point
abandonné ; on admet que la faiblesse peut subsister
encore, que la convalescence n'a pas fait place à une
santé solide. Deux fondations spéciales permettent

de prolonger le repos et de ne pas être immédiatement ressaisi par la nécessité de pourvoir aux besoins
de l'existence : l'une (Betty de Rothschild) est destinée aux personnes qui ont séjourné moins de
quinze jours à l'hôpital : le secours varie de cinq à
dix francs; l'autre (André-Gustave de Rothschild)
s'adresse aux malades que l'hôpital a gardés plus de
deux semaines : la somme à laquelle ils ont droit
oscille entre vingt-cinq et cent francs. Donc le système de bienfaisance hospitalière est complet, et
j'ajouterai irréprochable.

III

LES HOSPICES.

Les incurables. — Maison fondée et dotée par Mme James de Rothschild. — Les incomplets. — Férocité de la nature. — Le personnel hospitalier. — Le préau. — La salle de bains. — Dortoirs. — Les idiots. — Barométrique. — Noué. — Contracture des mains. — Sourd-muet. — La maison de retraite. — Le modèle du genre. — Ambulance militaire. — Le promenoir. — Vieux et vieilles. — Tour d'ivoire et tour du Liban. — Propreté. — Souvenir de voyage. — Le Ghetto universel de Tibériade. — Le fumoir. — Liberté complète. — Les sept lumières. — Chambres particulières. — Luxe. — Le lavabo. — Le capital des fondations. — Le jardin.

Cet hôpital, que créa James de Rothschild, qu'entretiennent le revenu des valeurs qui lui ont été attribuées et une subvention annuelle d'environ 80,000 francs fournie par la communauté israélite de Paris, communique, à travers un jardin, avec l'hospice des incurables. C'est une fondation particulière, due à Mme James de Rothschild, qui l'a fait construire, a pourvu aux frais d'installation et a légué une rente de 800 francs à chaque lit. La maison, telle qu'elle est aujourd'hui, a été inaugurée le 15 novembre 1877, au jour anniversaire du décès du baron James de Rothschild ; elle permet d'hospi-

taliser soixante-dix infirmes incapables de gagner
leur vie et accablés par ces maux incompréhen-
sibles qui mettent l'homme de pair avec la brute. La
matière n'est point décomposée, c'est tout ce que
l'on en peut dire ; elle souffre, elle se déforme,
elle subit les exigences animales, mais le plus souvent rien ne l'éclaire, et l'âme qu'elle renferme
semble s'être endormie derrière les brouillards qui
l'ont enveloppée.

Là j'ai retrouvé le lamentable troupeau des incomplets, voiturés dans de petits chariots, se traînant
sur des béquilles, amputés de quelque membre
par les scrofules, ankylosés par la goutte, qui apparaît sur leurs mains en soulèvements crayeux. A
les voir inutiles à eux-mêmes, incommodes aux
autres, exclus de la vie réelle et repoussés dans les
limbes de toutes les infériorités, il est impossible de
ne point penser aux êtres charmants, aimés, indispensables, qui sont partis trop tôt, et de ne point se
révolter contre la férocité de la nature. Il est ici-
bas plus d'une énigme cruelle, et celle-là n'est pas
la moindre.

Soixante-dix malheureux, dont trente-trois hommes
et trente-sept femmes, vivent là à l'abri de tout
péril, bien nourris, bien couchés, bien nettoyés et
dans la liberté relative qu'autorise leur état. Un personnel de dix infirmières et infirmiers, conduit par

une surveillante en chef qui me paraît fort experte, en prend soin. Leur préau est un jardin garni de bancs où ils vont chauffer leurs infirmités au soleil et se traîner au grand air lorsque le temps le permet. Aux jours de temps maussade, ils se tiennent dans des galeries ouvertes de larges baies par où pénètre la clarté, car on sait que ces vieilles plantes humaines contournées et biscornues ont besoin de lumière pour ne point tomber en langueur. Çà et là sur les murailles quelques champignons de bois font saillie : ce sont les points de repère à l'aide desquels les aveugles peuvent se guider.

La salle de bains est aménagée d'une façon presque luxueuse et munie d'appareils spéciaux, très bien combinés, dont l'usage est fréquent, pour ne pas dire incessant, car ils sont destinés aux infirmes dont certaines fonctions s'exercent malgré eux et comme à leur insu ; la moitié au moins des pensionnaires est réduite à cette abjection ; il faut les surveiller de près et les changer de langes comme des enfants nouveau-nés. Les dortoirs sont vastes, avec un cube d'air suffisant et des lits sagement écartés les uns des autres ; il est rare que le repos y soit troublé, car l'hospice n'admet point les épileptiques, qui sont une cause d'accidents pour les autres comme pour eux-mêmes. Les plus ingambes de ces pauvres êtres sont logés au premier étage ;

l'escalier est muni d'un « chemin » en sparterie
qui permet d'éviter les chutes, précaution excellente
que je voudrais voir appliquer dans toutes les divisions de ce groupe de constructions hospitalières,
car les escaliers en bois de chêne, cirés, luisants,
glissants, sont périlleux pour les malades, les incurables et les vieillards. Un moment attendu toujours
avec impatience est celui des repas, qui se prennent
dans un réfectoire lambrissé, muni de tables en
marbre, outillé de vaisselle d'étain et que préside
la surveillante en chef, chargée de distribuer les portions. L'ordre est parfait et la propreté vraiment
supérieure : on dirait qu'à cet égard on y met une
coquetterie qui ressemble à une protestation contre
une opinion accréditée.

La paralysie, la cécité, la myélite, l'hémiplégie,
l'arthrite persistante ont envoyé là leurs victimes, au
milieu desquelles on compte sept ou huit idiots dont
la face hébétée rit et pleure sans motif; les idiotes
se dandinent avec des grâces de chien savant, les
idiots sont plus refrognés. Les uns et les autres ne
parlent guère, ils grognent, ils geignent, ils glous-
sent, ils ont des mouvements circulaires de la tête
qui rappellent ceux des oiseaux de nuit; l'un de ces
malheureux frappés d'imbécillité est accablé de rhu-
matisme; il est barométrique : lorsqu'il se plaint,
étire ses membres et se débat contre des souffrances

qu'il éprouve sans les pouvoir exprimer, on peut
prendre un parapluie pour sortir, car l'ondée ne va
pas tarder à tomber. Je n'aperçois pas un seul cul-
de-jatte ; en revanche, voici un homme qui n'est pas
vieux et que l'ankylose a saisi ; elle lui a pour ainsi
dire pétrifié les articulations coxo-fémorales, et il ne
peut marcher qu'à quatre pattes ; les cuisses et les
jambes étant naturellement plus longues que les
bras, son dos forme un plan très incliné qui lui ôte
même l'apparence d'un animal. Pour l'asseoir, on
le met d'aplomb, appuyé, — calé, — d'un côté
contre la muraille ; si on le pousse, il tombe tout
d'une pièce, raide, inflexible comme un mannequin
en bois. Il n'est pas triste, il a le mot pour rire, il
aime la vie. Grand bien lui fasse !

Près de lui se tient un grand gars solide, dont les
larges épaules semblent indiquer la force ; il est
réduit à l'impuissance par une contracture des
mains, que l'on n'ouvrirait pas plus que celles des
statues de bronze ; il ne peut agir qu'à poings fermés,
ce qui le condamne à l'inaction. Dans un angle de la
galerie, un homme très jeune est réfugié, comme
s'il évitait ses compagnons et recherchait la solitude ;
il est vêtu d'une blouse bleue et porte une calotte de
soie noire rabattue jusque sur ses sourcils. Au bruit
de nos pas, il ne s'est point retourné ; il lèche l'index
de sa main droite, l'examine attentivement et le

passe sur l'index gauche, puis il recommence ; parfois il interrompt son geste maniaque, regarde le plancher, y découvre un grain de poussière, un fragment de paille, une plume échappée d'un oreiller ; alors il se baisse, ramasse cette scorie oubliée par le balai du nettoyage, la saisit rapidement, la porte à sa bouche et l'avale en souriant. On peut lui appliquer ce que le Psalmiste a dit des idoles qui ont des bouches et ne parlent pas, des oreilles et n'entendent point. Il est sourd, il est muet, et, par surcroît, il est idiot. Malgré sa cervelle obtuse et privée d'entendement, je crois que, s'il a traversé la maladrerie de Bicêtre, il a su apprécier la maison qui l'a recueilli.

Elle est de dispositions ingénieuses, cette maison, bien appropriée à son objet et faite pour des incurables ; on voit qu'elle a été conçue et exécutée dans un but déterminé, et qu'elle n'a pas été utilisée comme tant d'autres établissements de même nature que l'on a installés dans d'anciens couvents et d'anciens châteaux. L'art des aménagements a réalisé de grands progrès depuis une trentaine d'années ; cet hospice suffirait à le démontrer et fait honneur à M. Aldrophe qui l'a élevé, mais qui s'est surpassé en construisant la maison de retraite où les vieillards reçoivent l'hospitalité définitive. C'est le modèle du genre. Dans toutes les œuvres analogues que j'ai étudiées, — municipales, laïques, religieuses, — je ne

vois rien qui lui soit comparable. Elle est exceptionnelle. Elle est le produit d'une minorité riche qui a
voulu affirmer son amour du bien et le souci qu'elle a
d'elle-même. Elle a été bâtie pour remplacer la division consacrée, dans le principe, aux vieillards, et qui
rapidement était devenue insuffisante. Quoique fondée en grande partie par la famille de Rothschild,
elle n'en reste pas moins, comme l'hôpital, entre-
tenue par les souscriptions de la communauté.

Ses débuts, par suite des circonstances désastreuses
que notre pays traversait, se manifestèrent en dehors
de la communauté juive ; ils furent patriotiques et
d'un intérêt général. La maison venait d'être terminée, on commençait à la meubler, mais nul
vieillard n'y avait encore été admis, lorsque éclata la
guerre de 1870 ; au milieu du mois de septembre
Paris était investi, l'ennemi battait l'estrade à nos
portes, les combats d'avant-postes étaient fréquents
et précédaient les batailles décevantes ; la guerre faisait son office et blessait les hommes, en attendant
que la famine aidée par le froid les décimât. La maison fut bientôt convertie en ambulance, on installa
des lits, on fit provision de linge à pansement et l'on
se tint prêt à venir en aide aux combattants ; Israël
arbora la croix rouge et ne s'épargna pas. Après la
période d'investissement vinrent la révolte, la Commune, le siège, les luttes impies, les incendies, les

massacres; ouverte à tous, la maison reçut, en ces heures exécrables, quatre cent quatre-vingt-trois malades et blessés, dont le séjour, la nourriture et le traitement n'appauvrirent ni la caisse de la municipalité ni celle de l'État, car tous les frais de cet hôpital militaire improvisé furent supportés par l'administration consistoriale israélite de Paris. Rendue à sa destination primitive, la maison était pleine lorsque je l'ai visitée, au mois de mai 1887, et les quatre-vingt-six lits qu'elle contient étaient occupés. Suffisent-ils à la population juive indigente et caduque? Non pas : en ce moment, plus de cent postulants, dont un tiers d'octogénaires, frappent à la porte et attendent.

Un énorme promenoir couvert, prenant jour sur le jardin, abrite les pensionnaires et leur permet l'exercice lorsque le mauvais temps les retient au logis. Nulle séparation entre les sexes; le promenoir, comme le préau, est commun aux hommes et aux femmes; on peut causer ensemble du « bon vieux temps », se rappeler les heures de sa jeunesse et revivre son passé en le racontant. Les Manassès ramassent la canne des vieilles Salomé, et l'on échange des prises de tabac courtoises. Chante-t-on le Cantique des cantiques? J'en doute; les Sulamites ne pourraient plus dire : *Sum nigra, sed formosa;* je les ai trouvées blanches, ridées et d'une

beauté contestable ; quant aux « bien-aimés », il m'a
semblé qu'ils n'étaient semblables ni aux chevreuils
ni aux faons des biches. Les a-t-on célébrés autrefois :
« tour d'ivoire et tour du Liban? » Qu'importe! Je
les regarde aujourd'hui, inclinés par l'âge, décrépits,
comptant les jours qu'il leur reste à vivre, mais de
bonne tenue, proprets, empressés à saluer; les
hommes fraîchement rasés, les femmes portant des
bonnets d'où tout vestige de coquetterie n'a point
disparu. Dans ce milieu où les meubles reluisent, où
les parquets sont éclatants, où les pensionnaires
semblent sortir de leur cabinet de toilette, ma pensée se reporte malgré moi au temps de mes voyages
en Orient.

· Je revois Hébron, le quartier juif de Jérusalem,
Safeth, qui fut Béthulie, et je me rappelle mon séjour
à Tibériade, dans cette ville si encombrée d'immondices, si repoussante de saleté, que j'allai dormir dans
la cellule d'un ancien bain abandonné. Les Israélites
de toute provenance semblaient s'être donné rendez-
vous dans les masures qui bordent le lac; il en était
venu d'Algérie, de Russie, d'Allemagne, de Pologne.
Vêtus de souquenilles apportées des pays d'où ils
émigraient, coiffés du bonnet de fourrure, du vieux
chapeau effondré ou de la calotte noire, couverts de
houppelandes, de redingotes à brandebourgs ou de
robes orientales serrées de la ceinture de laine, ils

22

figuraient un Ghetto universel où toutes les misères
sordides se seraient réunies. Maîtres de la petite
ville, sans autre surveillance que la leur, toujours
menacés par les incursions des Arabes maraudeurs,
exposés à toutes les vexations musulmanes, ils
vivaient là dans la métropole des ordures, parmi la
vermine, au milieu du bourdonnement des mouches,
en présence d'un admirable paysage, en marge d'un
lac qui ne leur servait pas aux ablutions et dont ils
ne savaient profiter, car je n'y aperçus qu'une bar-
que incapable de contenir plus de trois personnes.

Ces pauvres êtres, sans souci d'eux-mêmes, étaient
si différents de ceux que je voyais dans cet asile
de la vieillesse, que je me suis demandé s'ils étaient
de la même race, et que j'ai admiré les miracles que
peut accomplir le contact de la civilisation. En cette
maison, la civilisation est représentée par le directeur, M. Weill, ancien interne de nos hôpitaux, qui
a la haute main sur les trois établissements contigus
et qui, en matière d'hygiène ou de soins méticuleux,
ne tolère pas une négligence. On peut, comme je l'ai
fait, pousser les portes les plus secrètes, on reste
surpris et presque reconnaissant d'une propreté à
laquelle d'autres institutions similaires ne nous ont
point accoutumés.

Des salles qui font à la fois office de fumoir et de
salon de conversation reçoivent les plus valides au

cours de la journée. On s'y défie sur le damier, on agite les dés dans les cornets du jacquet, on se passionne pour les parties de domino à quatre, et le temps passe. On ne tolère point les cartes, ni pour les jeux de hasard, ni pour les jeux de commerce : c'est le bon moyen d'empêcher les querelles et d'empêcher ces vieilles gens d'en venir aux mains et aux béquilles. On cause avec animation dans les fumoirs, où il y a beaucoup de pensionnaires ; dehors, le temps est dur, froid, avec des rafales de pluie et de grêle ; aussi est-on resté à l'abri, à la chaleur, et n'a-t-on pas profité de la liberté, qui est la règle de la maison.

Chaque jour, les portes sont ouvertes de huit heures du matin à huit heures du soir : sort qui veut ; hospitalité et captivité sont deux mots de signification différente ; on le sait à la direction, où l'on ne refuse jamais l'autorisation de prolonger l'absence, lorsque l'on croit que nul inconvénient n'en peut résulter pour le vieillard. Là tout est paternel et très adjuvant ; on ne serait pas exagéré en disant que l'on s'est efforcé de constituer la vie de famille, ce qui, malgré le nombre restreint des pensionnaires, n'est pas toujours facile. Un oratoire est commun aux trois maisons ; est-on astreint aux services religieux et y exige-t-on de l'assiduité ? Je ne l'ai point demandé, mais je ne le crois pas.

Lorsque j'ai traversé le réfectoire, on mettait le couvert pour le repas prochain. Ici plus de plats ni de gobelets d'étain, comme pour les incurables, que leur maladresse et leurs mouvements désordonnés condamnent à l'usage des objets peu fragiles ; vaisselle de porcelaine, verre en cristal, couverts d'alfénide ou de ruolz. Devant chaque place un carafon de vin joyeux, contenant un demi-litre, qui est la consommation de la journée ; je remarque, sans étonnement, que les carafes d'eau sont rares. Au-dessous de la suspension qui porte les becs de gaz, on a fixé une sorte de petite roue horizontale percée de sept trous et que l'on peut atteindre de la main. Le vendredi soir, à l'heure où commence le repos du jour consacré, les vieilles ne laissent à nul autre la joie d'en faire jaillir les sept lumières, en vénération de la parole du Dieu qui dans l'Exode a dit Moïse : « Tu feras les sept lampes. » Dans les églises, dans les temples, dans les synagogues, on substitue le gaz à l'huile et à la cire ; c'est une économie ; est-ce un progrès? A quand la lumière électrique? Je ne me la figure pas brillant aux côtés du tabernacle et élevée à la dignité de cierge pascal.

La distribution de la maison a été si bien ordonnée, que chaque pensionnaire a sa chambre à lui, pour lui seul, c'est-à-dire une retraite dont il est le maître, où il peut se réfugier, où nul n'a le droit de

venir le troubler, où il se repose, rêvasse, se souvient
quand bon lui semble. Cela est inappréciable et constitue un bienfait de premier ordre. Elles sont charmantes, ces chambres, avec table, fauteuil, armoire,
tabouret ; chacune d'elles a sa bouche de chaleur et
sa sonnette électrique correspondant à un tableau
placé dans un couloir, où jour et nuit des filles de
service sont en permanence ; un bec de gaz allumé
de l'extérieur, garanti à l'intérieur par un solide
cristal bombé, donne la clarté nécessaire ; chaque
lit est garni d'un édredon et de deux oreillers. C'est
mieux que du confortable, c'est du luxe, et plus d'un
vieillard qui termine ses jours dans cette maison
hospitalière y trouve des jouissances que sa vie n'a
jamais connues.

Aucun ustensile de toilette dans ces chambres
claires et dominant la verdure des préaux ; je m'en
étonne, et l'on me conduit à un lavabo bien outillé,
mais où les ablutions se font en commun. Pour des
gens très âgés et de mains débiles, il y avait inconvénient à leur laisser le libre usage des cuvettes et
des pots à eau ; je le crois, mais je crois surtout
que l'on a voulu s'assurer par une surveillance facile
que les soins de propreté personnelle n'avaient rien
de trop sommaire, et l'on a sagement fait. Quarante
chambres pour les hommes, quarante chambres pour
les femmes, six chambres à deux lits pour les mé-

nages, pour ces Philémon et ces Baucis de l'indigence qui ont vieilli ensemble, qui ont souffert côte
à côte et qui veulent mourir l'un près de l'autre.
J'entr'ouvre une porte : la vieille femme dort écrou-
lée sur un fauteuil, son vieux mari marche sur
la pointe du pied pour ne la point réveiller. La
richesse est enviable qui permet de faire tant de
bien et si intelligemment.

Tout est gratuit dans cet asile, et je ne répondrais
point que l'on ne fournît des vêtements à ceux qui en
manquent. Chaque lit a été l'objet d'une fondation
particulière, instituée par la famille Rothschild et
par divers membres de la communauté israélite de
Paris. La somme une fois versée, qui forme le capital
dont le revenu est affecté à l'entretien de chacun des
lits, a varié selon le renchérissement successif des
denrées produit par l'abaissement des valeurs moné-
taires résultant de l'abondance des métaux mon-
nayables ; au début, 10,000 francs, puis 12,000 ;
aujourd'hui, 15,000, qui déjà sont devenus insuf-
fisants et devraient être portés à 18,000, sinon à
20,000, afin de sauvegarder les intérêts de l'administration et de n'avoir rien à modifier dans cette
organisation, supérieure à tous les degrés. Les soins
sont tels et les précautions sont si bien prises, que
dans chaque couloir je remarque un poste d'eau
accosté de ses tuyaux prêts à être gréés, sans compter

les boîtes d'extinction, qui sont disséminées en tout
endroit où l'on a pu les placer.

Les trois maisons, hôpital, incurables, retraite,
profitent d'un immense jardin, — je dis immense,
parce que nous sommes à Paris, — qui a été divisé
en autant de préaux que l'on compte de divisions;
les hommes, les femmes, les enfants malades ont
chacun le leur, comme les incurables et les vieillards. Des allées sablées, garnies de bancs, circulent à
travers des parterres où le printemps tardif n'a pas
encore épanoui les fleurs; les murs mitoyens sont
revêtus de lierre; il me semble que l'on a essayé de
masquer et même de détruire l'aspect morose qui
attriste la plupart des établissements hospitaliers,
surtout lorsqu'ils sont de création récente et que les
plantations forestières y sont encore à l'état de bali-
veaux. Vers 1850, ce terrain contenait de vieux
arbres, que l'on a conservés pour le plus grand bien
des malades. Un préau, — celui, je crois, qui est
réservé aux femmes, — contigu à la maisonnette de
Mlle Clairon, est orné d'une allée un peu courte,
mais très large, bordée de maronniers de toute
beauté. Je les ai admirés; ils versent l'ombre autour
d'eux; ils forment une salle de verdure fraîche,
arrêtant les rayons du soleil, propice au repos, con-
viant à la santé, qui doit être un lieu de prédilection
pour les convalescents. Je me figure que, dans les

jours de tiède température, la pauvre petite névropathe, dont les sanglots m'ont remué le cœur, aime
venir y pleurer, et qu'elle prend les arbres à témoin
de ses douleurs, qui, pour être imaginaires, n'en sont
pas moins réelles, puisqu'elle en souffre.

IV

LE REPOS ÉTERNEL.

La ville fortifiée. — Les services du Comité de bienfaisance. — L'œuvre
des loyers. — Les juifs pauvres. — L'action officieuse du comité. —
L'œuvre des sépultures. — *Beth-Haïm*. — « La grande marmite. » —
L'appareil de la mort. — Le décès. — Les jours d'Abel. — La purifica-
tion. — La mise au cercueil. — Les vêtements déchirés. — Désuétude.
— Concession perpétuelle. — Dix-huit cases. — Purification à domicile.
— Prétexte à charité. — Les anciens cimetières juifs. — Le rite por-
tugais. — Rue de Flandres. — Le rite allemand. — Montrouge. — Cime-
tières juifs annexés aux cimetières. — Les cimetières hors la loi. —
Prescriptions du décret constitutif. — Abrogées. — Pourquoi les israélites
n'auraient-ils point leur cimetière particulier? — Il y a là de quoi tenter
Israël opulent.

Il est dit au sixième chapitre des Proverbes : « La
fortune du riche, c'est sa ville fortifiée; ce qui con-
sterne les pauvres, c'est leur dénuement. » Il me
semble que la ville fortifiée a incliné ses ponts-levis
pour laisser entrer le pauvre et soulager son dénuement. Malgré toutes les infortunes qui ont été, sont
et seront secourues dans les trois établissements où
j'ai conduit le lecteur, il en est bien d'autres encore,
poignantes et vivaces, que la maison de retraite,
l'hôpital, l'hospice des incurables ne peuvent
recueillir. Elles retombent à la charge du Comité de

bienfaisance israélite, où ce devoir de charité n'est jamais répudié. L'organisation de ce comité est aussi complète que possible et forme, au milieu de la communauté, une administration à part, assez semblable, proportions gardées, à l'Assistance publique, qui, tout en relevant de la préfecture de la Seine, possède sa fortune particulière et agit sous sa propre responsabilité. Indépendamment des donations, des legs, des souscriptions, des offrandes déposées dans la bourse des quêteuses, la caisse de bienfaisance est alimentée par une loterie annuelle, dont le produit reste fixé entre 80 et 90,000 francs nets, sans frais d'achat, car les lots sont gratuitement fournis.

Depuis le 26 janvier 1887, le Comité de bienfaisance israélite est reconnu établissement d'utilité publique. Ce titre est justifié par les services rendus, qu'il suffira d'énumérer pour en démontrer l'importance : secours réguliers et mensuels aux indigents inscrits; — secours temporaires aux indigents non inscrits et aux indigents de passage; — secours de rapatriement; — distributions extraordinaires à l'occasion des fêtes religieuses; — distribution de combustible en hiver; — fourneaux alimentaires (300,000 portions annuellement); — secours aux femmes en couches, distribution de layettes; — distribution d'aliments chauds et de vêtements aux enfants des écoles primaires (environ 2,000); —

distribution de vêtements aux enfants qui célèbrent leur initiation religieuse (de 150 à 180 par an) ; — distribution de machines à coudre aux ouvrières ; — caisse de prêts (le maximum est de 100 francs) ; — service des enfants assistés : les orphelins et les enfants abandonnés, non recueillis dans les orphelinats, sont placés dans des familles auxquelles on paye une pension variant de vingt à quarante francs par mois. Autour de cette charité, que l'on pourrait qualifier d'officielle, gravitent une quarantaine de sociétés de secours mutuels, qui concourent dans une mesure appréciable à soulager la misère israélite.

Deux fondations spéciales me semblent mériter une mention particulière. La première est l'œuvre des loyers, destinée à assurer la jouissance d'un logement à des familles que l'indigence a visitées. Bien des juifs sont pauvres à Paris ; le petit métier qu'ils exercent les empêche de mourir de faim, mais ne leur permet de faire aucune économie : le gain quotidien est absorbé par les exigences quotidiennes. Pour eux la question du loyer est capitale, car les petits locataires n'ont point à compter sur la mansuétude de leurs propriétaires ; le jour du terme est redoutable : paye ou va-t'en ! D'autre part, l'israélite, plus que nul autre, est exclusif, il aime son chez soi ; le *home* lui est sacré, il s'y réfugie, il s'y console, il y reprend courage et, quelque malheu-

reux qu'il soit, ressaisit l'espérance lorsqu'il y fait
briller les sept lumières. La promiscuité des garnis
lui fait horreur, car presque toujours l'étranger lui
est hostile; en outre, son péché lui suffit, et il
redoute celui des autres.

A Paris il s'est cantonné : tandis qu'Israël opulent
a bâti ses demeures dans les plus beaux quartiers,
Israël misérable a ses lieux d'élection vers la rue
Mouffetard, vers le Temple, vers les rues Saint-Maur
et de la Roquette, et surtout vers la zone étendue
entre la rue Saint-Antoine et l'ancien hôtel Saint-
Paul, sur les terrains où s'allongent les rues du
Petit-Musc, Beautreillis, des Lions, de la Cerisaie,
qui par leur nom rappellent les différentes divisions de la résidence de Charles VI. Ils vivent là sans
grand bruit et acquittent régulièrement leur loyer, car
c'est le comité de bienfaisance qui le paye pour eux.
La moyenne des locations auxquelles on pourvoit de
la sorte est de 240 francs par an. C'est entre les
mains des propriétaires ou du portier que le montant du terme est remis, et jamais au locataire, car
il ne faut tenter personne, pas même les descendants
de Ruben et de Nephtali, que le souvenir de la grappe
de Chanaan pourrait engager à aller la chercher, en
bouteilles, chez le marchand de vin. Plus de soixante
familles trouvent ainsi la sécurité du logis, et doivent peut-être à la charité de leurs coreligionnaires

d'échapper aux hasards du vagabondage. Toute femme pauvre, devenue veuve dans l'année, est adoptée d'office par l'œuvre des loyers, qui étend de préférence sa protection sur les vieillards, sur les malades et sur les ouvriers qu'une blessure accidentelle ou un chômage a fait sortir de l'atelier.

En dehors de cette action officielle, le comité exerce une action officieuse dont il garde le secret, le secret du confesseur. Parfois, à la suite de circonstances imprévues, d'affaires mal engagées, de maladie persistante, une famille honorable, bien posée, comme l'on dit, se trouve réduite à une condition précaire qui dépasse la gêne et côtoie l'indigence. Dévoiler cette situation, c'est nuire au crédit et mettre obstacle à un relèvement possible, sinon probable. Dans ce cas, c'est généralement le grand rabbin qui reçoit la confidence et s'empresse de parer à des éventualités cruelles. Est-ce au comité qu'il s'adresse? Je ne puis l'affirmer; j'imagine plutôt qu'il va trouver un de ceux qui ont « une ville fortifiée », et qu'il en reçoit, sans longues explications, la somme nécessaire au salut du « pauvre honteux ». Le loyer est payé, et si l'on y ajoute de quoi tenter de nouveaux efforts, je n'en serais pas surpris.

La seconde fondation dont je vais parler ne s'occupe plus des choses de ce monde; pour ceux qui en

profitent, le logement est définitif; il reste clos à
jamais et ne s'ouvrira qu'au jour où la trompette de
l'ange sonnera la diane au-dessus de la vallée de
Josaphat : c'est l'œuvre du Repos éternel, à côté,
mais en dehors de laquelle fonctionne une société
mutuelle appelée « la Terre Promise »; toutes deux
ont pour but et pour résultat de donner à l'israélite
pauvre, que la vie vient de délaisser, les prières prescrites par la Loi, un cercueil et une place isolée dans
le cimetière, qui est la maison des vivants ou la
maison de la vie : *Beth-Haïm*. Dormir seul son dernier sommeil, cela paraît facile au premier abord ;
mais dans une ville comme Paris, où les terrains se
payent à poids d'argent, où les concessions perpétuelles et privilégiées ressemblent à la prison cellulaire des cadavres, où, sans respect pour l'être humain, sans souci de l'hygiène, on entasse les morts
dans la fosse commune, il en coûte cher de réserver
sa tombe, et bien des gens ne peuvent se donner le
luxe d'une sépulture personnelle.

Le juif y tient par croyance, par dégoût de la promiscuité des décompositions, et par ce sentiment
commun à tous les hommes qui espèrent échapper à
l'anéantissement de leur individualité. Or entrer
dans les « tranchées gratuites », c'est se perdre au
milieu de la foule et y disparaître. En cela, l'israélite
n'a rien de particulier; nous sommes tous ainsi, et

nous avons tant aimé notre « moi » que nous voudrions lui assurer une personnalité indéfinie, même lorsque l'on sait que la personnalité matérielle est destinée à se confondre dans l'universalité des choses. J'ai connu à la Salpêtrière une bonne femme qui, à force de mettre sou sur sou, était parvenue à réunir la somme nécessaire à l'achat d'une concession perpétuelle ; pendant bien des années, elle vécut de privations, sans murmure et avec courage, parce que, selon son expression, elle ne voulait pas aller « bouillir dans la grande marmite », c'est-à-dire être versée dans les pourritures de la fosse banale.

Toute religion a entouré la mort d'un appareil grandiose, où la terreur et l'espérance font tour à tour entendre leur voix. La vie terrestre vient de finir, la vie d'outre-tombe s'est ouverte, car nulle révélation n'admet, comme dit Montaigne, « cette opinion si rare et incivile de mortalité des âmes ; » tout en promettant à « l'esprit » des destinées supérieures, on prie sur le corps qui lui a servi d'habitacle et on lui rend une sorte de culte. On dirait que la mort efface le souvenir du mal et ne laisse subsister que celui du bien. Que de vivants haïssables et détestés sont devenus sacrés au lendemain de leur dernier jour. A Rome, on déifiait les empereurs aussitôt après leur décès : j'imagine que l'on témoignait ainsi la joie d'en être délivré.

Le judaïsme, auquel le catholicisme, l'orthodoxie grecque, l'islamisme, le protestantisme dans toutes ses communions, ont tant emprunté, a environné la mort de cérémonies particulières qui diffèrent des nôtres et qu'il n'est point superflu de faire connaître ; elles rentrent dans notre sujet, car elles nécessitent, pour les pauvres, l'intervention secourable du comité de bienfaisance. Lorsqu'un israélite fervent en sa croyance, soumis à la Loi et respectueux des prescriptions du Talmud, sent venir sa dernière heure, il doit, s'il a conservé la lucidité de son intelligence, confesser à haute voix ses péchés les plus graves et mêler sa prière à celles des assistants : « Je reconnais, ô mon Dieu, ô Dieu de mes ancêtres, que ma guérison et ma mort sont entre tes mains, car dans ta main est le souffle de tout être vivant ! » Lorsque les personnes présentes s'aperçoivent que l'agonie touche à son terme, elles disent ensemble : « L'Éternel règne, l'Éternel a régné, l'Éternel à jamais régnera ; l'Éternel est un ! »

Quand le malade a rendu le dernier soupir et que l'on a constaté le décès en posant une plume de duvet sous la lèvre supérieure, chacun s'incline et dit : « Louanges au juge équitable ! » Dès lors commencent les prières, qui doivent durer pendant sept jours, qui sont les « jours d'Abel[1] », jours de deuil et non

1. Abel, frère de Caïn, se dit en Hébreu : Hébel.

pas souvenir du premier meurtre, aïeul des guerres
où la bête humaine se complaît et qui feraient croire
que le souffle divin dont fut animé le moule d'argile
s'est évaporé dès l'aurore de la création. Ces prières
doivent être récitées en assemblée, — *minian*, —
c'est-à-dire par dix personnes au moins. Pendant les
jours d'Abel, tout travail est interdit, donc nul gain ;
le comité y supplée par ses aumônes.

La purification du corps se fait — ou, pour être
plus exact, se faisait — au cimetière même, dans un
pavillon spécial, dit la maison des Purifications. Le
cadavre, placé sur une dalle, couvert d'un drap blanc,
est lavé avec soin, puis aspergé d'une ablution comprenant environ neuf litres d'eau. Lorsqu'il a été
essuyé, il est coiffé d'un ample bonnet de toile blanche, puis vêtu d'une chemise, d'un caleçon et d'une
large robe blanche serrée aux reins par une corde.
Le corps est alors déposé dans le cercueil, où le plus
proche parent du défunt lui met aux pieds des chaus-
sons de toile blanche : symbole et souvenir de l'Exode,
alors que, les pieds chaussés et la ceinture aux reins,
debout, ils mangèrent l'agneau avant de quitter la
terre de servitude et de faire la première étape de
leur longue route vers la Terre Promise. C'est alors
que les membres de la famille immédiate devraient
déchirer leurs vêtements, du côté droit s'ils pleurent
leur père ou leur mère, du côté gauche s'ils n'ont

23

qu'un collatéral à regretter. Cette cérémonie tout
orientale n'est pas tombée en désuétude, mais elle a
été simplifiée : on se contente aujourd'hui d'un simulacre ; autrefois, au temps des royaumes d'Israël et
de Juda, on lacérait les amples vêtements que portaient les ancêtres ; aujourd'hui on coupe l'angle du
revers de l'habit. Lorsque le cercueil est fermé, il est
descendu dans son sépulcre individuel, sans contact
possible avec les bières voisines.

Pour les riches qui possèdent des tombes, c'est
fort bien ; mais pour les pauvres qui ne laissent même
pas de quoi acquitter la taxe municipale et payer le
transport à la « maison des vivants », ce serait impossible si le comité de l'œuvre du Repos éternel
n'était propriétaire d'un certain nombre de concessions à perpétuité, ouvertes de dix-huit cases séparées les unes des autres, disposées à peu près comme
les tiroirs d'une commode et qu'il livre gratuitement
à son peuple indigent. Grâce à cette précaution in-
spirée par la foi, tout israélite pauvre peut mourir
en paix, persuadé qu'il ne sera point mêlé à la tourbe
des morts. Ce n'est pas sans peine que le judaïsme
de Paris a obtenu l'autorisation de posséder, à deniers comptants, des concessions perpétuelles pour
donner un asile suprême à ses coreligionnaires.

Le conseil municipal fut saisi de la question, le
31 mai 1879 ; on refusait aux sociétés du Repos

éternel et de la Terre Promise le droit de faire inhumer dans la même sépulture des personnes n'appartenant pas à la même famille. On discuta longtemps; à propos d'enterrement, on parla, sans rire, de propagande religieuse; on dit même qu'en se montrant récalcitrant pour les israélites on voulait « atteindre les associations catholiques, dont l'esprit d'envahissement est à craindre ». On finit par s'arranger, sinon par s'entendre, et Israël put offrir une dernière demeure, une demeure inviolée, à ses pauvres, après les avoir secourus pendant leur existence.

La cérémonie de la purification, qui se faisait au cimetière, est actuellement remplacée par une cérémonie analogue, faite au domicile du défunt. Tout ce qui expose un rite funéraire à être contemplé, seulement deviné et commenté par la pensée, est déplaisant. La mort a quelque chose de mystérieux et de solennel qui doit être soustrait aux curiosités, aux interprétations, et je crois que, sous ce rapport, le judaïsme a bien fait de renoncer à certaines traditions, assurément respectables, mais qui résultent des usages importés d'Orient plutôt que des prescriptions d'une loi révérée. Le corps doit être purgé de toute souillure et revêtu de vêtements blancs, afin de se lever avec décence le jour où l'ange de la résurrection l'appellera, car Daniel a dit : « Ceux qui dorment dans la poussière de la terre se réveilleront, ceux-ci pour la vie éternelle, ceux-là pour l'opprobre, pour la honte éternelle. » Mais la purification ne perd rien de sa valeur à être accomplie dans un appartement clos, loin des commentaires incrédules et moqueurs.

Malgré les murailles, malgré les portes, malgré les séparations administratives, le cimetière est un lieu public, on ne doit qu'y cacher les morts. Les israélites du rite portugais, — *séphardi*, — en sont quittes pour faire sept fois le tour du cercueil dans une chambre au lieu de le faire dans la maison des purifications, et le mort n'en est pas moins honoré, car le respect que l'on garde à son souvenir lui est surtout témoigné par les jours d'Abel qui ne mettent pas fin au grand deuil, lequel doit se prolonger pendant un mois. A ce moment, les proches parents du défunt se rendent à la synagogue, y allument les lampes et distribuent des aumônes aux pauvres; car tout, pour l'israélite, — les naissances, les mariages, les décès, les anniversaires, — tout est un prétexte à charité: je le répète, cette race est très bienfaisante.

Je crois bien que le désir de la communauté juive de Paris est d'avoir son cimetière particulier, à elle seule, loin de tout autre. Les traditions historiques l'y autorisent et nos lois ne devraient pas s'y opposer. Pendant le moyen âge, les juifs eurent

leurs cimetières distincts, rue Galande, rue de la
Harpe, rue Pierre-Sarrazin ; sous le second Empire,
lors de la percée des nouvelles voies de communication, on trouva, sur ces emplacements, des pierres
tombales couvertes d'inscriptions hébraïques, qui ont
été, je crois, déposées au musée de Cluny. A la fin
du siècle dernier, deux champs de repos ont été
achetés et consacrés par des israélites à la sépulture
de leurs coreligionnaires.

Ce fut Jacob-Rodriguez Pereira, agent des juifs
portugais à Paris, qui résolut de créer un cimetière
où, loin des autres communions, dormiraient à toujours les descendants d'Abraham ; il avait compté
sans l'esprit de secte, qui n'a pas plus épargné le
judaïsme que les autres religions. Les difficultés que
lui suscitèrent les juifs du rite allemand, — *aschke-
nasi*, — furent telles, qu'il dut renoncer à son projet
primitif et n'ouvrir la porte de la « maison des vivants » qu'aux adeptes du rite portugais. A cet effet,
par contrat passé, le 5 mars 1780, devant Me Mar-
gantin, notaire à Paris, il se rendit acquéreur d'un
enclos situé dans la Grande Rue de la Villette. L'endroit était bien choisi, dissimulé derrière des constructions, échappant aux regards, presque mystérieux. C'est le cimetière portugais ; il existe encore,
rue de Flandres, n° 44, et j'eus de la peine à le
découvrir lorsque, il y a quelques années, j'étudiais

l'organisation de nos cimetières. Je n'y pus entrer, mais il me fut possible de l'apercevoir, grâce à la complaisance d'un locataire riverain, qui me permit de l'examiner de sa fenêtre. J'y vis une trentaine de tombes que l'herbe avait envahies et que rongeaient les lichens. Il est, je crois, resté propriété particulière ; à qui appartient-il ? je n'ai pas réussi à le savoir : on m'a nommé la famille Sylveira et la famille Pereire, mais ce n'est qu'un on-dit et je ne le répète qu'avec réserve.

Le rite portugais ayant un cimetière spécial, le rite allemand ne voulut pas demeurer en reste. Les premières tentatives, faites par un certain Liefmann Calmer, seigneur de Picquigny, ou soi-disant tel, échouèrent par la faute même de l'intermédiaire, qui paraît avoir été un homme d'un esprit exclusif et vaniteux. Les israélites allemands, polonais, avignonnais continuèrent à n'avoir point de lieu de repos particulier, jusqu'au jour où l'un d'entre eux, nommé Cerf Beer, acheta, le 25 avril 1785, auprès du Petit-Vanves, un terrain placé entre Châtillon et Montrouge. Dès lors le rite allemand eut sa sépulture, et il en devint propriétaire en vertu d'un acte passé, le 24 octobre 1792, en l'office de Me Petit, notaire à Paris. Par ce contrat, Cerf Beer faisait donation « pure, simple et irrévocable » de ce terrain à « la nation juive ». Pas plus que le cimetière portugais,

le cimetière allemand n'a disparu ; on peut le voir
au n° 94 de la Grande Rue de Montrouge ; il a reçu
en garde quatre-vingt-six tombes, dont plusieurs
sont ruinées. Sur l'une d'elles, datée de l'an 5558[1],
on lit : « Jeune homme, jouis de ta jeunesse ; repose
en paix dans le tombeau ; au paradis, on dressera
ton lit nuptial. »

Le décret impérial du 23 prairial an XII (12 juin
1804), qui prescrivait la création de trois cimetières
hors Paris, et qui réglait la matière, ne mit pas
immédiatement en interdit les champs des morts
israélites. Le cimetière de Montrouge fut clos le
27 septembre 1809, et celui de La Villette le 18 février 1810. A partir de cette époque, une partie du
cimetière de l'Est (Père-Lachaise) fut réservée aux
juifs, sans distinction de rites. Depuis lors, les concessions exclusives de terrains aux israélites dans
les cimetières parisiens se sont multipliées : cimetière du Nord (Montmartre), 1823 ; cimetière du Sud
(Montparnasse), 1853, 1858, 1875, 1881 ; cimetière
de l'Est, 1863, 1865, 1882 ; cimetière d'Ivry, 1874.
On est loin, comme l'on voit, des deux jardinets
funèbres qui suffisaient, il y a cent ans, aux besoins
de la population juive ; celle-ci s'accroît tous les
jours et, malgré l'hospitalité qu'on lui ménage à

---

1. L'année 5558 du calendrier israélite correspond, selon le mois
du décès, à l'an 1797 ou à l'an 1798 de l'ère chrétienne.

côté de nos morts, elle va bientôt ne plus savoir où
enterrer les siens. Il faut lui faire de la place, ou
plutôt lui accorder l'autorisation de quitter nos
cimetières, d'en créer un où seule elle aura le droit
d'entrer, de même que jadis, au temps de Salomon
et de Jéroboam, seule elle avait le privilège de reposer dans la vallée de Josaphat.

Depuis que Paris brisant le mur des fermiers-
généraux s'est étendu jusqu'aux fortifications, nos
trois grands cimetières sont hors la loi ; car le décret
législatif de l'an XII a spécifié que tout cimetière
serait rejeté au delà de l'enceinte des villes. Je sais
que la loi de 1881 a abrogé le décret ; je le regrette,
et je désire que l'on revienne aux prescriptions primitives. Tôt ou tard les champs du Père-Lachaise,
de Montmartre et de Montparnasse disparaîtront ; on
les fermera et on transportera ailleurs les restes
qu'ils recèlent, ainsi que de 1785 à 1787 on a versé
aux Catacombes les débris mal contenus dans le
cimetière des Innocents. Je voudrais que, dès à
présent, on permît à Israël de dresser ses tombes
sur des terrains qui lui appartiendraient et qui seraient sa propriété particulière, comme le petit cimetière de Picpus est la propriété de quelques familles.
Je reconnais que ce serait un retour à la loi abrogée,
car il est dit à l'article 15 du décret constitutif :
« Dans la commune où l'on professe plusieurs cultes,

chaque culte doit avoir un lieu d'inhumation particulier. » Le décret ajoutait que si la commune n'a
qu'un cimetière, on le partagera en autant de parties
qu'il y a de cultes différents. Cela est bon pour les
petites villes, pour les villages, et ne peut convenir
à Paris, qui aujourd'hui possède vingt cimetières,
mais qui se comporte vis-à-vis des israélites comme
pourrait le faire un simple chef-lieu de canton. Une
population de 45,000 âmes qui a ses temples, ses
hôpitaux, ses hospices, ses maisons de retraite, ses
écoles, ses orphelinats, ses refuges, fondés et entre-
tenus par elle, a le droit d'avoir son « lieu d'inhumation particulier », selon les expressions du légis-
lateur de l'an XII. Quelle ampleur prendrait alors
cette œuvre du Repos éternel, qui est la suprême
consolation des israélites indigents, et qui deviendrait alors la grande maîtresse des sépultures !

Les terrains que l'on serait dans la nécessité d'acquérir ne seraient point trop considérables, car il
résulte d'un document que j'ai sous les yeux qu'avec
le système des concessions munies de dix-huit cases
propres à recevoir un cercueil, un hectare suffit à
quatre-vingt-dix mille inhumations. Est-ce que ce
projet n'a pas de quoi tenter la générosité de quelques
familles dont la richesse est célèbre? La veuve du roi
Mausole, pour avoir élevé un tombeau, est entrée à
toujours dans l'immortalité de l'histoire. Quel renom

n'auraient pas dans Israël ceux qui le doteraient de
la demeure où il pourrait à perpétuité dormir au
milieu des siens, sur une terre que nul « étranger »
ne pourrait fouler ! Puisqu'il a été délivré des lois
d'exception qui l'ont régi pendant si longtemps,
pourquoi ne fait-il pas effort afin de se libérer des
promiscuités mortuaires auxquelles répugnent ses
croyances, ses traditions et son orgueil ? Une fois de
plus, il démontrerait ainsi qu'il ne recule devant
aucun sacrifice lorsqu'il s'agit d'affirmer sa vitalité.

Tant que les morts seront l'objet d'un culte pieux,
il est bon de ne rien épargner pour mieux vénérer
leur mémoire. On a enlevé les emblèmes religieux
qui sanctifiaient, en quelque sorte, l'entrée des
cimetières ; on a eu tort, c'est en faire des voiries.
Laissez donc l'espérance et la responsabilité planer
au delà et au-dessus de la mort ; sinon la vie, réduite
à la plus brutale expression, ne sera plus que le
combat pour le pain, la jouissance et le péché. Je
trouve juste que les israélites aient leur cité des
morts où seuls les gens de leur race et de leur culte
pourront trouver asile, comme aux Indes anglaises
les Parses, bien moins nombreux cependant que les
Juifs, ont leur « Tour du Silence », isolée et loin des
autres lieux de repos. Ce jour-là, ils pourront chanter
avec le Psalmiste : « Dieu rétablit les bannis dans
leur maison et fait sortir les captifs de leurs fers. »

V

LE REFUGE.

Après la guerre. — Soldats français détenus en Allemagne. — Voyages de
découverte. — Mme Coralie Cahen infirmière. — A Metz. — A Ven-
dôme. — La « mère » des Marianistes. — Volontaire de la délivrance.
— L'impératrice Augusta. — La croix de Genève. — A Graudenz. —
Entrevue. — Émotion. — Graciés. — Refuge pour l'enfance. — Souvenir
maternel. — La maison de Romainville. — Les « petites Maubert ». —
Instinct de l'espèce. — Proportion. — On est forcé de s'agrandir. — A
Neuilly. — Terrain et maison donnés. — Le nouveau refuge. — Luxe.
— La salle de bains. — Les élèves de l'orphelinat. — Distribution de la
journée. — La gymnastique. — Couplets d'opéra-comique. — Multiplier
les exercices corporels. — Délégation de maternité. — Les petites mères.
— Les récompenses. — Les montres. — Les livrets de caisse d'épargne.
— Le capital. — Une dot. — Institutrice. — Une fillette abandonnée. —
Gymnaste. — Limites d'âge. — Ce qu'est devenu le refuge primitif. —
L'école a tué la prison. — La recherche des enfants dans les milieux
contaminés. — L'œuvre de préservation est complète.

Après la guerre franco-allemande, aussitôt que les
préliminaires de la paix eurent été signés, on s'occupa de rapatrier nos soldats que la fortune des
armes avait déçus et que la captivité avait disséminés
au delà du Rhin. Tous ne revinrent pas immédiatement, tous ne purent faire acte de salut et de patriotisme en arrachant Paris aux malfaiteurs de la
Commune. Quelques-uns, malades ou souffrant de

leurs blessures, avaient été gardés par les hôpitaux;
d'autres, plus malheureux encore, avaient échoué
dans leur tentative d'évasion ou s'étaient montrés
insubordonnés et récalcitrants. Punis avec la brutalité des lois de la guerre, qui sont contradictoires à
toute humanité, ils avaient été condamnés à plusieurs années de travaux forcés militaires. Soumis
à la discipline implacable, loin du pays, sans nouvelles de la famille, désespérés sous la dureté des
climats du Nord, sans argent pour adoucir le dénuement de leur existence, ils étaient devenus un objet
de commisération pour leurs vainqueurs eux-mêmes.
Nulle rigueur exceptionnelle ne leur fut appliquée :
ils étaient assimilés aux condamnés militaires allemands; mais l'éloignement, l'exil, l'ignorance de la
langue ajoutaient à leurs souffrances des douleurs
morales qui en doublaient l'intensité.

On ne les oubliait point en France, et des personnes de cœur s'ingéniaient à les secourir. Comment y parvenir? Après enquête, on pouvait connaître, à peu près, le nombre des absents; mais ces
absents, où étaient-ils? Dans la tombe hâtivement
creusée sur le champ de bataille, dans le cimetière
des hôpitaux, sur le grabat des lazarets, dans la case-
mate des citadelles? On ne pouvait le savoir qu'en
parcourant l'Allemagne à la recherche de nos pauvres
soldats; c'est ce que firent quelques-uns de nos

compatriotes, entre autres une femme dont le nom doit être prononcé, dût sa modestie en souffrir, et qui s'appelle Mme Coralie Cahen.

Elle est Lorraine, née à Nancy, veuve d'un médecin qui eut de la célébrité à Paris, habile auprès des malades, adroite aux pansements, miséricordieuse et sachant les mots qui consolent. Dès que les premiers combats eurent fait brèche aux frontières françaises, elle courut à Metz, sachant bien que là les sinistres moissons ne manqueraient pas : elle s'enferma dans les hôpitaux, portant au bras le brassard de la convention de Genève, et devint une sorte d'infirmière en chef, se battant contre la mort et lui enlevant les victimes déjà désignées. Lorsqu'un blessé sentait ses forces défaillir et s'en allait vers une autre existence, elle appelait l'aumônier : « Celui-ci va nous quitter, aidez sa pauvre âme, affermissez-la et montrez-lui les lumières qui brillent au delà du tombeau. »

L'armée que commandait le maréchal Bazaine fut prisonnière, les Allemands entrèrent dans Metz, et Mme Coralie Cahen, cherchant comment elle pourrait se rendre utile encore, se dirigea vers l'armée de la Loire; elle s'arrêta à Vendôme, où son dévouement devait trouver à s'exercer. Dans le lycée de la ville, qui est une ancienne abbaye, on avait installé une ambulance; c'est là qu'elle s'établit, comme dans une demeure d'élection où son zèle n'aurait plus de repos. Les blessés, les varioleux, les éclopés affluaient, pieds nus, les vêtements en lambeaux, affamés, s'offrant en holocauste et désespérés de reconnaître que leur sacrifice demeurait stérile. Malgré l'ardeur des femmes de bonne volonté, malgré l'énergie de l'infirmière en chef, le labeur était lourd, et c'est à peine si l'on y pouvait suffire.

Mme Coralie Cahen, qui est de la race et de la religion d'Israël, savait par expérience qu'auprès des malades rien ne peut valoir la ponctualité, le désintéressement, les soins attentifs des femmes appartenant aux congrégations religieuses. Elle fit appel aux Marianistes de la Sainte-Croix, qui ont leur couvent au Mans, et sept sœurs vinrent partager les travaux de l'hôpital ; il était temps : on succombait à la fatigue et les troupes allemandes se rapprochaient. Les sœurs Marianistes n'ignoraient point les croyances de Mme Coralie Cahen, mais il paraît que les bons cœurs savent se comprendre, car elles acceptèrent sans hésitation son autorité et, au bout de peu jours, l'ayant vue à l'œuvre, elles ne l'appelaient que la « mère ».

Lorsque tout fut fini, lorsque la France épuisée retomba sur elle-même, après avoir échappé au parricide dont des enfants impies l'avaient menacée, elle regarda du côté de l'Allemagne, où, comme j'ai dit, quelques-uns de ses soldats étaient encore retenus. Pendant de longs mois, Mme Coralie Cahen avait vécu au milieu des misères de la gloire, parmi les blessés des deux armées, apaisant la douleur des Français vaincus, consolant les Allemands vainqueurs, qui pleuraient en pensant à leur patrie, les confondant les uns et les autres dans la même pitié, car ils étaient réunis, ils étaient réconciliés dans la communauté des mêmes souffrances; elle avait senti son cœur s'émouvoir à la pensée de nos soldats que les forteresses de Silésie et de Poméranie refusaient de nous rendre, parce qu'ils avaient commis des fautes que la France eût peut-être récompensées, mais que l'Allemagne avait dû punir. Cette idée l'obsédait : elle n'y tint plus et partit.

Seule, sans autre mandat que celui qu'elle s'était donné, volontaire de la délivrance et de la charité, elle fit trois voyages en Allemagne, dont deux pendant l'hiver de 1871-1872, qui fut exceptionnellement rigoureux, surtout aux environs de la Vistule, vers Dantzig et Graudenz. Elle frappa à toutes les portes, cherchant, s'enquérant, demandant partout : « Avez-vous des prisonniers français? » sollicitant, ne se décourageant pas et abusant de sa faiblesse jusqu'à en faire une force qui devint invincible. Dans cette œuvre de patriotisme et de commisération, elle fut puissamment aidée par une femme d'un

grand cœur qui la couvrit de sa protection, et qui
n'est autre que l'impératrice Augusta. En souvenir
de cette pérégrination à travers les casemates où nos
soldats étaient détenus, en témoignage d'une alliance
conclue pour atténuer les maux de la guerre, la sou-
veraine remit à la voyageuse une broche n'ayant
pour ornement que la croix rouge, la croix de Genève, qui est la sauvegarde des blessés, des ambu-
lances, des hôpitaux et le symbole de l'humanité.

Le hasard m'a mis en rapport avec l'officier qui
fut chargé, dans la forteresse de Graudenz, d'amener
les prisonniers français en présence de Mme Coralie
Cahen. Je ne sais rien de plus émouvant : « Il faisait froid, elle était entrée au corps de garde pour
se chauffer près du poêle ; je lui dis : « Voilà les
Français. » Elle sortit très vite et s'arrêta devant
eux ; il y en avait onze, le bonnet à la main, la regardant et ne comprenant pas pourquoi elle était là.
Sa voix tremblait ; elle leur dit : « Je suis Française.
— Ah ! vous êtes Française ! — Oui, je viens de
France exprès pour vous voir. — Ah ! pour nous
voir ! Ah ! vous êtes Française ! » Et tous, tous ces
hommes qui avaient traversé le fer et le feu, qui
sans se plaindre supportaient leurs misères, tous
éclatèrent en sanglots. Elle pleurait. Ils répétaient :
« Ah ! vous êtes Française ! » Elle répondait : « Oui,
je suis Française. » Je me sauvai dans le corps de

garde, parce que les larmes m'étouffaient[1]. » Ceux-là
furent graciés, et bien d'autres. Elle alla jusqu'au
prince de la couronne, jusqu'à l'empereur Guil-
laume ; rien ne la rebuta : elle eut l'insistance et la
persistance. Plus de trois cents prisonniers lui doivent d'être rentrés au pays et d'avoir été libérés
avant le terme de leur peine. On a dit, et j'ai dit
moi-même, que les israélites n'avaient qu'un sentiment incomplet de la patrie ; ô juive, pardonnez-
moi !

Si une telle femme est à la tête d'une œuvre de
bienfaisance, cette œuvre sera dirigée avec une bonté
vigoureuse. C'est, en effet, ce que j'ai remarqué dans
la « maison israélite de refuge pour l'enfance »,
dont le comité, exclusivement composé de dames
patronnesses, est présidé par Mme Coralie Cahen. Je
crois, sans pouvoir l'affirmer, que c'est à son initiative qu'est due cette institution. Un malheur, le plus
cruel de ceux qui peuvent atteindre une femme et
une mère, l'avait frappé ; elle demanda des consolations à sa compassion et à sa charité, qui ne les lui
refusèrent pas. En souvenir d'une enfant arrachée à
sa tendresse, elle alla secourir les malades dans les
hôpitaux et porter des paroles d'encouragement aux

---

1. Voir dans *l'Invasion*, de Ludovic Halévy, les épisodes intitulés
Vendôme et *Graudenz;* la personne qui n'est point nommée est celle
dont je viens de parler.

24

petites détenues de Saint-Lazare. A voir ses jeunes
coreligionnaires dans les salles gangrenées de la
mauvaise prison, elle eut honte, elle eut pitié, et fit
si bien qu'elle intéressa à leur sort des femmes
riches de la communauté. Sans partager peut-être
toutes les espérances qui faisaient battre son cœur,
on convint qu'il était bon d'essayer quelques sau-
vetages, et au mois de juillet 1866 une maison de
refuge fut ouverte à Romainville, au pays des lilas,
où tant de pauvres filles se sont perdues, si l'on en
croit les romans que publiait l'éditeur Barba vers
les temps de la révolution de Juillet.

La maison était bien modeste et servait d'asile,
pour ne dire de prison, aux fillettes israélites que la
prudence de la police et les sévérités de la loi en-
voyaient à la correction paternelle. Il y a une quarantaine d'années et plus, la colonie juive, campée
dans les ruelles du faubourg Saint-Marceau et de
la Cité, fournissait de nombreuses recrues à la
débauche vénale; les « petites Maubert », les modèles de la rue aux Fèves, étaient presque célèbres
par leur précocité. Quelques-unes ont fait des fortunes surprenantes ; d'autres, après avoir roulé dans
toutes les fanges, se sont retrouvées sur les grabats
de la Salpêtrière ou dans les brancards d'une charrette
de marchande des quatre-saisons. Les unes et les
autres, celles qui devaient habiter des palais sur les

rivages du golfe de Naples, celles qui, alcooliques et
mendiantes, étaient réservées aux cellules du Dépôt,
ont traversé Saint-Lazare aux jours de leurs débuts
dans le vice, vers la treizième et la quinzième année.
Israël s'émut du sort fait aux jeunes pécheresses de
sa race et voulut leur porter secours.

Le catholicisme ouvrait les refuges du Bon-Pasteur, de Saint-Michel, de la Miséricorde ; le protestantisme recueillait ses petites coreligionnaires coupables à la Retenue, que surveillent les diaconesses [1] ;
le judaïsme ne voulut point rester en arrière, et il
créa la maison de Romainville pour protéger ses
jeunes filles contre elles-mêmes et les défendre contre
la contagion des prisons administratives. Là, comme
dans les établissements des communions chrétiennes,
on essaya de combattre la perversité des instincts, le
résultat des mauvais exemples, et de relever les
malheureuses qui s'étaient laissées tomber ou qui
avaient couru au-devant de leur chute. C'est une
tâche pénible, mais que les femmes poursuivent
avec acharnement, et qui parfois s'exerce avec une
énergie que l'on prendrait pour un instinct de l'espèce.

Toute conception d'œuvre charitable semble entraînée à regarder d'abord vers la femme, vers la
faiblesse, et c'est par réflexion qu'elle se reporte sur

1. Vide suprà : *les Associations protestantes* : les Diaconesses.

l'homme. J'ai fait remarquer déjà que, sur cent
soixante-trois maisons secourables ouvertes aux
enfants et aux adolescents dans le département de la
Seine, dix-huit seulement sont consacrées aux garçons[1]; les cent quarante-cinq autres ne s'occupent
et ne veulent s'occuper que des fillettes qui ne sont
point encore majeures. Les conséquences de l'inconduite sont individuellement plus graves pour la
femme que pour l'homme, j'en conviens; mais socialement il n'en va point de même, puisque, dans les
arrestations pour crimes et délits opérées de 1881 à
1885 dans le département de la Seine, la proportion
des hommes est de 87 pour 100 et celle des femmes
seulement de 13. C'est donc bien le péché contre les
mœurs que l'on surveille si jalousement, que l'on
combat avec tant d'âpreté, et non pas les tendances
pernicieuses qui, poussant au méfait, portent préjudice à la collectivité tout entière, dont elles atta-
quent l'existence et la propriété? On peut donc dire,
je crois, qu'en créant le refuge de Romainville, les
femmes israélites ont obéi autant à l'impulsion de
leur sexe qu'au désir d'arracher leurs coreligionnaires à la corruption.

Dans le principe, tout zèle trop ardent dut être
modéré, car la maison était étroite, les places n'y

1. Vide suprà : *la Charité privée à Paris*; ch. III, l'Orphelinat des
apprentis.

étaient point nombreuses et les ressources dont on disposait n'avaient rien d'excessif. On fut donc obligé de restreindre le champ de l'action, qui fut limité à la correction paternelle de Saint-Lazare. Au lieu de laisser de pauvres créatures achever de pourrir dans un milieu détestable, on tenta de les nettoyer et de leur rendre quelque santé morale. Les résultats obtenus furent bons, et comme, de sa nature, la charité est insatiable, que toujours elle cherche à plus et à mieux faire, on se demanda si d'autres enfants que les « détenues » ne pourraient point participer aux bénéfices de l'éducation et de l'enseignement. On ajouta quelques lits au dortoir, on se tassa dans les classes, dans les ateliers, et l'on put accepter quelques fillettes qui faisaient concevoir de l'inquiétude pour leur avenir.

On croyait pouvoir rester ainsi, un peu à la gêne, mais utile néanmoins, réparant le mal, l'empêchant de se produire et, dans la mesure du possible, faisant acte de protection sur l'enfance. On avait compté sans les familles israélites pauvres qui sont si nombreuses à Paris et qui tendaient les mains vers la maison hospitalière où les enfants trouvaient des soins et la discipline d'une direction maternelle. Il est dur de se boucher les oreilles pour ne point entendre les supplications de l'infortune; on reconnut la nécessité de s'agrandir, afin de n'avoir plus à

se récuser; on quitta le gîte insuffisant de Romainville et l'on se transporta à Neuilly, boulevard Eugène, où l'on s'installa dans de plus larges conditions. La nouvelle maison pouvait abriter vingt-cinq
ou trente enfants, ce qui était un progrès, mais ce
qui n'était point en rapport avec les exigences dont
on était assailli. Tout de suite on fut débordé; on
lutta pendant longtemps et avec courage; mais on
était forcé de multiplier les ajournements, on se
voyait condamné à des refus pénibles, on repoussait
des demandes d'admission dignes d'intérêt, et l'on
se désespérait de ne pouvoir faire autant de bien que
l'on aurait voulu, lorsqu'un sacrifice sérieux, gros
de promesses qui n'ont point été démenties, fut con-
senti en faveur de la fondation récente.

Mme Victor Saint-Paul, dame du comité, et M. Victor Saint-Paul, membre du consistoire de Paris,
donnèrent à l'œuvre un vaste terrain situé boulevard
de La Saussaye, à Neuilly. M. S.-H. Goldschmidt,
président de l'*Alliance israélite*, prit à sa charge le
quart des frais de construction, soit 60,000 francs;
le comité de bienfaisance en donna 40,000; aux sollicitations de M. Zadoc Kahn, grand-rabbin de Paris,
cent trente-deux souscripteurs répondirent en ver-
sant une cotisation variant de 10,000 à 100 francs;
on réunit de la sorte une somme de 255,900 francs,
qui solda les dépenses de construction et d'aména-

gement, dont le total s'est élevé à 254,784 francs.
C'est beaucoup d'argent; mais on ne doit point le
regretter, car l'établissement est de premier ordre.
Il fait honneur à M. Aldrophe qui l'a bâti et qui en
vit l'inauguration le 4 juin 1883.

Derrière les arbres du boulevard, la maison est
gaie et de bonne apparence; elle n'a rien de l'aspect
morose des prisons, des lycées, des pensionnats,
dont partout l'on semble s'être étudié à rendre les
abords lugubres. Les portes ouvertes dans la grille
sont-elles closes? Je n'en répondrais pas. Après avoir
traversé une cour sablée et qui n'est séparée des
propriétés mitoyennes que par une muraille assez
basse, on pénètre dans le corps de logis proprement
dit. On reconnaît tout de suite l'économie de l'institution. Deux grands bâtiments isolés, reliés seulement par des couloirs de service et par un petit
préau, contiennent un orphelinat et le refuge; nous
visiterons le premier et nous dirons ensuite ce que
le second est devenu.

Les différentes pièces dont se compose l'orphelinat
— réfectoire, dortoirs, classes, ateliers, — sont supérieures à tout ce que je connais et peuvent être
offertes en modèle à des constructions futures. Par-
quetées, lambrissées, entretenues d'une irréprochable
façon, toutes ces salles reçoivent une ample provision
d'air et de clarté; on n'a ménagé ni les hautes

fenêtres, ni les larges portes, ni les dégagements, ni
les prises d'eau, ni les becs de gaz, ni les lavabos
outillés de main de maître. J'ai entendu une inspectrice pénitentiaire se plaindre de ce « luxe », — ce
fut son mot, — et prétendre que l'on donnait ainsi
aux enfants des habitudes de bien-être qu'elles ne
pourraient conserver plus tard. Je n'en crois rien,
et j'imagine, au contraire, que le confortable de cette
installation profite à leur santé, aide à chasser les
tristesses de l'internat et restera plus tard un souvenir reconnaissant du temps de leurs premières
années. Le soin que l'on a pris de mettre ces fillettes
dans un milieu à la fois sérieux, agréable et sain,
leur prouve l'affection qui les entoure et l'intérêt
qu'elles inspirent. La saleté n'est pas indispensable
aux maisons d'enseignement, comme on semblait
vouloir le démontrer lorsque j'usais mes culottes
sur les bancs des collèges. Jamais les demeures
scolaires ne seront assez fourbies, dût-on tripler le
nombre des « garçons », jamais les écoliers ne seront
astreints à trop de propreté par ceux qui les dirigent
et qui devraient prêcher d'exemple. A ce point de
vue, la maison de Neuilly est à signaler à l'attention des fonctionnaires qui ont charge de l'enfance.

La salle de bains, où toute élève doit réglemen-
tairement passer une fois par semaine, et qui est un

cadeau de Mme Salomon de Rothschild, ne serait
déplacée nulle part; elle se compose d'une chambre
garnie de cinq baignoires, d'une pièce munie de
tous les instruments de l'hydrothérapie et d'un cabinet spécial pour les bains sulfureux. Ceux-ci sont
fort en usage et ne sont que trop nécessaires à des
enfants faibles, portant souvent le stigmate des maladies héréditaires et parfois atteintes de scrofule.
Lorsque ce mal, si fréquent dans les milieux où l'on
recueille ces pauvres fleurs de la misère et du vice,
menace de devenir chronique, la fillette qui en est
frappée est expédiée à l'établissement israélite de
Berck-sur-Mer; là elle est hospitalisée et, tout en
continuant son éducation, reçoit les soins que comporte son état. Si une des pensionnaires de Neuilly
tombe malade, elle est immédiatement transportée
et admise d'office à cet hôpital de la rue Picpus où
j'ai déjà conduit le lecteur.

Quand j'ai visité la maison, on y était en bonne
santé, et sauf une élève dont la colonne vertébrale
commence à prendre une forme défectueuse, tout le
monde avait la mine florissante et ces belles joues
qui, dans les poèmes d'Homère, sont l'attribut de la
jeunesse. De ce que j'ai remarqué dans les classes,
je ne dirai rien, car l'on y suit les programmes de
l'enseignement primaire. L'âge des écolières varie
de cinq et dix-huit ans. Quelques-unes ont de la

précocité; une fillette de cinq ans et demi, d'apparence un peu lourde malgré la vivacité de son regard, s'est approchée de moi et m'a dit, en confidence, qu'elle savait faire les soustractions. Je l'ai
conduite au tableau et je lui ai proposé un problème
qu'elle a lestement résolu. Je l'ai félicitée; elle est
devenue toute rose et a pris l'attitude sérieuse d'une
grande personne qui sait que si de neuf on ôte trois,
il reste six.

Dans les ateliers on travaille en silence, autour
d'établis en bois de chêne bordés de coussinets qui
font office de pelote et servent à fixer l'étoffe. Quelques-unes de ces petites ouvrières, âgées de quinze à
dix-sept ans, sont fort habiles aux broderies d'art;
j'en regarde plusieurs qui rajeunissent avec adresse
les fleurs et les rinceaux en fils d'or serpentant sur
une vieille draperie de velours rouge enlevée sans
doute au dais d'une cathédrale italienne. C'est un bon
métier, qui exige de l'attention et du goût, mais qui
est bien rémunéré; lorsqu'il était de mode de porter
des châles, les repriseuses de « cachemire » gagnaient
beaucoup d'argent; à cette heure, elles s'exercent sur
les tapisseries d'autrefois, sur les brocarts, sur les
lampas du siècle dernier, et y trouvent sans peine de
quoi vivre. On a donc raison de donner cet enseignement technique aux pupilles de l'orphelinat; c'est
un bienfait qu'elles doivent à une femme intelli-

gemment charitable, qui aime et protège les enfants
de sa race.

La maison contient actuellement quatre-vingt-dix
élèves, uniformément vêtues d'un costume qui ne
rappelle en rien le pénitencier : point de blouse,
point de béguin noir, point de cheveux coupés trop
court, mais simplement une robe de couleur sombre,
égayée par la blancheur du linge. Comme dans les
établissements de même nature, une règle invariable
est appliquée, et la journée est méthodiquement dis-
tribuée entre le travail des classes et celui des ateliers. Les repas, les récréations interrompent la
besogne, et chaque jour toute écolière est soumise
à une heure de gymnastique. Ceci est excellent. Que
l'on ne se figure pas que ces fillettes sont contraintes
de se promener au sommet du portique, de se ba-
lancer entre les cordes du trapèze ou de sauter à
califourchon sur le cheval de bois : leurs exercices,
moins masculins, sont représentés par une série de
mouvements combinés de façon à développer les
muscles de la poitrine et des bras, à entretenir
l'élasticité des membres inférieurs et à imprimer au
corps une attitude correcte.

J'ai manifesté le désir de les voir à l'œuvre; on
les fit descendre dans la cour d'entrée, qui est assez
vaste, mais privée d'ombre, et sert de préau pour
les récréations. Le petit troupeau s'est divisé en plu-

sieurs « quadrilles », par rang de taille; la maîtresse
de gymnastique a donné le signal : mouvements
d'élévation et d'abaissement en place; marches et
contremarches rappelant les évolutions des figurants
sur les grands théâtres. Les exercices sont rythmés
par des couplets empruntés aux opéras-comiques les
plus célèbres. On dresse les bras, on les étend, on
les croise, on fait des oppositions de la tête, on
semble gravir les degrés d'un escalier en chantant :

> Regardez, il s'approche,
> Un plumet rouge à son chapeau,
> Et couvert de son manteau,
> Du velours le plus beau !

Je ne pus m'empêcher de sourire en me rappelant
les malédictions dont jadis le romantisme a accablé
Scribe; on peut avouer que « du velours le plus
beau » méritait quelques timides observations,
comme eût dit Candide. J'ai entendu ainsi, après la
fameuse romance de *Fra Diavolo*, les airs favoris de
Zampa, de *Marie*, de *la Fiancée*, qui me rejetaient
au temps de mon enfance, lorsque toutes les orgues
de Barbarie les jouaient dans nos rues, qui alors ne
leur étaient point interdites.

Les fillettes, petites et grandes, m'ont paru prendre plaisir à leur gymnastique et à leurs chansons;
on y mettait de l'entrain, de la vigueur, et si parfois
on chantait faux, les mouvements du moins étaient

harmonieux. Une heure de ces bons et salutaires exercices, c'est bien; mais si, sans porter préjudice au travail, on pouvait doubler, ce serait mieux. Je ne répéterai point ici ce que j'ai dit ailleurs sur la nécessité, au point de vue de l'hygiène physique et morale, d'astreindre les enfants à un régime gymnastique qui les fatigue et les fortifie. Là où l'espace manque — ce qui est toujours le cas à Paris — lorsque l'on n'a pas le grand jardin où l'on peut courir, jouer aux barres et pousser le cerceau, l'on ne saurait trop multiplier l'action des muscles, qui, vivifiant le corps, apporte le repos à l'esprit.

On ne s'occupe pas seulement d'instruire les pupilles et de leur enseigner un métier, on s'efforce de faire naître en elles des sentiments où plus tard la famille trouvera sa sécurité. C'est là une conception toute féminine et maternelle dont les résultats ne seront point stériles. Les grandes sont, en quelque sorte, les tutrices des petites, veillent sur elles, en prennent soin, et jouent un rôle de sœur aînée qui n'est point sans douceur. Des deux parts on s'en trouve bien, car à la sécheresse habituelle de la discipline scolaire on substitue l'affection qui rend l'obéissance facile et ne laisse rien de pénible au commandement. Non seulement on encourage par des conseils les grandes à servir de « petites mères » aux enfants, mais on les récompense lors-

qu'elles n'ont point failli à la mission qu'on leur a
confiée et qu'elles ont donné preuve de dévouement
à leurs compagnes plus jeunes qu'elles; des prix spéciaux sont attachés à ce genre de mérite, et chacun
de ces prix, très ambitionné, est une montre.

Un autre prix, représenté par une médaille d'argent sur laquelle on a gravé : « Souvenir d'affection
et de bonne camaraderie, » est décerné par voie plé-
biscitaire; les enfants et les maîtresses prennent
part au vote, qui jamais n'a été l'objet d'aucune
réclamation, ce qui a dû causer quelque étonnement
au suffrage universel, accoutumé aux protestations
des concurrents malheureux. Le système des récompenses distribuées aux pupilles me paraît très bien
compris et vise un but utile. Pour le bien comprendre, il faut se rappeler que toutes les élèves
sont pauvres et que ce sera un grand bienfait pour
elles si, sortant de la maison hospitalière qui a
accueilli et façonné leur enfance, elles en emportent
un petit pécule dont elles pourront s'aider aux premiers jours de responsabilité d'elles-mêmes. Dès
qu'une enfant est admise à l'orphelinat de Neuilly,
elle reçoit un livret de caisse d'épargne, sur lequel
on inscrit toute somme produite par le travail ou
donnée par quelque personne charitable.

Parfois toutes les élèves sont appelées à participer
à une largesse collective; ainsi à l'époque de l'effon-

drement provoqué de l'*Union générale*, d'où résulta
ce violent mouvement de bascule financière que l'on
a nommé le *krach*, un banquier israélite, n'ayant
point été atteint par le désastre et voulant faire partager sa bonne fortune aux malheureux, donna
100 francs à chacune des pupilles de Mme Coralie
Cahen. A ces sommes, qui sont la propriété individuelle et inaliénable des écolières, vient s'ajouter la
valeur des prix mérités par la conduite, le travail et
l'assiduité. A la dernière distribution générale des
prix (15 mai 1887), outre les volumes traditionnels,
les jouets nombreux et huit montres en argent, on
put répartir entre onze élèves une somme de
1,025 francs, représentant des récompenses variant
de 200 à 50 francs. Argent et objets étaient dus aux
libéralités des dames du comité, qui me semblent
prendre leurs fonctions au sérieux et savoir qu'en
acceptant d'être moralement tutrices de ces petites
abandonnées, elles ont pris charge maternelle.

Le livret n'est remis à la pupille que lorsqu'elle
a atteint l'âge de vingt et un ans. Les petites sommes
se sont accumulées, ont fructifié de l'ensemble des
intérêts composés et sont un appoint appréciable pour
l'entrée dans la vie. Une élève, âgée de vingt ans et
demi, est depuis trois années au service de l'orphelinat; son livret est déjà de 700 francs. Une autre,
qui n'a guère plus de quinze ans, qui deux fois

déjà a mérité le prix d'honneur (200 francs, produit
d'une fondation perpétuelle), possède 600 francs ;
plusieurs ont un petit capital de 400, de 500 francs.
Ce n'est pas tout, et dans certains cas le comité
des dames patronesses fouille dans ses poches et y
trouve de quoi récompenser une longue série d'années exemplaires. Une pupille admise dans la maison
aux premières heures de l'installation a passé ses
examens, obtenus ses brevets et est restée, en qualité
d'institutrice, auprès de ses anciennes camarades.
Relativement riche de ses économies et du fruit de
son travail, elle avait 1,800 francs bien placés. Elle
fut recherchée en mariage par un honnête homme
qui occupait une bonne situation dans une des grandes raffineries parisiennes ; la dot était maigrelette ;
le comité s'en aperçut, se cotisa et la porta jusqu'à
3,000 francs. Il me paraît difficile de faire le bien
avec plus de délicatesse.

On cherche à conserver dans la maison, avec un
bon emploi, celles des enfants que la mort, que
l'abandon ont faites orphelines, ou qui ne trouveraient dans leurs familles que des exemples pernicieux et des conseils pervers. Une fillette, enlevée à
un milieu déplorable, recueillie à l'âge de dix ans
dans la bonne maison, y est aujourd'hui institutrice
aux appointements annuels de 800 francs ; une autre
est devenue sous-maîtresse à l'atelier de broderie et

gagne 600 francs; une troisième, encore élève, mais qui est laborieuse et qui cette année a été jugée digne du prix d'honneur, vient d'être promue à la dignité de sous-maîtresse des petites. Toute peine mérite salaire; aussi le comité a-t-il décidé de lui donner 20 francs par mois, dont profitera son livret de caisse d'épargne. Faibles émoluments, j'en conviens, mais qui ne sont point à dédaigner et constituent un « avoir » sérieux pour des enfants défrayées de tout. Cependant, lorsque les appointements dépassent la somme de 600 francs, la pupille doit pourvoir à son entretien de toilette.

Parfois on se trouve en présence d'une élève qui est de volonté forte et dont la maladie ou l'infirmité peut paralyser l'envie de bien faire. Dans ce cas, on s'ingénie à découvrir la voie du salut, et souvent on réussit. Une enfant avait été abandonnée à l'hôpital Rothschild par une femme inconnue,

Qui n'a point dit son nom et qu'on n'a point revue.

Mme Coralie Cahen, avertie, alla chercher la pauvrette et l'apporta dans la maison de Neuilly. La petite fille était atteinte d'une ophtalmie persistante; pendant plusieurs années, elle fut en traitement et finit par guérir; mais la vue, affaiblie par de longues souffrances, restait débile et ne permettait aucun travail assidu à la malheureuse, qui rêvait de deve-

25

nir institutrice et de ne devoir son pain qu'à son
labeur. La lecture, l'écriture causaient d'insuppor-
tables douleurs; quant au métier de brodeuse, il n'y
fallait point songer : l'acte seul d'enfiler une aiguille
était interdit. Le problème était difficile à résoudre,
mais il fut résolu au bénéfice de la pauvre fille, dont
on fit une gymnaste. Mlle Lemerle, professeur de
gymnastique dans les écoles municipales et à la
maison de Neuilly, la prit en amitié, fit naître,
développa ses aptitudes, l'initia aux méthodes d'enseignement et la mit en état de recevoir ses diplômes
après examens. La fonction n'est pas mauvaise; la
jeune fille dont je parle gagnait l'hiver dernier
300 francs par mois à donner des leçons, ce qui
pour une femme est une rémunération presque
exceptionnelle. Si la destinée ne lui est pas trop
adverse, son existence est assurée, et elle le devra à
l'orphelinat qui s'est ouvert devant elle et qui sans
doute ne s'imaginait guère qu'il aurait à former des
licenciées ès arts gymnastiques.

La limite d'âge des élèves est déterminée par l'article 10 des statuts : « Aucune enfant ne pourra être
admise avant l'âge de cinq ans ni rester pensionnaire de la maison après vingt et un ans. » Tel cas
se présente cependant où cette prescription n'est pas
observée en rigueur; au cours des années 1885 et
1886, trente-neuf « nouvelles » ont été reçues à

l'orphelinat de Neuilly ; une a six ans, six en ont
cinq et enfin une seule n'a pas plus de quatre ans et
demi ; pour cette dernière, il y avait péril en la
demeure maternelle, et l'on n'a pas hésité à inter-
préter le règlement au lieu de l'appliquer : ici comme
ailleurs, plus qu'ailleurs peut-être, la lettre tue et
l'esprit vivifie. Les statuts sont péremptoires : « La
maison de refuge est instituée pour recevoir les
jeunes filles mises en correction par l'autorité judiciaire ; — elle est tenue d'admettre également celles
qui seraient mises en correction paternelle par jugement. — La maison admet en outre : 1° des jeunes
filles abandonnées par leur famille ; 2° des orphelines ; 3° des enfants nées dans des conditions irrégulières. » C'est cette dernière et triple catégorie
composant l'orphelinat que je venais d'étudier dans
les différents exercices de la classe, de l'atelier et de
la gymnastique ; je demandai à visiter le refuge
exclusivement consacré aux jeunes filles enlevées à
la division de la correction paternelle de Saint-Lazare.
Que l'on n'oublie pas que c'est en visitant les petites
détenues de la prison pour femmes que Mme Coralie
Cahen conçut la pensée de fonder la maison de relèvement où nous allons entrer. Au sourire de la personne qui voulait bien me guider, et qui était la
présidente même du comité directeur, j'aurais dû
m'attendre à quelque surprise.

Je traversai un long couloir établi en sous-sol, et
je pénétrai dans un vaste bâtiment dont je fus étonné
de voir les fenêtres et les portes ouvertes : singulière
maison de détention, dont nulle clôture n'interdit
l'accès ni la sortie. J'ai parcouru des classes vides,
des ateliers vides, des dortoirs vides. Une grande
salle, qui a dû servir de réfectoire, fait office de
préau couvert pour l'orphelinat lorsque le temps est
mauvais : cela ressemble à l'annexe d'un pensionnat
qui attendrait des élèves ; qu'elles y viennent ! La
communauté israélite de Paris saura ne point ména-
ger les sacrifices d'où naîtrait le salut de ses orphelines pauvres. Où donc sont les jeunes détenues ? Il
n'y en a pas, il n'y en a plus. L'orphelinat a fermé
le refuge ; l'école a tué la prison. Là, je touche du
doigt la réalisation du rêve que j'ai formulé si souvent, de voir remplacer les mesures répressives par
des mesures préventives et de voir soigner, guérir le
mal avant qu'il n'ait atteint le degré où il devient
incurable.

Il en est de la plante humaine comme des arbres
fruitiers que redresse et dirige l'arboriculture. Si
l'on veut mettre en espalier un arbre déjà grand,
contourné dans sa croissance et de branches assez
solides pour résister, on ne réussira pas : on aura
beau le fixer contre la muraille, l'y attacher, l'y
clouer, par la seule révolte de sa sève il brisera ses

liens et se rejettera avec plus d'énergie vers sa libre expansion. Si on le choisit, au contraire, parmi les plants à peine sortis de terre et dont la forme encore indécise n'a pas pris une direction définitive, on le façonnera aisément à des attitudes déterminées, il obéira sans peine à la main qui prendra soin de ses pousses nouvelles, et la contrainte qu'on lui aura imposée rendra ses fruits plus nombreux et plus succulents. Dans cette pépinière de Neuilly, le jardinier en chef a eu l'intelligence active.

Une telle modification ne s'est point accomplie en un jour. On avait remarqué que le refuge ne produisait que des résultats incomplets et que bien des jeunes filles séquestrées, soumises à un régime mixte participant de l'école, de l'atelier et de la prison, retournaient au vice dès que l'heure de la majorité sonnait celle de leur libération. On s'aperçut que l'action réparatrice ne parvenait pas à s'exercer sur des malheureuses déjà mal imprégnées et qui s'étaient trop abreuvées à la coupe pleine de promesses menteuses et de châtiments certains que la débauche avait offerte à leurs lèvres. Le labeur auquel on se condamnait était fertile en déceptions; on en fut attristé et l'on arriva, par expérience, à cette conclusion qu'il fallait devancer l'explosion du vice si l'on voulait s'en rendre maître. Dès lors, au lieu d'aller chercher des petites détenues à Saint-

Lazare dans l'espoir de les rendre à la vie correcte,
on regarda dans les milieux contaminés et on y
enleva les enfants que l'exemple seul aurait perdues.
Le succès dépassa toute espérance : à mesure que
l'orphelinat se développait, le refuge s'atrophiait,
comme un feu qui s'éteint faute d'aliment ; il meurt.
Si l'expérimentation continuée fournit les mêmes
résultats, il va être sans objet et l'on n'aura plus
qu'à le fermer.

C'est aux dames du comité que revient l'honneur
de cette transformation, qui est un exemple mémorable de ce que peut le bon vouloir et un encouragement pour les âmes charitables qui seraient tentées
de les imiter. La communauté juive est propice aux
enquêtes, car elle est peu nombreuse, d'accès facile
pour ses coreligionnaires, et ne se refuse pas aux
bienfaits qu'on lui offre. Dans les quartiers misérables, parmi les familles vivant de métiers interlopes,
parfois chargées d'enfants qui dès le premier âge
vaguent à travers les rues, on va recueillir les fillettes dont la destinée s'annonce mal ; on ramasse celles
que leurs parents ont abandonnées, celles dont le
père ou la mère est à l'hôpital, celles, comme disent
les statuts, qui sont nées dans des conditions irrégulières, celles que nulle étiquette légitime n'a marquées à la première heure, et on les emporte dans la
maison de Neuilly, infirmerie morale où l'on guérit

les gourmes intellectuelles et où l'on rend toute santé à l'esprit. De cette façon, l'œuvre de préservation est complète ; on empêche la pauvrette de tomber, ce qui vaut mieux que d'avoir à la relever après sa chute.

Malgré la précocité extraordinaire de certaines natures, il est rare que le sort de la femme se décide avant la quinzième année, et même, comme dans un certain monde, pénible à regarder, les prescriptions du Code pénal ne sont point ignorées, on peut, sans fausser la vérité, reporter à seize ans l'âge des sollicitations malsaines et des irréparables sottises. On semble le savoir à Neuilly, car, parmi les 39 élèves reçues en 1885 et 1886, une seule a dix-huit ans, la plus âgée des 38 autres ne dépasse pas la quatorzième année, et 13 seulement ont plus de dix ans. Cela est d'une prévoyance sérieuse. Plus l'enfant admise à l'orphelinat sera jeune, moins elle apportera de déceptions à ses bienfaitrices et plus les résultats satisferont le cœur des mères qui se sont dévouées à cette œuvre de choix, en mémoire d'une fille que la mort a ravie à leur tendresse.

VI

L'APPRENTISSAGE.

Pourquoi la communauté israélite n'a-t-elle pas un refuge pour les garçons? — Lacune. — Établissement à créer. — Orphelinat. — Procédés primitifs. — Première installation. — Création de Mme James de Rothschild. — Propriété particulière. — Point de budget. — L'orphelinat réservé dans le principe au groupe parisien est devenu cosmopolite. — L'enfant est résolument séparé de sa famille. — L'instruction des enfants est confiée aux femmes à l'exclusion des hommes. — Bons résultats. — L'épargne. — Adresse de la main. — Patronage des apprentis. — Première installation. — Accroissement. — Rue des Rosiers. — La maison. — Jour de fête. — Vie matérielle. — Programme de la journée. — Externat. — La classe du soir. — M. Reblaud directeur. — Le mode d'éducation. — Les métiers. — Récompenses. — Espérances réalisées. — Le nombre des élèves dans la maison d'éducation doit être restreint sous peine d'insuccès. — L'école de travail pour les jeunes filles israélites. — Fondation Bischoffsheim. — Mme Jules Beer. — Boulevard Bourdon. — M. Maurice Bloch, le directeur. — Examen d'entrée. — Limites d'âge. — Les institutrices, les commerçantes, les ouvrières. — Le surmenage scolaire. — Pédagogie. — 85 élèves présentées, 85 élèves reçues. — La « coupe ». — La comptabilité. — Les petites Orientales. — Douze places leur sont réservées. — Influence française. — Leur mission en Orient. — Les sottises d'un observateur. — Souvenir de Smyrne. — Le service de la maison. — Diplômes d'honneur aux expositions de Londres et de la Nouvelle-Orléans. — Vacances des Orientales. — Plus de propositions d'emploi que de titulaires. — L'œuvre des bourses. — M. Dérenbourg. — Les enfants naturels. — Systématiquement exclus de la charité israélite. — Imprudence et cruauté. — La charité manque à son devoir. — Fausse interprétation d'un texte. — Se conformer à la Loi.

Parmi les œuvres que protège et soutient le Comité de bienfaisance israélite, j'en ai vainement cherché

une qui fût pour les jeunes garçons ce que l'orphe-
linat-refuge présidé par Mme Coralie Cahen est pour
les jeunes filles ; je ne l'ai point découverte, et j'en ai
été surpris. Dans les travaux de la charité juive, que
l'on ne saurait trop louer, c'est une lacune. Avoir
fait tant d'efforts pour arracher des fillettes à Saint-
Lazare et laisser des garçonnets achever de se per-
vertir à la Petite-Roquette, c'est une contradiction
douloureuse à constater. L'enfance mâle d'Israël est-
elle donc indemne? la grâce céleste l'a-t-elle préservée de toute prévarication? Je n'en crois rien. Le
vice est d'essence humaine ; il ne se soucie guère des
religions ni des philosophies : baptême ou circonci-
sion, peu lui importe, il saisit sa proie dans les
églises comme dans les temples, dans les synagogues
comme dans les mosquées. L'homme lui appartient
et, lorsqu'il s'en empare au cours du premier âge, il
faut se hâter de le lui arracher. Certes il est moral
de fermer à la femme le chemin de la débauche,
mais j'estime qu'il est d'un intérêt supérieur, d'un
intérêt social bien plus considérable de protéger
l'homme contre ses mauvais instincts et de le détourner du forfait. Il a existé des dynasties de voleurs
dont les archives de la justice n'ont point perdu le
souvenir : les Piednoir, les Cœur du Roy, les Nathan
ont été célèbres; cette dernière famille, composée de
quatorze personnes, avait mérité deux cent neuf

années de prison. Ceux-là et d'autres que l'on pourrait nommer étaient de race juive, et l'on eût sans doute rompu toute hérédité malfaisante, si l'on avait pris les enfants, si on les avait façonnés à d'autres mœurs, si on leur avait enseigné à marcher dans la voie du bien.

Ce que l'on n'a pas fait autrefois, à l'époque où la communauté israélite n'avait point acquis l'importance dont elle jouit actuellement, pourquoi ne pas le faire aujourd'hui ? Pourquoi ne pas se modeler sur l'excellente maison de Neuilly et ne pas essayer si d'un refuge pour les garçons envoyés à la correction paternelle on ne parviendrait pas, à force de perspicacité et de dévouement, à faire un simple pensionnat de jeunes garçons ? Je ne puis m'empêcher de regretter que la bienfaisance israélite, si active, si généreuse, n'ait point créé une institution analogue à l'École industrielle que le protestantisme a établie à Belleville et dont l'utilité se démontre par les résultats obtenus. Lorsqu'il s'agit d'un enfant rétif et vicieux, il convient de se rappeler que, dans *Gil Blas*, Balthazar Velasquez dit, en parlant de son fils : « Je l'ai même fait entrer dans une maison de force, et il n'en est devenu que plus méchant[1]. »

Je suis d'autant plus étonné de cet oubli de la charité d'Israël, qu'elle regarde avec sollicitude du

1. *Gil Blas*, liv. X, ch. xi.

côté de l'enfance, et qu'elle ne néglige rien pour la
munir d'armes loyales en vue du combat de la vie.
Elle lui a ouvert des orphelinats et des écoles de
travail qui, sous bien des rapports, m'ont paru irréprochables. L'orphelinat, qui est à cette heure un
établissement complet, spécialement construit et
largement ouvert, a eu d'humbles débuts. J'en retrouve la première trace en 1810. Une petite fille de
cinq ans restée orpheline est placée, par les soins et
aux frais du comité de secours israélite, chez une
femme qui se charge de la nourrir, de l'élever, de
lui faire apprendre une profession utile et de la garder pendant sept années consécutives, en échange
d'une pension mensuelle de 24 livres. Ce procédé
de placement des orphelins dans des familles fut
adopté et continué, jusqu'au jour où le nombre des
enfants devenu considérable engagea la communauté
à leur consacrer une maison spéciale. Le comité avait
fait un appel qui fut entendu. La famille de Rothschild répondit par un don de 200,000 francs, qui,
jugé insuffisant, fut suivi d'un autre de même valeur.
On s'installa rue des Rosiers, où la maison, disposée
pour recevoir cinquante enfants des deux sexes, fut
ouverte en 1857. C'est à l'aide de souscriptions recueillies et utilisées par le comité de bienfaisance
que fonctionnait l'orphelinat, qui bientôt devint trop
étroit.

On y était campé comme à une étape de voyage. On avait tiré parti d'un local mal distribué ; l'espace manquait partout : la même salle servait de réfectoire, de classe et de parloir ; un préau resserré recevait, à l'heure des récréations, les petits garçons et les petites filles. On était encombré, et ce pêle-mêle n'était favorable ni au travail ni à la discipline. On se maintint de la sorte pendant dix-sept ans ; mais l'expérience était faite, elle était concluante : les cent cinquante enfants qui avaient traversé l'orphelinat n'avaient point trompé les espérances de leurs bienfaiteurs ; ils avaient bien tourné, comme l'on dit, et c'en était assez pour activer l'émulation d'une femme de bien. Mme James de Rothschild acheta un terrain situé dans la rue de Lamblardie, qui met en communication la rue Picpus et la place Daumesnil ; elle y fit construire un orphelinat, qui fut inauguré le 5 juin 1874, et qu'elle consacra à la mémoire de son père et de sa mère, Salomon et Caroline de Rothschild. On peut dire que cette fondation fut la joie de ses dernières années ; les enfants ont gardé souvenir des gâteries qu'elle ne leur ménageait pas.

Cet orphelinat, le jour où je l'ai visité, contenait 107 enfants : 50 filles et 57 garçons. Il est très bien aménagé, distribué intelligemment en classes, en dortoirs réservés à chaque sexe. La lingerie est amplement pourvue, la cuisine est vaste et la salle de

bains est convenablement outillée. Nulle souscription
ne vient plus en aide à cette maison, qui a été dotée
par la fondatrice d'un capital suffisant à ses besoins
et qui est actuellement la propriété particulière de
M. Edmond de Rothschild. C'est lui qui en a la
charge. Là il fait acte de père de famille ; les orphelins sont à lui, il les loge, les couche, les nourrit,
les soigne et les protège. Semblable à ces capitaines
de la Renaissance qui levaient des compagnies fran-
ches pour librement guerroyer, il a réuni une troupe
d'écoliers pour combattre avec eux le bon combat de
la civilisation. Péché d'envie : on regrette de n'en
pouvoir faire autant, car je n'imagine pas qu'il puisse
exister une sensation plus douce que de savoir que
tant de pauvres petits vous doivent l'abri, le pain quotidien, l'instruction et la sécurité de l'existence.

Dans le principe, la maison était exclusivement
réservée aux orphelins de la communauté parisienne ;
mais en 1871, après le traité de Francfort, elle s'est
ouverte devant les enfants des israélites d'Alsace-
Lorraine dont le cœur avait adopté pour patrie cette
France qui, la première entre les nations, reconnaissant les droits de citoyens aux juifs, les avait arrachés à une servitude plus longue que celle d'Égypte.
D'autres circonstances étrangères à notre pays ont
encore élargi l'hospitalité de l'orphelinat ; il ne pouvait rester fermé devant les petits enfants expulsés

de Pologne, chassés de Russie, qui, recommençant
l'éternel exode de leur race, tendaient les mains vers
leurs coreligionnaires de Paris. Marchant le long des
routes entre l'homme à longue barbe et la femme au
teint pâle, ils ont pu chanter la complainte d'Isaac
Laquedem :

> Juste ciel, que ma ronde
> Est pénible pour moi !

L'orphelinat Rothschild a donc aujourd'hui un caractère cosmopolite ; il abrite les victimes des persécutions détestables et fait bien.

Cet orphelinat est une école volontiers close aux
influences extérieures. Là on s'empare de l'enfant et
on le soustrait à sa famille, à laquelle on se substitue.
Ceci est le résultat de l'expérience que j'ai constatée
dans toutes les maisons où l'on accueille des enfants
de condition misérable, car la morale de la maison
paternelle ne ressemble en rien à celle de l'école ;
aussi, pour mieux se rendre maître de ces petites cervelles avant qu'elles n'aient été imbues de principes
délétères, on prend les élèves très jeunes, dès l'âge
de quatre ans, s'il se peut ; nul n'est admis lorsque
la dixième année est sonnée. Les orphelins ont leurs
vacances scolaires, comme les lycéens, comme les
écoliers de l'enseignement municipal, mais ces
vacances se passent rue de Lamblardie, avec promenades au bois de Vincennes et ailleurs ; on leur évite

ainsi les contacts douteux. Au 14 juillet, ils célèbrent la fête nationale, ils promènent leurs drapeaux, ils chantent les chansons patriotiques, ils allument les lampions, mais à huis clos, dans leurs cours de récréation : de cette façon ils ne rentrent pas ivres, ce qui arriverait s'ils étaient sortis en compagnie de leurs parents.

Cinquante-sept garçons, ai-je dit, et cependant pas un seul instituteur ; pour toutes les classes, je ne compte que des institutrices, qui, sans exception, ont été élevées dans la maison même. Cela est judicieux, car la femme, par les fonctions auxquelles la nature l'a destinée, est douée de qualités pédagogiques que l'homme, — j'entends le plus intelligent et le meilleur, — ne possédera jamais qu'exceptionnellement. Il suffit de voir une petite fille jouer à la poupée pour en être convaincu. On a essayé des maîtres à l'orphelinat, et on a dû y renoncer pour n'avoir recours qu'à des maîtresses. On s'en trouve bien, du moins me l'a-t-on dit, et je le crois volontiers.

Là, ainsi que dans d'autres établissements analogues, la jeune fille est considérée comme un objet fragile que l'on ne saurait entourer de trop de soins ; c'est pourquoi les orphelines sont gardées jusqu'à ce que l'on soit parvenu à les caser convenablement. Le service intérieur de la maison est fait par d'anciennes élèves, qui trouvent de la sorte une bonne rétri-

bution, des occupations peu excessives, une camaraderie douce et la discipline à laquelle elles sont
accoutumées depuis l'enfance. D'autres, selon leurs
aptitudes et le degré de culture qu'elles ont pu atteindre, sont placées en qualité de cuisinières, de femmes
de chambre, d'institutrices, autant que possible dans
des familles israélites que l'on connaît et dont la
moralité offre toute garantie. Il est rare qu'elles ne
restent pas en relations avec l'orphelinat après qu'elles
l'ont quitté. Elles y apportent leurs gages, que l'on
fait fructifier; c'est le bon moyen de leur enseigner la
science et les avantages de l'épargne; Israël y excelle,
et sait depuis longtemps que les petits ruisseaux font
les grandes rivières. Parfois les orphelines viennent
demander asile à la maison où leur adolescence s'est
écoulée; l'une d'elles, mariée, est venue avec son
enfant y passer les vingt-huit jours de veuvage que
lui imposait le service militaire de son mari.

Les garçons ne jouissent pas des mêmes privilèges;
quand on les a débrouillés, qu'on leur a donné des
éléments d'instruction, qu'on les a fortifiés par la
gymnastique, par des bains, par une hygiène salu-
taire, on s'en sépare généralement vers la treizième
année; on les dirige, selon les qualités intellectuelles
que l'on a pu constater chez eux, soit vers des classes supérieures, soit vers une école d'apprentissage.
Si je ne me trompe, ils doivent sortir de l'orphelinat

avec une habileté manuelle déjà appréciable. J'ai
remarqué que l'on s'ingéniait à développer l'adresse
de la main, ce qui est une éducation préalable excellente pour des enfants appelés, presque tous, à devenir ouvriers. A l'aide de bandes étroites de papiers
teintés, de brins de paille, on leur fait exécuter de
petits ouvrages de fantaisie, où l'imagination peut
s'évertuer à l'aise, en cherchant, en trouvant des
combinaisons de lignes et de couleurs qui parfois ne
sont pas déplaisantes aux yeux. De la sorte, l'enfant
apprend à réfléchir et sait diriger l'agilité de ses
doigts, ce qui ne lui sera pas inutile lorsque, ayant
terminé son temps à l'orphelinat, il sera admis à
l'école de travail que dirige la Société de Patronage
des apprentis israélites de Paris, qui a été reconnue
comme établissement d'utilité publique par décret
du 15 avril 1878.

Cette école de patronage a été fondée en 1852. Ses
destinées ont été semblables à celles de l'orphelinat
Rothschild. On a commencé par mettre des enfants
en apprentissage chez des patrons qui, moyennant
une somme débattue, se chargeaient de leur entretien. Puis on a eu des visées meilleures : on voulut
avoir les apprentis sous la main, supprimer les subventions et les remplacer par un internat où les
enfants, logés, nourris et vêtus, pourraient, au
retour des ateliers, profiter d'une classe du soir que

26

l'on ouvrirait spécialement pour eux. Des écoles
semblables existaient à Strasbourg, à Mulhouse, et
les jeunes israélites qui les fréquentaient y acqué-
raient des notions dont bénéficiait leur vie entière.
On redoutait les frais considérables qu'une telle fondation entraînerait à Paris, où les terrains, les constructions, les loyers sont trop onéreux. On n'osait
pas prendre une résolution ferme, et l'on se contentait de faire des projets, lorsqu'un acte d'initiative
personnelle détermina la création devant laquelle le
comité de bienfaisance hésitait.

M. Alexandre Lazare donna 10,000 francs à la
Société de Patronage. Ce fut avec cette somme relativement modique que, vers la fin de 1865, on s'installa dans une maison louée rue des Guillemites. On
débuta avec douze élèves; au bout de quelques
années, on en comptait quarante; il s'en présentait
d'autres, intéressants, énergiques, voulant bien faire:
où les placer? Moins de dix ans après l'ouverture de
l'école, elle était devenue tellement insuffisante qu'il
fallut la quitter. Un don considérable lui avait été
fait. M. Dreyfus-Dupont, maître de forges à Ars-sur-
Moselle, abandonna la Lorraine après la conclusion
du traité qui mit fin à la guerre de 1870-1871. Il
offrit à la Société de Patronage 100,000 francs, à la
condition que l'école du travail compterait toujours
parmi ses élèves dix apprentis alsaciens-lorrains. En

outre, comme il fallait déménager, M. Alexandre
Lazare donna quinze lits complets pour la nouvelle
installation. Ce fut alors que l'on prit rue des
Rosiers la place de l'orphelinat, qui venait d'être
transporté dans l'immeuble de la rue Lamblardie.

Au n° 4 bis de la rue des Rosiers, presque en
face de la rue des Juifs, s'ouvre une porte bâtarde
et discrète jusqu'à l'humilité. L'intérieur de la maison est sombre, avec quelque chose de voilé, comme
un cloître. Des éclats de voix, des rires, des clameurs chassent vite cette impression : c'est fête
aujourd'hui, les apprentis ne sont point à leurs ateliers, ils sont au logis, dans leur préau, après le
dîner de midi, et leur récréation n'a rien de recueilli.
A peine m'ont-ils aperçu qu'ils décampent, vont
retirer leur blouse, revêtent leur tunique de sortie
et s'installent dans une classe, où je les retrouve
silencieux, assis et occupés à lire. Cela ne me plaît
guère : je ne suis pas venu pour les interroger, et
j'aurais préféré les voir en libre expansion, jouer à
saute-mouton ou à la balle au camp. La maison est
vieillotte, cela se voit; dans le principe, elle devait
être bien incommode, car le corps de logis où sont
les dortoirs et les classes n'existait pas encore. Cela
n'importe guère aujourd'hui, et l'institution est
appropriée; les élèves y font leurs repas et y dorment; pendant le jour, ils sont dispersés dans leurs

ateliers respectifs, au hasard des métiers qu'ils ont
choisis.

Ceux qui sont là, que nul souci d'existence ne
peut inquiéter, qui reçoivent les soins compatibles
avec leur santé physique et avec leurs aptitudes morales, savent-ils qu'ils jouissent d'une rare bonne
fortune? La protection que le comité de patronage
étend sur eux est très féconde, et l'on semble mettre
de l'amour-propre à ce que le pupille fasse honneur
à la maison. Matériellement la vie est large : si ces
gaillards-là souffrent de la faim, j'en serais surpris,
ou leur mine est menteuse. Dans la cuisine éblouis-
sante de propreté, mais beaucoup trop petite pour
préparer sans fatigue trois fois par jour le repas de
quatre-vingts personnes, j'avise une cuisinière cres-
pelée, d'un type étrange, qui coupe des carottes avec
autant de conviction que Judith a coupé le cou
d'Holopherne. On tient à ce que la nourriture soit
abondante ; on a raison : des enfants de quatorze à
dix-huit ans ne se font de bons muscles qu'avec une
forte alimentation.

Le programme de la journée fera comprendre
l'économie de l'institution ; je voudrais qu'il y en
eût beaucoup de semblables, car elle est conçue dans
un esprit très libéral : neuf fois sur dix elle est
supérieure à la famille qu'elle remplace, et elle est
un bienfait de premier ordre pour les enfants qu'elle

adopte et conduit jusqu'à l'heure où l'apprenti devient ouvrier. En hiver, les enfants sont levés à cinq
heures et demie, à cinq en été. Après avoir dit la
prière en commun, ils font un premier repas, composé d'une soupe; puis chacun s'en va vers l'atelier
où il fait son apprentissage. Ceux qui se rendent dans
les quartiers voisins reviennent à la maison pour le
repas de midi; les autres, auxquels la distance im-
poserait une course trop longue, emportent leur
déjeuner dans une boîte de fer étamé et peuvent de
la sorte éviter les cabarets, les crèmeries, qui ne
sont point précisément des lieux de sélection pour
des adolescents souvent plus curieux qu'il ne conviendrait. La rentrée se fait aux environs de sept
heures; on arrive successivement de chez les
patrons, et à sept heures et demie il est rare que
tous les pensionnaires ne soient pas réunis autour
de la table du souper.

Après quelques minutes de jeu ou de bavardage,
on se rend aux classes, et jusqu'à dix heures on
assiste à des cours spéciaux qui donnent aux élèves
des notions d'ensemble dont ils pourront tirer profit
plus tard, lorsqu'ils seront ouvriers, contremaîtres
ou patrons. Le but que l'on vise se découvre facilement : on veut, par une éducation à la fois professionnelle et généralisée, mettre les enfants à même
de franchir les degrés de la hiérarchie ouvrière et

de parvenir à être chefs de maison ; à cet égard, les
leçons de mathématiques, de dessin, d'histoire, d'é-
conomie industrielle qu'ils reçoivent leur seront
d'un précieux secours. Plusieurs de ces apprentis
témoignent déjà de certaines habiletés dont j'ai été
frappé : j'ai vu des gravures au burin et à la pointe
sèche pleines de promesses, des essais de sculpture,
de ciselure qui annoncent des mains d'artisan rom-
pues aux difficultés du métier ; j'en conclus que
l'école est bonne, que les enfants sont assidus au
travail et qu'ils obéissent à d'intelligentes impul-
sions.

Le directeur de la maison est M. Reblaud, qui fut
instituteur à Colmar avant 1870. Je ferai remarquer,
en passant, que la communauté israélite de Paris a
attiré, retenu, employé beaucoup de ses coreligionnaires d'Alsace-Lorraine, et que, dans une mesure
très appréciable, elle a fait ainsi acte de patriotisme.
Le choix d'un état est chose difficile, surtout à l'âge
où bien souvent l'on prend ses désirs pour une vocation ; aussi le directeur est toujours consulté, et je
crois que son opinion prévaut, car il ne l'impose
pas et laisse à l'expérience le temps de se produire.
Parfois l'enfant s'obstine à débuter dans un métier
auquel on le juge impropre ; loin de lutter contre lui
et de l'éloigner de la carrière qu'il a adoptée, on le
laisse faire ; deux mois, trois mois au plus d'appren-

tissage suffisent presque toujours à ramener l'élève
à une appréciation plus nette de ses aptitudes : il
écoute alors les conseils qui lui sont donnés, s'y
conforme et n'a pas lieu de s'en repentir.

La plupart des métiers que recherchent les apprentis sont des métiers d'une certaine élégance, auxquels
l'adresse, l'attention, le goût et quelque faculté d'invention sont nécessaires. Le dernier compte-rendu
détaillé que j'ai sous les yeux est celui de 1885, dans
lequel sont indiquées les professions étudiées par
74 enfants, dont plus de la moitié, 40, sont : hor-
logers, 10; bijoutiers, 9; graveurs, 14; tailleurs
de diamants, 5. Tous les métiers sont paisibles,
assis pour ainsi dire, exigent peu de vigueur musculaire, mais une grande habileté manuelle; le métier le plus bruyant que je découvre au milieu des
ciseleurs, des monteurs en bronze, des sculpteurs
sur bois, des ébénistes, des tapissiers, des dessina-
teurs, est celui de serrurier, représenté par trois
apprentis. Les tailleurs de diamants pourront-ils à
Paris se parfaire en leur art, qui paraît être une spécialité de la race israélite, et ne serait-il pas sage
de les envoyer terminer leurs études à la taillerie
d'Amsterdam, dont la rivale n'existe pas encore?

La Société de Patronage ne s'occupe pas seulement
des élèves que j'ai vus réunis à la maison de la rue
des Rosiers, elle englobe aussi dans son influence

tutélaire un certain nombre d'externes qu'elle pensionne et qui viennent assister aux classes du soir. Chacun de ces enfants reçoit, par an, un costume complet et, tous les mois, une subvention qui varie de cinq à quinze francs. C'est donc en réalité un lycée d'apprentissage avec internat, externat et distribution solennelle des prix; ceux-ci sont offerts par des donateurs, qui envoient des volumes, des livrets de caisse d'épargne et même (année 1885) six douzaines de mouchoirs. Le soir de la distribution des prix, toute l'école, — élèves et maîtres, — est conduite à un théâtre, aux frais du président du comité. Cette institution très simple et bienveillante, où les punitions sont inconnues, où le bon vouloir du directeur et celui des apprentis semblent s'entr'aider, n'a apporté que bien peu de déception aux fondateurs.

Depuis qu'elle existe, on a pu constater que les élèves de « l'école du travail » avaient fait bonne route dans la vie, et qu'à peine un demi pour cent n'avait point réalisé les espérances que l'on avait conçues. C'est là une moyenne tout à fait exceptionnelle et qui prouve l'excellence des méthodes adoptées; elle démontre aussi qu'il est facile d'agir sur une quantité restreinte d'enfants dont on a le loisir d'étudier le caractère et de reconnaître les aptitudes. Les succès moraux obtenus dans ces maisons sont la condamnation des établissements d'enseignement et autres dont la population nombreuse, — parfois six cents élèves, souvent plus, — neutralise les bonnes influences, multiplie les mauvais exemples, courbe les enfants les moins semblables sous une règle que l'uniformité rend absurde, et conduit d'échec en échec à des résultats négatifs. On peut dire avec certitude que toute maison d'éducation contenant plus de cent écoliers est condamnée à l'impuissance.

L'organisation que je viens de voir fonctionner rue des Rosiers, je la retrouve boulevard Bourdon, à « l'école de travail pour les jeunes filles israélites », qui est une fondation et une propriété particulières. Nous avons déjà constaté et nous constaterons encore que dans le monde israélite riche on possède des institutions de bienfaisance comme on possède une galerie de tableaux ou une écurie de chevaux de course. C'est exclusivement à M. Louis et à Mme Amélie Bischoffsheim que l'on doit la création de cet établissement, dont l'influence rayonne jusque dans les pays d'Orient; en mourant, ils l'ont laissé à leur famille, qui a accepté le legs avec gratitude et le développe avec persistance. Mme Jules Beer, la fille des fondateurs, surveille la maison, la visite souvent, assiste aux examens, n'y ferme jamais sa bourse et connaît la valeur personnelle de chacune des élèves, qu'elle aime à nommer ses filles.

L'œuvre fut inaugurée le 1ᵉʳ mai 1872 dans un local
loué place de l'Arsenal, n° 6 ; on comprit tout de
suite qu'il y aurait un intérêt moral à s'agrandir et
à s'installer convenablement d'une façon définitive.
M. Louis Bischoffsheim acheta un terrain sur le boulevard Bourdon et y fit élever une très belle maison,
où l'on put entrer au cours de l'année 1877. A parcourir cette maison, on reconnaît qu'elle a été construite pour une destination déterminée, elle est
faite pour l'enseignement, pour l'éducation professionnelle, l'air circule partout et la cour des récréations est accostée d'un vaste préau couvert. Elle a
été, dès le début, placée sous l'autorité de M. Joseph
Bloch, qui pendant longtemps avait été directeur
de l'école israélite de Colmar, — encore un Alsa-
cien. — A sa mort, en 1883, son fils, M. Maurice
Bloch, l'a remplacé et a continué les traditions pa-
ternelles, empreintes d'aménité. A ma question :
« Quel est votre mode de punition ? » il a répondu :
« Je ne punis jamais ! »

La maison, par la disposition des classes et des
dortoirs, peut abriter cinquante élèves ; elle était
pleine lorsque je l'ai visitée. Les demandes d'admission ont été, dès le principe, si pressantes et si
nombreuses, que l'on a dû établir un concours entre
les postulantes. Donc il faut subir des examens
avant d'avoir droit aux leçons de « l'école de tra-

vail ». Y entrer, c'est avoir donné quelques espérances dont on se charge de faire des réalités. La
limite d'âge est fixée, pour l'admission, entre douze
et quinze ans; la durée des cours étant de trois
années, on a terminé ses études et l'on est rendu à
la liberté de quinze à dix-huit ans.

Quinze ans, ô Roméo, l'âge de Juliette.

C'est bien jeune, et, pour des motifs qui ne sont
point à expliquer, il vaudrait mieux reculer l'époque
de la sortie. Tout en recevant un enseignement
commun, qui comprend la gymnastique, la danse,
le chant, la couture, la musique et l'anglais, les
élèves sont divisées en trois classes, correspondant à
trois catégories de fonctions : les institutrices, les
commerçantes, les ouvrières.

Les premières sont autorisées à prolonger le
séjour à la maison, pendant deux ans, jusqu'à ce
qu'elles aient obtenu le brevet supérieur. Les matières dont on exige la connaissance ne découragent
ni l'émulation des pensionnaires, ni celle des bienfaiteurs, qui, pour répondre aux exigences des programmes universitaires, ont été obligés de multiplier les cours faits par des professeurs spéciaux :
physique, chimie, histoire naturelle, botanique, lit-
térature, histoire ancienne, géographie universelle,
géométrie, dessin, musique ; les pauvres petites cer-

velles s'approprient, vaille que vaille, toutes ces
notions, dont la plupart sont d'une utilité contestable et qui semblent destinées moins à féconder des
intelligences qu'à créer des obstacles devant une carrière trop encombrée. A quand la docimasie, la
morphologie, la tératologie, la paléographie, l'hip-
piatrique et le calcul infinitésimal? et surtout à
quand la science féminine par excellence, l'économie domestique, qui s'appelle tout simplement :
la bonne tenue de la maison?

Depuis quelque temps, on réagit fortement et
avec sagesse contre le surmenage intellectuel; le
meilleur moyen d'y mettre fin serait peut-être d'interroger individuellement les examinateurs sur les
matières que l'on impose à l'étude des candidats.
La partie n'est pas égale : trois professeurs munis
de manuels, de livres, de textes imprimés contre un
seul enfant qui n'a que sa mémoire pour auxiliaire,
c'est excessif, et Don Quichotte estimerait que c'est
peu chevaleresque. Trop demander, c'est s'exposer à
ne rien obtenir, et voilà les médecins qui nous démontrent que la maladie est le résultat le plus clair
des méthodes nouvelles.

A la fondation Bischoffsheim on est plus pratique :
on se conforme aux programmes, parce que, sous
peine d'échouer, il n'est point possible de s'y soustraire; mais on fait faire un apprentissage raisonné,

pour ainsi dire matériel, aux élèves qui, déjà pourvues du brevet élémentaire, visent le brevet supérieur. On les met à l'œuvre tout de suite; on en fait des pédagogues, ce qui leur apprend la pédagogie. Elles sont chargées de faire la classe à leurs compagnes plus jeunes ou moins instruites; promptement elles font preuve de sûreté dans la diction; elles ont de l'autorité et la qualité maîtresse sans laquelle nulle autre ne vaut, qui est la clarté de l'enseignement. C'est une sorte de stage, qui leur permettra d'entrer plus tard d'emblée en fonction, sans timidité, car elles l'auront vaincue, et avec l'habitude du métier, car elles l'auront exercé. J'ajouterai que l'aplomb acquis, en donnant des leçons, ne leur sera pas inutile et les aidera à conserver leur sang-froid lorsqu'elles comparaîtront devant le tribunal redoutable qui siège à l'Hôtel de Ville et qui a pour mission d'apprécier la capacité d'autrui. Depuis la fondation de l'école, quatre-vingt-quinze élèves se sont présentées aux examens et quatre-vingt-quinze ont été reçues. On peut convenir que la moyenne est satisfaisante.

Les futures ouvrières sont dirigées par des maîtresses venues de l'extérieur qui apportent les modèles, fournissent la matière et président à la besogne; la journée est divisée en quatre heures et demie de travail aux ateliers et deux heures de classe. Les

élèves suivent un cours de « coupe », qui, paraît-il
est de haute importance pour leur avenir, car c'est
l'élégance du coup de ciseau qui fait le renom des
bonnes faiseuses. Les pupilles qui se destinent au
commerce reçoivent des leçons de comptabilité, de
tenue des livres en partie double, et sont exercées à
un genre particulier de correspondance, conçu de
façon à leur enseigner ce que l'on pourrait appeler
la géographie des productions. La femme, n'en déplaise aux caissiers qui volontiers voyagent du côté
de la Belgique, est un agent comptable de premier
ordre et bien moins susceptible d'entraînement que
l'homme; elle ne joue point à la Bourse, reste indif-
férente à la séduction des chanteuses de café-concert
et ne passe jamais les nuits au cercle. Cela seul lui
crée une supériorité dont on se trouve bien dans les
maisons que l'élément masculin n'a pas encore complètement envahies.

Par une disposition obligatoire des fondateurs,
douze places, dans l'école Bischoffsheim, sont réservées à des juives orientales. C'est l'*Alliance israélite*,
dont la plus constante préoccupation est l'œuvre
des écoles en Orient, qui se charge de désigner les
élèves aptes à recevoir l'instruction française. On
les amène de leurs pays lointains; elles ont quitté
le quartier de la ville qui est réservé à leurs coreligionnaires, elles ont traversé la Méditerranée, elles

ont mis le pied sur la terre de l'égalité par excellence
et elles ont été conduites à Paris, où la maison les a
maternellement accueillies. De presque toutes on
fait des institutrices, et l'on n'a qu'à s'en louer.
Elles retourneront aux contrées du soleil, où le
muezzin chante dans la galerie des minarets, où les
chiens errants vaguent à travers les rues, où les
sentinelles accroupies tricotent devant la porte du
corps de garde; elles rentreront au milieu d'une
civilisation si ancienne et demeurée si stationnaire
qu'elle en est redevenue barbare; elles y importe-
ront la civilisation moderne, la civilisation française;
elles la professeront, pour ainsi dire, dans les écoles
qu'elles auront à diriger, et ce sera au bénéfice de
notre influence.

Cette œuvre, qui est une œuvre de moralisation
et de propagande, où notre renom ne peut que
grandir en Orient, est précieuse et mérite d'être
encouragée. Si le gouvernement accordait le passage
gratuit aux filles d'Israël qui viennent s'imprégner
de nos idées pour les répandre autour de leurs berceaux, il agirait sagement. Ce n'est pas seulement
aux femmes de leur race que leur enseignement profitera, c'est à la femme d'Orient, dont la condition
déprimée, presque animale, a frappé tous les voyageurs. Elles relèveront le niveau moral, le niveau
social de « la plus belle moitié du genre humain ».

Elles lui apprendront que la femme, sans porter ombrage à l'homme, peut être intelligente, instruite et bonne ; qu'elle a un rôle enviable à remplir ; que c'est à elle qu'il appartient de modeler l'âme des enfants ; que dans l'existence elle doit être une associée et non pas une serve ; que c'est d'elle que dépendent les bonheurs intérieurs, et que tout l'Orient, à quelque communion qu'il se rattache, a été coupable en la réduisant à n'être qu'une bête de somme et de plaisir[1].

Je les ai vues, ces petites Orientales, au milieu de leurs compagnes, vêtues comme elles et parlant un français irréprochable. Naturellement, j'ai voulu faire montre de ma perspicacité, et avisant une fillette blonde qui a de jolis yeux bleus et la peau rosée, j'ai dit : « Ah! celle-ci n'est point éclose sous le soleil, elle doit venir d'Alsace. » On m'a répondu : « Elle nous arrive de Tanger. » Une autre, brune, avec des cheveux indociles et « des yeux qui sont d'un noir d'enfer », ne me laissa aucun doute : « Elle est de Jérusalem? — Non, monsieur, elle est née rue Beautreillis, dans le quartier Saint-Antoine. »

---

1. Les villes d'Orient possédant des écoles israélites dirigées par d'anciennes élèves de l'école Bischoffsheim sont Andrinople, Constantinople, Choumla, Philippopoli, Damas, Tatar-Bazardjick, Tanger, Tétouan, Tunis, Salonique, Beyrouth. Sur cette liste je regrette de ne pas voir figurer Jérusalem, Hébron, Saphet, Tabarieh, où il y aurait tant à faire, si rien n'y a été changé depuis trente ans.

Je ne voulus pas en avoir le démenti : je me tournai
vers une femme qui m'accompagnait et dont j'avais
remarqué le regard profond, le teint mat, les mains
admirables. « Et vous, madame, êtes-vous d'Alger ou
de Damas ? — Non, monsieur, je suis de Mulhouse. »
J'arrêtai là mes observations ethnologiques.

L'une d'elles est de Smyrne, elle me le dit ; un
bouquet de souvenirs s'épanouit dans ma mémoire.
Je revois le château ruiné du mont Pagus, les cyprès
du champ des morts, le pont des Caravanes, le
Méandre où flottent les tortues, et l'aqueduc vêtu
de verdure où mon cheval a bu lorsque je partais
pour Éphèse. C'était à cette heure que je criais aux
échos le lied de Goethe : « J'ai mis mon bien dans
les voyages et dans les migrations, ohé! ohé! » Je
regardais la petite Smyrniote, qui ne devinait guère
pourquoi je restais immobile devant elle. Je lui dis :
Kaliméra, kyria mou; isté poly evmorphi. Ce qui
signifie tout bêtement : « Bonjour, mademoiselle ;
vous êtes très jolie. » Elle devint rouge et ne répondit pas. J'en fus bien aise ; si elle eût répliqué, je
serais resté court, car je venais de prodiguer toute
ma provision de grec moderne.

Toutes les élèves, européennes ou orientales,
font une fois par semaine, chacune à leur tour, le
service de la maison ; elles s'initient de la sorte aux
soins domestiques, qui seront dans leur devoir futur.

27

J'ai dit que dans cette bonne maison l'on ne punissait point, parce que l'on n'avait pas besoin de punir; en revanche, on récompense, et d'une façon ingénieuse. Quand une élève a fait preuve de zèle dans le travail et la conduite, on lui confie la surveillance d'un des services intérieurs; elle devient quelque chose comme le sergent-major de la petite compagnie. L'autorité qu'on lui défère n'est point générale et ne s'exerce que sur un point déterminé : au dortoir, pour s'assurer de la propreté et de la tenue des cases de toilette; au réfectoire, pour préparer le couvert; à la classe, pour faire ranger les livres, serrer les cahiers et ramasser les paperasses ; au vestiaire, pour compter le linge et présider à la distribution des chapeaux, des manteaux, des parapluies. C'est encore un apprentissage, celui de l'ordre et de la discipline[1]. « La fondation Bischoffsheim », pour être en sécurité sur sa propre valeur, a participé en 1884 à l'exposition de Londres, et en 1885 à l'exposition de la Nouvelle-Orléans; à toutes les deux, elle a été jugée digne d'une récompense et a obtenu un diplôme d'honneur.

Les élèves parisiennes passent dans leur famille le

---

1. Comme à l'orphelinat de refuge de Mme Coralie Cahen, des livrets de caisse d'épargne sont donnés, lors de la distribution des prix, aux meilleures élèves; pour l'année scolaire 1885-86, une somme de 1200 francs a été divisée en vingt-huit livrets de 20 à 100 francs.

temps des vacances scolaires. Il ne peut en être de
même pour les élèves orientales : elles restent à
l'école ; mais l'âme ingénieuse des bienfaiteurs ne
les a pas oubliées : un fonds spécial est destiné à
leur procurer les plaisirs compatibles avec leur âge,
des promenades hors de Paris et même des excursions plus lointaines pendant les mois où les écoliers
et les écolières ont quitté les dortoirs des pensionnats. Sous les chênes de la forêt de Fontainebleau,
dans les salles du musée de Versailles, regrettent-elles
la prairie des eaux douces d'Europe, les jardins
fruitiers de Damas, les bords du Nahr-el-Kelb ? Je
n'en serais pas étonné, car la nostalgie de l'Orient
est une maladie tenace.

Les jeunes filles ayant suivi pendant trois années
les cours de l'école du boulevard Bourdon trouvent
facilement des conditions qui assurent leur existence.
Le plus souvent elles n'ont nulle démarche à faire,
nul déboire à supporter, car la direction reçoit plus
de propositions d'emploi qu'elle n'a de titulaires à
fournir ; aussi choisit-on les familles et les patrons
chez lesquels les élèves sont placées. On pourrait
citer des ouvrières qui gagnent six francs par jour,
et des institutrices, des comptables, dont les émoluments annuels dépassent 2400 francs. Plusieurs
d'entre elles sont parties pour l'étranger, d'autres
ont ouvert une petite maison de commerce. La pre-

mière mise de fonds manquait pour voyager ou pour
s'établir ; l'argent s'est trouvé cependant et sans longues recherches, car la famille Bischoffsheim ne se
tient pas quitte de maternité pour celles de ses pupilles qui ont terminé leur apprentissage. Elle n'a
point non plus limité aux jeunes filles son action
bienfaisante, car elle a consacré des sommes importantes aux garçons dont elle s'ingénie à préparer
l'avenir. Cette fondation pourrait s'appeler l'œuvre
des bourses scolaires.

Tous les ans, une vingtaine de jeunes israélites
sont placés dans les lycées de Paris ; les subventions accordées pour toute la durée des études se
divisent en trois catégories, dont profitent des externes, des demi-pensionnaires et des internes. Depuis
que cette fondation existe, c'est-à-dire depuis 1861,
elle a ouvert les carrières libérales à plus de cinq
cents jeunes gens, qui n'ont fait mauvaise figure ni
à l'École normale supérieure, ni à l'École polytechnique, ni à l'École centrale, ni au barreau, ni aux
examens de l'École de médecine.

Si pour entrer résolument dans la vie ces jeunes
gens ont développé leurs aptitudes et fécondé leurs
facultés natives, ils le doivent à un homme d'un
haut mérite, hébraïsant consulté par tous les savants du monde, membre de l'Institut de France, et
qui n'est autre que M. Derenbourg. Aujourd'hui

c'est un vieillard, sa soixante-seizième année a
sonné, mais rien n'a ralenti l'ardeur avec laquelle
il attire chez lui, près de ses conseils, sous sa rare
clairvoyance, les jeunes israélites qui pourront faire
honneur à leur race ; il les découvre, il les devine,
il les étudie, il les guide, il les met en lumière à
eux-mêmes et exerce à leur profit cette bienfaisance
intellectuelle, active et affectueuse qui bien souvent
donne l'impulsion droite à une existence entière. Il
est plus qu'un directeur moral, il est le père de ces
jeunes âmes auxquelles il ouvre les voies de l'avenir.

Par cette protection si étendue et si éclairée, la
jeunesse d'Israël semble conviée à participer à l'opulence de quelques-uns des siens, comme ces jeunes
filles agrégées à une société de patronage libre, pré-
sidée par Mme Nathaniel de Rothschild, qui tous les
ans tirent au sort trois dots de 1,500 francs chacune.
Les fiancés ne manquent pas, et, s'ils sortent de
l'école de la rue des Rosiers, je n'en serais pas
surpris.

Les établissements dont je viens de parler sont
conçus dans un excellent esprit, remarquablement
organisés, richement dotés, administrés avec une
douceur où je crois reconnaître l'intervention de
l'influence féminine, et me paraîtraient dignes de
tout éloge, s'il m'était possible de ne pas formuler
une restriction. Je ne dissimulerai pas que cela

m'est pénible, je sais que je m'expose à choquer
bien des idées reçues; mais l'esprit de justice ne me
permet point de ne pas les combattre, parce que ma
conscience les repousse. A l'orphelinat Rothschild,
à la fondation Bischoffsheim, j'ai adressé la même
question : « Recevez-vous des enfants naturels? »
Partout on m'a répondu : « Non. » Aucun des motifs
allégués pour justifier, pour excuser cette exclusion
n'est sérieux. Je n'ai point discuté avec des directeurs chargés d'appliquer un règlement qu'ils n'ont
point fait, mais je n'en ai été que plus attendri en
me rappelant cet article, ce large et maternel article
des statuts du refuge de Mme Coralie Cahen : « On
reçoit, en outre, des enfants nés dans des conditions
irrégulières. » Là est la vraie charité, — la vraie
zédaka, — de soulager le mal sans en rechercher
l'origine, et d'être d'autant plus compatissant pour
le malheureux qu'il est innocent de sa propre
infortune.

Que notre société, basée sur l'héritage et sur la
transmission du nom mâle, ait fait à l'enfant naturel
une place restreinte, qu'elle ait amoindri ses droits
et ne l'ait laissé entrer dans la famille, quand elle
ne l'en a pas exclu, que par la porte dérobée, j'allais
dire par la porte bâtarde, je l'admets; car les conventions sur lesquelles les nations ont établi leur
mode de vivre sont respectables tant qu'elles subsis-

tent. Mais que la bienfaisance ait des préjugés, qu'elle ne consente à s'exercer qu'après vérification des actes de l'état civil, cela me paraît incompréhensible ; je dirai plus, cela me paraît coupable, et l'inverse même du but qu'elle cherche à atteindre, qui est l'apaisement des douleurs imméritées et le secours donné à la faiblesse irresponsable d'elle-même. Or, parmi les enfants malheureux, le plus malheureux c'est l'enfant naturel, c'est celui qui a la tache originelle dans le berceau, dont le père reste inconnu, et dont bien souvent la mère se dérobe. Qu'a-t-il fait, quelle est sa faute, en quoi a-t-il mérité d'être tenu en dehors du bienfait, en dehors de l'éducation, de l'enseignement, de l'apprentissage ? Aux causes antérieures à sa naissance, qui déjà lui rendront la vie pénible, pourquoi ajouter l'abandon, qui peut-être lui fera la vie criminelle ?

J'ai plaidé la cause des filles-mères, pour qui je me sens une commisération infinie ; cette cause, je ne l'ai point gagnée, mais je ne l'ai point tout à fait perdue, et je garde une gratitude profonde pour les femmes de bien qui ont, en partie, exaucé ma prière. La fille-mère est coupable cependant ; mais comment l'enfant qu'elle met au monde pourrait-il l'être, et si le droit civil le tient à l'écart, le droit charitable ne doit-il pas le protéger ? Fermer les orphelinats et les écoles à ces pauvres petits équivaut à dire : « Tu

es né dans des conditions mauvaises qui doubleront
les chances néfastes de ta destinée, tu seras plus à
plaindre que quiconque; par le seul fait de ton origine, tu seras moralement et matériellement exposé
à toute sorte de périls : c'est pourquoi je te repousse,
moi qui cherche à faire le bien et qui suis le dispen-
sateur des largesses de la charité. » Les vices guettent l'enfant que l'on délaisse et le saisissent ; en ne
le protégeant pas contre lui-même, on ne se protège
pas contre lui, et le danger individuel devient rapidement un danger social. Rejeter l'enfant naturel
dans ses misères, dans les tentations malsaines qui
le sollicitent, dans les difficultés dont il se fera un
argument en faveur du crime, c'est être injuste et
c'est être imprudent.

J'ai été surpris et choqué de cet ostracisme dont
Israël frappe les enfants d'extraction illégitime, j'en
ai cherché la cause, et je ne sais si je l'ai trouvée
en l'attribuant à l'un des préceptes de la Loi, qui,
nécessaire jadis lorsque l'on se préparait à la conquête de la Terre Promise, n'est plus aujourd'hui
lettre morte. Il est dit au Deutéronome (xxiii, 2) :
« Qu'un bâtard ne vienne pas dans l'assemblée de
l'Éternel ; que même la dixième génération n'y
vienne pas! » Cette prescription a-t-elle si bien pénétré l'âme des descendants de ceux qui ont erré dans
le désert qu'ils ne l'aient point encore rejetée, ou

qu'ils ne l'aient point interprétée dans le sens précis, absolument limité, que Moïse lui a donné et qu'il a expliqué dans le verset suivant : « L'Ammonite ni le Moabite ne viendra pas dans l'assemblée de l'Éternel, même leur dixième génération n'y viendra pas. » Le mot *mamzère* prend ici sa signification irréductible : il s'agit, il ne peut s'agir que de la double race issue de la caverne où Loth a dormi après la destruction des villes maudites. Si c'est sur ce texte que l'on s'appuie pour se montrer si rigoureux, on se trompe ; il en est un autre auquel on doit se conformer, car il est écrit, selon la justice, au chapitre xxiv du Deutéronome : « On ne fera point mourir les pères pour les enfants ; on ne fera point non plus mourir les enfants pour les pères. » Or, en repoussant l'enfant naturel, on le punit pour son père et pour sa mère, ce qui est contraire à la Loi.

VII

LE DISPENSAIRE.

Jusqu'à présent je n'ai conduit le lecteur que dans des établissements secourables ouverts aux israélites par les israélites ; celui dont je vais parler ne tient compte ni des sectes ni des origines ; il est l'œuvre, il est la propriété exclusive d'une femme de bien qui, ayant pitié des petits enfants faibles, rachitiques, scrofuleux, s'est donné la joie de leur porter secours, de les faire soigner dès le premier âge et de les convier dans une maison bâtie pour eux, élégante,

luxueuse, semblable à une villa, où ils trouvent des
médecins habiles et les modes de traitement ima-
ginés par la science expérimentale. Tout l'honneur
de cette fondation remonte à Mme Heine-Furtado,
qui seule l'a créée, l'entretient et en a fait une institution d'une valeur exceptionnelle.

Dans le quatorzième arrondissement, entre les
quartiers de Plaisance et du Petit-Montrouge, aux
environs de la chaussée du Maine, s'ouvre la rue
Delbet, qui débouche dans la rue d'Alésia ; c'est là,
dans un vaste terrain, que le « dispensaire pour les
enfants pauvres des deux sexes » a été inauguré le
12 août 1884. L'architecte, M. Blondel, qui déjà avait
construit un dispensaire à Mulhouse, a été laissé libre
de suivre son imagination ; son imagination l'a bien
servi. Il est difficile de mieux approprier un bâtiment
à une destination déterminée et de se préoccuper
avec plus d'intelligence des prescriptions de l'hygiène.
Tout est salubre dans cette maison isolée, baignée
par le soleil, vivifiée par les courants d'air, pourvue
d'eau en abondance et enclavée dans un jardin où
les jeunes arbres répandent déjà l'ombre de leur
feuillage. Un svelte portique d'ordre dorique précède
un pavillon dont le rez-de-chaussée est occupé par
une salle d'attente et dont le premier étage contient
les logements de la direction et du service. En face
de ce pavillon, le dispensaire s'évase en quart de

cercle dans son bel appareil composé de matériaux de choix. Comme la superficie ne manquait point, on n'a pas été forcé d'avoir recours à la superposition, ainsi que dans les quartiers où Paris se tasse et s'étouffe. Un sous-sol, un rez-de-chaussée, et c'est tout ; larges baies, couloir très clair desservant les salles, boiseries et parquets en chêne, murailles en stuc poli comme du marbre, aération constante : c'est complet.

Dans le sous-sol on a installé les services domestiques : la chambre du machiniste, où sont les générateurs du ventilateur et du calorifère ; la buanderie, le séchoir, la cuisine, les offices, le réfectoire, et la pouillerie, où les vêtements des enfants sont purgés de leurs scories et du reste. Au rez-de-chaussée, la salle des bains ordinaires, la salle des bains sulfureux, la salle des bains électriques, la salle d'hydrothérapie outillée avec prodigalité, la piscine d'eau salée, la salle de gymnastique, la salle de massage, la salle d'électrisation, les salles d'attente, les cabinets des médecins, la pharmacie. Rien d'étriqué ni de mesquin, tout est ample et « cossu » ; c'est du luxe solide, bien portant, où l'on chercherait en vain quelque chose de factice ou d'inutile. On voit que les instructions de la bienfaitrice ont été suivies à la lettre : « Vous ferez pour le mieux ; » et faire mieux eût été impossible.

L'aspect des salles a quelque chose de doux et d'anormal qui m'étonne; je cherche à m'en rendre compte. Je m'aperçois que tous les angles sont supprimés et remplacés par des lignes courbes; la retombée même du plafond sur la muraille affecte une forme glissante où nulle contagion ne peut s'installer : la colonie des microbes ne découvrirait pas un coin où se loger. Les maladies infectieuses entrent et sortent sans laisser trace derrière elles. En outre, nul enfant atteint de maladie aiguë ou contagieuse n'est reçu dans les salles, car le traitement auquel, dans ce cas, il doit être soumis, relève de l'hôpital et non du dispensaire.

Les frais qu'entraînent l'entretien, les services spéciaux, les services généraux d'une maison pareille sont considérables, car tout y est gratuit; Mme Heine-Furtado y a pourvu en constituant 100,000 livres de rente à son dispensaire. De plus, je crois bien qu'il y a quelque part un tiroir qui, comme dit la chanson, n'est jamais ni vide ni plein, où elle dépose des sommes d'argent sans cesse renouvelées et qui servent à aider, pendant les heures de chômage ou de difficultés pressantes, les familles des enfants malades. Ceux-ci ont à leur disposition cinq médecins : le docteur Charles Leroux, chargé de la thérapeutique générale, tous les jours excepté le dimanche; le docteur P. Redard pour la chirurgie; le docteur Édouard

Meyer pour l'ophtalmologie ; le docteur E. Ménière
pour les maladies des oreilles, deux fois par semaine ;
et tous les jeudis le docteur A. Chauveau pour les
maladies de la bouche. Au courant de l'année 1866,
l'ensemble des soins donnés a été représenté par
50,913 consultations et 129,838 médications. Ah!
que la richesse charitable est intelligente au bien !

C'est M. le docteur Édouard Meyer qui a bien
voulu me faire visiter le dispensaire et me permettre
d'assister à sa consultation. J'ai été surpris de voir
un sergent de ville en faction dans le couloir qui
donne accès aux salles d'attente. Pourquoi ce délégué
de l'autorité municipale au service même du « temple d'Esculape »? Parce que toutes les mères qui
viennent consulter le « fatal oracle d'Épidaure » se
bousculent, s'injurient et volontiers se crêperaient
le chignon si l'on n'y mettait bon ordre. Chacune
veut passer la première, malgré le numéro d'ordre
qu'elle a reçu en arrivant et qui indique le tour de
consultation. Le bon gardien de la paix se promène
philosophiquement, et n'a pas souvent à intervenir;
mais s'il n'était pas là, le combat ne tarderait pas à
s'engager, comme il s'engageait lorsque ces braves
femmes étaient abandonnées à leur propre sagesse.

Une première inspection est faite dans la salle
d'attente par un élève en médecine qui opère une
sorte de classement entre les enfants, selon le genre

d'affection dont ils souffrent. Le médecin est entré
dans son cabinet, il a revêtu le tablier traditionnel,
il s'est assis; à côté de lui, sur un guéridon, sont
placés les instruments et les médicaments usuels.
Un de ses élèves tient la plume, prêt à écrire les
observations et les ordonnances. Lorsqu'un enfant
est admis pour la première fois à la consultation, il
reçoit une fiche portant un numéro; ce numéro est
reporté sur un registre où l'on inscrit le nom, l'âge,
l'adresse du malade, l'observation concernant la maladie et le traitement prescrit. De la sorte, l'état
civil et l'historique du mal peuvent être immédiatement constatés. Pendant l'exercice 1886, le docteur Édouard Meyer est venu cent deux fois à son
cabinet du dispensaire et a examiné 7,185 malades;
c'est une moyenne de 70 enfants par consultation.
Ceux que j'ai vus étaient plus nombreux (95 enfants,
dont 40 garçons et 55 filles).

Le défilé a commencé; les petits malades entrent
par groupes de huit ou dix, accompagnés de leur
mère. Je n'ai pas aperçu un seul homme, ce qui
s'explique par le seul fait du labeur quotidien. Dans
le cabinet du médecin, il n'est pas besoin de sergent
de ville : tout le monde est sage et silencieux. Chétifs, maigrelets, visiblement émus, les enfants s'ap-
prochent un à un, la mère les suit, prête à fournir
des renseignements qui ne sont propres qu'à exercer

la perspicacité du docteur. « Votre fille est aveugle?
— Ça se peut bien. — Depuis quand? — Voilà quelque temps. — Comment le mal s'est-il manifesté?
— Ça est venu comme ça. » Essayer de tirer de ces
pauvres cervelles un éclaircissement ou une observation, c'est peine perdue. Le médecin a vite fait
d'étendre un enfant sur ses genoux; d'un tour de
main il a retourné la paupière et cautérisé les gra-
nulations : à un autre! — Les plus petits se défen-
dent; ils sont en trépidation, ils crient, ils ruent
comme des poulains. L'opération n'en est pas moins
faite avec une sûreté et une rapidité que j'admire.
Les plus grands affectent le stoïcisme; ils sont un
peu pâles, mais font bonne contenance et ne sour-
cillent pas lorsque, d'un geste sec et à l'aide d'un
pinceau, on leur lance, sur la cornée transparente
compromise par une taie légère, la poudre blanche
qu'ils prennent pour du sucre candi et qui est du
calomel.

Une femme apporte un enfant qui est presque un
nouveau-né. L'état des yeux ne laisse aucun doute :
la vue est abolie pour jamais. Durement je lui dis :
« Vous savez pourquoi votre fils est aveugle? » —
Elle rougit, ébauche un sourire maladroit, et, à voix
basse, répond : « Oui, monsieur! » La physiologie
ne se soucie guère des prescriptions du Deutéronome,
et, à la seconde même de la naissance, elle punit les

enfants de la débauche de la mère. Parmi les malheureux que l'on nomme les aveugles-nés, la plupart — au moins la moitié — doivent à la dépravation maternelle la cécité qui, pour la durée de leur existence, les enferme dans la nuit et les rejette en marge de l'humanité.

Après chaque opération ou chaque consultation, le médecin remet un bonbon à l'enfant, récompense de son courage actuel ou futur. Le petiot se dépêche de l'engloutir, comme s'il redoutait, par expérience, la gourmandise des familles. On dit à un gamin dont les yeux sont tuméfiés : « As-tu un mouchoir? » Il renifle, se torche le nez d'un coup de manche et répond : « Non, monsieur. » Le docteur lui donne deux mouchoirs en belle toile à liteaux de couleur différente : un pour chaque œil. Est-ce lui qui profitera de l'aubaine? J'en doute. Un tiroir plein de mouchoirs est toujours à la disposition du médecin. Quand la provision est épuisée, on est quitte pour la renouveler.

On sermonne les mères, on les adjure d'avoir soin de leurs enfants, on s'évertue à leur faire comprendre l'intérêt, la nécessité de la propreté et de certaines précautions hygiéniques dont une cuvette d'eau fait les frais; à tout ce qu'on leur dit, elles répondent : « Oui, monsieur. » Soumission apparente, déférence de politesse, rien de plus; leur air

28

hébété, leur sourire vague et niais prouvent qu'elles ont entendu sans écouter et que rien n'a pu pénétrer à travers leur obtusité. Du reste, il suffit de les voir pour reconnaître que les observations si humaines et si sages qui leur sont adressées ne détruiront pas des habitudes invétérées. La négligence de leur tenue, pour ne dire plus, est un indice irrécusable de leur indifférence en matière de propreté. Les cheveux ternes et mal peignés, les mains qui peuvent porter des bagues, mais qui n'ont eu avec le savon que des rencontres fortuites, les pieds enfoncés dans des savates éculées, les taches qui maculent les vêtements, tout leur extérieur, en un mot, dénote bien moins la misère que l'oubli de soi-même.

L'enfant participe à cette saleté, comme il participe à la vie de famille, sans que ni l'un ni l'autre en aient conscience. Une femme disait : « Il dit ça, le médecin, il est obligé de le dire; mais qu'est-ce qu'on peut me reprocher? je soigne le petit comme moi-même. » — Précisément, ma bonne, c'est ce que l'on vous reproche. — Je crois que le seul moyen de sauver les enfants, d'écarter d'eux les maladies provenant d'une hygiène déplorable et de les mettre en santé active, serait de faire l'éducation des mères. Je conviens que ce serait difficile.

Les médicaments sont donnés gratuitement, soit au dispensaire même, soit chez un pharmacien attitré

dont les notes sont soldées à vue. La distribution
des médicaments prend une singulière extension
dans cette maison bienfaisante ; les mouchoirs, nous
venons de le dire, sont considérés comme médicaments, ainsi que les brosses à dents qui sont re-
mises à chacun des enfants que soigne le dentiste,
ainsi que les appareils orthopédiques dont le chirurgien prescrit l'usage aux petits malades, et qui,
pour l'année 1886, ont formé un total de 165 ; médicaments aussi : 22,409 bains sulfureux, bains
salés et douches ; médicaments encore : 30,324 repas.
composés de soupe, de viande, de riz et de vin. Pour
ces êtres débiles, aux membres grêles, au ventre
ballonné, l'alimentation est le plus précieux des re-
mèdes ; on ne la leur ménage pas, et je crois que les
chiffres que je viens d'indiquer sont dépassés aujour-
d'hui, car la moyenne des enfants qui s'assoient
dans le réfectoire est actuellement de 150 par jour.

Ce n'est pas tout : on ne veille pas seulement sur
la santé de ce peuple enfantin, qui peut-être devra
plus tard sa résistance et sa solidité aux soins que la
bonté d'une femme lui aura fait prodiguer ; on cherche à l'amuser, et deux fois par an, à son profit, le
dispensaire est en fête. A Noël — ceci est très remarquable — et à Pâques, Guignol est en permanence dans la grande salle, et devant les enfants
émerveillés il représente les aventures de polichi-

nelle, du diable et de monsieur le commissaire;
d'heure en heure le public se renouvelle, toujours
attentif, toujours charmé, applaudissant et se pâmant
d'aise aux facéties des fantoches. Les mères sont de
la partie et se gardent d'y manquer, car on donne à
chacune d'elles deux francs et un kilogramme de
viande. Les enfants reçoivent leurs cadeaux; et ce
jour de Noël, par la main d'une israélite, le petit
Jésus leur envoie des jouets et parfois des livrets de
caisse d'épargne. A-t-on jamais fait mieux? Aussi
l'on ne peut qu'applaudir l'Académie de médecine
qui a accordé le prix de l'hygiène de l'enfance à
Mme Heine-Furtado, et l'Académie des sciences qui,
dans sa séance solennelle du 17 décembre 1886, lui
a décerné « une mention hors ligne et hors concours
pour les services rendus par le dispensaire, services
dignes de la reconnaissance nationale[1] ».

1.   *Rapport de M. le baron Larrey sur la statistique*
du dispensaire Furtado-Heine.

La commission du prix Montyon de statistique, parmi les travaux
nombreux et remarquables qu'elle a examinés cette année, a cru
devoir d'abord signaler, hors ligne et hors concours, Mme Furtado-
Heine, qui a donné son nom à un magnifique dispensaire fondé par sa
munificence.

Le *dispensaire Furtado-Heine* est destiné au traitement des enfants
pauvres ou de ceux de la classe ouvrière atteints d'affections chro-
niques, telles que la scrofule, la tuberculose, le rachitisme ou d'autres
maladies réputées incurables, et à peu près privés des secours de
l'Assistance publique, sinon exclus de la plupart des hôpitaux.

Cette fondation, toute nouvelle et essentiellement charitable, fonctionne à peine depuis trois années, sans distinction aucune de natio-

En sortant de cette maison, j'ai avisé sur ma droite, rue Jacquier, un grand bâtiment en brique, de hautes dimensions et ayant un faux air de manufacture. Je me suis enquis : « Qu'est-ce que c'est? — Une école professionnelle pour les aveugles. — A qui appartient-elle? — Mme Heine-Furtado l'a fait construire, l'a dotée et l'a donnée à la Société des ateliers d'aveugles, dont M. Schicler est le prési-

nalité ou de religion, et déjà l'affluence des malades amenés aux consultations diverses du dispensaire dépasse par milliers toutes les prévisions.

Les *relevés statistiques du dispensaire Furtado-Heine* en démontrent la proportion, pour la période des deux premières années 1884-1885, et promettent les plus sûrs développements d'une œuvre non seulement reconnue d'utilité publique, mais digne de la reconnaissance nationale.

C'est enfin un devoir pour la commission de statistique de signaler cette œuvre de bien à la haute appréciation de l'Académie.

Au mois de juillet 1887, Mme Heine-Furtado a été nommée « chevalier » de la Légion d'honneur.

Je lis, à ce sujet, dans le *Moniteur universel* du 14 août 1887 :

« Une touchante cérémonie a eu lieu au dispensaire Furtado-Heine.

« C'était l'anniversaire de la fondation de ce dispensaire.

« Près de deux mille enfants, tous porteurs de bouquets qu'ils ont remis à leur bienfaitrice, étaient réunis dans la cour de l'établissement et dans la rue Delbet.

« A son arrivée, Mme Furtado-Heine a été reçue aux cris de vivat poussés par tout ce petit monde.

« Puis Mme Frary-Cross, chevalière de la Légion d'honneur, a remis à Mme Furtado-Heine un écrin contenant une croix enrichie de brillants, qui lui a été offerte par souscription organisée entre tous les enfants soignés au dispensaire.

« Le défilé a eu lieu ensuite. Chaque bébé, outre des gâteaux, du chocolat et d'autres friandises, a reçu une pièce de deux francs. »

dent. » Cela me fait penser aux contes de Perrault :
suis-je donc chez la marquise de Carabas de la bienfaisance? Je suis entré. Au rez-de-chaussée et au
premier étage sont des ateliers où travaillent ceux
qui vivent dans les ténèbres; ils apprennent à faire
des brosses, des plumeaux, des balais, ils tissent des
tapis en sparterie, et tâchent de pourvoir aux besoins
de leur existence en travaillant à des métiers où la
délicatesse du toucher peut remplacer la vue. Parmi
les ouvriers, je remarque un nègre qui, tout en be-
sognant, se dandine et roule de gros yeux blancs
d'un aspect étrange dans son visage noir. La maison
est un externat; on n'y couche pas, mais on y gagne
sa vie.

L'exemple de Mme Heine-Furtado suffirait à prouver que la communauté israélite de Paris, tout en
étant très maternelle pour les siens, porte secours,
autant qu'elle le peut, au groupe social au milieu
duquel elle a posé sa tente. Exclusive par ses mœurs
et par sa religion, elle entre en contact immédiat et
profond avec la nation entière aussitôt qu'il s'agit
de charité. Elle accueille sans parti pris, avec libé-
ralisme et libéralité, toute infortune qui l'implore;
les municipalités le savent, et les congrégations, et
les œuvres laïques, et les individus qui de la mendicité se sont fait un métier lucratif. Les noms de
l'opulence israélite sont connus, je les retrouve en

toute liste de souscription, toujours prêts à s'offrir
pour une bonne action. Les aumônes prennent parfois ampleur de largesses ; Mme James de Rothschild
laisse 600,000 francs à l'Assistance publique pour
aider les ouvriers pauvres à payer leurs loyers, et
Antoine Kœnigswarter lègue un million à l'œuvre
des jeunes détenus que dirige M. Bonjean. Chacun,
parmi les riches d'Israël, s'empresse de « faire sa
justice », et « la dîme » est souvent dépassée. Booz
ne laisse pas seulement glaner Ruth la Moabite, il
verse lui-même six mesures d'orge dans son tablier ;
la tradition des ancêtres ne s'est pas altérée.

On a dit que la bienfaisance des juifs était pour
eux une sorte de nécessité sociale, et que leurs offrandes, si magnifiques qu'elles fussent, représen-
taient une prime d'assurance destinée à sauvegarder
leur fortune. Je n'en crois rien, et je connais de
bien grandes fortunes qui ne se sauvegardent guère
par de tels moyens. Il me semble que le motif qui
les émeut est tout historique. Pourquoi ne pas appliquer à la race issue de Jacob le vers de Virgile :

Non ignara mali, miseris succurrere disco ?

Nul peuple n'a été plus cruellement traité que
celui qui se proclame le peuple de Dieu. Pendant
dix-huit siècles l'humanité s'est acharnée contre lui ;
il a connu toutes les avanies, toutes les humilia-

tions, toutes les tortures ; il est resté imperturbable
dans sa foi, dans ses coutumes, et a donné un
exemple extraordinaire de l'énergie de ses convic-
tions. Aujourd'hui, quoiqu'il soit entré de plain-pied
dans le droit de cité, il n'est pas encore à l'abri de
certains préjugés que le temps fera disparaître ; mais
du moins, en nos pays aryens, il peut vivre de la
vie commune et soutenir comme d'autres, mieux
que d'autres peut-être, la lutte pour l'existence. S'il
est si généreux, si la bienfaisance est sa vertu maîtresse, c'est qu'il n'a point oublié le temps des persécutions, et s'il a pitié de ceux qui souffrent, c'est
qu'il se souvient de ce qu'il a souffert.

CHAPITRE V

L'ASSISTANCE PAR LE TRAVAIL

I

LA FAUSSE INDIGENCE.

Les personnes riches ou d'aisance médiocre qu'a-
nime la charité, qui donnent leur argent ou se

prodiguent elles-mêmes, forment au milieu de la
population parisienne une sorte de tribu de la compassion et du bienfait. C'est vers ce groupe vaillant
au bien que montent les clameurs désespérées et
que se tendent les mains suppliantes ; mais c'est à
lui que s'adresse également la fainéantise qui simule
l'indigence, car elle préfère l'aumône aléatoire aux
certitudes du travail rétribué.

J'ai rappelé que le livre des *Proverbes* a dit : « La
fortune du riche. c'est sa ville fortifiée. » La forteresse est assiégée jour et nuit ; aux portes, devant les
échauguettes, sous les embrasures, on sonne l'assaut
et l'on s'ingénie en mille roueries pour pénétrer
dans la place. L'armée des malandrins est multiple
et elle est partout ; elle se déguise, elle revêt toutes
les formes, elle parle tous les langages ; mieux qu'U-
lysse elle est fertile en ruses ; rien ne la décourage,
elle sait d'avance qu'elle finira par remporter la victoire, qui est celle de l'imposture, car elle s'attaque
à ce qu'il y a de plus facile à tromper : aux cœurs
compatissants. J'ose à peine dire à quel chiffre on
peut évaluer le nombre d'individus pour lesquels la
mendicité plus ou moins occulte est un métier, sinon
une vocation.

Des hommes intelligents, qui ont fait de cette
question une étude spéciale, m'ont affirmé, avec
preuves à l'appui, que l'on ne serait pas éloigné de

la vérité en fixant à une centaine de mille la troupe
des combattants du mauvais combat. Et je ne parle
pas de la mendicité qui s'étale dans nos rues, sur
nos boulevards, psalmodiant sa plainte et gueusant
les gros sous ; je parle de ce que l'on pourrait appeler la mendicité épistolaire, de celle qui ne se montre
pas volontiers, qui dépose une lettre — toujours la
même — à domicile et « viendra chercher la réponse
chez monsieur le concierge ». Celle-là n'est ni humble
ni modeste; si elle se dissimule, c'est pour n'être
pas dévisagée; elle est arrogante, elle lève tribut sur
les fortunes particulières, et s'imagine que ce tribut
est une redevance qui lui est due.

Elle se recrute dans toutes les classes de la société.
Ne point travailler semble être le premier devoir de
ces volontaires de la paresse, vivre en parasites est
leur unique préoccupation ; ils y parviennent et parfois avec de grands efforts, qu'ils n'ont jamais l'idée
d'appliquer au travail. J'y vois des employés de commerce congédiés pour des causes qu'ils laissent
ignorer; des officiers qui ont quitté les rangs et ont
cherché la fortune, qu'ils n'ont point rencontrée ;
des gens de noblesse ruinés par le jeu et qui men-
dient afin de se mieux conformer à l'adage coupable :
qui travaille déroge; des négociants qui ont trop
compté sur leur capacité ou sur leur crédit; d'anciennes femmes galantes qui jouent les veuves éplo-

rées et qui n'ont rien su conserver des prodigalités
offertes au plaisir vénal; j'y vois un spécimen de
toutes les défaillances, et c'est à peine si çà et là
j'y découvre quelques êtres intéressants que l'infortune a frappés et qui n'ont pu résister aux duretés
du sort.

Ces individus portent un nom dans le langage des
chevaliers du méfait, qui les connaissent et les fré-
quentent : on les appelle les *francs-bourgeois* ou les
drogueurs de la haute. D'un mot français, ce sont
des escrocs. Pour tromper la bonne foi, abuser de la
compassion, arracher l'aumône aux personnes charitables, tout prétexte est bon, tout mensonge est
utilisé. Je les trouve plus méprisables que les voleurs,
car le voleur risque sa liberté et parfois son existence. Eux ne s'exposent qu'à une rebuffade; nul
péril ne les menace, ils « travaillent » en sécurité,
sans vergogne, mais sans peur. Ce ne sont pas les
riches qu'ils volent, ce sont les malheureux; car ils
pillent le budget de la charité et diminuent la part
que la bienfaisance réserve à ceux qui souffrent.

Le préjudice que cette aristocratie de la mendicité
cause aux vrais misérables, à ceux qui sont dignes
de secours, est incalculable. Avec ce qu'ils reçoivent,
on fonderait plus d'une œuvre dont pourraient profiter l'infirmité, l'indigence et la vieillesse, car la
moyenne de ce qu'ils enlèvent, chaque année, à la

charité ne s'éloigne guère de la somme de six millions. Six millions ! quelle fortune de bienfaits entre des mains intelligentes et désintéressées ! Bien faire l'aumône est un art ; lorsqu'on ne le possède pas, il arrive trop souvent qu'au lieu de porter aide au malheur, on encourage la paresse et l'on nourrit l'oisiveté.

Cet inconvénient est grave, non point parce que les gens riches font sortir quelque argent de leur bourse, mais parce qu'ils donnent mal et qu'ils versent entre des mains indignes l'offrande qu'ils voulaient garder pour de sérieuses infortunes : double inconséquence qui augmente le nombre des malheureux et le nombre des fainéants. Un homme a essayé et essaye avec persévérance de remédier à cet état de choses, et il a créé une œuvre de secours où l'aumône, cessant d'être un don gratuit, devient la rémunération du travail ; mais, pour n'être point trompé par des manœuvres frauduleuses, il y a adjoint un service de renseignements. Son but est de relever l'individu abattu et de rejeter hors des générosités charitables les hommes valides, que l'habitude de la quémanderie abrutit et déshonore. Son principe est celui-ci : Aux indigents incurables, l'aumône ; — aux indigents temporaires, le travail ; — aux indigents volontaires, le travail forcé dans la reclusion. Avant de dire quels moyens il emploie et propose d'em-

ployer pour parvenir à ce résultat, nous devons parler
du genre de mendicité contre lequel on sera sage de
se tenir en garde.

« La charité, s'il vous plaît ! » c'est la vieille
phrase consacrée de la mendicité ; c'est celle qui se
larmoie au coin des rues, c'est celle qui s'écrit dans
les lettres menteuses à l'aide desquelles on se joue
des cœurs généreux ; mais c'est également celle qui
bien souvent ne trompe pas, affirme la détresse et
obtient un secours justifié. Il est parfois difficile de
distinguer la vraie pauvreté de la pauvreté feinte :
toutes deux ont les mêmes apparences et procèdent
de la même façon. La mendicité a cela de cruel et de
diabolique — *perseverare diabolicum* — qu'elle
s'empare de celui qui, dans une heure de désespoir,
n'a pas craint de recourir à elle, et que pour lui
elle devient une habitude, sinon une passion. La
population parisienne a toujours en poche le denier
de l'aumône. Le malheureux qui, pour la première
fois, l'a implorée, s'en va le gousset plus garni qu'il
n'eût osé l'espérer, et il constate qu'une journée de
mendicité lui a rapporté plus qu'une journée de travail. Ses scrupules, s'il en a, s'apaisent ; son courage
à la vie laborieuse s'éteint ; la première honte est
bue, qui est la plus amère.

A quoi bon se tuer au profit d'un patron ? Il est
dur de rester tout le jour debout et pleurnicheur à

l'angle d'une porte cochère, mais c'est moins dur,
après tout, que de raboter des planches ou de limer
le fer : le métier est bon, il est fructueux et sans
chômage, car la charité n'en a pas. L'homme qui a
mendié une fois par nécessité et qui a fait ces réflexions est perdu; il appartiendra désormais à la
tribu des quémandeurs, et si ses journées sont employées à ramasser l'aumône, il aura du moins la
liberté de ses soirées, et Dieu sait ce qu'il en fait!
Les « ténors », c'est-à-dire ceux qui savent chanter,
pénètrent dans les cours et entendent les gros sous
pleuvoir autour d'eux; ils n'empochent point toute la
recette, car ordinairement, et par suite d'un accord
tacite, ils en remettent une partie au portier qui ne
leur a point interdit l'entrée de la maison.

Pour ces gens d'âme basse et sans vigueur, la
paresse devient un besoin si impérieux, qu'elle crée
l'impossibilité morale, et par conséquent l'impossibilité matérielle de travailler; ils ne sont point
faibles cependant, et leur musculature est pleine de
promesses; ils le savent, et, pour vaincre les objec-
tions que leur apparence fait naître, il n'est ruse
qu'ils n'inventent, il n'est simagrée qu'ils n'imaginent. Bien plus simple est l'action de l'infirme, qui
se contente d'exposer son infirmité sous les yeux du
public. Être manchot, avoir une jambe de bois, c'est
être rentier. J'ai entendu un jour un balayeur dire

à un cul-de-jatte qui se plaignait d'avoir été éclaboussé : « Eh! va donc, millionnaire! » Le mot est exagéré; mais tout est relatif : une infirmité qui frappe les regards ouvre bien des bourses et procure une abondance d'aumônes qui équivaut à un revenu régulier. J'ai raconté autrefois que certains aveugles, après avoir fait la saison d'hiver à Paris, à genoux sur un trottoir, montrant leurs yeux laiteux et portant au cou un tableau attendrissant, vont passer l'été à la campagne, dans leur maison, et y vivent comme de bons bourgeois retirés du commerce.

L'infirmité est un gagne-pain assuré; on le sait si bien, qu'il y a des pays où l'on fabrique des infirmes, comme dans la Forêt-Noire on fabrique des horloges qui sont toujours détraquées : c'est un article d'exportation. On s'attache surtout à faire des culs-de-jatte, qui sont très demandés sur le marché de la mendicité. Les principales usines sont situées à la Corogne. Là on choisit de petits Espagnols un peu contrefaits, d'une dizaine d'années, et avec précaution on achève l'œuvre ébauchée de la nature. Boiteux, bancal ou bossu, cela ne suffit pas à émouvoir sérieusement la charité : on prend le malheureux, à l'aide de courroies on immobilise, dans une position déterminée, les membres inférieurs : six semaines, deux mois suffisent à provoquer l'ankylose des articulations; les jambes, les cuisses s'atrophient

le torse se développe; on met le monstre dans la
boîte à roulettes qui lui servira de véhicule et de lit,
puis on l'expédie en France, le bon pays où la sébille
des mendiants est souvent pleine.

La plupart restent dans les départements voisins
des Pyrénées, surtout dans celui de la Haute-Garonne.
Quelques-uns viennent à Paris, mais ceux-là s'appartiennent rarement à eux-mêmes : ils sont aux
gages d'un entrepreneur qui les a loués à forfait, les
exploite, s'empare de leur recette, les nourrit et les
couche, souvent une douzaine ensemble, dans la
même charrette sous hangar, côte à côte, comme des
veaux liés aux pattes et conduits au marché. Lorsque, sur nos boulevards riches, vous entendez un
cul-de-jatte parler un charabia mélangé d'espagnol
et de français, soyez certain que vous êtes en présence d'un produit industriel de la Corogne. Le
scandale est devenu si grand, qu'au mois de mai 1887
le directeur de la sûreté générale au ministère de
l'intérieur a lancé une circulaire — inutile — pour
mettre obstacle à cet abominable commerce.

L'aumône que l'estropié reçoit est en raison directe
de la gravité de son infirmité. Dans les quartiers
opulents de Paris, qui sont les seuls que j'aie étudiés de près, la recette quotidienne varie de dix à
vingt-cinq francs; parfois elle s'élève jusqu'à trente
francs, mais c'est là une aubaine exceptionnelle et

« sur laquelle, me disait un cul-de-jatte, il serait
imprudent d'établir son budget ». Cependant, à
quelque heure du jour que l'on mette la main à la
poche d'un de ces éclopés, on n'y trouvera pas plus
d'une vingtaine de sous. Cela tient à ce que le mendiant « travaille » rarement seul; il a un compagnon, le plus souvent une compagne, qui reste en
surveillance en face de sa station, et plusieurs fois
au cours de la journée vient faire ce que l'on nomme
la « collecte », c'est-à-dire lui prendre, pour la
mettre en réserve, la recette déjà effectuée : acte de
prévoyance pour éviter les vols dont les mendiants
sont fréquemment victimes, mais surtout acte de
prudence destiné à dérouter les curiosités de la
police, qui sait à quoi s'en tenir à cet égard et ferme
volontiers les yeux devant ce péché véniel.

Des personnes charitables, craignant pour le mendiant l'entraînement du cabaret, remplacent l'aumône
en argent par un de ces « bons de fourneaux » à
l'aide desquels on se procure des aliments en certains endroits désignés. Beaucoup de maisons bienfaisantes, de grands magasins, de congrégations religieuses, distribuent, à jour et à heures nommés,
ces bons, que la *Société philanthropique* inventa jadis
en même temps que les « soupes économiques ».
Autrefois les mendiants ne les recevaient qu'en rechi-
gnant; ils grommelaient : « Que voulez-vous que je

fasse de ce morceau de carton? Donnez-moi deux
sous, j'aime mieux cela. » Aujourd'hui, ils se sont
fort radoucis et les acceptent volontiers, car ils en
font trafic.

Quand un de ces malingreux a réuni trente bons,
représentant, pour celui qui les a achetés, une valeur
de trois francs, et au moins une valeur double
pour celui qui voudrait les utiliser correctement,
il va les vendre à des marchands de vin connus
dans le monde de la gueuserie pour en faire marchandise. Trente bons sont payés couramment seize
sous, plus un double petit verre d'eau-de-vie, d'absinthe ou de verjus. L'affaire n'est point mauvaise
pour le marchand de vin, chez lequel les quatre-vingts
centimes sont généralement dépensés et bus ; en
outre, il envoie chercher la nourriture par différentes personnes ou à différents fourneaux, afin de ne
pas éveiller les soupçons; il la « raccommode » et la
sert à bon prix aux cochers de voitures de place, car
leur cabaret est presque toujours voisin d'une station de fiacres. C'est de l'argent placé à gros intérêts : les trente portions achetées par eux seize sous
leur rapportent neuf francs, car elles sont revendues
trente centimes chacune; et c'est ainsi que, sans
le soupçonner, la charité parisienne enrichit certains
débitants de boissons.

Je l'admire, cette charité imperturbable qui, dans

la crainte d'avoir tort vis-à-vis d'elle-même, commet souvent des erreurs; mais je ne puis m'empêcher de la plaindre lorsque je vois avec quelle facilité elle se laisse duper et combien il est facile d'abuser de sa sensibilité. Que de fois nous avons vu les passants s'arrêter autour d'un malheureux et faire une collecte en sa faveur! Si un sergent de ville est là, regardez-le, et au sourire ironique de ses lèvres vous comprendrez qu'il a ses raisons pour ne pas s'associer à l'émotion générale. Entre vingt exemples qui se pressent dans mon souvenir, j'en citerai un qui s'est produit il y a peu de temps, et qui du reste était déjà connu sous le nom de « coup du noyé ». On ne le fait guère qu'en été, et pour cause.

Le 28 août 1887, un dimanche, à l'heure où la population est nombreuse sur les quais voisins des Champs-Élysées, un homme mal vêtu pousse un cri de désespoir et se jette à la Seine, près du pont de l'Alma. La foule s'amasse, elle voit le malheureux reparaître sur l'eau, qu'il frappe de gestes incohérents, et couler encore comme s'il avait plongé. A cet instant, un autre homme, costumé en ouvrier, se précipite à la rivière, nage avec vigueur, saisit le noyé et, à grands efforts, le ramène sur la berge. Tout le monde accourt; on environne le sauveteur et le noyé. Celui-ci semble sortir d'un évanouissement, et s'écrie : « Qu'as-tu fait, pourquoi ne m'as-

tu pas laissé mourir? Je n'ai plus d'ouvrage, et voilà
trois jours que je n'ai mangé! » Il se relève et veut
s'élancer vers la rivière; on le retient, il se débat :
« Laissez-moi! laissez-moi mourir! » Le sauveur
intervient; il fouille dans ses poches, en tire 50 centimes : « Tiens, voilà tout ce qui me reste; j'en
serai quitte pour ne point dîner aujourd'hui! » Ces
deux pauvres gens tombent dans les bras l'un de
l'autre et se donnent l'accolade fraternelle des grands
dévouements.

Qui résisterait à un tel spectacle? Tous les cœurs
s'émeuvent, les yeux sont humides, et chacun met
la main à sa poche. Les gros sous, les pièces blanches, deux pièces d'or sont donnés à cet infortuné
qui est à jeun depuis trois jours. Les deux camarades s'éloignent, se soutenant, à petits pas tant qu'ils
sont sur les quais, un peu plus vite lorsqu'ils appro-
chent de Chaillot, lestement dès qu'ils se croient
hors des regards. Deux agents de la sûreté, sceptiques par métier et par conviction, avaient assisté
aux incidents de l'aventure; ils suivirent — ils filè-
rent — les accolytes, qui entrèrent dans un cabaret,
où les attendait une compagnie d'aspect peu édifiant.
On étala sur la table l'argent récolté; on fit de grands
cris de joie, on s'ébroua comme des chiens mouillés
pour secouer l'eau du suicide et du sauvetage, puis,
en riant de la bêtise de ces « brutes de bourgeois »,

on commanda un « balthazar ». Trois heures après,
les deux compagnons de bain, encore humides, mais
ivres morts, étaient arrêtés par les agents qui les
guettaient et conduits au Dépôt, d'où ils n'eurent
pas long chemin à faire pour aller jusqu'aux chambres de la police correctionnelle. Ces ingénieux personnages étaient des repris de justice qui avaient
voulu faire un bon repas aux dépens des âmes compatissantes.

Intéressants ou non, dignes de pitié ou dignes de
prison, les hommes dont je viens de parler exercent
en plein jour, comme de loyaux industriels qui n'ont
rien à cacher de leur commerce; ils accostent, ils
sollicitent le passant, « à la rencontre, » et quoiqu'ils aient presque toujours des clients attitrés dont
chaque jour ils reçoivent une aumône, c'est à la
charité anonyme, à celle qui passe, donne et continue sa route, qu'ils doivent le plus sûr de leur
recette. Il n'en est point de même pour les faux indigents dont la spécialité est de « droguer la haute »,
ce qui signifie en français « escroquer les gens
riches ». Ceux-là ne reçoivent pas l'offrande de la
bienfaisance, ils l'extorquent. Le plus souvent on
ne les voit pas, mais en revanche on est assailli de
leurs lettres. Les plus hardis pénètrent dans les
maisons, se recommandent souvent d'un nom connu,
et lorsqu'on donne audience au récit de leurs infor-

tunes, il est rare qu'ils se retirent les mains vides.
Ils sont dangereux, et, s'ils en trouvent l'occasion,
ne se font point scrupule de décrocher une montre
ou tout objet précieux qui se trouve à portée de leur
main, dont l'habileté parfois est excessive.

Il y a quelque dix-huit ou dix-neuf ans, à l'époque
où j'étudiais de près les malfaiteurs qui pullulent
dans Paris, on me prévint, au moment où je venais
de me mettre à table, qu'un homme me demandait
pour une communication urgente et d'une extrême
importance. Je donnai ordre de le faire entrer dans
mon cabinet. Je vis un individu âgé d'environ quarante ans, solide, fraîchement rasé, ne portant que
ses favoris, les cheveux en coup de vent, la main
charnue, l'œil impudent et de costume convenable.
A ma question : « Que désirez-vous ? » il se campa
de trois quarts, le regard levé vers le plafond, la
bouche crispée par un sourire amer ; il poussa un
soupir, et avec une voix de traître de mélodrame, il
s'écria : « Ah ! c'est une étrange histoire que la
mienne, monsieur ! » Je n'en écoutai pas davantage, et je lui dis : « Mon garçon, tu es un drogueur de la haute ; il n'y a rien à barboter dans
la cambrouse, la braise et la toquante sont dans le
radin, et le radin est bouclé ; donc esbigne-toi et tire
tes pattes en vitesse. » Je n'ai jamais vu une expression plus étonnée. L'homme, sans mot dire, tourna

les talons, et je l'entendis descendre l'escalier comme
s'il avait eu la maréchaussée à ses trousses. Je venais
de lui dire : « Il n'y a rien à voler dans l'appartement, l'argent et la montre sont dans le tiroir, et le
tiroir est fermé ; donc décampe promptement. » A
cette époque, j'allais parfois passer une partie de la
nuit aux fours à chaux des carrières d'Amérique.
Vêtu à la diable et méconnaissable, je n'avais pas
tardé, en causant avec mes compagnons de hasard,
à apprendre le langage qu'ont parlé les Argonautes
partis à la conquête de la toison d'or. Cela m'avait
permis d'adresser à mon faux indigent une phrase
qu'il ne se fit pas répéter.

Ceux qui ne reculent point devant l'audace de la
visite montrent souvent des certificats ou des listes
de souscription signés des noms les plus honorables ;
bien souvent les signatures sont fausses, mais souvent aussi elles sont réelles, données par insouciance,
par bonté, pour se débarrasser d'un importun. Grave
imprudence, qu'il faut se garder de commettre, car
elle ne sert qu'à faire des dupes. Un prêtre d'une
des religions reconnues par l'État, — abbé, pasteur
ou rabbin, cela importe peu, — prête dix francs à
un indigent, qui les renvoie quelques jours après
avec une lettre de remerciements. Le prêtre, qui ne
comptait guère sur un remboursement, écrit à ce
débiteur délicat pour le féliciter de son exactitude et

l'engager à persévérer dans la probité dont il vient de fournir un bon témoignage. Cette lettre, colportée chez les personnes charitables, montrée comme une attestation de rectitude et de probité, rapporta plusieurs mille francs à celui qui l'utilisait et savait lui faire produire de prétendues avances, relativement considérables, qu'il ne restituait jamais. Dix francs bien placés, — bien rendus, — lui valurent un crédit dont il abusa pour mener l'existence avec gaieté. Ce coup-là est plus fréquent et moins périlleux que le coup du noyé : on l'appelle le coup de la « rembourse ».

L'action des faux indigents qui exploitent la crédulité des bonnes âmes s'exerce sur une catégorie sociale déterminée; elle vise, elle ne peut viser que les gens riches et les gens connus. Certains financiers, célèbres par leur richesse et par leur bienfaisance, reçoivent annuellement plus de cinquante mille demandes. Chez ces personnages opulents, qui ont un budget spécial de charité, on trouverait une sorte d'aumônerie où des employés intelligents sont chargés de faire des enquêtes et de s'informer de l'état réel des misères signalées. Malgré les précautions prises et qu'indique la préoccupation de la vraie charité, ils sont trompés, le savent, ne se récusent pas, car le plus souvent c'est pour eux-mêmes qu'il leur répugne de refuser, quoiqu'ils ne se fas-

sent guère d'illusion sur la moralité de ceux qui les
sollicitent.

A Paris, tous les gens qui « donnent », qui se
laissent « carotter » par générosité ou par indifférence, sont cotés sur la place de la mendicité. On
sait jusqu'où l'on peut pousser l'insistance, ce que
l'on est en droit d'en attendre; on connaît l'époque
de leur départ pour la campagne et celle de leur
retour. Bien plus, il existe des agences où l'on se
procure leurs noms et des notes sur la façon la plus
fructueuse de s'adresser à eux; chaque renseignement fourni est frappé d'un droit fixe de dix centimes. Ainsi pour cent sous on obtient la désignation
et l'adresse de cinquante personnes qui « lâche-
ront un ou deux ronds », c'est-à-dire feront remettre
cinq ou dix francs au quémandeur. Beaucoup de ces
faux indigents forment en outre une confrérie dont
les membres échangent d'utiles indications et se
réunissent souvent le soir pour dépenser en commun
le produit de la journée, car il est à constater que
ces mendiants qui crient famine aiment le plaisir,
le vin, l'eau-de-vie, le reste, surtout le reste, et s'y
abandonnent avec passion.

Les personnes charitables ont pu faire l'observation que voici : lorsqu'elles ont répondu favorablement à une demande de secours, elles reçoivent
coup sur coup, à un ou deux jours d'intervalle, plu-

sieurs lettres plaintives qui font appel à leur bon cœur. C'est parce que le malandrin qui a empoché la première aubaine s'est empressé de faire savoir à ses compagnons d'escroquerie qu'en telle demeure on ne ferme ni l'oreille ni la bourse aux doléances. A moins que ce ne soit le même individu qui, sous différents noms, ne renouvelle une démarche dont il n'a pas eu à se repentir. Ce fait est très fréquent, car souvent ces gens habiles, pour mieux déguiser leur écriture, se sont appris à écrire de la main gauche. Plusieurs ne sont point embarrassés pour se procurer des pièces d'identité variées, qu'ils emploient successivement, et souvent avec succès, en les enfermant dans leurs lettres de sollicitation et en priant qu'on les fasse déposer chez le portier, où ils viendront les reprendre. Dans ce cas, le procédé est simple, quoiqu'il tombe sous le coup des lois.

C'est généralement dans les « garnis » que l'on opère ce genre de détournement, dont le résultat aide à commettre un faux en écriture privée. Un drogueur de la haute s'adresse à de pauvres diables dénués par suite de chômage, de maladie ou de causes moins avouables ; il les plaint, il voudrait les protéger et leur propose d'écrire à ses « belles connaissances », afin de les aider à sortir de misère. On accepte avec gratitude et on lui remet le livret, ou l'acte de naissance, ou l'acte de mariage, ou un

certificat quelconque, afin qu'il puisse prouver que
l'on n'a pas affaire à de « mauvaises gens comme il
y en a tant ». Une fois muni de ces pièces, l'honnête
homme décampe, s'en va dans une de ces maisons
où on loge à la nuit, recommence les mêmes manœuvres auxquelles se prête la crédulité intéressée,
et au bout d'une semaine se trouve en possession
d'une demi-douzaine d'états civils dont il va se servir
à son profit. Ces filous portent un nom dans leur
monde : on les appelle des « rinceurs de fafiots »,
des voleurs de papiers.

Plus que le riche le pauvre est exposé à être dé-
pouillé. Je me rappelle un fait qui m'a laissé une
vive impression. Une femme, hâve et mourant de
faim, tombe d'inanition à la porte d'un bureau de
commissionnaire au mont-de-piété, dans le quartier
Saint-Jacques ; on s'empresse autour d'elle. Lorsqu'elle revient de sa syncope, elle cherche le paquet
de linge qu'elle venait engager et ne le retrouve
plus : un voleur l'avait enlevé. Heureusement on la
conduisit chez le commissaire de police, où elle reçut
un secours immédiat. Le vice ne perd aucune occasion de se manifester : la nuit, sur le boulevard,
pendant l'incendie de l'Opéra-Comique, alors que les
lugubres civières charroyaient les cadavres, le vol
et la débauche ne se gênaient guère au milieu de la
foule.

Les lettres expédiées par l'indigence menteuse —
qui n'en a reçu? — ont toutes un air de famille
auquel on les reconnaît. Les aventures sont diverses,
les infortunes sont différentes, mais le ton général
est le même et les formules sont identiques : éloges
outrés du futur bienfaiteur, abus d'épithètes, désespoir emphatique; ce qui domine, c'est l'accent de
l'imposture, que l'on exagère pour en faire l'accent
de la vérité. La suscription seule de l'adresse est un
indice auquel ne se trompent point les personnes
accoutumées à recevoir ce genre de correspondance.
Tout événement connu, tout sinistre retentissant
sert de prétexte à la quémanderie. Après la guerre
franco-allemande, la plupart de ces requêtes étaient
signées par des individus que le patriotisme avait
forcés de quitter Strasbourg (Lorraine) ou Metz (Alsace). Ils n'y regardaient pas de si près; bien des
braves gens, envoyant leur aumône, n'y regardaient
pas plus qu'eux, et l'on pouvait admettre que la charité leur avait fait oublier la géographie. Lorsque
notre Midi fut ravagé par des inondations, on n'était
plus sollicité que par des inondés, qui se trouvaient
réduits à la dernière misère, après avoir sauvé quelques femmes et plusieurs enfants. Ceux-là ne réclamaient qu'un prêt, un simple prêt, afin de pouvoir
attendre la récompense pécuniaire que le gouvernement leur avait promise. Je garde la lettre d'un

bon Français, qui me priait de venir à son aide parce
que le tremblement de terre d'Ischia l'avait complètement ruiné, « car, me disait-il, ce cataclysme
inénarrable l'avait empêché d'établir à Casamicciola
un hôtel perfectionné où il n'aurait pu manquer de
faire fortune. » Ce motif ne put me convaincre.

La pureté des sentiments religieux de quelques-
uns de ces drôles est édifiante; seulement leur ferveur varie selon la qualité des personnes qu'ils invoquent, et sans grand effort ils sont tour à tour catholiques, israélites ou protestants. L'un d'eux, né en
Suisse, et que l'on devrait reconduire à la frontière
en vertu du second article de la loi de vendémiaire
an II, a exploité le monde de la religion réformée
de 1880 à 1885; il a tant saigné la veine qu'elle
s'est épuisée, et alors il a été touché de la grâce, car
il s'est brusquement converti à la mendicité envers
le catholicisme. J'ai sous les yeux trente-deux lettres
de lui, sans compter une demi-douzaine qu'il m'a
fait l'honneur de m'adresser sous trois noms différents, mais avec des formules semblables qui dénoncent chez lui quelque stérilité d'imagination. Sa
piété est extrême et faite pour toucher les cœurs les
plus endurcis.

Que l'on en juge : « *Sancta Dei genitrix, ora pro
nobis!* Au nom du Dieu d'amour et de charité, je
viens faire appel à votre grande générosité et solli-

citer votre noble cœur. » Une demande d'emploi
qu'il a fait parvenir aux administrations publiques
est apostillée par des sénateurs, par des conseillers
municipaux, par le maire du *** arrondissement.
Mais, en attendant la réponse, qui ne peut être que
favorable, il est obligé de loger en garni, en « chambrée, dans un hôtel à la nuit où je n'entends parler
que de vol et d'assassinat; c'est pour moi un vrai
suicide moral. Ce qui me soutient, c'est la méditation des belles paroles prononcées par le regretté
Mgr Dupanloup ». Suit une citation qui n'a aucun
rapport avec l'objet de la lettre. Habiter en chambrée, « au milieu de futurs criminels et de repris
de justice, me rend matériellement impossible d'accomplir *cette année* dignement mes devoirs religieux,
à l'occasion des belles fêtes de Pâques. » Il ne peut
se recueillir et se préparer à célébrer les saints mystères de notre religion vénérée qu'en louant un cabinet où il restera seul vis-à-vis de sa conscience. Il
demande qu'on lui paye le premier mois de loyer :
coût, 30 francs, « qu'il espère trouver chez le concierge en venant chercher la réponse. » Cette réponse
et cette avance on ne les lui refusera pas, à lui qui
chaque jour récite la prière qu'il a composée :

> J'ai soif de ta présence,
> Divin chef de ma foi,
> Dans ma faiblesse immense
> Que ferais-je sans toi?

Puis il termine : « Dans l'espoir d'un bon accueil,
je fais des vœux pour que Dieu vous accorde, monsieur et honoré maître, des jours purs comme le
beau printemps, et que votre belle vie, remplie de
bonnes œuvres, coule paisiblement comme un lim-
pide ruisseau à travers une plaine fleurie. » J'avoue
la sécheresse de mon cœur : ces calembredaines ne
m'ont jamais touché, et les lettres de ce catholique
sont restées sans réponse. Bien m'en a pris.

Un personnage riche, ayant reçu des lettres analogues, avait déjà plusieurs fois envoyé des aumônes.
Les demandes se répétant, il fut pris de doute sur
tant de vertu alliée à tant de malheur, et, un soir,
il se fit conduire au garni indiqué par le solliciteur,
qui n'était pas au logis. Comme le bienfaiteur se
retirait par un couloir étroit, il se rangea afin de
n'être point heurté par un couple ivre, qui battait
la muraille en se dirigeant vers l'escalier. Quoiqu'il
s'effaçât de son mieux, il fut frôlé par la femme, qui
l'apostropha : « Tu ne peux donc pas faire attention,
espèce de marsouin ! » L'homme, en vrai chevalier
français, s'arrêta : « Qu'est-ce qu'il t'a fait, cet
animal-là, que je lui casse la figure ! » Le bienfaiteur
s'éloigna sans répondre, songeant avec tristesse aux
voisins déplorables qui troublaient son protégé dans
la préparation de la communion pascale. Le garçon
du garni vint à lui : « C'est là M. X..., que vous

demandiez. » Le choc fut dur. « Est-ce qu'il est marié ? — Oh non! mais il se marie de temps en temps,
comme ça se trouve. » Le bienfaiteur fut édifié et
pour toujours : *Sancta Dei genitrix, ora pro nobis!*

Je reçus un jour une lettre assez touchante, de
ferme écriture et de bonne orthographe; les explications que l'on me donnait ne s'éloignaient guère
de celles que je connaissais depuis longtemps : chômage, difficulté de trouver un emploi, misère lan-
cinante, menace d'être expulsé du garni. Au-dessous
de l'adresse, qui indiquait un des endroits les moins
bien famés de Paris, on avait ajouté et souligné :
« où je ne pourrai probablement rentrer ce soir,
monsieur, qu'avec l'aide de votre bienveillante aumône. » Il est pénible de se dire que faute d'un
secours un homme peut être exposé à passer la nuit
à la belle étoile en plein hiver. Je fis remettre de
quoi vivre pendant plusieurs jours. Le quémandeur
eut une défaillance de mémoire, car, six semaines
après, il déposa chez moi une lettre accompagnée du
même *post-scriptum* qui m'avait ému. Je m'enquis
de l'individu : il fait métier de mendicité et il en
vit assez confortablement. C'est un ancien percepteur
des finances qui a quitté son administration pour
des motifs que j'ignore, qui dupe les gens, recule
devant le travail et ne manque point d'esprit pour
tromper la charité.

30

Quelques-uns écrivent en prose ou en vers, *ad libitum;* ils « tournent » le couplet, ils façonnent le dithyrambe, ils s'élèvent jusqu'à l'ode, toujours sur le même thème : « Un petit sou, s'il vous plaît! » Ceux qui exercent le métier de cette manière en sont les Crésus ; l'un d'eux excelle à entremêler ses phrases de strophes plus ou moins bien rimées. Il ne se contente pas de solliciter, il met en demeure avec quelque impertinence; il écrit à l'un de ses bienfaiteurs attitrés : « Aiguisez, si vous voulez, toutes les pointes de votre subtile dialectique, je vous mets au défi de me prouver que je déraisonne en vous priant de me trouver aujourd'hui même, soit chez vous, soit chez les membres de votre comité, un peu d'argent. » Il paraît que ses façons d'être sont acceptées, car de son propre aveu il se fait 16,000 livres de rente. C'est là un maximum qui doit être rarement dépassé, car, en général, cette industrie rapporte de 4,000 à 8,000 francs par an, lorsqu'elle est exercée par un individu seul; mais si une famille, composée du mari, de la femme, d'un ou de deux enfants, concentre ses efforts et sait les diviser pour les rendre productifs, la recette devient considérable, permet un loyer d'un millier de francs et les services d'une bonne à tout faire.

C'est l'aristocratie du genre, et les représentants en sont moins rares qu'on ne le pourrait croire;

l'un d'eux est de vieille maison, inscrite en bonne
place à l'armorial de notre pays. Sa femme et lui rivalisent de zèle pour mendier. Il écrit : « Je vous prie
de faire le plus modique sacrifice pour soulager une
des plus anciennes familles de France qui souffre
avec résignation. » Sa femme expédie, de son côté,
lettre sur lettre. Son orthographe est inférieure à son
blason ; elle parle des malheurs qui l'ont « frappées »
et de « son bras excrofié ». On a proposé un emploi
à ce gentilhomme ; il a répondu que, lorsque l'on
avait des pères qui ont porté le fanion des ducs de
Bretagne, on ne s'abaissait point à un travail manuel. Cet homme est un exemple mémorable des
ravages que l'aumône mal appliquée peut produire
sur une nature sans résistance à soi-même. Il est
fils d'un officier supérieur de la garde royale ; il est
sorti d'une école militaire, il a servi et a porté la
double épaulette d'or. Il a quitté l'armée française,
où il n'a pu rentrer, après avoir vainement essayé
d'être pourvu d'un grade important dans des troupes levées par un souverain électif étranger. Son
patrimoine avait été rapidement dissipé ; un beau
jour il se réveilla pauvre, n'ayant pour toute ressource que son énergie, qui était nulle.

Grâce à son nom et à ses relations, il obtint je ne
sais quelle fonction sur une ligne de chemin de fer.
Il séduisit et épousa la fille du notaire d'une ville

voisine de nos frontières. Il abandonna son emploi,
dévora promptement la dot de sa femme et, revenu
à Paris, incapable de la volonté qui fait rechercher
le travail, il se mit à mendier par lettres; sa femme
l'imita, et ses trois enfants, livrés à eux-mêmes,
allèrent aussi quémander deci et delà. On accusa
la destinée au lieu d'accuser sa propre paresse, et
l'on demanda à l'absinthe l'oubli des maux que l'on
avait mérités. Aujourd'hui, le père est abruti par
l'alcoolisme; la mère sollicite toute charité; la fille
aînée, âgée de vingt-deux ans, a déserté le domicile
paternel et court des hasards où nous n'avons pas à
la suivre; les deux autres enfants n'ont d'autre instruction que d'avoir appris à frapper aux portes de
la bienfaisance : cinq personnes perdues sans retour,
parce qu'au lieu de leur imposer le travail rétribué,
on les a admis à des aumônes qui ont développé
leurs vices et rendu leur faiblesse incurable.

Là où l'enfant est mêlé à la mendicité des parents, la loi devrait intervenir; car, dans bien des
cas, l'État a mission de faire acte de père de famille. La quémanderie est pour l'enfant une école
de démoralisation et de perversité. Un homme, que
connaissent bien les gens de plume auxquels il s'a-
dresse de préférence, a fait de son fils le messager
de ses demandes de secours, toujours justifiées par
des infortunes extraordinaires. A quatre ans, l'en-

fant a débuté dans ce métier de perdition, où je l'ai
vu travailler avec une astuce larmoyante dont j'ai été
stupéfait; aujourd'hui, à douze ans, il le continue
encore. C'est à peine s'il a reçu quelques notions
d'enseignement élémentaire; mais il sait lire les
suscriptions des lettres, ne se trompe ni de nom ni
d'étage, et excelle à soutirer l'argent, car il n'ignore
pas que, s'il revient sans bonne réponse, il sera souf-
fleté par son père, qui l'attend à l'angle de la rue
voisine.

Veut-on savoir ce que deviennent ces pauvres
petits êtres irresponsables que la rapacité des parents
envoie mendier à domicile? Knobloch, condamné
aux travaux forcés dans une affaire qui fit grand
bruit, il y a peu d'années, Marchandon, exécuté sur
la place de la Roquette pour assassinat, portaient
tous deux, au temps de leur enfance, les lettres que
leurs mères écrivaient afin de se faire donner le pain
quotidien qu'elles refusaient de demander à leur
travail. Il ne faudrait point de longues recherches
dans les greffes des cours d'assises pour multiplier
de tels exemples. Dumolard, l'assassin dont la spécialité était de tuer les servantes afin d'anéantir les
preuves d'un crime préalable, avait mendié dès l'âge
de cinq ans. Pour beaucoup de ces êtres dépravés,
la mendicité a été la première étape du chemin qui
mène au bagne et à l'échafaud.

Qui croirait que des élégants dont l'on a jadis
admiré les chevaux, les maîtresses et les belles allures, se sont laissés réduire à cet état d'abjection?
En voici un qui a soixante-cinq ans; au temps de
ma jeunesse, on en parlait, et je me rappelle l'avoir
vu sortir du *Café de Paris*, le cigare aux lèvres et
une rose mousseuse à la boutonnière. Il a été le
compagnon de certains lions, — c'est ainsi que l'on
disait alors, — qui ont laissé quelque renommée
dans le monde où l'on ne s'ennuie pas, et où l'on
ne se respecte guère. La vie à outrance l'a ruiné, et
il est tombé si bas, si bas, que jamais il ne s'est
relevé : il a touché le fond de la mendicité par l'escroquerie. Ses lettres, qu'il multiplie, se divisent en
deux catégories distinctes, qui font honneur à son
imagination. Les premières brodent sur un thème
connu et paraphrasent le vers d'une chanson qui
eut de la célébrité dans les ateliers de l'École des
Beaux-Arts :

> C'est pour ma mère, on me respectera.

Sa mère est âgée, infirme, sa mère est ruinée par
des revers de fortune; passant ses journées en courses infructueuses pour obtenir un emploi, il prie, il
conjure que l'on vienne à son aide, pour qu'il puisse
au moins arracher aux tortures de la faim celle qui
lui a donné le jour. On ne resta point insensible à

cette voix filiale, et les aumônes furent larges. Fort
alléché, ce bon fils dépassa la mesure, et ses demandes furent trop fréquemment renouvelées : il
inspira quelque méfiance, et s'en aperçut en voyant
ses recettes diminuer. Il s'abstint et fit le mort pendant quelque temps. Tout à coup la mère intervint
à son tour, cette mère pour laquelle on n'avait point
reculé devant la honte de tendre la main. Elle est si
vieille, si affaiblie, si ravagée par la douleur, qu'elle
ne peut que signer les lettres que l'on écrit pour
elle. Un malheur irréparable l'a frappée : son fils,
ce fils exceptionnel qui bravait tout pour elle, tout,
jusqu'à l'opinion de la caste noble à laquelle il appartenait, ce modèle des fils lui a été enlevé par une
maladie qu'ont provoquée les angoisses et la pauvreté. Seule au monde, que va-t-elle devenir, à demi
paralysée, presque grabataire, si les âmes charitables n'ont point pitié d'elle? Plusieurs lettres
écrites par des voisines compatissantes, qui se re-
layent pour la soigner, exécutent quelques variations
sur le même air.

Le lecteur a compris. Toutes ces lettres, dont l'é-
criture même se trahit, malgré les efforts que l'on a
faits pour la déguiser, sont rédigées par l'ancien
viveur qui se porte fort bien, et dont la mère est
morte alors qu'il était au collège. On s'enquiert de
lui; que l'on me pardonne le mot : il vit dans la

« crapule », gaspille en orgies tout l'argent qu'il récolte, courtise les cuisinières et a emprunté à l'une
d'elles deux cents francs qu'il ne lui a jamais rendus.
On estime à plus de 200,000 francs les sommes que
cet habile homme a extorquées depuis qu'il est entré
dans la bande des escrocs, où il a pour acolyte un
bon gentilhomme dont le fils s'est noyé accidentellement et qui profite de cet « incident » pour demander des secours à tort et à travers.

Parfois, au lieu de mendier, on fait, — on a l'air
de faire, — un petit commerce. Les femmes s'y empressent; l'une d'elles, ancienne institutrice, « instruite, bien ronde et potelée, vit largement aux
dépens des personnes charitables. » Le procédé est
autre et parvient au même résultat. On envoie, avec
une lettre à la fois explicative et suppliante, une
boîte de plumes de fer ou de cire à cacheter que
l'on viendra reprendre le lendemain, si elle ne convient pas. La boîte a coûté 1 fr. 50, et il est rare
qu'en échange la personne à qui elle est envoyée ne
donne pas cinq ou dix francs. Un bienfaiteur curieux
se rendit au domicile de cette vendeuse ambulante;
il aperçut sur la table le volume de *Tout-Paris*
ouvert et une quarantaine de lettres auxquelles la
suscription manquait encore. Que pense-t-on de ce
comte espagnol, hidalgo impétueux,

Plus délabré que Job et plus fier que Bragance,

qui écrit : « J'ai servi dans l'armée Borbonique, non sans un mérite onéreux, » et qui envoie son portrait gravé, afin qu'on ne le puisse confondre avec « les pitoyables dont la basse honte ne craint pas de revêtir son nom, ses titres et ses décorations pour en abuser ». Celui-là ne vend ni plumes de fer ni cire à cacheter, il vend des brochures dont il se dit l'auteur.

Les œuvres les meilleures servent de prétexte à l'exploitation de la charité. On a mis en recherche, et je crois que l'on n'a pu découvrir, un escroc qui se présentait dans les maisons du faubourg Saint-Germain et dans les ambassades pour quêter au nom de l'*Hospitalité de nuit ;* c'est la fausseté du timbre et de la signature qui a fait reconnaître la supercherie. Non seulement on se recommande des œuvres existantes, mais on en invente, on en crée avec pièces à l'appui : prospectus, attestations imprimées, approbations de hauts personnages, livres à souche, bulletins, reçus timbrés signés du percepteur, du contrôleur et du directeur; c'est complet, mais ça exige une mise de fonds préalable pour fabriquer tant de paperasses. On y est pris, j'y ai été pris comme les autres.

Il s'agissait d'un orphelinat que trois coquins avaient imaginé pour en bien vivre; l'un d'eux était une sorte d'instituteur qui rédigeait les requêtes pour amorcer les « pantres », c'est-à-dire les imbéciles ; — les pantres, c'est vous et moi. — Pour 300 francs, on obtenait un diplôme d'honneur ; pour 100 francs, on était membre fondateur, et membre titulaire pour 50. Les metteurs en action de cette escroquerie, qui a eu des proportions considérables, relevaient dans les *Petites-Affiches* le nom et l'adresse des gens qui demandaient un emploi ; d'eux l'on n'exigeait rien, sinon qu'ils eussent une bonne tenue. On leur donnait leurs instructions et on les envoyait quêter en leur accordant 35 pour 100 sur leur recette. Vingt quêteurs bien stylés rapportaient chacun une moyenne de 100 francs par semaine, soit ensemble 2,000 francs. Comme en été, pendant la saison des déplacements, le produit est toujours moindre, l'escroquerie ne fournissait guère plus de 75,000 francs par an. L'orphelinat, en réalité, se composait d'une chambre où l'instituteur distribuait des leçons de lecture et de morale à deux élèves payants. Un négociant auquel le « diplôme d'honneur » fut proposé flaira quelque mauvais tour et fit arrêter les quêteurs. L'orphelinat en mourut : il renaîtra.

La religion est un appât puissant que l'on utilise avec fruit. Un homme encore très jeune, que les scrupules de conscience paraissent ne point tourmenter, et qui a débuté dans la vie par obtenir, en

Lorraine française, deux ans de prison pour escroquerie, non content de solliciter les secours de l'impératrice Eugénie, de la reine d'Espagne, de quelques maréchales, de quelques duchesses auxquelles
il explique que ses opinions antirépublicaines lui
ferment toute carrière, a imaginé une industrie nouvelle où l'histoire sainte et la lanterne magique,
mêlées dans de savantes proportions, doivent nécessairement ramener la nation française aux principes
de la vraie foi. Membre de la Société de Saint-Vin-
cent-de-Paul, « cousin d'un examinateur de l'École
polytechnique qui est absent pour plusieurs mois, »
il écrit et quête à domicile. Il ne manque point de
faconde ; il explique son projet, l'avantage moral
que l'on en peut retirer : foin des bénéfices ! il ne
veut que le bien et la conversion du peuple. Total,
100 francs l'action. Carnet, registre, grand-livre,
paperasserie à vignettes, timbre humide, timbre sec
et autant de signatures que l'on voudra : la comédie
est bien outillée et a souvent du succès. On souscrit,
et l'on souscrit d'autant plus volontiers que ce chevalier d'industrie religieuse est recommandé par un
homme qui, tout en portant un costume respecté,
serait fort empêché de se recommander lui-même.
Autour de ces deux personnages principaux gravitent
quelques chenapans qui les aident à frauder la charité catholique. Celle-ci est si ample, si généreuse,

si infatigable, que c'est pitié de la voir ainsi dé-
troussée.

Les orphelins, la religion, exploités par les drogueurs de la haute, ont servi à escroquer bien des
sommes d'argent dont les vrais malheureux auraient
pu profiter. Un individu dévoyé peu à peu par la
facilité même avec laquelle il récoltait des aumônes,
a quêté pour une œuvre de son invention ayant pour
devise : « Dieu et patrie? » et que je ne nommerai
pas, car elle a été patronnée par des personnages qui
n'en soupçonnaient point la vilenie. Tout ce qu'il a
recueilli — et il a recueilli beaucoup — a été dissipé
en ce que nos grands-pères appelaient la « godaille ».
Cet homme, qui a fini par se rendre la justice qu'on
lui devait, a commis une sorte de crime moral dont
il a su tirer grand parti. Une femme veuve, arrivée
à la dernière période de la phtisie, mère de quatre
enfants en bas âge, connue de cet industriel, avait
été transportée à l'hôpital Necker. Il conduisit les
enfants près de la moribonde, et, levant la main
vers le ciel, il jura de les adopter, de leur servir de
père et de négliger tous ses devoirs pour accomplir
ce « devoir sacré ». La pauvre femme mourut, sinon
consolée, du moins plus tranquille : ses enfants
avaient trouvé un protecteur.

Il fut ingénieux, ce père adoptif : il fit imprimer
l'anecdote, où il jouait le rôle de la Providence. Dans

le texte, il intercala une gravure représentant le lit
de la mourante, au pied duquel les enfants sont age-
nouillés pendant qu'il prête son serment de pater-
nité, et, sous l'estampe, il ajouta l'explication que
voici : « M. B... visite, à l'hôpital Necker, la veuve
R... et la console à ses derniers moments, en lui
promettant de placer ses chers enfants dans une
excellente maison d'éducation. Après la mort de
leur mère, ces enfants, dignes d'intérêt et de pitié,
ne sont pas restés abandonnés, grâce à des personnes
charitables et compatissantes qui sont venues en
aide à M. B... » On voit d'ici les lettres de quête :
« Au nom de quatre orphelins que j'ai juré à leur
mère expirante d'arracher à la misère, à l'ignorance, au vice, à la corruption, et dont mon devoir,
mon devoir sacré, est de faire d'honnêtes citoyens
dévoués à la religion et à notre belle France, je
viens, etc., » et comme cela pendant quatre pages.
L'apport de la charité fut sérieux, et le sieur B...
reçut des louanges.

Ai-je à dire que les enfants avaient été délaissés
par lui? que le commissaire de police les avait envoyés au Dépôt, qui les transmit à l'hospice des
Enfants Assistés? Au bout de quatre mois, le père
adoptif imagina qu'il ferait ample recette s'il pouvait aller quêter à domicile suivi des quatre orphelins sauvés par lui. Il alla les réclamer à la maison

de la rue d'Enfer, et apprit, avec étonnement, que
l'Assistance publique les avait placés entre les mains
d'un homme bienfaisant qui se chargeait de pourvoir à leur instruction et de leur donner plus tard
une petite dot. L'affaire fut ébruitée, et la justice y
regarda. Ce qu'elle aperçut lui sembla sans doute
peu régulier, car un mandat de comparution fut
lancé contre ce protecteur de l'enfance malheureuse.
La veille du jour où il devait répondre aux magistrats de la police correctionnelle, il mourut subitement : on a dit qu'il s'était empoisonné. Son in-
ventaire fut fait, et l'on constata qu'il laissait
50,000 francs de dettes.

Je m'arrête ; aussi bien ces exemples suffisent à
mettre la bienfaisance en éveil sur elle-même et à
sauvegarder l'aumône due aux pauvres ; mais, pour
les multiplier indéfiniment, je n'aurais qu'à puiser
dans les *quatre-vingt mille* dossiers qui sont à ma
disposition et dont aucun n'appartient ni à l'Assistance publique, ni à la Préfecture de police, ni aux
greffes des tribunaux correctionnels. Est-ce à dire
que tous les indigents, ou prétendus tels, qui crient
à l'aide, nous écrivent, forcent notre porte et nous
racontent leur histoire, soient tous des escrocs et
parfois des voleurs ? Dieu me garde d'une pareille
assertion ; elle serait fausse, et par cela même péril-
leuse, car elle pourrait fermer la main près de s'ou-

vrir pour soulager une infortune réelle. Les exceptions sont rares, je le reconnais, mais elles existent
poignantes et dignes de tout intérêt. Ceux qui, dans
le monde de la misère, échappent à la dépravation
morale que produit l'aumône facilement obtenue ne
sont pas nombreux. L'entraînement est naturel à
l'homme; il le subit d'abord, puis il s'y abandonne
sans savoir où il sera mené, et l'habitude devient un
besoin qui se tourne en passion. C'est le fait de ces
vieux porte-besace sordides qui meurent sur des
sacs d'or qu'ils ont ramassés sou à sou. On les accuse
d'avarice, et l'on a tort : ils étaient simplement
atteints de mendicité maniaque, ce qui est une
volupté.

Des malheureux qui ont écrit ou récité leurs lamentations n'ont point menti; on les a aidés, on les
a sauvés. Ils ont non seulement résisté à la misère,
ce qui est bien, mais ils ont résisté à l'aumône, ce
qui est mieux. J'en connais et je pourrais citer quelques administrations privées, quelques grandes maisons de commerce où ils ont été accueillis sur recommandation et où jamais l'on n'a eu un reproche
à leur adresser. J'en sais un qui avait été éconduit ;
pour regagner l'escalier de service, il traversa la
cuisine où les domestiques déjeunaient. Il se mit à
pleurer en disant : « J'ai faim. » On le fit asseoir,
on le servit. Le valet de chambre vint trouver son

maître et lui raconta le fait. Trois jours après, l'affamé était placé : expéditionnaire comptable à 1,500 francs. Voilà de cela quatre ans; sa situation, méritée par sa conduite et son assiduité, équivaut à peu près à celle d'un sous-chef de bureau. Son traitement est de 5,500 francs; il les gagne. Il a payé ses dettes et vit heureux entre sa femme et son enfant. Plutôt que de repousser un tel homme, il vaut mieux s'exposer à donner son argent à dix coquins; je le sais; mais l'inconvénient est grave dans les deux cas, et cet inconvénient, on peut l'éviter. Comment? En faisant une enquête et en n'étant généreux qu'à bon escient, quitte à l'être avec prodigalité et surtout à prendre quelque peine pour procurer du travail à qui en demande et en est digne. Ce n'est ni long ni difficile, et je m'expliquerai.

La plupart des gens riches croient avoir pris toute précaution en remettant de l'argent à un domestique qui va visiter le « pauvre », recueille quelques renseignements et lui donne l'aumône, — s'il la lui donne, — lorsque le quémandeur lui paraît intéressant. Dans plus d'une occasion, l'aubaine est partagée ou du moins récompensée par un « canon » offert chez le marchand de vin : politesse qui ne se refuse jamais et qui assure au mendiant le bon vouloir, sinon la complicité du porte-livrée. Il ne s'agit

pas de se débarrasser des devoirs charitables, il faut
les remplir avec conscience et, s'il se peut, avec
sagacité. Le bien est très difficile à faire, je le reconnais; il est impossible d'arriver à ce que l'aumône
ne s'égare jamais, et c'est cependant là le but que la
charité, — j'entends la charité vraie, j'entends celle
qui donne pour être utile et non pour être louée, —
doit chercher à atteindre. Le problème est ardu et
douloureux, car soutenir la paresse, comme le fait
la bienfaisance aveugle, c'est nuire à la misère.

Ce problème, un homme dont le bon vouloir est
touchant a essayé de le résoudre; il sait ce que c'est
que le travail : il gagnait sa vie à l'âge de quatorze
ans, il a vécu dans le monde des ouvriers, et s'il en
est sorti à force de rectitude et d'énergie, il se souvient de ses origines. Par fonction et dans des circonstances cruelles, il a été distributeur de secours;
il a vu la plèbe affamée se presser autour de lui; il a
regardé la misère qui défilait sous ses yeux; il a dis-
tingué la vraie de la fausse. Dès lors, mû par un
sentiment de compassion et de justice, il a tout
tenté pour secourir l'une et pour arracher le masque
de l'autre. Son procédé est simple : il offre du travail; ceux qui le fuient, et c'est le plus grand nombre, il sait dans quelle catégorie il convient de les
classer. Pour exercer une action sérieuse sur les
mendiants, pour éclairer la bienfaisance, il a fondé

31

l'*Assistance par le travail* ou la *Charité efficace*. Son rêve est de diminuer l'indigence en faisant travailler l'indigent. Le réalisera-t-il? Je ne sais; mais je puis dire les efforts qu'il n'a pas épargnés et les résultats qu'il a déjà obtenus.

J'aurais voulu prononcer son nom, car c'est celui d'un homme de bien; je ne le puis : des motifs que j'ai dû respecter ne me le permettent pas. Cependant il est indispensable de le désigner, ne serait-ce que pour éviter toute confusion dans la suite de cette étude; je l'appellerai donc le directeur : si ce n'est son nom, c'est son titre.

II

LA CHARITÉ EFFICACE.

L'investissement de Paris. — Les tables mortuaires. — Une mairie. — Largesses et secours. — Manufacture de vêtements. — Invasion de la mendicité. — Le salaire substitué à l'aumône. — Diminution des mendiants. — Idée première de l'Œuvre. — Le directeur relancé par les indigents. — Appel à la bienfaisance. — Création du premier atelier. — Rue Roy. — Mauvaise opération financière. — Les hommes indigents. — *Mendicus, mendax.* — La pierre de touche ou l'œuvre des commerçants. — Expérience. — 727 solliciteurs, 18 bons ouvriers. — Proportion normale. — Savoir donner. — Le service des renseignements. — L'indigent fastueux. — Archives. — Noms des bienfaiteurs. — Les rapports. — Personnel du service. — La colère des faux indigents. — Rue de Laborde. — Pillage. — Persistance du directeur. — Installation rue du Colisée. — Le fonds de roulement. — Pauvreté — Suppression de l'aumône. — Le salaire. — La compensation. — Moitié en argent, moitié en nature. — Prodigalité des indigents. — Histoire d'une pièce de vingt francs. — Histoire d'un billet de cinq cents francs. — Intelligence du sauvetage. — Les draps et les couvertures. — Les lettrés. — Bureau des copies. — Les différentes branches de travail et de salut. — Les services que l'œuvre rendrait si elle était développée.

L'œuvre de l'Assistance par le travail est née au jour des grandes infortunes, alors que Paris, forclos du monde extérieur, était investi par les armées allemandes qui attendaient avec impatience que la faim, la maladie, la misère et la mort eussent forcé la ville à baisser ses ponts-levis. Un bombardement d'autant plus cruel qu'il fut inutile ne hâta pas d'une seconde

le dénouement que la famine seule pouvait amener.
On peut comprendre à quel degré de souffrance la
population se résigna sans se plaindre, en compul-
sant les tables de la mortalité parisienne, dont le
total mensuel ne dépasse pas ordinairement 5,000.
Or octobre 1870 donne déjà 7,545 ; novembre, 8,258 ;
décembre, 12,885 ; janvier 1871, 19,233 ; et il faut
attendre jusqu'au mois d'août pour que les décès
rentrent dans les proportions normales, car la cause
a beau avoir pris fin, les effets se prolongent et sé-
vissent sur tant de pauvres êtres dont la substance
a été dévorée par les privations. Ces privations furent très dures, d'autant plus qu'elles se produisaient
pendant l'hiver, que toutes les industries chômaient
et que les transactions commerciales étaient nulles.
L'homme, revêtu d'un costume de garde national,
était au rempart ou au cabaret ; la femme, privée
d'ouvrage, ne sachant où en trouver, se demandait
chaque matin comment elle vivrait, car le surplus
de solde accordé aux hommes mariés n'arrivait que
rarement et incomplètement jusqu'à elle. En ces
occurrences la charité fut extraordinaire : l'État, la
ville ne ménagèrent point les sacrifices ; les particuliers ne se récusèrent pas, et leur aumône fut la
plus sérieuse ressource des malheureux.

A cette époque, le directeur était chargé du ration-
nement et de la distribution des secours dans la

mairie d'un des plus riches arrondissements de Paris. Cette mairie eut la bonne fortune d'être administrée par deux hommes éminents, qui sont sénateurs aujourd'hui; l'un, ancien ministre de l'instruction publique, adepte du saint-simonisme aux temps de sa jeunesse, membre de l'Institut, portant un nom illustre; l'autre, très intelligent, ayant depuis lors laissé à la Banque de France un souvenir impérissable, avaient au cœur la grande amour de l'humanité. Ils apprécièrent le directeur, dont la nature est apte aux travaux du bien; mutuellement ils se comprirent et ne reculèrent devant aucun effort pour soulager les misères qui les assaillaient. La caisse spécialement réservée aux secours était abondamment fournie par les cotisations volontaires; mais on y puisait avec une telle largesse, que bien souvent on craignit de n'y plus rien trouver. Il suffisait alors de faire un appel à certaines générosités connues, et tout de suite elle était remplie; c'était l'inverse du tonneau des Danaïdes : on avait beau la vider, elle était toujours pleine, car la charité s'y versait tout entière.

Cependant on tournait dans un cercle vicieux : plus on distribuait de secours, plus on en réclamait; non seulement les indigents de l'arrondissement se donnaient rendez-vous dans la cour de la mairie, mais les pauvres des autres quartiers de Paris y

affluaient, la main tendue et la plainte aux lèvres.
Il n'était point douteux que, pour beaucoup de ces
malheureux, cette sorte de mendicité officielle était
devenue un métier. Plusieurs, on le savait, allaient
de mairie en mairie, grappillant ici et là, ne se rebu-
tant point lorsqu'on les rabrouait, et finissaient par
arracher à la bienfaisance plus qu'ils n'auraient
obtenu de la rémunération d'un travail normal.

A la mairie, où le directeur surveillait la répar-
tition des aumônes, on avait établi une manufacture
de vêtements destinés aux gardes nationaux et aux
mobiles, qui recevaient des vareuses, des capotes,
des gilets et des ceintures de flanelle, que l'hiver,
devenu rigoureux, rendait indispensables à des hommes exposés au froid et à l'humidité des factions nocturnes. Or les ouvrières étaient rares à l'atelier de
couture, tandis que la foule des femmes s'entassait
à la porte du bureau où la bienfaisance donnait
sans condition. C'était là une anomalie dont on fut
frappé, et un double inconvénient auquel on voulut
remédier en employant l'offrande de la charité à rémunérer un travail utile. Il fut décidé que les secours
gratuits seraient, en l'espace de huit jours, supprimés aux femmes valides; en revanche, on offrait
du travail à toutes celles qui, sachant coudre, voudraient participer à la confection des vêtements militaires.

Cette mesure eut pour résultat immédiat de diminuer de plus de moitié le nombre des quémandeuses et d'augmenter dans de notables proportions celui des ouvrières. Quant aux femmes impotentes ou infirmes, on les accueillit comme par le passé. Ce fut cette expérience qui fit naître l'idée de créer une œuvre d'assistance par le travail, de façon à décourager les fainéants qui se plaisent dans la mendicité et à fournir un moyen d'existence honorable aux malheureux qui veulent lutter contre le sort contraire. Le projet ne put être réalisé sans délai. Après la guerre et les privations, vinrent la Commune, les orgies, le pétrole et l'assassinat. Toute administration régulière s'était réfugiée à Versailles, et pendant deux mois Paris fut livré aux meurtriers. Lentement la ville sortit de ses ruines et répara les désastres qu'elle devait à ses propres enfants, jaloux de prouver qu'ils auraient pu défendre leur patrie s'ils n'avaient préféré la détruire.

Les fonctionnaires de la mairie s'étaient dispersés et avaient été remplacés au gré de l'administration nouvelle, éclose sous le gouvernement de M. Thiers. Le directeur était retourné à ses occupations, songeant toujours à l'œuvre qu'il avait entrevue et s'en remettant à l'avenir pour trouver la solution du problème. Ce fut l'hiver de la fin de l'année 1871 qui vint, pour ainsi dire, le relancer et le sommer de don-

ner corps à son idée. Sa bonté, son activité intelligente
et pratique, alors que pendant la période d'investissement il était le grand-maître de la bienfaisance,
l'avaient rendu populaire dans son arrondissement ;
aussi, dès que les premiers froids de novembre s'ac-
centuèrent, bien des ouvrières pauvres et en chômage vinrent le trouver, lui raconter leur peine et
lui demander du travail. Lorsque l'on a vu la vraie
misère, que l'on a été en contact avec elle, il est difficile, pour peu que l'on ait le cœur bien placé, de
n'être pas ému.

Or le directeur avait l'âme compatissante et d'autant plus accessible à la pitié qu'il repoussait les
faux indigents ; en outre, depuis longtemps, il s'était
pénétré de la vérité de cette maxime proférée jadis
par Benjamin Delessert : « L'homme bienfaisant n'est
pas celui qui donne le plus, mais celui qui donne le
mieux. » Les femmes qui s'adressaient à lui ne sollicitaient point d'aumônes : elles réclamaient un gain
légitime en échange du labeur qu'elles recherchaient
près de lui, parce qu'elles ne le trouvaient point
ailleurs. Il se résolut de leur venir en aide. Il retourna chez les personnes qui pendant la guerre
avaient si souvent délié les cordons de leur bourse,
il leur parla des misères intéressantes qui l'invoquaient, il leur exposa le projet qu'il méditait ; il recueillit auprès d'elles quelques souscriptions, s'im-

posa un sacrifice individuel, et, avec des ressources bien minimes, se mit en devoir de débuter dans son œuvre nouvelle.

Il ne s'agissait point de distribuer des aumônes, ce qui est toujours facile, mais ce qui crée la mendicité, l'entretient et enlève des bras valides au travail. Le résultat poursuivi devait être tout autre. On ne refusait pas de secours aux chétifs, aux malades, aux impotents; mais à ceux-là seuls on donnait l'offrande en argent; pour les autres, l'aumône devenait un salaire, le salaire de la besogne acceptée et accomplie. Comme l'on avait surtout affaire à des femmes, on installa un atelier de couture. Dans la rue Roy, on découvrit une boutique non occupée que l'on put louer pour deux francs par jour; on s'y établit et l'on commença, à la grâce de Dieu, sans trop savoir si toute espérance ne serait pas déçue. Le directeur, dont le nom est connu et respecté dans le commerce parisien, acheta un peu au comptant et beaucoup à crédit du drap commun, du madapolam, du molleton. Il engagea deux coupeurs qui taillèrent les étoffes et firent exécuter des chemises, des jupes, des caracos, des bourgerons. L'indigente devenait ouvrière; elle était payée aux pièces, et trouvait ainsi l'occupation et le pain de la journée; celle qui était de bon vouloir rentrait dans les rangs laborieux et abandonnait la quémanderie.

Une somme de 4,000 francs fut employée à ce premier essai. Or ces 4,000 francs devaient représenter un fonds de roulement inépuisable, dépensé par l'achat et le salaire, renouvelé par la vente.

On ne cherchait aucun bénéfice ; cependant le placement des objets fabriqués offrit de graves difficultés. Il faut reconnaître qu'ils avaient été confectionnés par des mains inhabiles et qu'ils ne sortaient pas de chez la « bonne faiseuse ». Les brocanteurs, les marchands d'habits dépréciaient la marchandise qu'on leur offrait, et, sans politesse, traitaient de guenilles les vêtements qu'on leur proposait. Là on fit une école qui profita, et l'on comprit, ce que l'on eût d'abord dû deviner, qu'en matière de charité ce n'est point aux revendeurs qu'il convient de s'adresser, car pour eux tout ce qui ne garantit pas un gain assuré est de nul attrait. On délaissa les trafiquants de défroques et l'on alla trouver la bienfaisance, celle qui couvre la nudité des pauvres, habille les vieillards admis à l'hospitalité des Petites Sœurs, envoie des layettes aux nouveau-nés et donne des jupons de tricot aux balayeuses des rues. Là, comme toujours, la bienfaisance soutint la bienfaisance et lui permit de poursuivre l'œuvre de salut. On put donc continuer, petitement, prudemment, à secourir les malheureuses et à les sauver, en échange d'un travail approprié à leurs forces et rétribué.

Les femmes n'étaient point seules à se présenter à la boutique de la rue Roy, où le directeur se tenait pour ainsi dire en permanence, recevant, interrogeant, accueillant ou évinçant le personnel de l'indigence; les hommes y venaient aussi, plus difficiles à caser, car ils appartenaient à tous les corps de métiers. L'argent que l'on versait entre leurs mains, le « bon de fourneau », promptement changé en gros sous, s'en allaient presque toujours au cabaret; afin de déjouer les ruses de ces aigrefins, dont le seul souci était de mendier pour échapper aux nécessités du travail, on s'entendit avec des personnes généreuses dans l'espoir d'obtenir des renseignements sur les quémandeurs et de mettre hors d'aumône ceux qui étaient indignes d'intérêt. C'est ainsi que débuta le service qui, n'étant qu'une simple annexe de l'œuvre, en assure le fonctionnement correct et vraiment secourable. Mû par le désir d'être adjuvant pour les hommes, ainsi qu'on l'était pour les femmes, on imagina une combinaison d'où sortirent des révélations qui furent précieuses, car elles mirent à jour les manœuvres de toute une série d'individus dont l'unique industrie était de « droguer » la charité privée.

Avec tout mendiant qui se présente comme un ouvrier sans travail, il est une expérience que j'ai souvent faite : je prenais la main de l'homme, et

bien rarement j'y ai senti le calus produit par l'outil
et le durillon du travail. A la question : « Pourquoi
ne faites-vous rien? » la réponse est uniforme :
« Mon état ne va pas, le patron a congédié la moitié
de ses ouvriers ; pour gagner ma vie, je ne reculerais
devant rien : je casserais des pierres si l'on veut, ou
je serais laveur de vaisselle. » Tout ceci n'est qu'imposture : *mendicus, mendax.* En résumé on peut traduire : « Donnez-moi cent sous. » Le directeur savait
cela, et bien autre chose encore ; mais comme un
ouvrier brave et désemparé pouvait avoir été four-
voyé par les circonstances au milieu de ce mauvais
monde, il se résolut à faire un essai d'où la vérité
jaillirait nécessairement. Il se mit d'accord avec une
quinzaine de commerçants, et il convint avec eux que
toutes les fois qu'un homme en détresse se présen-
terait de sa part, on l'emploierait pendant trois jours
pleins, sous la surveillance spéciale d'un contremaître
et avec un gain quotidien de quatre francs. C'était au
commerçant à l'utiliser, à reconnaître le parti que
l'on en pouvait tirer et à le conserver s'il faisait
preuve de bon vouloir.

Cette association désireuse de soulager la misère
provenant du chômage avait dû primitivement s'appeler : *la Pierre de touche.* La dénomination était
irréprochable ; mais on craignit de blesser quelques
amours-propres susceptibles, et elle n'a été connue

que sous le titre de : l'Œuvre des Commerçants. Elle
a duré huit mois et a produit des résultats qui éclai-
rent bien des profondeurs ignorées et ne sont point
indignes de méditation. 727 demandes adressées au
directeur furent suivies d'autant de recommandations
destinées à faire obtenir un emploi. Sur les 727 solliciteurs avisés d'avoir à venir chercher une lettre
qui les faisait entrer en fonctions, moins de la moitié,
312, se présenta ; beaucoup trouvèrent que ça prenait fâcheuse tournure, qu'il n'y avait pas moyen de
« carotter le bourgeois » et qu'il fallait travailler ;
aussi 174 individus seulement allèrent frapper à la
porte qu'on leur ouvrait. Ainsi, de 727 « ouvriers »
résolus à accepter n'importe quelle besogne, 553 dé-
sertent immédiatement, parce qu'ils ne sont, en réalité, que des « bohèmes » de la fausse indigence.
Dans *Gil Blas*, le vieux mendiant dit à Scipion :
« Pour peu que vous fussiez accoutumé à nos ma-
nières, vous préféreriez notre état à la servitude, qui
sans contredit est inférieure à la gueuserie. »

Ce n'est pas tout ; il faut suivre cette statistique
jusqu'à la fin ; la moralité s'en dégage d'elle-même.
Les 174 qui persistèrent furent admis dans les maisons auxquelles on les avait adressés ; 57, leur demi-
journée faite, réclamèrent deux francs pour aller
prendre le repas de midi et ne revinrent pas ;
68 eurent bon courage jusqu'au soir, touchèrent

quatre francs et ne reparurent plus ; 51 eurent de
l'héroïsme et travaillèrent pendant deux jours. Un
tel effort avait sans doute épuisé leur énergie : on
ne les revit plus ; 18 subirent victorieusement
l'épreuve, ils sont restés dans les maisons où ils
avaient été accueillis. L'un d'eux est chef de départ
dans une grande boulangerie et gagne huit francs
par jour. Donc, sur 727 quémandeurs, 18 étaient de
cœur droit et de ferme résolution ; ils ont été sauvés.
L'Œuvre des Commerçants n'a pas à se plaindre, elle
a été utile ; mais, qu'on le sache bien, cette proportion, qui nous semble dérisoire, est la proportion
normale. Il en résulte que, sur 750 lettres de sollicitation que l'on reçoit, on peut, sans remords, en
jeter 750 au feu. Mais comment distinguer le
malheureux du mendiant ? comment ne pas se
tromper, faire le bien à celui qui en est digne et ne
pas se laisser prendre aux lamentations du filou ?
En s'adressant au directeur, dont le service de renseignements est singulièrement riche en documents.
A l'aide de ceux-ci, il serait facile d'écrire une histoire de la mendicité à notre époque.

L'expérience faite par « la Pierre de touche » était
concluante. On avait acquis la preuve que la bienfaisance était trompée dans des proportions que les
honnêtes gens ne soupçonnaient pas. La mendicité
venait de se démontrer elle-même : elle avait mis en

lumière son invincible horreur du travail. Elle n'est
qu'une parasite, elle vit de la substance d'autrui ;
ce qu'elle dévore, c'est ce qu'il y a de plus sacré au
monde : c'est la réserve gardée pour le malheur. Il
est humain de ne repousser à priori aucune sollicitation adressée à la charité ; mais celle-ci serait coupable, non pas si elle donnait sans mesure, mais si
elle donnait sans discernement. Le principe absolu
de la bienfaisance doit être : ne jamais accorder
d'aumône qu'après enquête. Donner est facile ; savoir
donner est une science qu'il faut se résigner à
acquérir, par respect pour soi-même et pour remplir avec probité le devoir des âmes élevées. Or le
directeur, par cela même qu'il est animé de l'amour
du bien, veut arracher la pauvreté aux manœuvres
de la fausse indigence qui la dépouille. Il sait qu'il
existe des dynasties de mendiants et que les registres
de l'Assistance publique reçoivent aujourd'hui le
le nom des petits-fils de ceux que l'on y inscrivait
en 1801, lorsque l'on reconstitua le Bureau des
pauvres. Il veut empêcher l'aumône de faire fausse
route et d'aller chez le vendeur d'absinthe, au lieu
d'aller chez le boulanger. Il a raison, car du même
coup il rend service aux âmes charitables et aux
malheureux.

A force d'étudier ce monde spécial, de réunir des
notes, de collectionner des lettres de demandes, d'in-

terroger les mendiants et même les bienfaiteurs, il est arrivé à connaître, on peut dire individuellement, le personnel qui vit de fainéantise et d'escroqueries. J'en eus la preuve. Je venais de lui remettre une lettre dont j'avais pris soin d'enlever la signature. On y lisait : « Celui qui nous voit dans notre intérieur nous croit heureux, tandis qu'au milieu de nos meubles, qui sont la garantie du loyer, nous avons faim, sans que personne sache à quelle extrémité nous sommes réduits; venez à mon secours, ou la mort sera ma seule ressource. » Il me dit en riant : « C'est le mendiant fastueux qui veut garder les apparences. Celui-ci, qui a été condamné à trois ans de prison, ne vit que de l'argent qu'il soutire aux naïfs de la charité. Il s'appelle X...; il a été autrefois employé au comptoir Z...; on l'y reprendrait volontiers, mais il n'y veut rentrer que comme chef de service. Il est habile et récolte beaucoup d'argent, ce qui lui permet de passer de joyeuses soirées. » Comme je savais à quoi m'en tenir sur le personnage, j'ai pu reconnaître l'exactitude du renseignement.

Les archives de l'Assistance par le travail peuvent répondre à toute question relative à la mendicité clandestine. Lorsque l'on reçoit une demande de secours, appuyée sur une de ces historiettes qui sont le lieu commun de la gueuserie, on n'a qu'à s'adresser au directeur : le renseignement arrivera bientôt,

et comme le renseignement ne coûte que 1 franc, on
peut, sans grands frais, se donner le plaisir, — ou
le chagrin, — d'apprendre la vérité. Les personnes
qui ont recours à lui pour ne faire le bien que correctement sont nombreuses : j'en ai vu la liste, qui
m'a touché, car j'y ai retrouvé le nom de tant de
bienfaiteurs que ces études m'ont rendus familiers.
Ces noms viennent de tous les points de l'horizon
social et prouvent ce que j'ai dit souvent, qu'en notre
bon pays de France chacun s'efforce vers la charité.

A côté des noms de l'impératrice Eugénie, des
princes d'Orléans, de la reine d'Espagne, de la prin-
cesse Mathilde, voilà ceux de M. Carnot, de M. Floquet,
de M. Jules Ferry, de M. Goblet. Le monde de la
noblesse, l'Institut, le monde de la finance, la synagogue, le temple, l'église s'y rencontrent; tous les
membres de la maison qui porte d'or au sautoir
ancré d'azur, et pour devise : « A nul autre, » y sont
inscrits auprès du *Figaro*, du *Temps*, du ministère
des affaires étrangères, de la Préfecture de la Seine,
de la Banque de France, de la Société philanthropique,
de la Société des femmes du monde, de l'œuvre des
Libérées de Saint-Lazare et de tant d'autres qui
feraient supposer que l'âme de la « Babylone moderne » n'est point aussi pervertie qu'on se plaît à le
dire, après boire, dans quelques capitales d'Europe.

Les demandes de renseignements arrivent au

32

bureau en quantité considérable. En hiver, on reçoit
200 ou 250 lettres par jour ; ce chiffre s'élève à 400
aux environs du premier de l'an, et retombe à une
soixantaine pendant les mois d'été, qui représentent
à Paris la morte-saison de la charité. Chaque
demande de renseignement donne lieu à un rapport,
qui est envoyé, à bref délai, au domicile des bienfaiteurs. J'ai sous les yeux plusieurs de ces rapports ;
ils sont faits avec soin, avec impartialité, et sont
généralement empreints d'indulgence, à moins qu'ils
n'aient trait à ces mendiants invétérés que rien ne
décourage, qui harcèlent la compassion, et qui
changent de nom pour mieux dérouter la défiance.
Je lis dans les uns : « Ce sont des gens de bonne
conduite, qui élèvent bien leurs enfants et qui sont
estimés dans leur quartier. » — « Veuf depuis trois
mois, il reste avec quatre enfants de seize, onze, huit
et sept ans. Cet homme est dans la misère. Les
enfants sont en guenilles ; un secours en vêtements
serait ici bien utile. » — « Elle travaille avec un
dévouement bien rare, soit comme femme de ménage, soit comme laveuse, pour donner du pain à
sa vieille maîtresse. C'est un cas digne du prix Montyon. » En revanche, il en est d'autres qui débutent
ainsi : « Nous sommes navrés toutes les fois que
nous avons à fournir des informations sur..., car
nous constatons combien est grand le nombre des

personnes qu'il a dupées...; » et qui se terminent
par ces mots : « Trois enfants sont venus dans ce
ménage, mais les ressources, le courage et la dignité
en sont partis. La femme s'est faite quémandeuse,
l'homme s'est adonné à l'absinthe et les enfants ont
été déplorablement élevés. » Si, lorsqu'elle est ren-
seignée de la sorte, la bienfaisance se trompe, c'est
qu'elle le veut bien.

Trois visiteurs et quatre scribes forment le personnel du service; les uns font l'enquête, les autres
rédigent les rapports : le travail serait trop lourd,
si la plupart des prétendus indigents, sur lesquels
on demande des notes, n'étaient déjà connus. Des
fiches et des numéros d'ordre, concordant aux noms
des mendiants et des bienfaiteurs, permettent de
faire rapidement les recherches dans les dossiers
méthodiquement classés. A moins d'erreur involon-
taire, comme il s'en produit en toute chose humaine,
le renseignement fourni est toujours exact. Ce système d'informations, qui a déjà rendu tant de bons
offices à la pauvreté sincère, n'est point du goût des
malandrins, qui estiment avec raison que la vérité
nuit à leur industrie. Ils ont donc peu de sympathie
pour l'Assistance par le travail, et ils l'ont prouvé.
La boutique de la rue Roy devint promptement trop
étroite, et dès 1872 on en loua une autre, plus
ample, au prix quotidien de trois francs, rue de La-

borde. L'œuvre se développait peu à peu, sagement, sans vouloir sortir du cercle qu'elle s'était tracé; elle continuait de faire confectionner des vêtements par les femmes heureuses de recevoir un salaire, et ne se lassait pas de repousser les escrocs qui quêtent pour leurs vices et non pour leurs besoins.

On était parvenu à l'année 1878, faisant le bien avec persévérance et simplicité, comptant sur l'avenir et sur la bonté de la cause pour élargir le domaine de l'action, lorsque l'on eut à subir un assaut qui faillit tout perdre et anéantir l'œuvre à jamais. Mécontents d'être démasqués et de voir, par conséquent, tarir une partie de leurs ressources, mécontents surtout d'être réduits à la cruelle obligation de travailler, quelques recrues de la gueuserie et de l'imposture se concertèrent; comme une bande de voleurs qui détroussent une diligence, ils se jetèrent sur le magasin de la rue de Laborde et le mirent au pillage. Ils étaient en nombre, on ne put résister. On leur criait : « Mais ce que vous volez appartient aux pauvres ! » Ils répondaient : « C'est pour cela que nous le prenons; c'est à nous, puisque nous sommes pauvres. » La maison fut dévalisée. Les vêtements destinés aux adultes, les layettes réservées aux petits enfants, les draps de lit gardés pour les malheureux et les malades, tout fut enlevé, vendu à quelque brocanteur de bas étage, et bu. Ces gredins

se félicitaient de leur exploit et se vantèrent d'avoir
« rincé la cambriole ». On eût bien voulu mettre la
main sur les papiers; mais, sauf quelques registres
relatant des entrées et des sorties de marchandises,
on ne découvrit rien : les dossiers étaient ailleurs;
l'œuvre et l'enquête se complètent et s'entr'aident,
mais elles sont personnes assez prudentes pour ne
point habiter le même domicile.

Le coup était rude et de nature à décourager un
homme d'âme indécise. Ce n'est point le cas du directeur, que l'expérience de la vie a bien trempé et
auquel l'attaque même des aigrefins de la mendicité
avait prouvé l'utilité de son système. Si les filous
avaient tenté de briser violemment son action, c'est
que son action était bonne. C'est ainsi qu'il raisonna;
il fit bien, et ne se sentit que plus de vaillance pour
continuer l'œuvre qu'il a entreprise et qu'il poursuit
avec un désintéressement et une modestie exemplaires, car son nom même n'y est jamais prononcé.
Ce ne fut pas du jour au lendemain qu'il réussit à
réparer le désastre matériel; pendant six mois « la
maison » fut fermée. Il lui fallut ce temps, et sans
prendre de loisir, pour réorganiser son personnel,
réunir les ressources indispensables à l'achat des
étoffes, au salaire des ouvrières, et pour trouver un
local où l'on pût s'installer avec quelque sécurité.
En 1879, l'Assistance par le travail, remise de l'alerte

récente, renforcée par de nouvelles adhésions, établit ses quartiers charitables rue du Colisée, n° 34, non plus dans une boutique de hasard louée à la journée, mais dans un rez-de-chaussée suffisant, dont les fenêtres, munies de barreaux de fer, semblent protégées contre toute agression.

Là du moins on est chez soi, avec un bail qui assure la jouissance de l'appartement. Deux pièces de dimensions convenables, mais d'une clarté rendue douteuse par la hauteur et la proximité des maisons situées vis-à-vis, servent de magasin et de bureau. Deux coupeuses sont à l'œuvre, taillant le drap, le molleton, la flanelle, et remettant les étoffes ainsi préparées aux femmes indigentes qui viennent les chercher et qui touchent leur « paye » dès qu'elles les rapportent. Les travaux de couture et de tricot sont faits par les femmes; quelques chaussures neuves, dont la matière première est fournie par l'Assistance, sont confiées à des cordonniers en chômage. Le fonds de roulement à l'aide duquel on opère, dans les conditions que j'ai indiquées, est plus élevé qu'au début, mais il est encore bien faible, car il ne dépasse pas 20,000 francs. Tel qu'il est, il suffit cependant; on n'est pas riche, mais on est économe, et l'on parvient, comme l'on dit, à joindre les deux bouts. En ceci comme en tant d'autres choses, hélas! c'est la caisse qui est la grande mai-

tresse ; on se dilate ou l'on se restreint selon qu'elle
est plus ou moins riche, et souvent l'on se voit forcé,
par quelque pénurie, de renoncer aux projets les
meilleurs.

Que de fois, en étudiant les œuvres secourables,
j'ai été saisi de regret en constatant qu'elles n'acqué-
raient point l'ampleur qui leur serait nécessaire,
parce que les ressources leur faisaient défaut, et
qu'elles étaient réduites à végéter au lieu de s'épa-
nouir. Ce regret, je l'ai éprouvé à l'Assistance par
le travail ; certes l'œuvre fonctionne, elle n'a eu qu'à
marcher pour démontrer le mouvement ; mais il est
des limites qu'elle n'a pu franchir, et bien souvent
elle est obligée de tourner sur place au lieu de s'élancer à travers le vice et la misère pour toucher au but
qu'elle a visé, qui est de lutter contre l'indigence en
ramenant l'indigent dans la voie du travail. C'est
encore Benjamin Delessert qui a dit : « La véritable
manière de secourir le pauvre est de le mettre en
état de se passer de secours. » Ce qui ne signifie pas
qu'il faut l'enrichir, mais simplement qu'on doit le
mettre à même de gagner sa vie. C'est ce que l'on
tente à l'Assistance et l'on y réussit dans une mesure
déterminée par le « capital » dont on dispose.

Le principe sur lequel l'œuvre repose est celui-ci :
l'aumône est une cause de démoralisation ; la rémunération du travail est honorable, élève l'âme et la

maintient en ligne droite. Donc il faut substituer
le salaire à l'aumône. Est-ce à dire que l'aumône
doit être supprimée? Non, mais elle doit se produire
comme supplément d'une rétribution insuffisante et
comme encouragement au travail. Si une femme
pauvre, dont la misère a été constatée, accepte la
besogne de couture qui lui est offerte par la maison
de la rue du Colisée, elle recevra un salaire maximum de 1 fr. 75; lorsqu'elle a des enfants dont
elle doit s'occuper, elle pourra ne gagner que 75 centimes par jour. C'est la rémunération du travail,
c'est l'ouvrière que l'on paye, mais ce n'est point
l'indigente que l'on aide. Le directeur fait alors
intervenir ce qu'il nomme la « compensation ». Au
salaire il ajoute un don de deux, de trois francs,
selon les besoins de la malheureuse; cet argent est
pris dans la caisse de secours, où quelques personnes
bienfaisantes versent des sommes qui jamais ne
sont distribuées sous forme d'aumône, mais gardent
toujours l'apparence d'un gain mérité. Combinaison
ingénieuse, très morale, qui satisfait en même temps
celui qui donne et celui qui reçoit. Les résultats
obtenus sont bons; sauf de très rares exceptions, —
4 pour 100 environ, — l'indigente reste fidèle à
son travail, prend des habitudes laborieuses et abandonne la quémanderie.

Parfois, surtout pour les femmes, la « paye » se

fait moitié en argent, moitié en nature. S'il lui est
dû huit francs, elle recevra, je suppose, deux pièces
de quarante sous et, pour le surplus, elle acceptera,
— elle demandera, car elle y a tout bénéfice, —
quelque vêtement, ou du savon, ou des légumes
secs, ou de l'huile, ou du vin, qu'elle aura au prix
de revient, c'est-à-dire meilleur marché que chez
l'intermédiaire. Pour aider à ce genre d'opération,
que l'on ne propose jamais et qui est presque toujours réclamé, l'Assistance par le travail a émis des
bons variant de cinq à trente francs : « Bon pour un
lot de vêtements ou chaussures de la valeur de.... »
Il est facile de s'en procurer et de les donner au lieu
d'une aumône ; on n'en peut faire trafic chez les
marchands de vin ni les échanger contre un verre
d'eau-de-vie ; les intentions du bienfaiteur seront
donc remplies. Ils ne sont point à dédaigner, ces
bons : derrière la carte imprimée, portant le cachet
de l'œuvre, le reçu est inscrit : *bon de quinze francs :*
une paire de souliers napolitains ; une robe pour
enfant de trois ans ; une chemise pour garçon de
huit ans ; trois mouchoirs ; — *bon de trente francs :*
une paire de souliers napolitains ; une paire de draps,
12 mètres ; un bourgeron de travail ; deux tabliers de
femme ; deux mètres de flanelle grise. Pour cent sous,
c'est-à-dire pour le minimum, je vois le récépissé d'un
caraco de femme et de trois mouchoirs. Ce système

est irréprochable; la volonté du bienfaiteur est exécutée et toute tentation est évitée à l'indigent, qui,
neuf fois sur dix, ne peut résister aux promesses
que l'argent lui fait de sa voix métallique. J'ajouterai ceci, qui paraîtra peut-être un paradoxe et qui
est une vérité que l'observation n'a jamais démentie :
tous les indigents sont des prodigues.

On me comprend : leur prodigalité consiste à
dépenser en une heure ou en un jour les ressources
qui eussent assuré leur existence pendant une semaine. Voici un fait dont j'ai eu connaissance; je le
cite, car il peut servir de type à bien des cas de
même nature. Un ouvrier marié, père de deux enfants, est en chômage. C'est un honnête homme, il
est de bon renom dans son quartier, il y trouve
crédit, car on sait que ce n'est point sa faute s'il
n'est pas embauché. Il rencontre un ancien patron
auquel il raconte sa misère et qui lui donne vingt
francs. C'est une somme; il va pouvoir payer ses
dettes. Rentré au logis, il fait son compte avec sa
femme : tant pour le charbonnier, tant pour le frui-
tier, tant pour le boulanger; et le propriétaire que
l'on oubliait! total 18 fr. 90. Quoi, de cette belle
pièce d'or il ne resterait que vingt-deux sous! Bast!
on payera une autre fois, lorsque les temps seront
devenus meilleurs. On envoie un des enfants chez
un gargotier; il en rapporte un morceau de bœuf

bouilli, des pommes de terre frites et un litre de
vin. On mange de bon appétit. Les portions ne sont
pas copieuses; l'enfant retourne chercher des pommes
de terre; par la même occasion, il achètera encore
un litre de vin, et comme on a de l'argent et que
l'on peut ne se rien refuser, il prendra aussi un
morceau de fromage. A la fin du repas, les têtes ne
sont pas échauffées, mais on est plus gai que de coutume. Un des gamins propose d'aller terminer la
soirée au café-concert, où l'on chante de si jolies
chansons; ça ne coûte rien. On va au « beuglant »;
l'entrée est gratuite, mais les « consommations » ne
le sont pas, et il faut les renouveler ou quitter la
place.

Lorsque à onze heures du soir l'on revient à la
maison, les deux enfants sont ivres, la femme rit en
pensant aux sornettes qu'elle vient d'entendre, l'ouvrier est sombre, car il ne lui reste plus un sou en
poche. De tout ce qu'il s'était promis de faire avec
les vingt francs qu'il avait reçus, il ne reste rien
que ses dettes. Blâmer cet homme est facile, mais
serait injuste. Ses privations ont été excessives; il a
eu en main, par bonne fortune, la somme de vingt
francs sur laquelle il ne comptait pas; il n'a pas
résisté au désir de « régaler » lui, sa femme et ses
enfants. Cela est naturel et ne serait point de conséquence grave, si le malheureux n'avait fait une expé-

rience qui peut-être lui deviendra funeste. Il sait
maintenant que sans travailler il a pu bien manger,
bien boire et bien s'amuser : il ne s'agit que de rencontrer un brave homme qui donne la pièce jaune
ou la pièce blanche. Lorsqu'on ne le rencontre pas,
on peut le chercher, le trouver : qu'est-ce que ça
leur fait de donner, à ces gens-là, ils sont riches! Si
cette idée s'empare de lui, s'il se met en quête de
ceux qui ont la main large, c'en est fait de lui; il
désertera l'atelier et s'en ira quémander de porte
en porte. Le secours qui devait l'aider et dont il a
mésusé l'a poussé sur le mauvais chemin.

En regard de ce fait, j'en citerai un autre qui, par
un résultat contraire, provoque des réflexions et offre
des enseignements analogues. M. le comte de Ch., au
lieu de distribuer cinq cents francs en dix fois, préfère les donner d'un seul coup, en exprimant le
désir que cette somme soit employée au soulagement
et, s'il se peut, au salut d'un ménage. Il s'adresse à
l'Assistance par le travail, qui accepte la mission, à
la condition d'en rendre compte. Un ouvrier teintu-
rier en peaux a été expulsé de son atelier pour avoir
participé à une tentative de grève. Il chôme. Il a
cinq enfants, par lesquels la mère est si étroitement
occupée, qu'elle ne peut se livrer à aucun travail
rétribué; la fille aînée, âgée de quinze ans et qui
déjà gagnait quelques sous, est condamnée à l'oisi-

veté par suite d'un accident : elle a eu la main
écrasée dans un engrenage. Un terme est dû au propriétaire, qui se fâche et parle de faire vendre le
mobilier. La situation est très dure ; c'est la misère
et le désespoir. La femme se lamente, la fille souffre,
l'homme cherche en vain de l'ouvrage, n'en trouve
pas et ne peut se résigner à aller en demander à son
ancien patron.

C'est alors que, munie des largesses du comte de
Ch., l'Assistance par le travail intervient, après une
enquête qui lui a fait reconnaître la moralité de ce
ménage naufragé. La fille blessée recevra 1 fr. 25
de secours quotidien tant que durera son impotence.
Les quatre enfants sont pourvus de linge, de vêtements et de chaussures ; le terme dû est acquitté, à
la condition que l'ouvrier fera sa soumission à
l'atelier et y rentrera ; il y rentre. Les renseignements
recueillis sont bons : aussi un second terme est payé
entre les mains du propriétaire. L'ouvrier a été prévenu qu'il n'avait qu'à s'adresser à l'Assistance par
le travail, qui garde encore 120 francs à sa disposition dans le cas où quelque nécessité nouvelle s'im-
poserait. Plusieurs mois se sont écoulés, nulle demande n'est parvenue au directeur. L'œuvre de bien
est accomplie, le ménage et les cinq enfants sont
sauvés, parce que l'aumône n'a pas été seulement
donnée, mais administrée, et que l'Assistance a fait

acte de conseil judiciaire. Si la somme de cinq cents
francs avait été simplement remise au malheureux
qu'elle a tiré de l'infortune, il est bien probable
qu'elle l'eût à jamais perdu. La générosité du bienfaiteur et l'intelligence du mode de sauvetage ont,
en réalité, arraché sept personnes à la faim et à
l'abjection de la mendicité.

Je n'ignore pas qu'il est impossible de surveiller
l'emploi des aumônes : c'est ce que l'Assistance par
le travail essaye de faire en en déterminant l'usage,
en supprimant, à moins de circonstances exceptionnelles, le don en argent et en le remplaçant par
le don en nature; et encore, dans ce dernier cas,
est-elle très prudente. Ainsi elle distribue annuellement, en échange des bons acquis par les bienfaiteurs, environ deux cents paires de draps, draps
de coton qui probablement ne seront point fatigués
par de trop fréquents blanchissages; en revanche,
c'est à peine si elle donne vingt-cinq couvertures, et
ne les livre-t-elle qu'à des indigents offrant quelque
garantie morale, car elle sait que le plus souvent la
couverture sort de ses magasins pour être portée
directement au mont-de-piété. La nuit on dort tout
habillé, ou, si l'on se met au lit, on se couvre avec
des loques, avec des vêtements hors d'usage, parfois
même avec un vieux paillasson ramassé au coin
d'une borne; mais la couverture est un objet de luxe,

qui engagé « au clou » permet une longue visite
chez le marchand de vin.

Avec le salaire du travail et ce qu'on appelle la
« compensation », on diminue singulièrement l'indigence qui a la volonté d'échapper à ses propres
périls. Mais bien des gens accablés par la misère ne
sont aptes ni aux travaux de la couture, ni au métier
d'hommes de peine; nul corps d'état n'échappe aux
étreintes de la pauvreté : je les trouve tous indiqués
sur des tables statistiques relatant les origines de
96,000 individus valides, devenus indigents pour des
causes qui varient à l'infini. A côté des terrassiers,
des maçons, des coiffeurs, des ouvriers en articles
de Paris et de bien d'autres encore, je lis : comptables, écrivains, 1723; commerçants ruinés, faillis,
1187; professeurs, gens de robe, nobles, 1523.
Voilà donc 4430 malheureux qui n'ont reçu aucune
éducation manuelle et qui sont incapables de faire
toute grosse besogne. Plus l'homme a vécu confortablement, plus il a été bien élevé, plus il tombe
bas dans les jours de détresse; car, n'ayant appris
aucun métier, il en est réduit à se faire terrassier ou
gravatier : rude labeur qui l'épuise, auquel il est
impropre et devant lequel il recule.

L'Assistance par le travail s'est préoccupée de cette
catégorie d'individus, que leurs habitudes précé-
dentes, et bien souvent la délicatesse de leurs ma-

nières, rendent plus intéressants que les autres.
Parmi ces hommes, il en est beaucoup qui ont de
l'instruction, qui ont une « belle main » et qui sont
capables de faire des recherches dans les bibliothè-
ques. Pour ceux-là, on a établi et l'on voudrait développer un bureau de « copies », sans retenue sur le
salaire. Les frais d'achat — plumes, encre et papier
— sont minimes et le bénéfice serait acquis inté-
gralement à ces ouvriers de l'écritoire. Dans certaines agences où vont travailler les déclassés, dans
ces « fosses aux lions » où s'entassent les bacheliers,
les professeurs sans élèves, les comptables sans registres, les clercs sans étude, la rémunération est
dérisoire et suffit à peine au pain du jour. Plus d'un
de ces copistes condamnés aux pages forcées, ne
sachant où aller coucher, dort sur le carreau de la
chambre où il a travaillé depuis le matin. À l'Assistance, le salaire a plus d'ampleur et permet, pour
peu que l'on soit économe, l'achat des vêtements
et le payement du loyer ou du garni.

L'Assistance par le travail ne voudrait pas s'en
tenir à ces deux « branches », comme elle dit : à la
branche des confections et à la branche des travaux
d'écriture. Elle a des visées plus hautes, qui, si elles
parvenaient à réalisation, constitueraient un bienfait social. Elle voudrait que chaque groupe d'indigents, classé par métier, pût trouver à s'occuper

dans une branche qui serait celle de sa spécialité :
l'industrie des tissus, des cuirs, les travaux du bois,
de la sparterie, du fer, de la blanchisserie, de l'alimentation, exercés, soit dans les ateliers, soit à domicile, peuvent donner aide et salaire à un nombre
considérable d'individus aux abois. Le système de
rémunération serait simple : les corps d'état se
fourniraient les uns les autres, selon leurs besoins,
et le cordonnier recevrait le prix de ses chaussures
en bons de vêtements, de repas ou de meubles. Le
nécessaire ne manquerait donc point aux indigents,
qui, sans souffrir de la faim ni de privations trop
pénibles, pourraient attendre ainsi la venue de jours
meilleurs.

Ces projets sont excellents; revêtiront-ils une
forme définitive et, grâce à leur mise en pratique,
pourra-t-on livrer combat à la misère et à la mendicité? Je l'ignore, mais je le desire. Avec ses ressources étroites et son médiocre fonds de roulement, l'Assistance par le travail a déjà fait beaucoup; elle a surtout prouvé ce qu'elle saurait faire
s'il lui était possible d'étendre son action, et de
relever d'une main secourable les misères iniques et
touchantes dont elle a reçu la confidence. Elle ne
parviendra jamais à supprimer l'indigence, qui est
d'essence sociale, ni à détruire le vice, qui est
d'essence humaine; mais, si elle était en situation

33

d'acquérir l'ampleur dont elle est digne, elle rendrait d'incomparables services aux malheureux, car elle leur fournirait du travail et les mettrait hors des atteintes de l'improbité mendiante, qui vit à leur préjudice. Elle aurait alors réellement créé la *charité efficace*.

POST-SCRIPTUM

En terminant ce volume, je me demande si j'ai touché le but que j'avais l'ambition d'atteindre. Ce livre est-il la suite de *la Charité privée* et le complément de *la Vertu en France?* Ai-je démontré, non par des raisonnements, mais par des exemples empruntés à la réalité des faits, que notre pays possède les qualités qui font les nations immortelles? Au-dessus des déceptions qui nous ont frappés, des factions qui nous divisent et semblent nous infliger un morcellement où se cache plus d'un péril, j'ai vu planer de fortes vertus, enracinées dans les cœurs, répandues dans toutes les couches sociales, et j'ai senti s'affermir en moi une indestructible espérance. Plus que jamais, après ce long voyage à travers tant de dévouements, je crois en mon pays.

Le patriotisme m'apparaît comme un sentiment d'autant plus intime qu'il est plus profond; il a sa

pudeur et n'a besoin ni de clameurs ni de manifestations; la bienfaisance est une de ses formes
d'élite. La victoire, qui n'a jamais été qu'un accident plus ou moins prolongé dans la vie des peuples, ne constitue souvent qu'une grandeur éphé-
mère. La grandeur durable, celle qui forge l'âme
et lui donne toute sa résistance, s'acquiert par
l'exercice de certaines vertus faites d'abnégation, de
respect pour son propre sacrifice et de commisération pour l'humilité malheureuse : ces vertus, la
France me paraît les posséder à un degré supérieur.
Sous ce rapport, elle est un exemple. Elle s'offre à
l'imitation de ceux qui la décrient, après l'avoir
adulée, l'avoir invoquée, avoir dû leur salut à ses
bienfaits. En politique elle a souvent poussé la
générosité — la charité — jusqu'à l'imprudence.
Si dans le hasard des batailles elle a fléchi sous le
nombre, contre lequel du moins elle a lutté jusqu'à épuisement, elle n'a répudié ni l'amour du
travail, ni le culte de la bonté; elle a gardé intacte
la gloire de son âme, et cela suffit, si elle le veut,
pour donner un point d'appui inébranlable à ses
destinées.

A Dieu ne plaise qu'invoquant la loi du talion et
rendant calomnie pour calomnie, je dise que la
charité est inconnue aux autres nations; mais je
crois pouvoir affirmer que nulle part elle ne s'épa-

nouit avec autant d'unanimité et d'intensité qu'en France. A notre époque démocratique, la charité n'est pas seulement une vertu, c'est une nécessité sociale; je le sais, et dans ma vie de voyageur j'ai pu le constater au delà des frontières. Ailleurs, elle s'impose; chez nous, elle naît spontanément; nous avons une locution qui s'y applique : elle coule de source; car notre pays y est entraîné par un goût naturel que son émulation entretient et où, sans effort, son cœur met d'exquises délicatesses. On en abuse, je l'ai dit; mais rien ne la décourage, je l'ai prouvé.

Dans nos provinces, lorsque au jour de l'Épiphanie on tire la fève du gâteau des rois, la part du pauvre est réservée la première ; de même dans le budget du plus petit ménage, dans la bourse de l'écolier, dans la caisse du millionnaire, le pauvre a sa part, qui jamais n'est détournée. Sans craindre d'être éconduit, j'ai frappé à bien des portes différentes et partout j'ai aperçu la charité s'ingéniant à s'accroître et redoutant de n'avoir point assez fait. Elle a un tel besoin de s'offrir, qu'elle est sans méfiance; c'est pourquoi j'ai terminé cette série d'études en dévoilant les manœuvres de la fausse indigence; car chercher à secourir la misère et encourager les instincts mauvais, c'est commettre une erreur que la bienfaisance a le devoir d'éviter.

On peut dire cela à Paris sans le blesser, car le nombre des gens pervers qui cherchent à l'exploiter, qui vivent en l'exploitant, témoigne en sa faveur. Il ne lui déplaît peut-être pas d'être trompé, et l'on croirait qu'il s'y prête. Que de fois, devinant que l'on se joue de sa bonté, le Parisien ne s'est-il pas dit : « Après tout, le pauvre diable en a peut-être besoin, et, s'il ment, tant pis pour lui. » A l'honneur de l'espèce humaine, il existe en ce bas monde encore plus de bonté que de friponnerie : ce qui permet aux filous de réussir. Je connais un vieux philosophe qui fuit les hommes pour pouvoir continuer d'aimer l'humanité; comme on lui demandait le mot d'ordre pour vivre en paix avec soi-même, il répondit : « Rien n'est important que d'être dupe. »

Si l'aumône donnée sans discernement s'égare sur des individus qui en rient et en font mauvais usage, elle est clairvoyante lorsqu'elle s'adresse à ces admirables institutions où j'ai conduit le lecteur. Ici la charité n'a point de défaillance et ne dévie jamais. Elle a saisi corps à corps la débilité morale, la faiblesse physique; elle ne recule devant aucun effort, devant aucun sacrifice pour les soutenir, les relever et les rendre à l'espérance. Il y a émulation entre les sectes : on dirait qu'elles se jalousent et cherchent à se surpasser. Toutes, selon sa foi, ses préceptes et sa conception de la vue future, soignent

les corps dolents et parlent à l'âme immortelle. Je
n'étonnerai personne en disant que plus les croyances
sont hautes et ferventes, plus la charité atteint
d'ineffables grandeurs. On ne se ménage pas dans
ces lieux de sélection ; la parole est convaincue,
les largesses sont magnifiques, le don de soi-même
est sans réserve. Cependant, au milieu des dévouements que j'ai eu la bonne fortune d'étudier, il
en est qui, plus que d'autres, ont ému le profond
de mon être. Lorsque ma pensée se reporte vers
ces créatures d'abnégation que j'ai vues à l'œuvre,
c'est vous, Petites Sœurs des Pauvres, et c'est
vous, Dames du Calvaire, qu'évoque mon souvenir
attendri.

TABLE DES MATIÈRES

CHAPITRE PREMIER

LES LIBÉRÉES DE SAINT-LAZARE

I

LA PRISON.

II

L'ŒUVRE.

III

LE VESTIAIRE.

IV

LES PETITS ASILES.

CHAPITRE II

LE PATRONAGE DES LIBÉRÉS

I

LES CONDAMNÉS.

CHAPITRE III

LES ASSOCIATIONS PROTESTANTES

I

L'ÉCOLE INDUSTRIELLE.

II

L'ASILE TEMPORAIRE.

III

LES DIACONESSES.

IV

LA CITÉ DU SOLEIL.

CHAPITRE IV

LA CHARITÉ D'ISRAËL

I

LA COMMUNAUTÉ.

II

L'HOPITAL.

III

LES HOSPICES.

CHAPITRE V

L'ASSISTANCE PAR LE TRAVAIL

I

LA FAUSSE INDIGENCE.

II

LA CHARITÉ EFFICACE.

TABLE ANALYTIQUE

A

35

FIN DE LA TABLE ANALYTIQUE.

16618. — PARIS, IMPRIMERIE A. LAHURE,

9, rue de Fleurus, 9.

OUVRAGES DU MÊME AUTEUR

EN VENTE A LA LIBRAIRIE HACHETTE ET Cⁱᵉ

16618. — Imprimerie A. Lahure, rue de Fleurus, 9, à Paris.

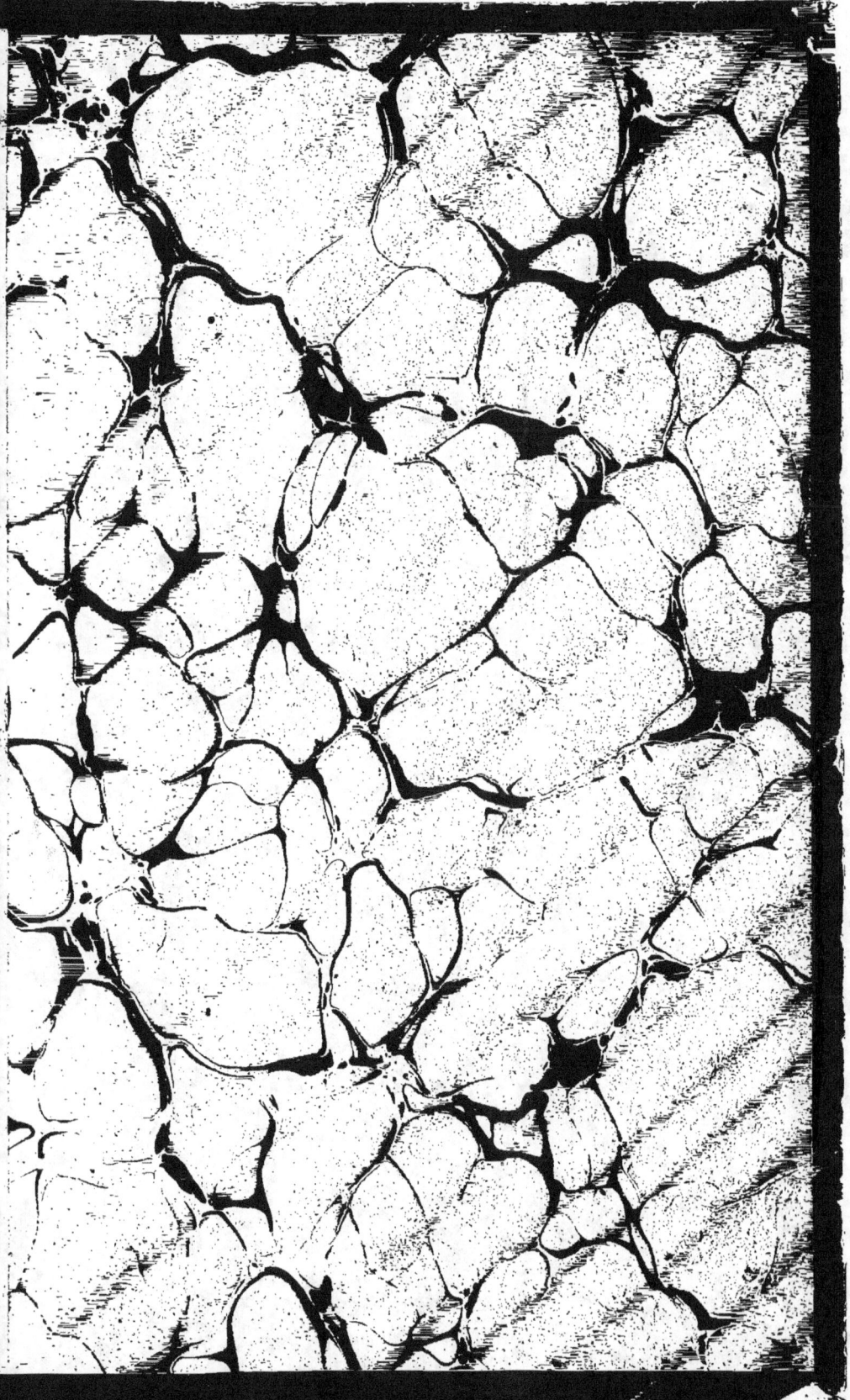